Arena-Taschenbuch
Band 50548

Weitere Bücher von Margot Berger im Arena Verlag:

In der Reihe *Pepper und Flo*:
Meine größten Pferdeabenteuer

In der Reihe *Eine wahre Pferdegeschichte*:
Entscheidung fürs Leben
Schwere Zeiten für Julia
Auf der Suche nach Calido
Letzte Chance für Jana
Kein Abschied für immer
Freundschaftsprobe
Blindes Vertrauen
Pferdefreundschaft ist die schönste

Margot Berger
begann ihre Journalistenlaufbahn als Redakteurin bei großen Tageszeitungen und Frauenzeitschriften. Die begeisterte Reiterin und Pferdeexpertin lebte und arbeitete als selbstständige Journalistin und Buchautorin in Hamburg.

Margot Berger

Pepper und Flo

Mein größter Pferdesommer

Zwei Bücher in einem Band

Arena

FSC
www.fsc.org
MIX
Papier aus verantwortungsvollen Quellen
FSC® C110508

2. Auflage als Sonderausgabe im Arena-Taschenbuch 2016

Covergestaltung: Frauke Schneider unter Verwendung eines Fotos von www.slawik.com
Umschlagtypografie: KCS GmbH · Verlagsservice & Medienproduktion, Stelle/Hamburg
Gesamtherstellung: Westermann Druck Zwickau GmbH
ISSN 0518-4002
ISBN 978-3-401-50548-0

www.arena-verlag.de
Weitere Titel von Margot Berger unter
www.wahre-pferdegeschichten.de
Folge uns!
www.twitter.com/arenaverlag
www.facebook.com/arenaverlagfans

Inhalt

Pepper und Flo
Ein Wunschpferd kommt selten allein 7

Pepper und Flo
Ferien auf der Sommerweide 229

Pepper und Flo

Ein Wunschpferd kommt selten allein

Kurzes Intro von Flo

Hallo,
das hier ist kein normales Pferdebuch – du hältst nämlich im Grunde *zwei Bücher* in der Hand. Auf den ersten Blick kommt das Ganze als coole Geschichte über mich (Flo) und Pepper, das tollste Pferd der Welt, daher. Darin versteckt sich aber auch noch ein echter Ratgeber mit vielen Tipps und Infos.

Ein Pferd für mich allein – das war seit der ersten Reitstunde mein Traum. Doch als mein Wunsch tatsächlich in Erfüllung gehen sollte, stellte ich fest: Verflixt verzwickt, ein Pferd zu kaufen und anständig zu betreuen. Zum Glück half mir Tapir, der *genialste* Pferdepfleger auf diesem Planeten. Und weil ich so extrem selbstlos bin, gebe ich seine Tipps gerne weiter. Du erkennst sie an den Mini-Symbolen neben dem Text:

 Hier findest du alles, was man über Pferde, Pferdekauf, Pferdehaltung, Futter usw. wissen sollte. Die wichtigsten Tipps haben wir am Ende zu einem Quick Check (ab Seite 211) zusammengefasst.

 markiert die Stellen, an denen du etwas über das typische Verhalten von Pferden erfährst. Über die Sprache der Pferde. Und über ihr Seelenleben.

 Hier werden wichtige Begriffe erklärt.

Im Anhang (ab Seite 211 und ab Seite 395) findest du außerdem eine Menge zusätzlicher Infos und Adressen.

Nun aber los!
Flo Ende

1.

Der Schock traf mich am letzten Tag vor den Sommerferien.

Als ich meinem Vater das Zeugnis mit der Bemerkung »versetzt nach Klasse acht« unter die Nase hielt und als Belohnung mein Traumpferd Pepper verlangte, sagte er: »Ich kaufe doch kein gebrauchtes Tier.«

Und dafür hatte ich nun gepaukt wie verrückt!

In unzähligen Fruststunden, während ich über den Sinn von Winkelsummen im Dreieck nachgrübelte, träumte ich von meiner Belohnung mit sechs Buchstaben: P-e-p-p-e-r, das tollste Schulpferd auf dem Habichthof.

Meine Eltern hatten mir versprochen: »Wenn du die siebte Klasse schaffst, schenken wir dir ein Pferd.« Ohne die gemeine Einschränkung: ». . . aber auf keinen Fall dein Lieblingsschulpferd.«

Seit diesem unseligen Zeugnismittwoch im Juli sind fast acht Monate vergangen. Inzwischen blühen bei uns im Garten die Osterglocken und ich habe immer noch kein Pferd.

Eine gefühlte Ewigkeit fahre ich nun schon mit meinen Eltern durch Schleswig-Holstein, um Verkaufspferde anzusehen. Mein misstrauischer Vater lässt sich einfach nicht für mein Traumpferd erwärmen. Meine Argumente für Pepper perlen an ihm ab wie Regen an struppigem Shettyfell. Er will partout kein Schulpferd – aus lauter Angst, dass er ein Exemplar kauft, »das fehlerhaft benutzt worden ist«. So ein Schwachsinn!

Schuld an Papas Argwohn ist sein Job. Prüfer bei einer Versicherung. Immer und überall wittert er Lügen, Bluff, Täuschungen, Ausreden, Betrügereien, kriminelle Absichten, Arglist, Mängel. Mein Vater würde sich noch nicht einmal

Socken kaufen, ohne vorher die Herstellerfirma zu überprüfen. Also kann man sich vorstellen, wie pingelig er erst ist, wenn es um den Kauf eines Pferdes geht.

Fast habe ich die Hoffnung aufgegeben, vor meiner Rente ein passendes Pferd zu finden. In knapp zwei Wochen werde ich vierzehn!!!

Heute steht am späten Nachmittag Besichtigung Nummer neun an. Eine schwarze Stute namens Venus.

Als ich von der Schule nach Hause komme, leuchtet mir vom Küchentisch eine fett umrahmte Anzeige in meiner Pferdezeitschrift entgegen. Papas roter Edding. Muss wichtig sein.

Ich pfeffere den Rucksack in die Ecke, hole mir einen Pudding aus dem Kühlschrank und greife mir das Blatt.

»FLORA! Bitte lesen!«, steht am Seitenrand. Und weiter: »Den Galopper habe ich heute früh in der Zeitung entdeckt! Heute Nachmittag Besichtigungstermin.«

Oh Papa!

Was da schwarz auf weiß als Verkaufspferd gedruckt steht, kann nur Bullshit sein, sonst hätte ich die Anzeige längst selber gefunden. Den Text muss ich gar nicht lesen, aber aus Neugier überfliege ich ihn trotzdem.

Englischer Vollblüter, Herz Tuan xx, 5 Jahre, braun, nach Abschied von der Rennbahn zu verkaufen. 4000 Euro VB.

»Super, Papa«, sage ich laut zu meinem Schokopudding und werfe das Blatt zurück auf den Tisch. »Du bist ja ein großer Pferdekenner.«

Ein fünfjähriges Galopprennpferd direkt von der Rennbahn!! Geht's noch? Genauso gut könnten meine Eltern mir einen Ferrari schenken und mich damit in den Stadtverkehr schicken.

Ein Rennpferd!

Warum kann ich nicht Pepper haben?

Meine Mutter steht plötzlich hinter mir und schält sich aus ihrem Trenchcoat.

»Wie findest du Papas Pferd?«

Im Rennfieber habe ich nicht auf die Haustür geachtet. Dabei kommt Mama jeden Tag um diese Zeit von ihrem Job bei der Sparkasse in Haverstedt.

Dass Mama und ich verwandt sind, kann keiner übersehen.

Beide haben wir braune Augen und honigbraune Haare. Heidehonigbernsteinbraun, nennt mein großer Bruder Daniel die Farbe, also mit blonden Lichtern drin. Meine Haare fallen glatt bis auf den Rücken. Mama dreht ihre zu einem Knoten. Flatterhaare wie meine sind Horror für meine Mutter – für eine Dreiundvierzigjährige wären offene Haare aber auch oberpeinlich. Jedenfalls würde ich ihr dann verbieten, zum Elternsprechtag zu gehen. Beide sind wir ziemlich schlank und exakt eins siebzig groß. Dani behauptet: »Sogar eure Beine sind gleich lang. Sensationell lange Jeans-Beine.«

Wer hat schon einen Bruder, der so etwas absolut SCHMEICHELHAFTES über einen sagt?

Ich drücke Mama einen Kuss auf die Wange.

»Richte deinem Mann aus, er hat sie nicht alle mit seinem Rennpferd!« . . . möchte ich sagen. Stattdessen murmele ich: »Bisschen schnell, so ein Rennpferd.«

»Aber Flo, der Verkäufer wird doch kein Pferd anbieten, das nicht ordentlich zu reiten ist.«

Träum weiter, Mama. Unser Reitlehrer hat mir Horrorgeschichten von gedopten Pferden erzählt. Da werden Durchgedrehte ruhig gespritzt und Kranke gesund. Wenn sie dann verkauft sind, geht das Drama im neuen Stall erst richtig los.

Selbstverständlich behalte ich das für mich, sonst schrecken meine Eltern in letzter Sekunde noch davor zurück, ihr Pferdeversprechen einzulösen.

Mama faltet ihren Mantel ordentlich über eine Stuhllehne und greift zum Wasserkocher.

»Ich mach uns schnell einen Tee, bevor du zum Stall fährst.«

Zwei Minuten später balanciert sie die dampfenden Becher ins Wohnzimmer. An dünnen Fäden baumeln Teebeutelanhänger.

Meine Mutter liebt die aufgedruckten schlauen Sprüche auf den Etiketten. Seit wir ein Pferd suchen, hat jedes Wort eine tiefere Bedeutung. Meistens kann ich Mamas Drang nicht entgehen, mir jedes Wort vorzulesen.

Heute ist keine Ausnahme. Feierlich hebt sie das Etikett an und verkündet:

»›Was du beginnst, beginne es klug und bedenke das Ende.‹«

»Wie kann es ein Ende geben, wenn es erst gar keinen Anfang gibt, Mama?« Ich puste in den heißen Tee. »Ich meine, mit Papas Galopper?«

»Angucken kannst du ihn doch«, sagt meine Mutter. »Dein Vater war so stolz darauf, selber ein Pferd gefunden zu haben. Musst ihm auch mal eine Freude machen.«

Bin ich neuerdings für das Seelenleben meiner Erzeuger zuständig? Dann kann ich aber auch mehr Taschengeld verlangen.

Nach dem Tee umarme ich Mama und rubble ihr mit der Nase über die Schläfe, weil sie diese Art von Kontakt für den ultimativen Tochterliebesbeweis hält.

»Ich drück dir die Daumen, Flöhchen.«

»Yo.«

Jetzt aber nichts wie weg.

Mein Fahrrad lehnt noch an der Treppe. Ich klemme meinen Putzkasten auf den Gepäckträger und schiebe das Rad eilig an der niedrigen Buchsbaumhecke entlang auf den Gehweg. Ich wohne gern hier am Fichtenkamp 6a. Mein Zuhause ist total normal, also richtig gemütlich. Zum Glück keine Nobelanlage wie die Wohnungen von Gloria Tanner und Melly Lanz aus dem Stall. Scheint nämlich so, als müsste man so eine First-Class-Herberge mit First-Class-Macken der Eltern bezahlen. Wie Melly, die sich mit einer First-Class-Furie als Mutter herumschlagen muss. Den Stress gönne ich ihr allerdings total, dieser verzogenen Tussi, denn Melly ist meine größte Konkurrenz um Peppers Liebe.

Unser weiß verputztes Reihenhaus sieht richtig einladend aus mit den hellen Fenstern, den Blumenkästen und der Riesenlinde an der Ecke. Mein Zimmer liegt im ersten Stock. Mit Balkon! Wenn ich aufwache, gucke ich direkt durch die hohe Glastür in den Garten. »Der schönste Raum im ganzen Haus«, sagt Dani, der bald achtzehn wird und eigentlich auch mehr Platz bräuchte – sprich ein Zimmer wie meins. Doch blöden Bruderneid hat er nicht nötig, schließlich baut er sein Zimmer unterm Dach gerade supergenial aus. Das war sein Weihnachtsgeschenk.

Und das Beste an unserem Haus am Fichtenkamp: Von hier aus bin ich in wenigen Minuten am Habichthof.

Wenn wir nicht so nahe am Stall wohnten, würde ich nie ein Pferd bekommen. In meiner Familie kann sich nämlich niemand für Pferde erwärmen. Mama nicht, Papa nicht und Dani genauso wenig. Der Impuls, der bei normalen Menschen freudiges Bauchkribbeln auslöst, wenn sie vier Hufe sehen, fehlt in unserer Familie total. Vielleicht bin ich ja nach der Geburt vertauscht worden?

Nach zehn Minuten Fahrt sause ich die Einfahrt zum Habichthof hoch.

Zum Hof gehört der weiße Stall mit vierzehn großen Fensterboxen. Links neben dem Stall liegt die Reithalle, außerdem gibt es vier Außenboxen für Privatpferde, wo auch Alpino steht, der Haflinger meiner Freundin Emily. Hinterm Stall erstreckt sich der Sandpaddock, von da geht es auf die Weide. Rechts vom Stall gibt es einen Weg, an dem eine rustikale Giebelscheune liegt, die sich unser Stallbesitzer Lennart »Habi« Habicht als Wohnung ausgebaut hat. Dort lebt er mit seinem kleinen Sohn Johnny. Habi ist alleinerziehender Vater.

Ich überquere den Parkplatz und zische direkt bis vor den Fahrradständer. Mit gekonntem Schwung werfe ich mein Rad in die letzte Lücke, den Rest hat die Nachmittagsreitgruppe bereits erobert.

Mit der Putzbox unterm Arm renne ich zum Eingang. Hoffentlich kann ich Pepper noch putzen, bevor der Reitunterricht beginnt. Heute muss ich ohnehin einen Zahn zulegen. In einer Stunde holt mein Vater mich ab.

Die Stalltür steht weit offen, weil heute der erste sonnige Märztag ist. Die lichtdurchflutete Stallgasse ist erfüllt vom Duft nach frischem Heu und dem gemütlichen Malmen unserer Pferde. Mittlerweile höre ich sogar heraus, wer wie kaut.

Jedes unserer vierzehn Schulpferde könnte ich blind in die richtige Box führen. Ganz vorn auf der rechte Seite, gleich hinter der Sattelkammer, steht Pepper. Daneben Flemming, dann Mounty, Collin, Siri, Piri und hinten, wo es auf den Hof geht, die Fjordpferde Oskar und Halvor. Links liegen die Boxen von Sandro, Bono, Dacapo, Vicky, Galvano und Chico. Bis auf die Fjordies alles Warmblüter: Holsteiner, Hannoveraner, Brandenburger, Westfalen, Oldenburger, Trakehner, Holländer, Tschechen.

In der Sattelkammer hinterm Eingang höre ich Kinder lachen. Sofort sinkt meine gute Laune. Bestimmt hat jemand Pepper kassiert und putzt ihn für den Unterricht. Mit Pech ist meine Erzfeindin Melly Lanz vor mir da und hat sich auf Pepper gestürzt, der dummerweise auch *ihr* Lieblingspferd ist.

Ich schiele in seine Box, die ich vom Anfang der Stallgasse aus sehen kann.

Pepper ist besetzt. Immerhin nicht von Melly, sondern von einer kleinen blonden Göre, die an meinem braunen Lieblingsschulpferd herumschrubbt.

Frustriert schnappe ich mir den Besen und beginne, die Stallgasse zu fegen.

Wenn ich Pech habe, kann ich Pepper nicht mal ein Leckerli geben, bevor Papa mich abholt. Die Verkaufspferde Nummer neun und Nummer zehn warten auf mich. Warum ist das so schwer, ein passendes Pferd zu finden? Wieso gibt mir das Richtige kein eindeutiges Zeichen? Es könnte mir beispielsweise zuzwinkern oder dreimal mit den Hufen scharren. Ist das zu viel verlangt?

Am Ausgang zum Hof kringelt sich ein Rest Heu unter meinem Besen. Ich beuge mich vor. Erkenne ich etwas aus der Lage des Heus? Ein Bild? Eine Zahl? Eine Botschaft? Die Halme liegen wie eine Drei. Drei kann heißen: Das dritte Verkaufspferd war das richtige. Oder: Noch drei Stunden, bis ich mein Traumpferd finde. Oder: Drei Monate. Oder: Drei Jahre. Oder: Drei Ewigkeiten. Drei kann auch bedeuten: Der richtige Verkaufsstall trägt die Hausnummer drei.

Der Habichthof liegt an der Wiesenfeldstraße Nr. 3 . . . Heißt das, ich bekomme meinen Schatz Pepper am Ende doch? Nein, ich habe die Hoffnung aufgegeben.

Seufzend fege ich das Heu mit der rätselhaften Drei über den Hof zum Misthaufen. Ein Frühlingswind weht die Halme hoch und wirbelt sie über den Hof. Bei den Außenboxen kichert jemand mit unterdrückter Lautstärke. Hab ich was verpasst? Schnell lehne ich den Besen an die Mauer und spähe um die Ecke der Stallmauer, wo unsere vier Privatpferde stehen.

Am Ende der schmalen Außenstallgasse stapeln sich Heu- und Strohballen.

Auf einem dieser hohen Strohballen steht Melly Lanz in ihrem kurzen Flatterröckchen und Gloria Tanner hockt mit dem Fotohandy in der Ecke. Die beiden Durchgeknallten. So nenne ich Melly und Gloria, die immer zusammen im Stall auftauchen – leider meistens zur gleichen Zeit wie ich –, was auch daran liegt, dass sie im selben Haus wohnen und darum meistens gemeinsam mit dem Rad zum Stall fahren.

Nicht meine Wellenlänge, die beiden, obwohl wir gleich alt sind. Melly ist mein natürlicher Feind, weil sie genauso auf Pepper steht wie ich. Wenn ich erst ein eigenes Pferd habe, wird sie sich voll auf meinen Liebling stürzen und ich kann nicht mal etwas dagegen tun. Die Vorstellung verursacht mir jetzt schon Magenschmerzen.

Melly zupft an ihrem Saum herum. Sie ist süchtig nach immer neuen Fotos von sich und nutzt jede Gelegenheit, wenn jemand mit einer Kamera in der Nähe ist.

Für mich ist es keine Frage, wen von uns beiden Pepper lieber mag. Ein anständiger Wallach *kann* einfach nicht auf Mädchen stehen, die wie ein verunglückter Weihnachtsengel herumlaufen, mit rotblonden Locken bis zur Taille und

Röckchen aus Spitze und Organza. Melly träumt vom Film und zählt jede Kalorie, damit sie bloß kein Gramm zunimmt. Es könnte ja jemand kommen und sie ansprechen: »Wir machen gerade ein Casting für verunglückte Weihnachtsengel.«

Darum trägt Melly ihre peinlichen Klamotten nicht nur in der Schule, sondern oft sogar im Stall. Mellys Mutter ist auch ganz scharf auf große Auftritte ihrer göttlichen Tochter, darum hat sie ihr sicherheitshalber einen filmtauglichen Namen verpasst. Melanie Scarlett. Das sagt ja wohl alles.

»Jetzt«, sagt Melly und springt mit angezogenen Beinen auf den Gang vor den Boxen. Dramatisch weht der kurze Taftrock hoch.

»Spitzenmäßig«, quietscht Gloria hinter ihrem Fotohandy. Gloria ist genauso durchgeknallt wie Melly, allerdings als Expertin für Computer- und Handyfragen im Stall unverzichtbar. Seit Gloria bei ihrer Einschulung vor acht Jahren den ersten Computer bekommen hat, ist sie ununterbrochen online. Zu Hause besitzt sie mehr Bluetoothgeräte als der Präsident der Vereinigten Staaten. Wenn man irgendwo im Stall einen Daumen auf der Handytastatur sieht, dann hängt garantiert der Arm von Gloria Tanner daran. Ihr Daumen sieht schon aus wie eine krumm gewachsene dicke Futtermöhre.

»Das gibt die schönste Arthrose«, bemerkt unser Stallchef Lennart Habicht gern, wenn er Gloria beim Simsen sieht.

»Überbelastung. Das ist ungefähr so, als würde ein Pferd ständig bei engen Wendungen Fesselgelenk und Huf überlasten. Mit achtzehn stehst du auf dem Gnadenhof, Gloria Tanner.« An Direktheit ist unser Stallbesitzer kaum zu übertreffen.

»Jetzt du«, sagt Melly.

Sorgfältig zerwühlt Gloria die schwarze Gelfrisur und tupft

mit den Fingerspitzen an ihrem dreifarbigen Lidschatten herum. Die hat sie auch nicht mehr alle, diese Gloria Tanner. Morgens um fünf stellt sie den Wecker, um bis sieben mit ihrem Make-up fertig zu sein. Weiß ich von anderen Stallmädchen. Jeden Monat erfindet Gloria ihr Aussehen neu und färbt ihr Haar um. Irgendwann fällt es ihr garantiert büschelweise aus, bei dieser Ladung Chemie. Jedenfalls trägt sie im Moment Schwarz. Im Februar war Aubergine dran. Im Januar Silber. Mit ihrem gruftigen März-Outfit sieht Gloria schon müllig genug aus, nun klettert sie auch noch freiwillig in die gerade geleerte Restmülltonne und streckt den Kopf unter dem Deckel hervor. Sie passt kaum rein. Gloria misst fast eins achtzig, damit überragt sie Melly um einen halben Kopf.

Melly fotografiert.

Ich schieße um die Ecke und ahme den genervten Tonfall von Herrn Habicht nach: »Geht's noch!« Ohne Fragezeichen.

Die beiden laufen knallrot an. Das spornt mich an, noch einen draufzusetzen.

»Lasst euch von Müller-Maring auf Dummkoller untersuchen.«

Dummkoller nennt man eine unheilbare Gehirnkrankheit bei Pferden. Müller-Maring ist unser Tierarzt.

Vor Wut tritt Melly gegen die Mülltonne. Klar, solche Babyfotos für die Internetseite produziert man gern im Verborgenen. Von einer künftigen Pferdebesitzerin lässt man sich schon gar nicht gern beobachten . . .

Finster starren die Durchgeknallten mich an.

»Warum bleibst du nicht gleich drin?«, frage ich Gloria. Provozierend sanft klappe ich mit dem Deckel auf ihrem schwarzen Schädel herum. »Das würde bei dir nicht mal die Müllabfuhr merken.«

Zugegeben, das war schon ganz schön gemein, aber wenn

mir so ein genialer Satz einfällt, muss er raus. Oder ich ersticke daran. Dafür gebe ich mir insgeheim zwei Minuspunkte auf meiner »Fiese-Flora-Skala«, die bis zehn reicht.

Wenn man Fiesheiten selber erkennt, sind sie praktisch nicht geschehen, finde ich. Außerdem können die Durchgeknallten sich wehren.

Mit hoch erhobenem Kopf ziehe ich eine verkeilte Schubkarre aus der Ecke und verschwinde in Richtung Paddock, um Pferdeäpfel aufzusammeln.

Eine knappe Stunde brauche ich dazu und dann muss ich auch schon los, denn mein Handy wiehert. SMS von Papa.

Ich warte auf dem Parkplatz. Komm raus. Papa.

Mit schlechtem Gewissen schleiche ich noch rasch zu Peppers Box. Das blonde Mädchen ist verschwunden. Gut.

Pepper hebt den Kopf über die halbe Tür und schnobert sachte über meinen Hals. Ein großes Vertrauen liegt in seinen Augen.

Mein Gewissen wird noch schlechter.

»Hallo du«, flüstere ich und kraule seine Nüstern. »Ich kann dich wahrscheinlich nicht mehr putzen, wenn ich ein eigenes Pferd habe. Was heißt wahrscheinlich . . . ganz sicher nicht. Findest du das schlimm?«

Pepper legt den Kopf schief. Sanft mustert er mich aus seinen blanken braunen Augen. Ich wünschte, er würde mir dadurch mitteilen: *Macht nichts, liebe Flora, dafür habe ich doch vollstes Verständnis.*

Das hätte ich gern. Dabei weiß ich genau, was Pepper wirklich meint: *Ach, du machst doch nur Witze! Nie im Leben würdest du dir ein anderes Pferd kaufen, wo du doch mich hast! Und nun erzähl mir nichts mehr vom Pferd, sondern rubbel mir endlich die Backen.*

Ich verstehe ihn haargenau. Auch wenn Herr Habicht über meine wörtlichen Pepperzitate schmunzelt.

Vorsichtig nehme ich Peppers großen Kopf und reibe seine Backen zwischen den Handflächen, bis sie glühen. Pepper schließt die Augen und dreht den Kopf genüsslich hin und her. Seine Unterlippe zittert vor Vergnügen.

Sofort geht es auch mir gut. Pepper wirkt auf mich wie ein großes braunes Glückshormon.

»Wenn ich nur eine einzige Wimper von Pepper sehe oder ein Schweifhaar«, habe ich meinen Eltern gesagt, »breitet sich rosa Wärme in meinem Körper aus.«

Rosa Wärme, so etwas geht nicht in die Köpfe von Mama und Papa. Meine knallnüchternen Eltern leben in einem Paralleluniversum, kennen nur Planwahn, Prüfwahn, Ordnungswahn. Echte Freaks. Rosa Wärme können sie sich so wenig vorstellen wie die Temperaturen auf dem Mars.

2.

Ich vermisse Pepper bereits, als ich den Stall verlasse und die Tür zum Parkplatz öffne.

So ist das immer. Wie soll ich je den Spagat schaffen zwischen ihm und meinem neuen Pferd? Ich wäre so gern total glücklich wegen meines ersten eigenen Pferdes, doch ich fühle mich nur halbe-halbe.

Papa drückt leicht auf die Hupe, damit ich unseren VW Passat finde. Dabei kann man einen schneeweißen Wagen wohl kaum übersehen.

»Weiß ist eine Sicherheitsfarbe«, sagt Mama.

Peinlich, sage ich.

Normale Eltern fahren schwarze oder silberne Autos.

Am liebsten möchte meine Mutter, dass ich einen Schimmel kaufe. Sicherheitsfarbe. Noch lieber hätte sie bestimmt ein Pferd in Signalrot mit schwarzem Muster, so wie die Verkehrsschilder für Schleudergefahr oder Gegenverkehr . . . aber das muss erst noch gezüchtet werden.

Papa legt sein Blackberry zur Seite, auf dem er E-Mails beantwortet hat wie immer in jeder freien Minute.

»Kannst stolz sein auf deinen alten Vater«, empfängt er mich triumphierend und schwenkt das Pferdeblatt mit der Anzeige. »Wenn das kein Schnäppchenpreis für ein Galopppferd ist. Superstammbaum.«

Bei seiner offensichtlichen Freude bringe ich es nicht fertig, meinen Vater in seiner Begeisterung zu stoppen, und weiche einer Antwort aus. Ich lasse mich auf den Beifahrersitz fallen und greife nach dem Gurt.

»Denkst du daran, dass Tapir mitkommt, Papa? Er wartet zu Hause.«

Mir ist es egal, was für einen Superstammbaum mein neues Pferd hat. Ich warte nur auf den zündenden Funken. Auf das Kribbeln im Bauch, das ich bei Pepper habe.

Papas Miene verdüstert sich, als er losfährt. Verstohlen mustere ich ihn, wie er schweigend Gas gibt. Warum zum Teufel wünscht er sich ein schickes Rennpferd für mich? Und kein normales, süßes Schulpferd? Wahrscheinlich deshalb, weil er es in jeder Lebenslage gern elegant mag (außer bei unserem Auto, da hat sich Mama mit ihrem Sicherheitstick durchgesetzt). Eleganz ist nicht mein Ding. Andererseits finde ich es gut, dass Papa nie in geschmacklosen Klamotten rumläuft wie andere Väter. Mit meinem Erzeuger kann ich mich sehen lassen, trotz seiner siebenundvierzig Jahre. Sportlich, fast eins neunzig wie Daniel. Braune Haare locker nach hinten. Seine coole randlose Brille stammt von einem ziemlich bekannten Designer. Im Moment kommt allerdings nicht viel von Papas selbstbewusster Eleganz rüber. Seine Kieferknochen malmen und er sieht aus wie ein Schakal, der um seine Beute betrogen wurde.

Logisch, Papa ist enttäuscht, dass ich nicht vor Begeisterung über seine Rennpferdentdeckung quietsche. Ohnehin geht seine Geduld bei meinen zeitaufwendigen Besichtigungen von Pferden allmählich gegen null. Nun hofft er auf fachmännische Unterstützung von Tapir, wie wir unseren genialen Pferdepfleger nennen.

Papa hält vor dem zweistöckigen Mietshaus am Fuchsredder 57, einem roten Backsteinkasten mit bröckelnden Fugen, bei dem der Lack von den Fensterrahmen blättert. Mir gefällt das schrottige Haus, aber natürlich sieht es nicht aus wie die artgerechte Unterkunft für einen Sohn aus einflussreicher Familie – wie Tapir einer ist.

Papa hupt kurz und legt den Kopf in den Nacken, um durch

die Windschutzscheibe Tapirs Fenster unterm Dach zu erspähen.

Zwei winzige Zimmer mit schrägen Wänden bewohnt Tapir dort oben. Das passt nicht, wenn man sein superteures Elternhaus in Hamburg dagegenhält, einen gestylten weißen Nobelschuppen mit hundert Metern knirschendem Kiesweg und Porsche Cayenne davor. Wir sind mal mit dem Rad hingefahren. Meistens stehen breitbeinige Muskelmänner vor Nansens Designerhaus. Tapirs Vater ist nämlich ein Kandidat für fliegende Farbbeutel, denn er hat unglaublich viel Geld gescheffelt. Manche Leute hassen ihn dafür. Tapirs Eltern gehören die Nansen-Werke im Hafen, wo sie Rohre für die ganze Welt herstellen.

Als Papa hupt, öffnet sich im zweiten Stock ein kleines Sprossenfenster und Tapirs schmaler Kopf erscheint. Er wirft seine langen Haare zurück und winkt.

»Ich komme runter.«

Papa lässt die Autoscheibe nach unten surren und hebt kurz die Hand. Mehr ist von ihm nicht zu erwarten, wenn es um Tapir geht. Bei Jonas Nansen, wie Tapir richtig heißt, ist Papa hin- und hergerissen. Er schwankt zwischen Bewunderung wegen des erfolgreichen Vaters und leiser Verachtung, weil Tapir in seinen Augen eine verkrachte Existenz ist.

»Ein Jurist, der Pferdemist wegmacht, ich begreife das einfach nicht«, mosert er lauthals, während er sein Blackberry bearbeitet. »Allein dieser lange Pferdeschwanz, furchtbar, damit kann er ja wohl nur Hamburger Hausbesetzer verteidigen. Und die autonome Szene.«

»Papa!«

»Stimmt doch, Flo. Das sind genau die Typen, die seinem Vater Farbbeutel an den Porsche werfen. Verrückt, dein Tapir lässt sich den Milliardenbetrieb seiner Familie durch die Lappen gehen. Hach, wenn ICH diese Chance gehabt hätte . . .«

Solche Kommentare verabscheue ich zutiefst. Schließlich hat Tapir es zu Hause schwer gehabt. Sein Vater hat ihn von klein auf darauf gedrillt, die Nansen-Werke zu übernehmen und ihn zum Jura-Studium gezwungen. Dabei wollte Tapir immer nur mit Tieren arbeiten. Als er endlich mit der Uni fertig war, rebellierte er, hängte eine Lehre als Tierpfleger an und verzichtete auf die Fettkohle von seinem Herrschervater. Das muss man erst mal bringen. Nun arbeitet Tapir morgens glücklich bei uns auf dem Habichthof und nachmittags unglücklich als Jurist. Weil er im Zoo Zebras, Wildesel und Flachlandtapire betreut hat, haben wir ihm den Spitznamen Tapir verpasst.

Stirnrunzelnd sehe ich ihm entgegen, als er mit seinen braunen Sheriffstiefeln auf unser Auto zustakst.

Ob Tapir mitkommt oder nicht: Den Besichtigungstermin heute können wir uns schenken. Ein Pferd direkt von der Rennbahn – so etwas kann auch nur einem Ahnungslosen wie meinem Vater einfallen!

Tapir steigt hinten ein.

»Hi zusammen.«

Papa knurrt: »Moin Herr Nansen«, und fährt los. Sein Blick nach einer Blitzmusterung des Mitfahrers spricht Bände. Tapir trägt sein Lieblingsteil, die staubfarbene Trägerhose der Goldwäscher von Arizona. So etwas würde mein Vater nicht mal zum Säubern eines Abwasserkanals anziehen.

Ich muss an das Inserat für den Viertausend-Euro-Vollblüter denken. Als könnte Papa meine Gedanken lesen, fängt er erneut mit dem Preis an.

»So ein Pferd für viertausend Euro oder noch weniger, das wäre doch was für dich, Flo.«

»Papa, ehrlich, ich kann kein Rennpferd reiten!«

Tapir schweigt auf dem Rücksitz, aber was er denkt, weiß ich auch ohne Blickkontakt, nämlich: Gut erkannt, Flo Rohde.

»Ach was, man kann alles lernen«, sagt Papa mit Nachdruck.

Ich glaube, insgeheim möchte mein Vater vor seinen Kollegen herumprahlen, dass seine Tochter mit einem Rennpferd durch die Landschaft heizt. Schrecklich, wenn Väter nichts von Pferden verstehen . . .

Sicher reizt ihn der Galopper auch wegen des Zusatzes »VB«. Das bedeutet nämlich Verhandlungsbasis und bei diesem Wort bekommt Papa jedes Mal glänzende Augen, weil er dann den Preis herunterhandeln kann.

Die Fahrt ist kürzer, als ich erwartet habe. Die letzten Kilometer Richtung Lübeck führen über eine schmale kaputte Asphaltstraße. Papa umkurvt die Schlaglöcher und schimpft auf die Regierung.

Als wir den kleinen Hof erreichen, entdecke ich sofort den lang gestreckten Auslauf, auf dem sechs schlanke braune Pferde dösen. Vollblüter können also auch ruhig stehen. Das ist mir neu.

Viertausend Euro sind natürlich viel Geld, aber wirklich nicht teuer für einen fünfjährigen Galopper. Aber ich habe Schiss vor Herz Tuan xx, obwohl ich mich sonst nicht so leicht einschüchtern lasse. Andererseits bin ich auch furchtbar neugierig, weil ich noch nie ein Rennpferd aus der Nähe gesehen habe. Schließlich siegt die Neugier über mein Bauchweh. Zumal mir noch die Worte von Herrn Habicht durch den Kopf schwirren:

»Vollblüter sind Superpferde, sehr menschenbezogen und anhänglich. Und ehrlich und sensibel. Aber frisch von der

Rennbahn kaum nachzureiten. Sie müssen regelrecht zum Reitpferd ausgebildet werden. Da muss man schon ein sehr erfahrener Reiter sein. Rennbahnpferde sind keine Anfängerpferde.«

Während Papa seinen Wagen vor der langen Boxenreihe abstellt, führt ein hagerer Mann einen der schlanken Braunen vom Paddock auf den Hof. Was für ein Pferd! Sehnig und lang schwebt er über das Pflaster. Kein Gramm Fett zu viel. Man sieht ihm den Hochleistungssportler an. Seine Augen registrieren alles.

Der Mann bindet den Braunen an einem Holzpfosten an.

Ist das der Galopper für mich?

Was heißt: für mich? Ich weiß ja jetzt schon, dass der Vollblüter auf keinen Fall im Hänger mit zum Habichthof fährt.

Habi sagt übrigens nur »Blüter«. Das klingt so etwas von fachmännisch, dass ich mir den Begriff sofort angeeignet habe.

Tapir guckt wieder so. Er weiß genau, dass der Blüter nichts für mich ist, aber um meinen Vater nicht zu reizen, hält er den Mund. Mir tut es leid, dass wir Herz Tuans Besitzer etwas vormachen.

Beim Aussteigen drücke ich meine gepolsterte Sicherheitsweste an mich, die ich extra mitgenommen habe, falls Papa mich im Sattel sehen will.

»Für dich?«, fragt der Besitzer Dirk Linde und schüttelt mir als Erste die Hand. »Superpferd, aber auf der Rennbahn zu langsam. Er blieb meistens im letzten Drittel.«

Zu langsam ist für mich immer noch zu schnell, denke ich, aber laut sage ich nur: »Ach was.«

»Was bedeutet eigentlich xx hinter dem Namen?«, will Papa wissen.

»Dass er ein Englischer Vollblüter ist«, sage ich wie aus der Pistole geschossen. »Arabische Vollblüter tragen hinter ihrem Namen ox.«

Dirk Linde lacht.

»Gut gelernt«, sagt er anerkennend. »Stimmt genau.«

Ich muss Papa gar nicht angucken, um zu wissen, was ihm ins Gesicht geschrieben steht: Das hättest du mir auch vorher sagen können, Fräuleinchen, dann hätte ich nicht wie ein Idiot fragen müssen.

Ich bin überrascht, wie ruhig Herz Tuan an seinem Pfosten steht und mich ansieht.

Etwas Faszinierendes geht von ihm aus. Aura nennt man die Ausstrahlung, die Tiere und Menschen unsichtbar umgibt. Ich muss zugeben, dass mein Herz bei seinem Anblick schneller schlägt. Übrigens zum ersten Mal bei einem Verkaufspferd.

Der schmale braune Blüter rührt sich nicht, guckt einfach nur, aber so intensiv, als hätte man Nacktscanner in seine Pupillen eingebaut, mit denen er mir direkt ins Herz schauen kann. Dem Blick kann ich nicht entrinnen. Ich habe das Gefühl, schon nach wenigen Sekunden weiß Herz Tuan alles über mich.

Gefallen würde er mir . . . aber dann drängt sich Peppers Gesicht vor den Kopf von Herz Tuan xx. Peppers verständnisloser Blick, wenn ich mit diesem Edeltier an seiner Box entlangstolziere.

Bye, bye, Schulpferd?

Pepper im Stich lassen – so viele Minuspunkte kann ich mir gar nicht geben auf meiner Fiese-Flora-Skala.

Es hat ja sowieso keinen Sinn mit einem Rennpferd. Ich traue mir ziemlich viel zu – manche behaupten: zu viel – aber ein Galopper ist definitiv fünf Level zu hoch für mich.

»Nun steig doch mal auf«, drängt Papa.

Wenn der wüsste, wie viel PS ein einzelnes Pferd haben kann.

Ich stülpe meine dicke Sicherheitsweste über und folge Herrn Linde in die Reithalle.

Schon das Aufsitzen ist eine Nummer für sich. Kaum habe ich mein Bein über die Kruppe geschwungen, marschiert das Pferd los. Mir ist extrem mulmig zumute. Vorsichtshalber reite ich nur Schritt auf meinem vierbeinigen Ferrari. Das heißt, ich *will* ihn nur Schritt gehen lassen. Doch er tänzelt die ganze Zeit unter mir, als hätten sie ihn mit hundert Liter Super Ultra vollgetankt. Mein Rennpferd kann es kaum erwarten loszustürmen. Das Wort »Tempolimit« ist ihm eindeutig unbekannt.

Nein, diesem temperamentvollen Herzbuben bin ich nicht gewachsen.

Während meine Reithose im glatten Sattel hin und her rutscht, denke ich sehnsüchtig an Pepper. Jetzt erkenne ich noch heftiger, was ich an ihm habe, an meinem gelassenen braunen Schatz. Es macht mich nervös, dass ich hier auf einem klaren Nicht-Kaufpferd sitze, während Melly meine Abwesenheit nutzt und mit Pepper herumschmust.

Ich muss runter!

Zum Glück bemerkt Herr Linde das und bedeutet Herz Tuan aufzumarschieren, was er eilig erledigt. Sein Besitzer greift nach den Zügeln.

»Nichts für ungut, junge Dame, für einen Blüter brauchst du wohl noch ein paar Jahre Erfahrung.«

Netterweise fügt er hinzu: »Herz Tuan ist aber auch als Reitpferd noch nicht zu Ende ausgebildet.«

Ich nicke schnell und mache, dass ich aus dem Sattel komme. Herr Linde übernimmt die Zügel und führt Herz Tuan neben mir her zurück zum Paddock. Ruhig hebt der Galopper den Kopf und sieht mich aus seinen klugen Augen von der Seite an. Was er wohl denkt?

3.

Die ganze Fahrt über ist Papa knurrig, weil aus seinem Galopper nichts geworden ist. Ich glaube, noch mauliger ist er deswegen, weil ich mal wieder recht hatte. In seiner Firma ist Papa nämlich der Bestimmer, aber bei uns zu Hause nicht.

Wir sind unterwegs zum zehnten Pferd. Die Stute namens Venus.

Auf halber Strecke wiehert mein Telefon. SMS von Emily.

Müller-Maring hat Alpino neues Mineralfutter verordnet. Fragst du Herrn Habicht, ob er Alpi jeden Tag etwas ins Futter gibt? BITTE!!! Hdl Emi.

Ich seufze. Gut, Emily ist meine Freundin, aber es nervt schon, dass ich mich andauernd um ihre Angelegenheiten kümmern muss. Seit ihr eigener Haflinger Alpino auf dem Habichthof steht, soll ich ständig Herrn Habicht wegen irgendetwas fragen, weil Emi selber zu schüchtern ist.

Ich simse zurück.

Geht klar. Bin unterwegs zur Pferdebesichtigung. Ciao Flo.

Emily ist eine scheue Maus, gefangen im Körper einer Vierzehnjährigen. Ich fühle mich für sie verantwortlich, seit wir in der Grundschule unseren Apfelsaft geteilt haben. Mit allen Problemen muss Emi allein fertig werden. Ihre Eltern sind leider unbrauchbar, auch wenn das krass klingt. Für Melly Lanz ist Emi leichte Beute, weil sie sich nicht wehrt. Melly wirft ihr Sachen an den Kopf wie: »Wenn du nicht mehr im Stall wärst, würde dich definitiv keiner vermissen.«

Ich könnte kotzen, wenn ich so etwas höre, darum springe ich für Emi ein. Mellys Benehmen grenzt schon an Mobbing, das kann ich nicht einfach so hinnehmen.

Nach einer halben Stunde lässt Papa den Wagen auf dem weitläufigen Hof der Reitanlage ausrollen. Von links und rechts kreuzen Pferde, die zu den drei Reithallen geritten werden. Immerhin hat mein Vater mittlerweile so viel Pferdeverstand, dass er Schrittgeschwindigkeit fährt.

Beim Aussteigen gucke ich in meinem Handynotizbuch nach, wo wir Venus finden.

»Der neue Stall beim Eingangstor. Außenbox mit Einzelpaddock. Zweite Box von vorn.«

Nur eins der vielen Gebäude kommt infrage. Wir steuern den kleinen Paddock an, auf dem eine schwarze Stute steht.

Tapir geht in den Stall, um nach der Namenstafel zu sehen. »Das da draußen ist die Venus«, ruft er durch die Stallgasse. »Hannoveraner Stute. Besitzer Norbert Bergmann.«

Ein wunderschönes Pferd.

Tapir bringt aus dem Stall ein Stück Papier mit und reicht es mir.

»Hing drinnen an der Box.«

Ich entfalte den Zettel und lese vor: »›Liebe Familie Rohde, ich warte im Casino neben der vorderen Reithalle. Norbert Bergmann.‹«

Obwohl Venus noch ihr plüschiges Winterfell hat, schimmert ihr Haarkleid unter der Stalllaterne wie Samt. Wieder klopft mein Herz rascher. Könnte sie das Pferd meiner Träume werden? Gepflegt sieht sie aus, sauber und elegant. Eine echte Dame auf vier Hufen.

Als ich langsam auf die Lady zugehe, hebt Venus den Kopf und versucht, über mich hinwegzusehen. Offenbar nehme ich ihr die Sicht. Ich drehe mich um. Was muss sie denn unbedingt sehen?

Mit sehnsuchtsvollem Blick schaut Venus einer jungen Reiterin nach, die gerade mit federnden Schritten den Hof

Richtung Parkplatz überquert. Als die Frau in blauen Reitsachen ins Auto einsteigt und abfährt, seufzt Venus auf und wendet mir ohne großes Interesse ihren schönen Kopf zu.

Prüfend gleitet ihr Blick über mich. Noch bevor ich den winzigsten Kontakt mit Venus aufnehmen kann, sagen ihre dunklen Augen: Vergiss es.

Ich bleibe einen Meter vor ihr stehen und wundere mich, dass ich nicht beleidigt bin.

Normalerweise kann ich es nicht gut vertragen, wenn ein Pferd mich ablehnt. Man kommt sich vor wie eine miese Ratte. Gedemütigt. Andererseits liebe ich Pferde gerade für ihre Ehrlichkeit. Warum sollen sie die ganze Menschheit mögen?

»So ein schickes Pferd«, sagt Papa.

Mein Instinkt sagt mir, dass die Stute sich als Reiter etwas anderes vorstellt als mich. Jemand wie diese Elfe, die soeben vorbeischwebte. Da hilft kein Drehen und Wenden. Venus hat sich eindeutig gegen mich entschieden. Mama nennt das: Die Chemie stimmt nicht. Das sind merkwürdige unsichtbare Wellen . . .

»Sie will mich nicht, Papa. Die Venus muss ich gar nicht erst satteln.«

Dass die Stute mir so direkt signalisiert, dass zwischen uns nichts läuft, macht mich irgendwie froh.

Papa nicht.

»Woher weißt du das?« Ärgerlich stampft er mit dem Fuß auf.

»Du hast ihn noch nicht einmal angefasst.«

»Sie!«

Irritiert zieht er die Brauen hoch.

»Wie bitte?«

»Sie. Stute. Weiblich.«

»Ach, hör auf. Lenk nicht ab. Woher willst du wissen, dass er – äh, sie – dich ablehnt?«

»Ich weiß es einfach. Bauchgefühl.«

Das ist zu viel für Papa.

»Wenn du allwissend bist«, schnaubt er und rudert mit den Armen, sodass Venus erschreckt den Kopf hochreißt, »dann kannst du sofort in meiner Firma anfangen. Solche Leute brauchen wir in der Versicherung. Oh, Ihr Haus ist abgebrannt? War es Brandstiftung? Ach, das wissen Sie nicht? Kein Problem, da fragen wir meine Tochter, die kann hellsehen.«

»PAPA!«

Frustriert hebt mein Vater die Schultern und wendet sich an Tapir.

»Was meinen Sie denn, Herr Nansen? Will meine Tochter mich veralbern?«

»Aber Herr Rohde«, sagt Tapir sanft. Dann erklärt er Papa, wie wichtig es ist, dass Menschen und Pferde sich voneinander angezogen fühlen.

»Man muss einen Draht zueinander haben. Es ist wie bei Freundschaften unter Menschen. Mancher liegt einem, mancher nicht. Wenn der Bauch NEIN schreit, dann lässt man besser die Finger von dem Pferd. Das wird nichts.«

Danke Tapir.

Doch so schnell gibt Papa nicht auf.

»Aber ich kann doch wohl verlangen, dass meine Tochter sich ein bisschen mehr Mühe gibt, ihn . . . sie . . . das Pferd kennenzulernen. Flora will ihn ja nicht mal probereiten. Ich kann doch nicht bis in alle Ewigkeit mit ihr herumfahren und nach Pferden suchen.«

Was mir auf Papas Einwände einfällt, behalte ich lieber für mich: Du bist leider eine absolute Null, was Pferde angeht.

Wieso willst du mir die Stute einreden, wenn ich sie nicht will? Und sie mich auch nicht?

Tapir mit seiner feinen humanistischen Bildung erklärt das viel geschickter.

»Ihr Verstand sagt ganz richtig, Herr Rohde, diese Stute sieht prächtig aus und ist ihr Geld wert. Und sie hat sicher ihre Qualitäten.«

Tapir übertrifft sich selber!

»Aber wenn Floras innere Stimme Nein sagt«, redet er weiter, »sollten Sie das akzeptieren. Auch wenn es ärgerlich ist, wenn man erneut einen Weg umsonst gemacht hat.«

»Hm.«

»In Ihrem Beruf werden Sie Bauchentscheidungen misstrauen. Bei Ihnen muss es zwangsläufig um knallhartes Rechnen gehen.«

Papa bewegt seinen Nacken, als fühle er sich unbehaglich. Er kneift die Augen zusammen. Von verkrachten Juristen mit Pferdeschwanz lässt er sich nicht gern etwas über seinen Beruf erzählen.

Tapir muss aufpassen, dass er den Bogen nicht überspannt. »Pferdekauf ist so etwas wie eine Partnersuche«, fährt Tapir munter fort. »Das Pferd muss zu Ihrer Tochter passen.«

»Partnersuche«, hechelt Papa. »Sonst noch was? Diese neumodische Seuche; jeder redet plötzlich vom Bauchgefühl. Das hat es früher nicht gegeben.«

Jetzt lacht Tapir lauthals.

»Doch, Herr Rohde. Wissen Sie, wie man Soldaten früher die Pferde zuteilte?«

»Sie werden es mir sicher gleich sagen.«

»Die Soldaten wurden auf die Koppel geschickt und jeder Mann wartete so lange, bis ein Pferd sich aus der Herde löste und auf ihn zuging. Das wurde dann sein Dienstpferd. Damals hat man den Pferden mehr Bauchgefühl zugetraut als den Reitern.«

»Stimmt das wirklich, Tapir?«, frage ich.

»Logisch.«

Papa ist beeindruckt. Venus offenbar auch, sie hat die ganze Zeit zugehört.

Mein Vater seufzt.

»Ich gehe kurz ins Casino und gebe dem Besitzer Bescheid, dass wir wieder fahren. Was sage ich bloß? Wissen Sie, Herr Bergmann, meine Tochter hat da so ein Bauchgefühl. Flo, du bringst mich in peinliche Situationen.«

Im Großen und Ganzen hat er aber wohl verstanden, was Tapir meint. Glücklich scheint er darüber nicht zu sein. Ich auch nicht, denn tief drinnen weiß ich, dass ich nie ein Pferd finden werde, das mir hundertprozentig gefällt. Eins, dem mein Herz wirklich gehört. Ganz, total, vollständig und bis in den letzten Winkel. Eins, das rosa Wärme verbreiten kann.

»Jedes Pferd vergleichst du sofort mit Pepper«, sagt Tapir, während er meinem Vater nachsieht. »Darum bist du im Kopf gar nicht frei für ein anderes Pferd. Hab ich recht oder hab ich recht?«

Ich nicke nur, weil mir plötzlich ohne jeden Grund die Tränen kommen.

Tapir hat mich durchschaut.

Eine Ecke meines Herzens ist für immer besetzt. Nie wird sich das ändern. Auch wenn das neue Pferd sich auf den Kopf stellt, Doppelsaltos schlägt oder Pirouetten dreht. Mittendrin in meinem Herzen gibt es eine fest verschlossene Geheimtür. Kein Zugang für fremde Pferde. Eine unüberwindliche Tür mit einer Schatzkammer dahinter. Besser gesagt: mit einer Schatzbox, denn dort wohnt ein brauner Wallach namens Pepper.

Ich huste meine Heiserkeit weg und stelle Tapir eine Gegenfrage.

»Wie ist das denn im Zoo? Hängt man da etwa nicht an seinen Pflegetieren?«

»Doch, klar. Ich hatte auch meine Lieblinge. Den kleinen Tomtom zum Beispiel, Flachlandtapir, den kenne ich seit der Geburt. Für ihn gehörte ich zum festen Bestandteil des Zoos. Der Kleine hatte witzige Eigenheiten.« Tapir lacht leise in sich hinein. »Der warf sich flach auf die Seite, wenn ich morgens kam, und wollte tüchtig gekrault werden.«

Während er redet, sucht Tapir auf seinem Handy nach alten Fotos und zeigt mir das Bild von einer grauen Walze mit kurzem Rüssel.

Ich beuge mich über die Aufnahme. Man muss schon einen reichlich schrägen Geschmack haben, um diesem glatten grauen Ding etwas abzugewinnen. Aber Tapir scheint das anders zu sehen, denn seine Augen glänzen wie die eines stolzen Vaters, als er weitererzählt.

»Als Tomtom das erste Mal zum Tierarzt musste, Impfungen und so, hat der Kleine mir das schwer übel genommen, weil ich ihn nicht davor bewahrt habe. Seine Mutter übrigens auch. Eine Woche brauchte ich, um Tomtom mit Weintrauben und Feigen wieder gnädig zu stimmen.«

»Vermisst du ihn nicht?«

»Klar«, sagt Tapir und dann dreht er sich abrupt um und ich frage nicht weiter, weil ich genau weiß, dass er jetzt an die geheime Ecke in seinem Herzen denkt, in der für immer ein kleiner Tapir wohnt.

Als mein Vater am anderen Ende des Hofes in der Casinotür auftaucht, drückt Tapir plötzlich meinen Arm und sagt: »Ich hab eine Idee, wie ich deinen Vater von Pepper überzeugen könnte. Misch dich besser nicht ein.«

Auf der Rückfahrt von Venus' Reitanlage knabbert Papa immer noch an der Absage herum, jedenfalls muffelt er vor sich hin.

Im Grunde ist das nichts Unnormales. Papa wirkt gewöhnlich ziemlich unnahbar. Eine unsichtbare Wand aus Tabellen und Listen und Plänen und Zahlen umgibt ihn. Das Problem ist, dass Papas komische Aura andere Menschen regelrecht zurückprallen lässt. Zum Glück weiß ich, dass er innen drin ganz anders ist. Man muss nur das ganze Zahlengedöns wegschleifen, dann kommt plötzlich ein süßer kleiner Papa zum Vorschein.

Obwohl es im Moment eher so aussieht, als könnte man eine Million Jahre an ihm herumschleifen und er bliebe trotzdem der alte ruppige Oliver Rohde.

Leider sagt Tapir auch nichts. Wartet er auf eine günstige Gelegenheit?

Nachdem wir eine gefühlte Ewigkeit schweigend vor uns hin gebrütet haben, schlägt mein Vater plötzlich mit beiden Handflächen auf das Lenkrad.

»Ich verstehe dich nicht, Flo. Bei Emily gab es doch nicht so ein Theater. Ruck, zuck stand ihr neuer Gaul im Stall.«

Gequält drehe ich mich zu Tapir um. Er guckt zurück, als ob ihn ein Weisheitszahn schmerzt. Unmerklich zwinkert er mir zu und beugt sich zu Papa vor.

»Das können Sie nicht vergleichen, Herr Rohde. Flo muss sich ja für ein wildfremdes Pferd entscheiden. Emily dagegen kannte ihren Haflinger Alpino schon jahrelang. Er stand doch auf dem Ponyhof, wo sie dreimal im Jahr Reiterferien machte. Emily war daher sehr vertraut mit Alpino. So ähnlich wie Ihre Tochter mit Pepper.«

Tapirs Pferdeschwanz fällt ihm über die Schulter und streift Papas Ohr. Papa zuckt zusammen. Sicher aus Angst, er könnte durch die Berührung in einen Pferdefreund verhext werden. Das Ohr reibt er bestimmt nachher mit Sagrotan ab.

»Schon gut«, murmelt er.

Schweigend fahren wir weiter. Papas Kieferknochen malmen, er kaut an einem Problem. Kurz vor dem Habichthof strafft er unvermittelt seinen Rücken und sucht im Rückspiegel Tapirs Gesicht.

»Was ist denn mit diesem Pepper, Herr Nansen?«

BITTE? Papa fängt von sich aus mit Pepper an?

Mein Herz macht einen gefährlich hohen Sprung. Auf einmal rast es wie verrückt. Der Pulsschlag dröhnt in meinen Ohren. Warum kommt plötzlich wieder Pepper ins Spiel? Die Geheimtür in meinem Herzen klappert so sehr, dass ich zu zittern beginne.

Insgeheim taste ich Papas Worte ab. *Was ist denn mit diesem Pepper, Herr Nansen?* Kann ich darin Zeichen für eine Kapitulation sehen? Weicht mein störrischer Vater von seinem trotzigen »Nein« ab?

Aus Papas Gesicht werde ich nicht schlau, er schaut stur geradeaus auf die Straße.

Was bedeutet seine Frage bloß? Und vor allem: Was kann Tapir aus dieser Chance machen?

»Pepper?«, sagt Tapir hinter mir. »Den verkauft Herr Habicht nie im Leben. Ist doch sein bestes Schulpferd.«

Sofort rast mein Herz nicht mehr. Im Gegenteil, es droht auszusetzen. Gleich bleibt es stehen. Furchtbar, die Worte so deutlich gesprochen zu hören. *Den verkauft Herr Habicht nie.*

Wieso sagt Tapir so etwas?

Zuversichtlich sieht er mich vom Rücksitz aus an.

Wollte Tapir mit dem Satz nur Papas Ehrgeiz wecken? Ich schöpfe Hoffnung.

Störrisch schiebt Papa sein Kinn vor. »Das wollen wir doch mal sehen.«

Tapirs Einwand war ein oberkluger Schachzug!

Vor einem halben Jahr hat Papa noch rumgetönt: »Ich kaufe doch kein gebrauchtes Schulpferd!«

Und nun will er sich in den Zweikampf mit Herrn Habicht stürzen?

Ich zucke mit der Nase, um Tapir zu bedeuten, dass ich begeistert bin.

Mein Supertapir, du kennst dich besser mit Jungs aus als ich. Wenn du da einen Stein ins Rollen bringst . . . den Pepperstein sozusagen . . . nie würde ich dir das vergessen, Tapir. Du hättest drei Wünsche bei mir frei. Was heißt drei – hundert!

4.

Nachdem wir Tapir am Fuchsredder abgesetzt haben, fährt mein Vater weiter zum Habichthof. In einer halben Stunde beginnt der Unterricht für die Antiken, wie wir die alten Reiter über dreißig nennen. Habi hat also noch etwas Zeit.

»Ich will jetzt Nägel mit Köpfen machen«, sagt Papa mit entschlossener Stimme, als wir vor der beleuchteten Reithalle einbiegen, wo er den letzten Parkplatz erwischt.

Mein Herz flattert. Ich wage kaum zu atmen. Monatelang sind wir kreuz und quer durch die Gegend gefahren und haben uns Verkaufspferde angesehen. Und plötzlich, von einer Sekunde auf die andere, reicht es Papa. Nun will er, dass sofort Schluss ist.

Eigentlich möchte ich sofort losrennen, als ich die Autotür hinter mir zuschlage. Stattdessen schleiche ich in Zeitlupe auf unseren Stall zu. Wie im Traum, wenn man nicht vorwärtskommt. In der nächsten halben Stunde entscheidet sich mein Schicksal. So sehr ich mich freue, aber Papas plötzlicher Entschluss ist mir fast ein bisschen unheimlich. Es ist alles so unwirklich.

Wie denkt er sich das mit Pepper?

Mein Vater benimmt sich, als würde er einen Einkaufszettel abhaken:

3 Brötchen

2 Melonen

1 Pferd

Als müsste er nur hingehen zu Herrn Habicht, auf Pepper zeigen und der Kauf wäre perfekt: »Packen Sie mir den braunen Holsteiner dort drüben bitte in Geschenkpapier ein.«

Es würde mich nicht wundern, wenn meine Unterlippe bis auf die Zahnreihe durchgekaut wäre, bis wir im Stall ankommen. Ständig muss ich auf der Lippe herumbeißen, so nervös bin ich. Hoffentlich benimmt Papa sich anständig – sonst kann ich Pepper vergessen. Zwischen meinem Vater und Lennart Habicht stimmt nämlich die Chemie nicht. Im Bruchteil einer Sekunde bricht zwischen den beiden das schönste Wortgefecht aus, wenn man nicht aufpasst. Das ist der Grund, warum ich meinen Vater nur in Notfällen mit in den Stall nehme.

Für meine fiese Meinung über Papa – wo er doch so nett ist, mir ein Pferd zu schenken – gebe ich mir zwei Punkte auf der »Fiese-Flora-Skala«.

Zwei Minuspunkte sind genug. Schließlich kaufen meine Eltern mir das Pferd nicht ohne Hintergedanken. Sie benutzen es als Lockmittel, um mich bei der Stange zu halten. Schulmäßig.

»Hoffentlich bleibt das Pferd für dich ein Ansporn, das Gymnasium weiter durchzuziehen«, kommt da auch schon von meinem Vater.

Na bitte!

Meine Eltern haben genaue Vorstellungen, was ich erreichen soll. Notfalls setzen sie dafür größere Preise aus – wie ein Pferd. Vielen anderen auf meiner Schule geht es ähnlich mit ihren Eltern. Außer Emily. Sie hat ihren Haflinger nur deshalb so schnell bekommen, weil ihre Eltern sich nicht um sie kümmern wollen.

Noch glaube ich nicht an ein Happy End.

Obwohl – die Fahrräder von Melly und Gloria sind nirgends zu entdecken. Das werte ich als gutes Omen.

Papa wuchtet die eiserne Stalltür auf.

»Weißt du eigentlich, wie lange ich nicht mehr mit deiner

Mutter im Konzert in Hamburg war?«, fragt er über die Schulter. »Oder mit Dani auf dem Autoübungsplatz? Dein Bruder steht kurz vor der Führerscheinprüfung. Das geht nicht so weiter, dass wir Woche für Woche unsere freien Tage vergeuden, um Pferde zu testen.«

»Ist aber doch spannend, andere Reitställe anzugucken, Papa.«

Mich nervt das Herumfahren nicht. Allerdings vermisse ich es auch nicht, mit Mama ins Konzert zu gehen. Oder mit Dani zum Autoüben.

Mit welchen Nebensächlichkeiten Leute sich aufhalten können. Ich habe ganz andere Befürchtungen. Wirklich tief gehende.

Mich befällt nämlich soeben die Sorge, dass Melly Lanz heute vielleicht mit dem Bus hier ist und nun doch in Peppers Box herumhängt. Wenn die mitkriegt, dass Pepper und ich ein Traumpaar werden, schleift sie sofort ihre furchtbare Mutter als Verstärkung herbei.

Die Lanz ist der Schrecken der Stallgasse. Obwohl sie gar nicht reitet, hängt sie ständig bei uns herum. Um jeden Preis muss sie ihren Willen haben, diese herrschsüchtige Kuh. Jede Wette, die Lanz-Bande setzt Habi unter Druck.

Ich sehe Frau Dr. Lanz schon vor mir, wie sie sich mit den Händen durch ihre blondierten Haare fährt und die Verzweifelte spielt . . .

»Sie dürfen Pepper nicht an diese Flora Rohde verkaufen, Herr Habicht. Sie wissen, wie sehr Melanie Scarlett an ihm hängt. Das Kind würde die Trennung nicht verkraften.«

Dabei könnte sie ihrer blöden Melly selber ein Pferd kaufen, wenn sie nicht ihr ganzes Geld für einen limonengrünen Jeep ausgegeben hätte. Die schweineteure Panzerkarre braucht sie als Schutz vor Katastrophen, sagt Dr. Lanz, weil die Welt schlecht ist. Wenn ich nicht definitiv wüsste, dass die Lanz Psychologin mit eigener Praxis ist, würde ich sie für die durchgedrehte Exfrau eines Geldsacks halten. Ist sie aber nicht. Ihr ausgefallener Jeep nennt sich in der Werbung *König des Berglandes* – das sagt ja wohl alles über die Lanz-Meise. Wo wir mitten in der platten norddeutschen Tiefebene wohnen und nicht im Hochland von Peru.

Jedenfalls steht fest, dass Frau Dr. Lanz jeden Trick kennt, um unserem Habi die Hölle heiß zu machen. Sie und Melly können auf Kommando losheulen. MIT TRÄNEN. So einen Auftritt musste der ganze Stall im letzten Juli miterleben. Da hat die Lanz-Gang so lange geweint, bis Melly beim Gruppenausritt meinen Pepper reiten durfte. Und ich guckte in die Röhre. Wir hätten zumindest eine Münze werfen können, das wäre gerechter gewesen.

Vorsichtig spähe ich in die Stallgasse. Aus einigen Boxen dringen Frauenstimmen. In den Boxen von Collin, Siri, Mounty und Flemming erkenne ich ein paar Antike. Und hinten bei den Fjordies Oskar und Halvor wird gelacht. In Peppers Box steht niemand. Auch keine Melly Lanz. Sehr gut.

Augenblicklich lässt das Rumoren in meinem Magen nach. Pepper hat also die nächste Stunde frei. Mein Wallach scheint das zu wissen, denn er beugt sich entspannt über sein frisches Stroh.

Als ich seine Tür öffne, hebt er den Kopf, grummelt erfreut und dreht sich in der Box um. Er nimmt den Hals herunter und begrüßt mich auf die süßeste Weise der Welt. Mit seinen weichen Nüstern schnobert er über meinen Arm.

Ach Pepper, dafür liebe ich dich! Für deine punktgenaue Vorstellung unserer Romeo-und-Julia-Geschichte . . . du weißt genau, wann es darauf ankommt.

Und jetzt *kommt* es darauf an.

So eine herzzerreißende Begrüßung muss Papa regelrecht umfegen. Dass dieses Pferd das einzig Wahre für seine Tochter ist, kann er wohl kaum übersehen. So eng, wie Pepper und ich miteinander sind! Zwischen uns passt kein Strohhalm.

Aber statt genau das auszusprechen, kommt nur von ihm: »Was ist denn an diesem Tier besser als an allen anderen Pferden?«

Frustriert lasse ich die Schultern fallen. Für ihn sieht ein Pferd aus wie das andere.

Von sämtlichen Pferden auf diesem Planeten hat Papa dieselbe Meinung: Vorne beißen sie, hinten treten sie und nach allen vier Seiten fallen sie steil ab.

»Ach Papa.«

Ich hake ihn unter und himmle ihn an. Sicherheitshalber, falls er sich die Sache wieder überlegt.

»Ich kenne Pepper so gut. Du weißt doch: rosa Wärme . . .«

»Rosa Wärme! Meine Güte, Flo, du bist fast vierzehn!«

Ich kenne seine empfindliche Stelle und gebe zurück: »Hättest du lieber einen zweibeinigen Freund für mich?«

»Der Himmel bewahre!« Papa seufzt. »Also dann: Wenn es ein Schulpferd sein muss, in Gottes Namen.«

In der Mitte der Stallgasse beugt sich Lennart Habicht über einen Großballen und zieht das Netz vom Stroh herunter. Garantiert hat er Papa längst erkannt und hofft, dass er ihn nicht in ein Gespräch verwickelt.

Papa macht sich groß und steuert mit weit ausholenden Schritten auf Habi zu.

Ich gehe hinter meinem Vater. Was heißt gehen: Federleicht wie eine Ballerina auf Spitzenschuhen tanze ich über die Stallgasse. Alles in mir kribbelt und vibriert. Wunderbare rosa Wärme breitet sich in meinem Körper aus. Wenn ich nachher den Stall verlasse, heißt Pepper vielleicht schon Pepper Rohde.

Habi arbeitet stur vor sich hin und blickt erst hoch, als Papa unmittelbar vor ihm steht. Schweigend nimmt er die schwarze Baseballkappe ab und und fährt sich über den kahl rasierten Kopf.

Papa schiebt die Hände in die Hosentaschen.

»Sie wissen ja, dass wir ein Pferd für meine Tochter suchen.«

Herr Habicht setzt seine Kappe wieder auf und rückt sie langsam zurecht. Er mustert Papas dunklen Office-Anzug, der so gut in eine Stallgasse passt wie ein Mercedes auf eine Go-Kart-Bahn.

»Haben Sie das Traumpferd endlich gefunden?«

Es ist nicht Papas Art, lange um den heißen Brei herumzureden.

»Meine Tochter will Pepper. Das Schulpferd dort drüben.«

Er zeigt auf Peppers Box.

Ich nehme mir vor zu schweigen und presse die Lippen aufeinander. Die Chance ist zu groß, etwas Falsches zu sagen.

Lennart Habicht holt Luft.

»Sie sind aber mal direkt.«

»Das spart Zeit«, antwortet Papa.

Breitbeinig stehen sie sich gegenüber, beide stemmen die Hände in die Hüften, ihre Ellenbogen stehen weit vom Körper ab. Mit hochgereckten Köpfen mustern sie sich.

Ich platze fast vor Lachen.

Die beiden können einfach nicht normal miteinander reden. Neulich hat Mama mir unter vier Augen etwas anvertraut.

»Papa fühlt sich zwischen den Pferden unsicher und versucht, das durch große Auftritte zu vertuschen.« Sie findet das normal – wegen der männlichen Hormone. »Die stacheln jeden Mann an, sich vor anderen wichtig zu machen. Da muss man nachsichtig sein als Frau.«

Nett gemeint von Mama, mir Nachhilfeunterricht über Imponiergehabe zu geben. Aber darüber muss mir keiner etwas erzählen.

Imponierverhalten sehe ich schließlich täglich auf der Weide, wenn die männlichen Pferde sich groß machen und mit erhobenen Köpfen aufeinander zutraben. Wie sie einander mit angelegten Ohren umkreisen, um die günstigste Angriffsposition zu erlangen. Wie sie in die Knie gehen, um ihre Beine vor Bissen zu schützen. Wie sie dramatisch steigen. Und statt bissige Worte zu tauschen wie Menschen, versuchen Pferde, sich gegenseitig durch echte Bisse in Hals und Widerrist zu Boden zu zwingen. Erst wenn ein Pferd die Flucht ergreift, ist der Kampf um die Führung entschieden. Meistens passiert nicht viel bei diesen ruppigen Spielen. Gefährlich wird es nur, wenn beide Pferde fast gleichrangig sind und keiner aufgeben will.

So eine Situation scheint mir zwischen Papa und Habi zu herrschen. Jeder hat seine Stärken, nur steht Herr Habicht sozusagen auf der eigenen Weide. Heimvorteil für ihn. Habi senkt seine Stimme.

»Ist besser, wenn nicht der halbe Stall zuhört. Wenn es um Schulpferde geht, verbreiten sich schnell die wildesten Gerüchte. Stimmt's, Flo?«

»Absolut.«

Als er sich wieder an meinen Vater wendet, schleicht Emily hinter mir vorüber und schiebt mir ein Päckchen zu.

»Denkst du an das Mineralfutter für Habi?«, wispert sie ängstlich.

»An nichts anderes«, sage ich und klemme den Karton unter den Ellenbogen.

Ich sehe Emily nach, wie sie mit gesenktem Kopf über die Stallgasse zum Ausgang flitzt. Wenn ich mich nicht um Emi kümmere, geht sie ein.

Für meinen Botendienst gebe ich mir in Gedanken acht Punkte auf meiner »Feine-Flora-Skala«.

Irritiert unterbricht Habi das Geflüster. Ihm entgeht nichts. Ich reiche ihm das Mineralfutter.

»Alpino soll das Zeug sechs Wochen lang fressen, Herr Habicht. Würden Sie das bitte jeden Morgen ins Futter mischen?«

Abwesend nickt er und greift nach der Packung.

Dann sagt er zu meinem Vater: »Kommen Sie doch mit in mein Büro, Herr Rohde. Ich habe leider nicht endlos Zeit, in zwanzig Minuten beginnt der Unterricht.«

Einen Moment zögert Papa, dann klopft er mir auf die Schulter und sagt: »Warte hier, ist besser, wenn wir das unter Erwachsenen besprechen.«

Gerade will ich empört aufjaulen, da sind die beiden schon hinter der Feuerschutztür zum Büro verschwunden.

»Mist!«

Wütend bücke ich mich nach einem herumliegenden Hufkratzer und schleudere ihn gegen die Tür. Wie behandeln die mich? Ich muss draußen bleiben. Wie ein Hund vorm Supermarkt. Sitz, Flora. Fehlt nur noch, dass sie mir einen Trinknapf hinstellen.

Mit beiden Händen umklammere ich die Boxenstäbe und spreche mit Pepper.

»Was hecken die da drinnen nur aus?«

Mit einem Auge schielt mein Freund zu mir nach hinten, grunzt kurz als Zeichen, dass er mich zur Kenntnis nimmt, und mampft weiter.

Wieso stehe ich hier untätig herum, während nur zehn Pferdelängen weiter über meine Zukunft entschieden wird? Das Geheimgespräch hinter verschlossenen Türen lässt mir keine Ruhe. Ich muss hören, was sie sagen, um notfalls eingreifen zu können.

Ich laufe nach draußen und drücke mich an der Außenwand entlang bis unter das gekippte Bürofenster, wo ich mich auf die Knie fallen lasse. Die Erde fühlt sich kühl an. Ist ja erst März. Feuchtigkeit kriecht durch die Reithose. Hoffentlich bemerkt Papa nachher die dunklen Flecken nicht, sonst reimt er sich zusammen, dass ich gelauscht habe. Er kennt mich leider ziemlich gut. Ihn zu überlisten, ist Schwerarbeit. Mein Vater ist das Misstrauen in Person, ist ja schließlich sein Beruf. Wäre er nicht Revisor geworden, könnte er eine steile Karriere als Wachhund machen . . .

Weil ich drinnen nichts höre, hänge ich meinen Gedanken nach.

Meine Eltern sind manchmal schwierig. Ohnehin verlangt Papa ständig, dass ich mir überlege, warum ich etwas will. Aber seit der Sache mit dem versprochenen Pferd ist es noch schlimmer geworden. Bevor wir anfingen zu suchen, musste ich eine Liste anlegen: »Warum ich ein eigenes Pferd möchte.« Mit sechs guten Gründen. Das muss man sich mal vorstellen.

War natürlich kein Problem für mich.

Liste: »Warum ich ein eigenes Pferd möchte«

1. Weil ich reiterlich weiterkomme.
2. Weil ich diese demütigende Abhängigkeit nicht mehr ertrage.
3. Weil ich mir die Reitstunden besser einteilen kann, wenn wir in der Schule Nachmittagsunterricht haben.

4. Weil ein eigenes Pferd mein größter Wunsch ist, seit ich mit dem Reiten begonnen habe. Mein Interesse daran war nicht nach zwei Monaten vorbei wie bei meinen Tennis- und Klavierstunden.
5. Weil ein Pferd immer für mich da ist, wenn ich mich mit Freunden verkracht habe.
6. Weil ein Pferd Ruhe ausstrahlt und rosa Wärme verbreitet.

Ich bin sogar auf acht verteufelt gute Gründe gekommen:
Punkt 7: Um Melly Lanz und ihrer blöden Mutter das Maul zu stopfen.
Punkt 8: Um ein Lebewesen in der Nähe zu haben, das nicht unaufhörlich plant, prüft und Listen anlegen lässt wie meine Eltern.

Die letzten beiden Punkte habe ich gestrichen.

Als ich die Liste schrieb, fand ich es eigentlich sogar ganz witzig, über alles nachzudenken und gute Gründe zu finden. Natürlich gebe ich das nicht zu. Sonst bricht bei uns zu Hause ein Listenwahn aus und ich muss bald für jede Knopfbatterie eine schriftliche Begründung einreichen. Mit Eltern kann man nicht vorsichtig genug sein.

Endlich tut sich etwas im Büro. Es gluckert, als ob Kaffee oder Wasser eingegossen wird. Kurz darauf erhasche ich ein paar leise Brocken von Habi. Dann dringt nichts mehr nach draußen. Umkreisen die beiden sich gerade wie zwei Hengste vor dem Kampfspiel? Liegt einer bereits am Boden?

Aber dann . . .

»Sie wollen mir doch nicht erzählen, dass ein Schulpferd siebentausendfünfhundert Euro wert ist?«, bellt Papa.

Siebentausendfünfhundert Euro?

Das hätte ich nicht gedacht. Mehr als der Blüter. Mehr als

die elegante Venus. Obwohl mein Schatz natürlich jeden Preis der Welt wert ist – aber ob Papa das wohl auch so sieht? Nennt Herr Habicht diese Summe nur, um Papa zu verschrecken? Tapir meint ja, Habi will Pepper überhaupt nicht verkaufen.

Geizig ist Papa nicht – allerdings muss er immer das Gefühl haben, das Geschäft seines Lebens zu machen. Was ich mir alles von ihm anhören musste! Mama behauptet zwar, er wollte mich damit nur aufziehen, aber mal ehrlich – ich fand's nicht besonders witzig:

»Am liebsten hätte ich drei Pferde zum Preis von einem.«

Oder: »Gibt es keine Rotstiftaktion? Hengste mit kleinen Fehlern zum Mitnahmepreis?«

Oder: »Warum veranstalten die Holsteiner Züchter keinen Winterschlussverkauf?«

»Und überhaupt – was ist mit Ebay?«

Davon träumt mein Vater wahrscheinlich wirklich: Bei Ebay bis zur letzten Minute warten und dann blitzartig zuschlagen. Drei, zwei, eins . . . meins. Bloß, dass es keine Pferde bei Ebay gibt. Das ist glaube ich sein größter Kummer.

Weil keine Antwort von Herrn Habicht kommt, nehme ich an, dass er nach Papas Vorderfußwurzelgelenk schnappt. Um ihm zu imponieren.

Es geht weiter. Papas Stimme.

»Die Pferdezeitschriften stehen voll mit billigeren Pferden. Viertausend, fünftausend Euro. Massenhaft.«

Habi kontert: »Aber offenbar war für Ihre Tochter nicht das richtige dabei.«

»Was soll denn an diesem Pepper so teuer sein? Der ist schon neun, das ist nicht gerade jung. Die anderen Verkaufspferde waren erst vier oder fünf. Die halten viel länger.«

Ich greife mir an den Kopf.

»Oh Papa! BITTE! Rede nicht so einen Müll«, murmele ich unter meinem Bürofenster, aus dem Habis lang gezogener Seufzer dringt.

So klingt es, wenn sich ein müdes Pferd aufstöhnend ins Stroh fallen lässt. Und müde ist Habi bestimmt. Müde, den Leuten immer wieder dasselbe zu erzählen.

Ständig muss Herr Habicht wiederholen, dass gute Schulpferde nicht auf Bäumen wachsen. Dass ein Pferd wie Pepper alles erfüllt, was ein Lehrpferd so genial macht. Es mag Menschen, kommt mit vielen unterschiedlichen Reitern klar, ist gelassen, freundlich, gesund, greift andere Pferde auf der Weide nicht an, gibt brav die Hufe beim Schmied, lässt sich gut reiten, ist im Gelände eine Lebensversicherung, geht Dressur und kann ein bisschen springen. Nimmt falsche Hilfen der Anfänger nicht krumm. Und mit neun Jahren hat ein Pferd wie Pepper genau das richtige Alter als erstes Privatpferd einer jungen Reiterin.

»Wenn Pepper privat wird«, sagt Herr Habicht, »bleiben womöglich etliche Reitschüler weg und suchen sich einen neuen Stall. Aus Enttäuschung, weil sie ihren vierbeinigen Liebling nicht mehr reiten können.«

Papa: »Sie wollen sagen, dass Sie weniger verdienen, wenn dieser Pepper nicht mehr zur Verfügung steht?«

»Genau so ist es. Für einen wie Pepper findet man schwer Ersatz. Da muss ich viel durch die Gegend fahren und suchen. Im Grunde müsste ich zehntausend Euro für so ein gutes Pferd nehmen.«

Sie wechseln noch ein paar Sätze, aber die Verhandlung stockt irgendwie.

Keiner lenkt ein. Mein Herz wird bleischwer. Das klingt nicht gut.

An Habis Stelle würde ich Pepper auch nicht verkaufen, wenn ich ehrlich bin.

»Ich muss dann mal los«, sagt Herr Habicht, begleitet von polterndenStuhlbeinen. »Der Reitunterricht, Sie verstehen . . .«

Die beiden sind kein Stück weitergekommen.

Ich springe auf die Füße und sause durch die Grünanlagen zurück. Als ich die Stallgasse erreiche, geht gerade die Bürotür auf.

Es würde mich nicht wundern, wenn Papa und Habi nach ihrem Imponierkampf blutend heraustrӓten.

»Wo sind die Bisswunden?«, frage ich süffisant.

Verständnislos starren beide mich an. Nach ein paar Sekunden kapiert Habi meinen Spruch und grinst. Allerdings etwas schief.

Demonstrativ schnipst mein Vater ein paar Flusen von seinem Anzug.

»Wir gehen.«

Schnell versuche ich, noch einen letzten Blick von Pepper zu erhaschen, aber vor seiner Box haben sich zwei Antike aufgebaut. Mit lächerlicher Babystimme buhlen sie um seine Zuneigung: »Wo ist denn unser süßer Spatz?«

Widerlich.

Herr Habicht hebt stumm die Arme, was wohl so viel heißen soll wie: Bei so viel Sturheit kann ich auch nichts tun.

5.

Während wir nebeneinander über den unbeleuchteten Parkplatz gehen, poltert Papa los: »Ich denke nicht daran, für ein Schulpferd mehr zu zahlen als für ein Rennpferd wie Herz Tuan xx.«

Ich schweige beharrlich.

Als wir vor unserem Wagen stehen, öffnet Papa die Heckklappe.

»Pack dein Rad hinten rein. Wir können zusammen nach Hause fahren.«

Papa bietet mir seinen Wagen an? Für mein Fahrrad, an dem jede Menge Schmutzkrusten haften? Wo er andauernd panische Angst um seinen kostbaren Autolack hat? Klarer Fall, Papa will etwas gutmachen. Nämlich, dass er sich vor Herrn Habicht wie ein Hengstrivale aufgespielt hat.

»Lass mal, Papa. Die paar Meter bis zu uns.«

Die zehn Minuten bis zum Fichtenkamp brauche ich für mich allein, um meine rotierenden Gedanken zu sortieren.

Mein Vater grunzt etwas, als ich meine Putzbox auf den Gepäckträger klemme.

»See you at home«, sage ich und springe aufs Rad, um vor ihm vom Hof zu kommen.

Abendwind fährt durch meine Haare und streicht mir kühl über die Stirn. Abkühlung hat mein Kopf dringend nötig, denn unter meiner Schädelplatte tobt die Hölle.

Mein Vater überholt mich und blinkt mit der Lichthupe. Ich starre dem weiß leuchtenden Wagen hinterher.

Ich bin unglaublich nahe dran an meinem Traumpferd. Wie nutze ich nur Papas plötzliche Kehrtwendung hin zu Pepper?

Mir muss dringend etwas zu dem idiotischen Preisgehabe einfallen.

Ich könnte mein Pferdesparbuch plündern. Im Januar waren tausendachthundert Euro und sieben Cent drauf. Für mehr als zweieinhalb Pferdebeine reicht das nicht. Aber wenn ich Papa anbiete, mein eigenes Geld dazuzulegen, müsste er eigentlich weich werden und Pepper kaufen. Natürlich spekuliere ich darauf, dass Mama mich zurückhält.

»Das Kind hat nicht jahrelang jeden Euro gespart, damit wir ihr das ganze Geld für das versprochene Pferd wieder abknöpfen.«

Bei Papa bin ich da nicht sicher. Ich fürchte, er wird zugreifen und behaupten: »Aus erziehungstechnischen Gründen.«

Am besten bringe ich das Sparbuch erst einmal nicht zur Sprache. Das soll die Notreserve für mein Pferd bleiben. Allerdings kann es passieren, dass Papa ohne mein Geld die Lust an Pepper verliert. Dann bin ich selber schuld, wenn ich ihn nicht bekomme.

Ich biege in den Fichtenkamp ein und habe immer noch keine Idee.

Wenn das Gerücht im Stall die Runde macht, dass Herr Habicht Pepper möglicherweise verkauft, steht blitzschnell Mellys Mutter auf der Matte und will meinen Schatz für ihre Tochter haben. Meine Eltern behaupten zwar, eine Psychologin wie Mellys Mutter würde nicht reich mit ihrer Arbeit. Daran muss etwas sein, sonst hätte das Lanz-Duo sich Pepper längst unter den Nagel gerissen.

Aber mal angenommen, ein stinkreicher Scheich mit einer schweren Meise legt sich bei Dr. Dorothee Lanz auf die Couch. Was ist, wenn sie ihn von seiner Macke heilt? Der Saudi lässt glatt als Dank einen Sack Öldollar da. Schwups, ist mein Pepper weg.

Zu Hause drehe ich den Türschlüssel nahezu lautlos um. Unbemerkt ins Haus zu kommen, ist meine Spezialität. Manchmal fange ich dabei ein paar Sätze auf, die nicht für mich gedacht sind. Unsere Eingangsdiele mit dem hohen Fenster zum Vorgarten und dem Mauervorsprung neben der Tür ist geradezu ideal zum versteckten Lauschen. Die Diele ist ein quadratischer Raum mit Essecke, aus der eine Holztreppe nach oben führt. Neben den Stufen steht ein runder Tisch mit vier lederbezogenen Stühlen.

Im hellgrauen Office-Hemd sitzt Papa mit dem Rücken zu mir und gießt sich eine Tasse Tee ein.

»... bei der Stute stimmte die Chemie nicht«, informiert er gerade meine Mutter.

Und dann spricht er nach einem tiefen Seufzer die sensationellen Worte: »Läuft wohl doch auf dieses Schulpferd hinaus.«

Mein Herz tanzt.

Ist mein Vater zur Vernunft gekommen? Gibt es das, Sekundenheilung fürs Gehirn?

Mama dreht sich um. Sie hat mich gehört, springt auf und umarmt mich.

»Das ist ja toll, Flo.«

Sie drückt mich an sich, bis ich kaum noch Luft bekomme.

»Bei Pepper müssen wir uns wenigstens keine Sorgen machen, wenn du unterwegs bist.«

Mama freut sich mit mir. Erwähnt nicht einmal meine Jacke, die ich achtlos auf den Stuhl geworfen habe. Ist jetzt alles klar?

Zu früh gefreut, denn da nörgelt mein Vater schon wieder los: »Aber der Preis stimmt nicht. Siebentausendfünfhundert Euro will Habicht für das gebrauchte Tier haben. Der hat sie doch nicht alle.«

Meine Mutter wiegt den Kopf.

»Findest du das zu viel?«

Schon explodiert er wieder.

»Sieben fünf für ein gebrauchtes Pferd? Aber Julia! Dafür kann ich mir ja ein halbes Dutzend ultraflache LED-Fernseher mit eins zwanzig Bilddiagonale kaufen.«

Stimmt, bloß kann man auf sechs ultraflachen Fernsehern nicht reiten. Nicht mal bei ein Meter zwanzig Bilddiagonale.

Papa mit seinen unterirdischen Vergleichen.

Mit spitzen Fingern hebt er meine Jacke an und hängt sie auf den Kleiderständer.

Dann sucht er in unserem mustergültig aufgeräumten Flurschrank gegenüber der Treppe nach irgendetwas und kehrt mit einem Taschenrechner zurück.

»Zweitausendfünfhundert mehr als geplant, das will mir einfach nicht in den Kopf gehen.«

Was hat er vor?

Papas Finger huschen über die Zahlentasten.

Leicht gereizt erkundige ich mich: »Willst du den Preis pro Kilo ausrechnen? Nur zu, Pepper wiegt fünfhundert Kilo.«

Ich lege den Kopf in den Nacken und rechne selber.

»Pepper kostet fünfzehn Euro pro Kilo. Das ist doch geschenkt, wenn man bedenkt, wie teuer deine Rindersteaks sind.«

»Dass du als Tierfreundin solche makaberen Scherze machen kannst«, knurrt mein Vater. »Sag mir lieber, wie alt so ein Pferd wird, damit ich vernünftig planen kann.«

»Für deine Kosten-Nutzen-Rechnung? Du willst ausrechnen, wie viel eine Reitstunde kostet, wenn . . .«

»Das Alter!«

»Davon hast du doch nichts, Papa. Ich sage dir lieber, wie lange ich Pepper garantiert reiten kann. Zehn Jahre mindestens.«

Papa rührt so brutal in der Tasse, dass ich Angst um das Porzellan habe.

»Schreckliche Vorstellung«, stöhnt er, »so viel Geld zum Fenster hinauszuwerfen. Zwei fünf mehr als nötig.«

»Pepper ist jeden Cent wert«, protestiere ich.

Mama nickt mir zu. Sie steht auf meiner Seite. Seit sie bei ihrer Sparkasse undurchsichtige Geldanlagen verticken soll, leidet sie wie ein Hund. Das widerspricht nämlich ihrer Auffassung von einer guten Bankkauffrau. Ständig möchte sie woanders wiedergutmachen, was sie in ihrem Job gezwungenermaßen verbockt. Jetzt hat sie eine Chance. Herr Habicht braucht jeden Euro und Mama weiß das. Für die Pferde. Und für seinen kleinen Sohn Johnny, den seine Frau zurückgelassen hat, als sie vor Jahren mit einem anderen Kerl verschwunden ist.

»Flo hat sich dieses Schulpferd wieder und wieder gewünscht, Oliver. Ganz beharrlich. Das musst du zugeben.«

Papa behält sein aufsässiges Protestgesicht. Das Mienenspiel kenne ich von Pepper, wenn er bei Melly eine Hinterhandwendung machen soll, aber nicht will.

Trotzig kneift Papa die Augen zusammen.

»Mich schmerzt das zusätzliche Geld.«

Über die Tischplatte langt meine Mutter zur Kanne und greift nach den baumelnden Teebeuteletiketten. Über Kopf liest sie den aufgedruckten Text.

»Mal sehen, ob uns die Teebeutel weiterbringen.«

Ich springe aus dem Sessel. Wer weiß, was Papa aus den aufgedruckten Sprüchen heraushört! Er hat eine einmalige Gabe, alles in seinem Sinne zu verdrehen.

»Spinnt ihr jetzt alle? Ihr könnt doch nicht mein Leben von einem Teebeutelspruch abhängig machen.«

»Hör doch erst mal zu.«

Mama lächelt fein.

»Zwei Schillerzitate. Das erste ist für dich, Oliver: ›Kurz ist der Schmerz und ewig ist die Freude!‹ Verstehst du? *Und ewig ist die Freude!* Der andere passt für Flo: ›Was man nicht aufgibt, hat man nie verloren.‹«

Die Teebeutel sind auf meiner Seite.

»Siehst du, Papa.« Triumphierend proste ich ihm mit der Teetasse zu. »Sag endlich Ja.«

Statt zu antworten, beugt Papa sich über den Taschenrechner. Leise klacken die Tasten. Papa in seinem Element. Dann lehnt er sich zurück und wedelt mit dem flachen Plastikteil.

»Wenn du das teure Tier zehn Jahre reitest, kostet es umgerechnet zwei Euro und fünf Cent pro Tag. Bei fünftausend Euro Kaufpreis würde es aber nur einen Euro siebenunddreißig kosten. Ein Unterschied von achtundsechzig Cent. Tag für Tag.«

Es verschlägt mir jedes Mal die Sprache, zu welchen abstrusen Rechenleistungen Papa fähig ist. Wofür soll das gut sein? Wird er mich jeden Morgen mit der Nase auf die achtundsechzig Cent stoßen, falls es mit Pepper klappen sollte? Ich muss ihm den Wind aus den Segeln nehmen.

Ist jetzt der Zeitpunkt, mein Sparbuch anzubieten? Absolut. Gerade will ich die tausendachthundert Euro zur Sprache bringen, da kommt mir ein grandioser Geistesblitz.

»Gut, das sind knapp fünf Euro in der Woche. Dann verzichte ich halt zehn Jahre lang auf mein Taschengeld. Also auf den Teil, den ich für Süßes und Kino und so bekomme. Dann könnt ihr Pepper kaufen und macht sogar noch Gewinn dabei.«

Papa ist verblüfft, dass seine Tochter trotz der galaktischen Rechenschwäche solche Ergebnisse präsentiert. Er sucht nach einem Haken. Und findet ihn.

»Das würde bedeuten, dass du mit vierundzwanzig immer noch Taschengeld von uns bekommst«, kontert er. »Deine Idee ist ja im Ansatz witzig, aber du verkennst den Ernst der Lage.«

Höchste Zeit, einen weiteren Joker auf den Tisch zu werfen. Ich habe keine Wahl, alles muss raus. Auch gewagte Halbwahrheiten, um das Wort Flunkerei zu vermeiden. Ich bringe Mellys Mutter ins Spiel, Frau Dr. Lanz. Für meinen Vater ist sie ein rotes Tuch. Mit ihrem Namen muss ich nur ein wenig vor seiner Nase wedeln, um den Stier in meinem kleinen Papa zu wecken.

»Wenn wir uns nicht bald entscheiden, kauft Frau Lanz Pepper.«

Papas Auflachen klingt schrill und ungläubig.

»Frau Dr. Lanz soll ein Pferd kaufen? Wovon denn? Viel kann die nicht auf der hohen Kante haben. Seltsam genug, dass sie sich einen teuren Jeep leisten kann.«

Im Übrigen, ergänzt Papa süffisant, verstehe er sowieso nicht, wie jemand auch nur einen einzigen Euro damit verdienen kann, dass er anderen erzählt, dass sie einen Schatten haben. Sein Lieblingssatz über Psychologen.

Das bringt wiederum Mama auf die Palme.

»Oliver! Ich finde es nicht in Ordnung, dass du vor unserer Tochter eine ganze Berufsgruppe diffamierst. Psychologe ist ein anspruchsvoller Beruf.«

»Genau. Anspruchsvoll ist die Dame wirklich. Allein ihre gestylte Eigentumswohnung in diesem Protzkasten. Muss das sein, wenn man ein Kind hat? Melly wäre sicher weniger schwierig, wenn sie mal Auslauf hätte. Wir haben ja auch wegen der Kinder unser Reihenhaus mit Garten gekauft und keine Wohnung mit Marmorböden.«

Papa ist überzeugt, dass er immerzu alles richtig macht.

Wenn es mich nicht betrifft, lasse ich ihn bei dieser Meinung. Im Augenblick allerdings muss ich unbedingt seine Überzeugung aufweichen, dass Pepper überbezahlt ist. Sonst wird es nie etwas mit meinem Pferd.

Immerhin wirkt mein Vater aufgekratzt nach der kleinen, genussvollen Aufregung um Frau Lanz. Die Diskussion hat ihn munter gemacht. Seine Augen wirken viel wacher und fröhlicher als vorhin.

Irrtum! Unerbittlich fährt er fort: »Tatsache bleibt, dass wir für das Pferd auf einen Schlag siebentausendfünfhundert Euro statt fünftausend zahlen sollen.«

»Ach Papa, der Kaufpreis ist das Wenigste, sagt Herr Habicht. Teuer wird ein Pferd erst durch die ständigen Kosten, also Box, Schmied, Impfungen und . . .«

Kochend heißer Schreck durchzuckt mich.

Gratuliere, Flo, du erhältst den ersten Preis für das dümmste Argument seit Anbeginn der Welt.

Meine Eltern wechseln einen Blick. Misstrauisch beugt Papa sich vor.

»Wieso? Was kommt denn noch an Kosten dazu, von denen wir nichts wissen? Hattest du nicht eine Aufstellung darüber angelegt?«

Super, Flo, dümmer hätte es auch Melly Lanz nicht anstellen können.

Die Zunge möchte ich mir abbeißen.

Fast habe ich meinen Vater so weit und da knalle ich ihm die Sache mit den monatlichen Kosten vor den Kopf.

Am liebsten möchte ich mich selber anblaffen: Geht's noch!

Papa schiebt seine randlose Brille zurecht und knurrt: »Wenn die Ausgaben zu hoch werden, müssen wir die Sache mit dem eigenen Pferd überdenken. Hol die Kostenliste her.«

»Aber Papa, wir haben doch schon alles durchgekaut.«

»Hol sie her.«

Sollte ich jemals Kinder haben, werde ich sie nicht so peinlich behandeln.

Ich laufe die Treppe hinauf in mein Zimmer im ersten Stock.

Ein supergenialer Raum. Zwei Fenster. Und eine Balkontür extra. Alles ist bei mir knallrot. Rechts das Bett ist rot und der Schreibtisch am Fenster auch. Und mein Drehstuhl. Genauso wie mein Kleiderschrank, die beiden DVD-Türme, der Rollcontainer, auf dem mein Fernseher und meine Stereoanlage stehen, und das Bücherregal überm Bett. Der Clou ist ein kleines rotes Ledersofa mit zehntausend Kissen, das ich dramatisch schräg in die Ecke unter das linke Fenster gerückt habe. Mit einem feuerroten Laptoptisch davor, den ich in der Höhe verstellen kann, wenn ich Freunde zu Besuch habe. Ich werfe mich auf den Drehstuhl und ziehe die unterste Schreibtischschublade auf. Mit einer Hand richte ich die hohe Arbeitsleuchte auf den Inhalt. Der Lampenschirm ist natürlich auch rot. Beim Einrichten letztes Jahr meinte Papa: »Bei so viel Rot kriegst du noch einen Dachschaden.«

Pah! Rot ist Power, Papa!

Obwohl – vielleicht hat er sogar recht mit dem Dachschaden. Zumindest scheint meine Gehirnmasse im Moment geschädigt zu sein, sonst hätte ich vorhin kaum so einen Stuss geredet wie: »Teuer wird ein Pferd erst durch die ständigen Kosten.« Dümmer geht's echt nicht.

Geräuschvoll poltere ich oben herum. Die Tür habe ich offen gelassen, damit sie unten hören, wie eifrig Tochter Rohde sucht. Dabei liegen alle Unterlagen griffbereit in einer dicken Klarsichtmappe, auf der mit rotem Plakatschreiber »Mein Pferd« steht. Allerdings werde ich einige Minuten brauchen, um die Kosten zu drücken. Im Moment sind sie einfach zu hoch.

Während ich durch lautes Stöhnen, Fluchen und Tritte gegen den Schreibtisch umständliche Suchaktionen vortäusche, zupfe ich die Aufstellung »Ständige Kosten für mein Pferd« aus der Mappe.

Ständige Kosten für mein Pferd

1. Boxenmiete/Reithallennutzung im Monat: 320 Euro
2. Schmied: zwei Hufeisen vorne erneuern und Hufe ausschneiden 70 bis 90 Euro pro Besuch. Im Sommer alle fünf bis sechs Wochen nötig, im Winter alle sechs bis acht Wochen.
3. Schutzimpfungen: Tetanus alle zwei Jahre, Influenza (Grippe) und Herpes zweimal im Jahr, Tollwut einmal im Jahr. Insgesamt 120–150 Euro pro Jahr.
4. Wurmkuren, viermal im Jahr. Insgesamt 100–150 Euro pro Jahr.
5. Rücklagen für den Tierarzt: 50 Euro im Monat
6. Tierhalter-Haftpflichtversicherung: rund 150 Euro im Jahr
7. Sattel gebraucht: 1.000 Euro
8. Trense und Gebiss: neu etwa 250 Euro
9. Stallhalfter und Stricke: ungefähr 40 Euro

Papa hätte seine helle Freude an der sauberen Aufstellung. *Hätte*. Möglichkeitsform hoch zehn. Denn in ihrer Urfassung kann ich die Liste unmöglich mit nach unten nehmen.

Nicht mehr, nachdem mein Vater den ganzen Abend über hohe Kosten gestöhnt hat. Da muss noch was gedreht werden.

Ich werfe meinen Laptop an und öffne die Datei »Ständige Kosten für mein Pferd«.

An der Boxenmiete kann ich nichts ändern, dafür wollen meine Eltern einen Dauerauftrag bei der Sparkasse einrichten.

Nächster Punkt. Schmied.

Muss ebenfalls bleiben. Vielleicht kann ich behaupten, Pepper hätte gar keine Hufeisen . . . dann ist es billiger. Andererseits hat Papa keine Pferdeäpfel auf den Augen. Er braucht ja nur auf Peppers Hufe zu sehen. Bemerkt er die Eisen, fühlt er sich verschaukelt. Zu Recht. Nein, keine Kürzungen beim Schmied.

Impfungen.

Halt, da geht was. Wer hat etwas davon, jetzt schon auf Impfungen hinzuweisen, die erst kurz vor Weihnachten fällig werden? Wie die gegen Pferdegrippe? Dieses Frühjahr hat Herr Habicht sich noch darum gekümmert. Und Tetanus ist erst wieder in zwei Jahren dran, hat Habi gesagt. Super. Ich vernichte die gesamte Spalte. Hundertfünfzig Euro weniger.

Was ist mit Wurmkuren?

Ich sehe Tapir vor mir, wie er beschwörend die Augen rollt:

»An Wurmkuren darfst du nie sparen. Sind superwichtig. Würmer setzen Pferden ganz schwer zu. Die können ein Tier sogar umbringen, wenn sie massenhaft auftreten.«

Schon gut, Tapir. Der Posten bleibt. An meinem Schatz vergreift sich kein blasser Spulwurm. Auch kein Bandwurm, Blutwurm, Fadenwurm und schon gar keine fiese Larve der Dasselfliege.

Rücklagen für den Tierarzt: fünfzig Euro.

Kann auch weg. Pepper braucht keine Rücklagen. Sollte er krank werden, bezahlen meine Eltern sowieso. Also Löschtaste. Mein eigenes Sparbuch muss genügen . . . denn je teurer diese Liste wird, desto schlechter stehen meine Chancen auf Pepper.

Tierhalter-Haftpflichtversicherung: Die kostet ungefähr hundertfünfzig Euro im Jahr.

»Tierhalter-Haftplicht – an dieser Versicherung ist nicht zu rütteln«, hat Tapir gesagt.

Er hat mir noch viel mehr erzählt, bis mir fast der Kopf platzte und ich aufjaulte: »Mann, Tapir, ich will das alles nicht wissen, ich will doch nur ein Pferd.«

Da hat er mich streng angesehen und wie ein spießiger Erwachsener gesagt: »Du bist doch nicht etwa so ein Spaßgirl? Natürlich sollst du Freude an deinem Pferd haben, aber ein Tier zu besitzen, ist kein Jux für kurze Zeit. Der Habichthof ist kein Ponyhof wie in deinen Computerspielen. Du übernimmst echte Verantwortung.«

Er hat nicht mal gegrinst dabei.

Also habe ich mir auch noch den Rest angehört. Zum Beispiel, dass man Pferde, die man aus Privatvergnügen hält, »Luxustiere« nennt. Erst dachte ich, Tapir wollte mich veralbern, aber dann brachte er das Bürgerliche Gesetzbuch mit und da steht das Wort »Luxustier« schwarz auf weiß drin. Tatsache. Im Gegensatz zu Nutztieren, mit denen der Besitzer Geld verdienen muss – wie bei Schulpferden.

Wenn Papa Pepper kauft, wird mein Schatz sekundenschnell vom Nutztier zum Luxustier. Zack. Für Luxustiere gibt es sogar einen Paragrafen: § 833.

»Fakt ist«, hat Tapir gesagt, »man muss praktisch immer zahlen, wenn das Luxustier etwas anrichtet.«

»Auch wenn Pepper gar nicht schuld ist?«, habe ich gefragt. »Wenn ihn eine Wespe sticht und er springt vor Schreck auf Frau Lanz' Auto und zertrümmert es?«

»Ja, musst du zahlen.«

»Und wenn er ihre limonengrüne Karre mit einem Stück Gras verwechselt und mit den Zähnen drüberkratzt?«

»Auch dann«, schwor Tapir.

Er hatte noch andere Beispiele auf Lager.

»Angenommen, Pepper scheut, geht durch, läuft auf die Straße und verursacht einen Unfall. Dann können alle von dir Geld verlangen, die verletzt worden sind und deren Auto kaputt ist. Was das kostet . . . dein Pferd musst du dann verkaufen, dafür ist kein Geld mehr da.«

Danke, so genau wollte ich das gar nicht wissen.

»Dein Vater ist ja bei der Versicherung, der weiß das«, meinte Tapir. »Tierhalter-Haftpflicht ist Standard, damit du ruhig schlafen kannst.«

Diesen Punkt werde ich vor Papa gleich ganz groß herausstellen.

Unten auf dem Flur höre ich Schritte.

»Deine Unordnung, was Flora?«, ruft Papa die Treppe rauf. »Findest du mal wieder nichts?«

»Doch, ich komme gleich.«

Die letzten Punkte. Sattel, Zaumzeug und Halfter.

Warum muss die Ausrüstung überhaupt auf der Ausgabenliste stehen? Sind ja einmalige Käufe. Das findet sich, wenn Pepper erst meiner ist. Ohne Sattel und Trense kann ich schlecht reiten, das wird sogar Papa einsehen.

Jetzt sieht die Aufstellung extrem knapp aus. Zu knapp. Todsicher erinnert Papa sich, dass meine Kosten beim ersten Mal ein ganzes Blatt ausgefüllt haben.

Ich verlängere die Spalte »Boxenmiete« und beschreibe ausführlich, was der Pauschalpreis enthält: Ausmisten, Stroh, Heu, Kraftfutter, Salzleckstein, Abfuhrkosten für den Mist, Pferd morgens auf Weide oder Auslauf bringen, Hallenbenutzung.

Schnell ausdrucken. Mit der überarbeiteten Liste springe ich die Stufen hinab.

Man kann nicht sagen, dass ich mich bei der Aktion richtig wohlfühle. Meine innere Stimme redet mir ins Gewissen: Deine Eltern schenken dir ein Pferd und du manipulierst die Kostenaufstellung. Fies.

Ja, stimmt.

Ich gebe mir gedanklich einen Strafpunkt auf der »Fiese-Flora-Skala«. Doch bevor ich auf der untersten Treppenstufe ankomme, lösche ich den Strafpunkt wieder. Was ich mache, ist nicht fies, das ist sogar extrem freundlich.

Einen Kostenschock würden meine Eltern gar nicht verkraften.

6.

Wenn ich mit meinem Vater in einem Büro arbeiten müsste, würde ich wahnsinnig. Er stellt mehr Fragen als ein Kriminalkommissar beim Verhör eines Raubmörders.

Um Mitternacht schiebe ich endlich alle Unterlagen zurück in meine Pferdemappe. Ich bin fix und fertig. Ein Pferdekauf strengt mehr an als reiten bei vierzig Grad im Schatten.

Sie haben JA gesagt!

Ich bekomme Pepper.

Alles erscheint mir total unwirklich, wie in einem Film, den ich angucke. Irgendwie stehe ich neben mir, hundemüde, als ich die Gummibänder um die Ecken meiner Pferdemappe schlinge.

Gerührt reicht Mama mir die Hand.

»Dein erstes Pferd. Das ist ein besonderer Tag.«

Ein »besonderer Tag«? Das ist die Untertreibung des Jahrhunderts! Das ist eine RIESENRIESENSACHE mit Pepper und mir!

»Herzlichen Glückwunsch«, sagt Papa, verbunden mit einem kleinen schäbigen Erpressungszusatz. »Aber denk dran: Dafür musst du als Gegenleistung gute Zeugnisse nach Hause bringen. Wie besprochen. Morgen machen wir auf dem Habichthof den Kaufvertrag.«

Er steht auf, räumt die Gläser zusammen und trägt sie in die Küche. Aus der Diele ruft er noch: »Und dein Herr Habicht muss mir im Preis entgegenkommen. Ich zahle keinen Euro mehr als siebentausend.«

Typisch Papa. Immer stellt er Bedingungen. Hoffentlich hat Habi fünfhundert Euro auf seinen Wunschpreis draufgeschlagen, die er abziehen kann, sonst gibt es gleich wieder Zoff zwischen den beiden.

Irgendwie finde ich dieses Schachern um Geld unwürdig. Schließlich geht es um meinen besten Freund.

Ich greife noch einmal in meine pralle Mappe und ziehe einen vorgedruckten Pferdekaufvertrag hervor.

»Von Tapir. Er sagt, da steht alles drin, was man klären muss. Damit es hinterher keinen Ärger gibt.«

»Den Vertrag gehe ich mit Herrn Habicht Punkt für Punkt durch. Hat dein schlauer Tapir sonst noch was auf Lager?«

»Ja. Tapir sagt: ›Mündliche Vereinbarungen sind so haltbar wie ein alter Strohhalm.‹«

Papa grinst.

»Solche Texte sollten sie mal auf die Teebeutel drucken. Statt goldener Dichterworte. Und nun ab ins Bett, damit du genug Schlaf für den neuen Schultag bekommst.«

Das sagt sich so leicht.

Ruhelos tigere ich nach dem ereignisreichen Tag in meinem Zimmer auf und ab. Die plötzliche Wendung im Fall Pepper wühlt mich auf.

Leise schlüpfe ich aus der Tür und steige barfuß die Treppe zu Dani hoch. Lautlos drücke ich die Klinke herunter.

In Sweatshirt und Shorts sitzt mein Bruder am PC und fährt herum, als ich mich im Türrahmen zeige.

»Ist was, Kleine? Schon mal was von Anklopfen gehört?«

Er klickt den Bildschirm dunkel und guckt mich mit zusammengekniffenen Augen an. Dann grinst er breit.

»Du strahlst ja wie eine Leuchtreklame. Heißt das, wir haben einen neuen Rohde in der Familie?«

Ich reiße die Fäuste hoch.

»JAAA! Morgen macht Papa den Vertrag.«

Normalerweise falle ich meinem Bruder nicht um den Hals,

aber heute ist nichts normal und ich drücke Daniel wie verrückt, bis er fast vom Drehstuhl rutscht. Lachend schnappt er nach Luft und zieht an meinen Haaren.

»Congratulations. Wenn es mal eng wird mit der Schule, sag Bescheid.«

Gerührt nicke ich. Das liebe ich an meinem Bruder. Nie braucht er lange Erklärungen. Auch heute ahnt er sofort, wo es demnächst bei mir haken könnte.

»Super. See you.«

Zurück in meinem Zimmer bin ich noch hellwacher als vorher. Aufgedreht marschiere ich zwischen Fenster und Bett hin und her.

Das Schlimme ist, dass ich nicht auf der Stelle den halben Stall anrufen kann. Emily, Tessa und Kriss, Janne, Katharina, Lina, einfach allen will ich die ungeheure Neuigkeit erzählen. Am liebsten natürlich Melly und Gloria.

Nur damit ihr Bescheid wisst: Pepper gehört jetzt mir; nehmt also in Zukunft eure Finger von ihm – auf diesen Satz freue ich mich seit der Versetzung in die 8a, also seit gefühlten fünf Millionen Jahren.

Doch noch gehört Pepper mir nicht. Herr Habicht wäre stinkig, wenn ich etwas Halbgares verbreiten würde.

Aber Emily muss sein!

Schließlich haben unsere Eltern uns gleichzeitig ein Pferd versprochen und Emily leidet wie ein Hund, dass sie bisher die Einzige von uns mit eigenem Pferd ist. Und keinen hat, mit dem sie ausreiten kann.

Ich rufe sie an und spreche nur einen einzigen geheimnisvollen Satz ins Telefon.

»Sag, dass du dich freust.«

Ein ganz und gar unüblicher Emi-Schrei gellt durchs Telefon.

»Heißt das, du kriegst ihn?«

»Ja! Ja! Ja!«

»Genial. Dann können wir endlich zusammen ausreiten. Ab wann?«

»Ich hoffe morgen.«

Emi kichert.

»Melly wird sich vor Wut auf den Misthaufen werfen.«

»Hoffentlich zusammen mit ihrer bescheuerten Mutter.«

Für diesen gemeinen Wunsch gebe ich mir noch schnell zwei Punkte auf der »Fiese-Flora-Skala«.

Morgens um halb sieben wiehert mein Handy mich wach. Verschlafen blinzele ich auf das Display.

Emily.

Melde dich. Wichtig!!! Emi.

Wenn Emi so früh simst, kann es nur um den Stall gehen. Sofort bin ich hellwach und rufe sie zurück.

Emi klingt aufgeregt wie selten.

»Ich habe gerade eine Rundmail von Melly bekommen. Garantiert ein Versehen. Sonst mailt die mir nur, wenn sie für Habi Termine fürs Reiterfest machen soll. Wetten, sie hat den falschen Verteiler erwischt.«

Während wir telefonieren, starte ich meinen Laptop und checke die Mails.

Nur zwei Spams. Nichts von Melly. Hat sie mich etwa gezielt aus dem Verteiler gelöscht?

»Ich habe nichts.«

Emi lacht auf.

»Logisch. Es geht ja um Pepper. Melly wittert, dass du ihn haben sollst. Hoffentlich hetzt sie ihre Mutter nicht auf Herrn Habicht.«

»So ein Mist. Wer hat Melly etwas gesteckt?«

»Ich maile dir den Text rüber. Und drück dir ganz doll die Daumen für heute Abend. Tschau.«

Eine Minute später erscheint Mellys Rundmail auf meinem Bildschirm.

Von: melly@doktorlanz.de

Betreff: Alarmstufe ROT

Achtung, Achtung: Große Katastrophe! :-((
Gloria hat Telefon mitgehört. Flo soll Pepper kriegen.
Das muss verhindert werden!!! >_<
Vllt eine Idee? EILT!!! Meldet euch. Schnell!!! Sonst ist der Süße weg für immer. *heul*

Melly

Warum muss mein schönster Tag im Leben so gemein anfangen?

In der Schule bin ich zwar körperlich anwesend, aber meine Gedanken fliegen auf den Habichthof. Ich bin extrem besorgt, was Melly aushecken wird. Zum Glück bleibt ihr nicht viel Zeit, bis wir den Kaufvertrag unterschreiben.

Auf dem Pausenhof gehe ich ihr aus dem Weg und nach der letzten Stunde fahre ich von der Schule direkt in den Stall. Jetzt, wo mir die Durchgeknallten auf den Fersen sind, will ich Pepper keine Sekunde aus den Augen lassen. Melly und Gloria bringen es fertig und entführen ihn klammheimlich. Je eher mein Vater heute Abend den Kaufvertrag unterschreibt, desto besser. Sein blödes Meeting heute Nachmittag wird hoffentlich nicht ewig dauern.

Kribbelig vor Aufregung und Vorfreude betrete ich den Stall – und erlebe den Super-GAU. Vor Peppers Box lungert Mellys Mutter herum. Ihre blondierten, auf jugendlich getrimmten Fransenhaare erkenne ich noch, wenn ich im Koma liege. Bevor ich kehrtmachen kann, entdeckt sie mich und stöckelt mir durch die Stallgasse hinterher. Kurz vor dem Ausgang stellt sie mich.

»Was macht eigentlich die Suche nach deinem eigenen Pferd, Flora?«

Ihre Stimme klingt unerträglich weich. So muss der Wolf nach einer Großpackung Kreide gesprochen haben, bevor er die sieben Geißlein verschlang.

Mich verschlingt Frau Dr. Lanz nicht!

Jetzt weiß ich, was Melly im Schilde führt. Sie hat ihre Mutter aufgehetzt, den Kauf zu verhindern.

Deren hohe Absätze klappern über den Beton auf mich zu. Misstrauisch betrachte ich ihr unehrliches Zementlächeln. Jemand sollte ihr mal sagen, dass man spätestens seit den Achtzigern keinen hellblauen Lidschatten mehr benutzt.

»Ist das nicht schön, wenn man eine Beziehung zu einem neuen Pferd aufbauen kann, Flo?«

Hinter dem Wort »neues Pferd« steht ein ganz großes Fragezeichen. Flo – so hat sie mich noch nie genannt.

Ich muss vorsichtig sein, damit sie mir die Sache mit Pepper nicht vermasselt. In Wirklichkeit geht es unserer Chefpsychologin nicht um mich und schon gar nicht um meine Beziehung zu Pferden, sondern um ihren Engel Melly. Unter allen Umständen will die Lanz verhindern, dass ihre angebetete Tochter Pepper als Schulpferd verliert. Das steht ihr in Leuchtbuchstaben auf der Stirn geschrieben. Direkt über dem hellblauen Achtzigerjahre-Lidschatten.

Bevor ich eine Antwort parat habe, tritt Herr Habicht mit seinem Reitbuch aus dem Büro auf die Stallgasse. Als er Frau Dr. Lanz sieht, wendet er sich genauso blitzartig ab wie ich vorhin, aber er hat keine Chance.

»Herr Habicht, Herr Habicht, eine Minute bitte.«

Mit ihrer Stimme nagelt sie ihn fest. Ich weiß, wie Habi das hasst, wenn er nur rasch vom Stall zu seiner Wohnung laufen will, und gleich fällt ihn jemand an wie ein Kettenhund.

»Ja?«, fragt er kurz und sieht nicht mal von seinem Reitbuch auf. Unhöflich ist das. Aber manche Leute hält man nur auf diese Art auf Distanz.

Dr. Lanz plärrt ohne Umschweife: »Sie werden doch nicht etwa Pepper verkaufen? Ihr bestes Schulpferd!«

Sie führt sich auf wie ein kreischendes Baby, dem man den Schnuller klauen will.

»Wie kommen Sie darauf?«

»Ich weiß es aus zuverlässiger Quelle.«

Sie blufft. Lernt man das im Psychologiestudium? Bisher dachte ich, nur Pokerspieler bluffen.

Einen Moment lang wirkt Habi perplex. Er wirft mir einen ärgerlich-fragenden Blick zu, doch ich schüttele heftig den Kopf und zucke unschuldig die Schultern. Frau Lanz gestikuliert wild vor Habis Gesicht.

»Wo bleibt Ihre Verantwortung für die Reitschüler? Pepper ist ein Universaltalent.«

»Ich will Ihnen mal was sagen«, beginnt Herr Habicht und zieht die wild herumspringende Frau in die Sattelkammer, weil eine Gruppe Kinder durch den Eingang hereintröpfelt und sich im Stall verteilt.

Hastig drücke ich mich hinter die Eisentür. Ich ärgere mich grün und blau, dass die Lanz sich drinnen an die Sättel lehnen darf. Sie verwandelt meinen Lieblingsraum in die *Sattelkammer des Schreckens*. Übrigens ein toller Buchtitel. Warum schreibe ich es nicht? Natürlich mit einer Psychologin als Hauptperson. Gegen die Lanz sehen selbst Darth Vader oder Lord Voldemort aus wie freundliche Märchenonkel. Mit meinem Buch werde ich hundertpro reich, dann kaufe ich den Habichthof und eine Echthaarperücke für Habi. Als erstes kriegt Frau Dr. Lanz lebenslänglich HAUSVERBOT!!!

Von meinem Königsplatz hinter der Tür bekomme ich jedes Wort mit.

»Es führt kein Weg daran vorbei, dass man Schulpferde nach einigen Jahren im Einsatz verkauft«, höre ich Habi mit fester Stimme sagen. »Ehe sie sauer werden.«

»Sauer? Aber Pepper doch nicht. Der ist ein ausgesprochen freundliches Pferd. Darum müssen Sie ihn ja für den Schulbetrieb behalten.«

Jetzt redet Herr Habicht mit einem Unterton, als müsste er einem begriffsstutzigen Kind etwas erklären. Ich grinse von einem Ohr zu anderen. Das wird unserer Frau Doktor nicht behagen. Wo die ihren Doktortitel herhat, ist mir eh ein Rätsel. Im Lotto gewonnen vielleicht.

»Sauer, Frau Dr. Lanz«, fährt Herr Habicht fort, »heißt nicht, dass das Pferd ärgerlich wird. Sauer heißt bei Pferden: frustriert. Vergleichbar ist das mit Depressionen bei Menschen.«

Dr. Lanz räuspert sich verärgert.

»Ich bin als Kind auch geritten und kann mich nicht an sauere Pferde erinnern.«

Jetzt wird Habis Stimme ganz spitz, sogar eine Spur spöttisch.

»Man muss schon sensibel sein, um das zu registrieren.«

Eins zu null für Herrn Habicht.

Ohne auf Frau Lanz' aufgeregtes Prusten einzugehen, redet er weiter.

»Wenn Schulpferde tagaus, tagein dasselbe Programm abspulen müssen, halten sie das nicht aus. Wenn sie immer wieder verwirrende Hilfen bekommen, resignieren sie. Verlieren ihr Interesse an der Umwelt. Manche folgen einem nicht mehr aus der Box. Manche sträuben sich, wenn man sie in die Reithalle führen will. Das sind Anzeichen. Dann muss man sie verkaufen. Sobald sie in einer Hand sind, leben sie wieder auf. Das gönnt ihnen doch jeder . . . oder sind Sie anderer Meinung?«

Frau Lanz gibt keine Ruhe.

»Aber Pepper geht doch gut und ohne Probleme. Warum verkaufen Sie ausgerechnet dieses Pferd?«

»Noch geht er gut, ja«, sagt Herr Habicht. »Aber wie lange bleibt das so? Pepper ist jetzt fünf Jahre im Schulbetrieb und weil er so beliebt ist, ist er öfter im Unterricht dabei als andere. Oft mit Anfängern, die keine richtigen Hilfen geben können.«

Er seufzt.

»Eigentlich müsste ich jedes Pferd so lange im Schulbetrieb behalten, wie es leistungsfähig ist. Dann könnte ich mehr Geld verdienen. Aber ich will meine Pferde fair behandeln. Wenn eine passende Reiterin ein gutes Schulpferd kauft, freue ich mich mit. So ist das, Frau Dr. Lanz.«

Genau – und die passende Reiterin für Pepper bin ICH!!!

Endlich hat er ihr das Maul gestopft. Jedenfalls herrscht Stille.

Wie soll sie auf Habis anständige Einwände auch reagieren?

Bin ich sie jetzt los?

Mein Handy wiehert. Ich verdrücke mich aus meinem Versteck, bevor Herr Habicht hellhörig wird und laufe nach draußen.

SMS von Papa.

Hallo Flo. Muss den Vertrag auf morgen verschieben. Komme heute nicht aus der Firma weg. Tut mir leid. Papa.

Oh nein!

Vierundzwanzig Stunden mehr Zeit für die Lanz-Bande, mir meinen Pepper abspenstig zu machen.

Deprimiert informiere ich Habi über die Verschiebung.

»Schon okay«, sagt er. »Dein Vater wandert ja nicht aus. Du hast doch sicher vorhin gelauscht? Bei Frau Lanz?«

Ich fange an zu stottern.

»Na ja . . . rein zufällig konnte ich . . .«

Er übergeht mein Halbgeständnis und stößt einen Seufzer aus.

»Wenn ich mehr von solchen Kunden hätte, würde ich den Stall schließen und auswandern. Aber ich glaube, die gute Frau wird dich jetzt in Ruhe lassen.«

Schön wär's!

Kaum ist Herr Habicht in die Reithalle hinübergewechselt, um Unterricht zu geben, schlendert Melly mit ihrer Mutter die Stallgasse herauf. Als hätten die beiden hinterm Stall exakt so lange gewartet, bis Habi die Kurve kratzt.

Gerade bin ich dabei, frisches Stroh in Peppers Box zu streuen.

Bloß nicht hochsehen. Angestrengt fixiere ich die Einstreu und schaue nicht nach links und rechts. Vielleicht gehen sie weiter, wenn ich nicht hochgucke. Aber natürlich wollen sie zu mir. Ich bin heilfroh, dass Pepper zwei Stunden im Unterricht mitgeht, so gelangen sie jedenfalls nicht in seine Nähe.

»Hi Flo.«

Melly ist genauso dreist wie ihre Mutter. Sie will mir tatsächlich ein Gespräch aufdrängen.

Argwöhnisch starre ich sie durch einen Arm voll pieksender Halme an und bleibe stumm.

Mellys Mutter reißt sofort das Gespräch an sich.

»Also, so ein eigenes Pferd ist schon ein Risiko. Was man

da an Tierarztkosten hat, das ist ja gar nicht abzusehen. Da können Riesenbeträge zusammenkommen, die man kaum aufbringen kann. Schon mancher musste wegen hoher Arztrechnungen sein Pferd wieder verkaufen. Tja, und dann weiß man nie, ob es wieder in gute Hände kommt.«

»Definitiv«, mischt Melly sich ein. »Ist doch viel sicherer, man reitet ein Schulpferd. Dann muss man sich um nichts kümmern.«

Insgeheim erteile ich mir Befehle.

Rühr dich nicht, Flo. Tu ganz cool.

Ich stelle meine Augen auf unendlich und sehe durch Melly Lanz und ihre bescheuerte Mutter hindurch. Das beherrsche ich grandios.

Meine aufgezwungene Coolness brauche ich dringend, denn was Frau Dr. Lanz zum Besten gibt, geht mir echt an die Nieren.

Scheinheilig erzählt die Lanz von furchtbaren Fällen bei Ankaufsuntersuchungen, angeblich alle persönlich erlebt.

»Nur zu deinem Besten, Flo. Damit du abschätzen kannst, was auf dich zukommt, wenn du Pepper kaufst.«

Obwohl ich ihr kein Wort glaube, hinterlassen ihre Geschichten doch Spuren und machen mich nervös und ängstlich.

»Da schien ein Verkaufspferd ein begnadeter Springer zu sein, dabei hatte man es bis oben hin mit Schmerzmitteln vollgestopft. Hufrollenentzündung. Unheilbar. Der Wallach war total platt. Du kennst ja den Spruch: Ohne Huf kein Pferd.«

Ein Albtraum!

»Oder ein anderes Mal: Augenkrankheit, zunächst dachte man, ein bisschen entzündet, aber was war es: Die unheilbare periodische Augenentzündung!«

»Und gerade kürzlich so ein Fall. Kauft eine Freundin ein leicht lahmes Pferd. Und was war? Angerissene Sehne, praktisch nicht reitbar.«

Melly tänzelt in ihrem grünen Taftröckchen neben ihrer Mutter und verzieht dauernd bestätigend die Lippen, als hätte sie persönlich die Diagnose für alle diese Krankheiten gestellt.

Darf man als Psychologe Leute bewusst in Angst und Schrecken versetzen? Ich bin kurz davor, mit einem Protestschild vor ihre Praxis zu ziehen: BERUFSVERBOT FÜR DR. LANZ!

Auf jeden Fall hat die hinterhältige Kuh erreicht, dass ich nicht mehr klar denken kann. Offenbar bin ich blass wie ein Spulwurm, denn Frau Tauscher und Frau Vollmer – zwei von den Antiken –, die an meiner Box vorübergehen, gucken mich sehr merkwürdig an.

Sie bleiben stehen und fragen mich etwas, aber ich starre sie nur an, ich bin nicht in der Lage hinzuhören. Geschweige denn zu antworten.

Ich würde nicht mal mitkriegen, wenn unterm Habichthof plötzlich eine Antriebsrakete zünden und der Stall mit sämtlichen Pferden in den Weltraum abheben würde. Denn ich habe nur eins vor Augen: Hufkrankheiten, Herzkrankheiten, Hautkrankheiten, kaputte Lunge, kaputter Magen, kaputte Sehnen . . .

Als die Lanz-Bande endlich verschwindet, bin ich nahe dran, mich selbst in die Uniklinik einzuweisen.

Peppers Ankaufsuntersuchung geht mir nicht aus dem Kopf. Um versteckte Krankheiten vor dem Kauf aufzuspüren, lässt man vom Tierarzt einen Check machen. Was ist, wenn Tierarzt Müller-Maring bei Pepper etwas findet? Nach dieser Horrorpredigt von Frau Lanz habe ich Angst, dass mein

Traum in letzter Minute zerplatzen könnte wie eine Seifenblase am Stacheldrahtzaun.

Ich brauche dringend Tapirs Rat und hacke eine SMS ins Handy.

> Hilfe!!! Mellys Mutter behauptet, dass Pepper tausend Krankheiten haben kann. Bitte sag, dass das nicht stimmt. Was wäre das Schlimmste? LG Flo. Antworte schnell!!!

Gott sei Dank schreibt Tapir sofort zurück.

> Relax! Pepper war immer gesund, seit ich auf dem Habichthof arbeite. Wirklich schlimm wären Hufkrankheiten. Mit kaputten Beinen geht nichts. Pferde sind Lauftiere. Ohne Huf kein Pferd. Pepper hat vier gesunde Beine, soweit ich weiß. Bleib ganz cool! Tapir

Als ich im Dunkeln nach Hause fahre, bin ich erledigt. Ich konnte noch nicht mal kurz mit Pepper schmusen, obwohl er mir doch fast gehört. Ständig war er von Fans belegt.

Eins ist mir nach dem furchtbaren Gerede von Mellys Mutter klar geworden: Ich muss verhindern, dass Papa eine Ankaufsuntersuchung in Betracht zieht. Vielleicht weiß er gar nicht, dass man solche Checks bei Pferdekäufen macht. In mir glüht eine Minihoffnung, dass mein Vater nichts über Kaufuntersuchungen gegoogelt hat. Obwohl das für den Planungsfreak Oliver Rohde unnatürlich wäre.

Jedenfalls werde ich mein persönliches Unwort des Jahres »Ankaufsuntersuchung« nicht erwähnen.

Bis in den Schlaf verfolgen mich die gemeinen Worte von Familie Lanz. Ich träume von nichts anderem als von Hufkrankheiten.

Dabei finde ich mich merkwürdigerweise auf der Rennbahn in Baden-Baden wieder, die ich in meinem ganzen Leben noch nie betreten habe. Auf der Tribüne sitzen dicht an dicht Zuschauer mit Zylinder und riesigen Hüten und trinken Tee. Auf allen Teebeuteletiketten steht gedruckt: »Ohne Huf kein Pferd.« Und bei den Engländern: »No hoof, no horse.«

Krähend wie ein Hahn läuft Mellys Mutter durch die Reihen und verteilt Teetassen. Auf jeder einzelnen Tasse ist in eleganter Schreibschrift eingebrannt: »Ohne Huf kein Pferd.«

Mit Pepper muss ich zu einem Treffpunkt, über dem »Polizeiliche Hufkontrolle« und »Ohne Huf kein Pferd« geschrieben steht.

Um auf Nummer sicher zu gehen, lasse ich im Traum Peppers Hufeisen entfernen und kaufe stattdessen vier sündhaft teure Reitschuhe aus atmungsaktivem Gewebe mit dreilagiger Sohle und griffigem Profil, die ich an seinen Fesselgelenken festbinde. Mit den neuen Reitschuhen an den Beinen flitzt Pepper mir sofort mit wehender Mähne weg, drängelt sich in die Startbox und will beim Rennen mitlaufen.

Die Zuschauer finden das witzig und jubeln vor Begeisterung. Sie werfen ihre Teetassen weg und laufen die Treppen hinunter zu den Buden, um auf Pepper zu wetten. Es herrscht allgemeine Verwirrung und im Präsidium gibt es große Diskussionen. Schließlich wird Pepper als Rennpferd abgelehnt.

»Der Wallach Pepper führt hinter seinem Namen nicht die Bezeichnung xx. Die Eigentümerin Flora Rohde hätte besser den Vollblüter Herz Tuan xx gekauft. Außerdem weisen wir darauf hin, dass das Tragen von Reitschuhen mit dreilagiger Sohle und griffigem Profil als schwere Täuschung für den Tierarzt-Check angesehen wird. Wegen versuchten Betrugs wird die Besitzerin Flora Rohde verurteilt, das gesamte Geläuf umzupflügen und mittels Grassaat folgenden Schriftzug einzusäen: Ohne Huf kein Pferd.«

Wie gerädert wache ich auf, nachdem ich die ganze Nacht mit einem mittelalterlichen Handpflug die Rennbahn umgegraben habe. Jeder einzelne Knochen schmerzt.

Mit lahmen Gliedern krieche ich aus dem Bett und schlurfe ins Badezimmer. Meine vom Pflügen geschundenen Finger stellen die Dusche auf Killerstrahl, um die letzten Traumreste zu töten und in den Abfluss zu spülen. Ich wünsche Mellys Mutter auf den Mond. Was hat die Frau mich verrückt gemacht.

Eins weiß ich definitiv: Es darf keine Ankaufsuntersuchung geben.

7.

Wir lassen auf jeden Fall eine Ankaufsuntersuchung machen«, verkündet Papa eine halbe Stunde später am Frühstückstisch.

Ein Schlag in den Magen hätte mich nicht schmerzhafter treffen können. Ich klammere mich so fest an die Tischplatte, dass meine Knöchel weiß hervortreten, und starre meinen Vater an.

»Um sicher zu sein, dass dein Pferd gesund ist. Schließlich will ich kein Mängelexemplar kaufen.«

Mein Mund ist zu trocken, um lange mit Papa zu diskutieren.

»Wer hat dir das eingeredet?«, krächze ich.

Ein Wunder, dass die Frage so ruhig über meine Lippen kommt und nicht als schriller Aufschrei.

Seit dem dummen Gerede von Mellys Mutter ist nichts mehr wie vorher. Plötzlich sehe ich überall Krankheiten und mögliche Gefahren.

Dabei müsste ich mir gar keine Sorgen um Peppers Gesundheit machen. Hat Tapir mir doch bestätigt! Aber ich bin nicht blöd, ich denke weiter ... nicht nur an Krankheiten. Es scheint mir höchst bedenklich, vor dem endgültigen Kauf Tierarzt Müller-Maring an Pepper heranzulassen. Denn selbst ein gesunder Pepper kann mir noch durch die Lappen gehen. Jawohl, das ist mir unter der Dusche eingefallen. Unser Tierarzt ist nämlich immer auf der Suche nach neuen wissenschaftlichen Erkenntnissen.

Was, wenn er in Pepper eine medizinische Sensation wittert? In meiner Ankaufsablehnungspanik male ich mir folgendes Szenario aus: Müller-Maring setzt bei Peppers Untersuchung plötzlich das Stethoskop ab und jubelt außer sich vor Freude: Er hat zwei Herzen! So ein Glücksfall! Davon habe ich nur während des Studiums gehört. Nie hat es so einen Fall in Europa gegeben! Und ausgerechnet ich entdecke dieses seltene Doppelherz. Vielleicht wird es nach mir benannt? Das Müller-Maringsche Doppelherz. Tut mir leid, Flora, aber dein Pferd muss sofort in die Tierärztliche Hochschule. Im Dienst der Wissenschaft.

Papa beißt von seinem Schinkenbrötchen ab.

»Man muss nur ›Pferdekauf‹ googeln, dann bekommt man hundertfünfundzwanzigtausend Ergebnisse.«

Das Internet ist die Pest, wenn man einen Vater hat, der wie meiner gestrickt ist. Angestachelt durch seine ewigen Vergleiche und Tests im Netz geht in unserer Familie nichts mehr normal ab.

»Ankaufsuntersuchung! So ein Quatsch! Das Geld kannst du sparen, Papa. Pepper ist gesund, sonst könnte Herr Habicht ihn wohl kaum als Schulpferd einsetzen.«

Papa wirft einen Blick auf die Uhr.

»Du meinst, der Wallach *scheint* gesund zu sein. Wer weiß, was er ausbrütet? Nein, eine Tierarztuntersuchung muss sein. Ich kaufe auch kein gebrauchtes Auto ohne Werkstattcheck. Weißt du übrigens, dass man bei Pferden zur Ankaufsuntersuchung auch TÜV sagt? Wie bei Autos?«

Natürlich weiß ich das, Papa, aber deine Vergleiche machen mich fertig. Kapierst du nicht, dass ein Pferd ein Freund fürs Leben ist und kein blödes Auto?

Papa wischt sich die Finger an der Serviette ab und beugt sich über den Tisch zu mir herüber.

»Und wenn dein Traumpferd eine versteckte Krankheit hat? Dann zahlen wir ewig nur Tierarztkosten und du kannst den Wallach vielleicht gar nicht reiten.«

Nie sagt er Pepper. Immer nur Wallach oder Pferd oder dein Tier. Das macht er bewusst. Wenn er Pepper sagte, würde Papa damit zugeben, dass mein Süßer zur Familie gehört und dieselben Rechte hat wie jeder von uns.

ICH WILL KEINE ANKAUFSUNTERSUCHUNG!

»Ist mir total egal, was Pepper hat, Papa. Damit würde ich mich abfinden! Ehrenwort.«

Papa lacht auf. Diese Art von Lachen hasse ich. Übersetzt heißt es: Komm du erst mal in mein Alter, dann weißt du, dass dein Vater alles zu deinem Besten regelt.

Wie eine überflüssige Futtermilbe komme ich mir vor, wenn Papa dieses Lachen einsetzt. Mein Vater ist ein Unmensch, wie er da vor mit sitzt und den Kopf schüttelt.

»Das Pferd wird auf Herz und Nieren untersucht. Hat Herr Habicht selbst vorgeschlagen. Schon damit es später nicht heißt, er hat dir ein krankes Pferd angedreht.«

Ich schieße hoch.

»Wann soll Herr Habicht das gesagt haben? Das wüsste ich aber.«

»Pass auf deinen Ton auf, Flora! Schon mal was von Dankbarkeit gehört? Es gibt nicht viele Eltern, die ihren Töchtern ein Pferd schenken.«

»Stimmt«, gebe ich kleinlaut zu und sacke auf meinen Stuhl zurück. »Ich hatte gerade eine Panikattacke, dass ich Pepper doch nicht kriege.«

Versöhnlich wuschelt mir mein Vater durchs Haar.

»Wird schon glattgehen, Flöhchen.«

Da schimmert wieder mein süßer kleiner Papa durch.

»Gestern Abend habe ich noch mit dem Reitstall telefoniert«, sagt er und greift nach seiner Anzugjacke. »Heute Abend kommt der Tierarzt.«

Am frühen Abend treffen wir uns alle im Stall. Herr Habicht, Tapir, mein Vater und ich. Eigentlich wollte Mama mich begleiten, aber Papa traut ihr nicht. Er ist der Ansicht, sie würde großzügig über kleine Mängel hinwegsehen, damit ich Pepper kriege. Um jeden Preis will er alles mitbekommen, was der Tierarzt sagt. Dafür ist er sogar früher aus dem Büro heimgekehrt.

Die Männer lasse ich draußen auf dem Hof zurück, weil sie vorhin schon wieder mit diesem idiotischen Imponierverhalten anfingen. Ich möchte sie nicht in der Nähe haben, während ich Pepper in der Stallgasse anbinde und putze. Das würde die himmlische Ruhe stören.

Weil ich meinen Vater wegen seines Wichtigtuerauftritts gerade peinlich finde, gebe ich mir einen Minuspunkt auf der »Fiese-Flora-Skala«. In der artfremden Umgebung bewegt sich Papa ja nur deshalb, weil er mir ein Pferd kaufen will. Darum müsste ich mir eigentlich zwei fiese Punkte geben, aber heute bin ich nachsichtig mit mir.

Aus den Boxen dringt zufriedenes Malmen. Ab und zu befördert ein Pferd mit dem Maul ein Heubündel in den Trog und zupft gemächlich Halme daraus hervor. Ein Bild des Friedens. Damit nicht ein Dutzend Reiter zugucken, hat Herr Habicht den Tierarzttermin vor die Abendreitstunden gelegt.

Dauernd dreht Pepper seinen Kopf zu mir nach hinten, während ich ihn voller Hingabe sauber bürste und leise mit ihm spreche.

»Ahnst du, dass heute ein besonderer Tag ist?«

Peppers weiche Nüstern sind wie ein Luxus-Wellnesswochenende für die Seele. Leise grummelnd beschnuppert er mich, streicht mit seiner Samtnase über meine Arme, mein Gesicht und zupft an meinen Haaren.

Ich bin total glücklich. Zumindest, solange ich nicht an Frau Lanz' Krankheitsdrohungen denke.

Es scheint Pepper nicht zu irritieren, dass ich unaufhörlich vor mich hin murmele: »Du bist gesund, du bist gesund, du bist gesund.«

Mit der Fußspitze ziehe ich den Wassereimer näher und gehe neben Peppers Beinen in die Hocke. Sorgfältig wasche ich jeden Huf und begutachte das Horn noch kritischer als sonst.

»Manche Hufkrankheit sieht man vorher nicht, erst der Tierarzt entdeckt sie«, hat Frau Lanz mir gestern genüsslich mitgeteilt.

Mit der Hand streiche ich über die gleichmäßige Glasurschicht der Hufe. Glatt und gut fühlt sie sich an. Keine Hornspalten, keine Risse.

»Und Flecken sind auch nicht drin«, gebe ich zufrieden nach oben zu Pepper durch, der mich neugierig beäugt. Er muss es zwar nicht wissen, aber ich teile es ihm trotzdem mit.

»Rote oder dunkle Flecken sind nämlich ein schlechtes Zeichen, Pepper.«

Dahinter verbergen sich Einblutungen, hat Herr Habicht uns eingeschärft. Schlimm, wenn hinter dem Bluterguss eine Quetschung im Huf steckt oder gar eine schwere Krankheit wie Hufrehe.

Als ich den rechten Hinterhuf anhebe, entdecke ich am Tragrand eine winzige ausgebrochene Kante, die gestern noch nicht da war. Was so zwergenhaft klein ist, gilt nicht.

Ohne noch einmal hinzusehen, setze ich Peppers Fuß ab. Aber mein Kopf brütet weiter über dieses winzige Loch nach. Was, wenn dort bereits Keime eingedrungen sind? Fiese Monsterbakterien, die meinen Schatz von innen vergiften?

Ich zwinge mich zur Ruhe. An Peppers Hufen kann ich nichts Krankes entdecken und trotzdem rebelliert mein Magen. Dieser blöde Spruch »ohne Huf kein Pferd« steht wie ein stures Riesenross in meiner Fantasie herum und lässt wenig Platz für positive Gedanken.

Danke, Frau Lanz. Sehr freundlich, dass Sie mich mit Ihren Horrorstorys verrückt machen.

»Der Tierarzt fährt vor«, ruft Tapir auf einmal durch die Stallgasse und verschwindet gleich darauf wieder nach draußen.

Auf der Stelle beschleunigt sich mein Herzschlag.

»Nur noch diese kleine Untersuchung, dann gehören wir zusammen«, wispere ich Pepper zu, als ich ihn nach draußen führe. »Für immer und ewig.«

In der Tür zum Hof stockt mir der Atem. Am Paddock lungern die Durchgeknallten mit den Zwillingen herum. Über den Mädels thront Mellys Mutter! Wie eine große Glucke hockt Frau Dr. Lanz auf dem Zaunbalken und schart ihre Küken unter sich.

Das hat mir gerade noch gefehlt!

Unsere Chefpsychologin möchte wohl unverzüglich losjubeln, wenn Pepper nicht durch den TÜV kommt. Wie kann man so gemein sein!

Ich verabscheue die Lanz zutiefst dafür, dass sie ihre Sensationsgier nicht im Griff hat. Und dass sie mit ihren blöden Hühnern diesen feierlichen Moment entweiht. Wenn es nach ihr ginge, würde sie aus meiner Ankaufsuntersuchung ein Riesenevent machen. Public Viewing, Liveübertragung auf Großleinwand.

Nur Emily hätte ich hier ertragen, aber die hat den Anstand wegzubleiben. Am liebsten würde ich Frau Lanz rückwärts über den Zaun werfen.

Die zweite Schreckensnachricht braucht einen Moment länger, bis mein überlastetes Gehirn sie verarbeitet. Aus einem fremden roten Wagen steigt ein Unbekannter aus und nähert sich mit einer grauen Arzttasche. Das ist nicht unser vertrauter Tierarzt. Unseren Dr. Müller-Maring mit dem gutmütigen Bernhardinergesicht erkenne ich auf hundert Pferdelängen an seinem rotbraunen Haar, das beim Gehen wie Schlappohren flattert. Das ist auch nicht Müller-Marings Kollege, der ihn ab und zu vertritt – sondern ein Wildfremder.

Aufmerksam hebt Pepper den Kopf und mustert den Mann. Langsam und kritisch gleitet sein Blick über den Fremden. Ein Fluchttier kann es sich nicht leisten, etwas zu übersehen. Was, wenn der Zweibeiner etwas im Schilde führt? Wenn er plötzlich seine Tasche aufreißt, ein Jagdgewehr herausholt und auf ihn zielt?

Ich sehe Pepper genau an, was in seinem Kopf vorgeht. Selber hätte ich auch kein schlechtes Fluchttier abgegeben. Mir stehen ebenfalls sämtliche Haare zu Berge. Wegen des fremden Tierarztes.

Finster suche ich Papas Blick.

Fürchtet er, Müller-Maring würde hinter seinem Rücken mit Herrn Habicht krumme Geschäfte machen?

Denkt Papa vielleicht, Habi steckt unserem Tierarzt heimlich hundert Euro zu, damit er verschweigt, dass Pepper voll mit Cholera, Typhus, Schweinegrippe, Fadenwürmern und Tollwut steckt? Oder das Müller-Maringsche Doppelherz besitzt? Das ist lächerlich und peinlich. Wenn Müller-Maring sagt, ein Pferd ist gesund, dann ist es auch gesund.

Vor Scham erröte ich bis unter die Haarwurzeln.

»Hat mein Vater das so gewollt?«, frage ich Herrn Habicht im Vorbeigehen.

»Ja«, sagt Habi mit unbewegter Miene. »Aber es ist nicht selten bei Ankaufsuntersuchungen, dass ein fremder Tierarzt kommt.«

Mit den Handknöcheln klopft Habi auf Peppers Pferdepass, den er für den Tierarzt bereithält. Sein genervtes Pochen verrät, was er wirklich denkt: Des Menschen Wille ist sein Himmelreich.

Der Spruch stand vorhin auf meinem Teebeutel und trifft auf Papa hundertprozentig zu.

»Bergengrün«, stellt der lange Fremde sich vor und drückt allen die Hand, bevor er mich ansieht. »Du sollst das Pferd haben?«

Stimmlos grunze ich ein bisschen, mehr gibt mein Kehlkopf nicht her.

Tierarzt Bergengrün nickt und stellt seine Tasche ab.

»Dann mal los. Der Bursche guckt ja mit blanken Augen in die Welt.«

Sofort ändere ich meine Meinung über den Unbekannten. Was für ein genialer Tierarzt!

Tja, Papa, Pech gehabt, das ist nicht der Beißer, den du gesucht hast. Dieser Bergengrün sieht sofort, was für ein Schatz Pepper ist.

Durch die Armbeuge wirft der Tierarzt einen Blick auf die lungernden Zuschauer am Paddock, dann fragt er leise: »Gehören die auch zur Familie?«

»Nein, zum Teufel!«, gebe ich sofort zurück. »Ganz im Gegenteil.«

Schmunzelnd zwinkert er mir zu, dann ruft er der Gruppe freundlich, aber bestimmt zu:

»Lasst uns doch bitte allein. Die ärztliche Schweigepflicht gilt nämlich auch für Tierärzte.«

Was für ein sympathischer, intelligenter Mann!

Zögernd verkrümeln sich die fünf. Normalerweise hätte ich eine passende Bemerkung hinterhergebrüllt, etwas, das auf der »Fiese-Flora-Skala« mindestens sieben Punkte gebracht hätte. Aber mein aufgewühltes Innenleben lässt keine Nebengeschichten zu.

Die fünf verschwinden im Stall. Ich verwette einen Silageballen, dass sie nach anderen Spionagemöglichkeiten suchen. Und richtig: Während Dr. Bergengrün ein Klemmbrett mit einem Packen vorgedruckter Protokolle aus seiner Tasche zieht, bemerke ich, wie sich die Holztür im Dachgiebel leise bewegt. Im Sommer befördern wir durch die Luke Heu nach oben.

Durch die Ritzen blitzt Mellys weißes Prinzessinnenjäckchen. Demonstrativ starre ich hoch. Die sollen wissen, dass ich sie gesehen habe. Garantiert hängen alle fünf da oben zwischen den Heuballen und gucken gierig zu. Widerlich.

Obwohl ich es genauso machen würde.

Dr. Bergengrün zückt den Kuli und erkundigt sich nach Impfungen, Krankheiten, Operationen, Medikamenten, Hufbeschlag, Koliken und auffälligem Verhalten.

Sachlich und schnell antwortet Herr Habicht.

Aber dann fragt der Tierarzt doch tatsächlich: »Welche Art Futter geben Sie?«

Was soll die Frage? Will er damit etwa andeuten, Pepper sei nicht gut gefüttert? Bergengrüns Sympathievorschuss schmilzt . . .

»Herr Habicht füttert nur das Allerbeste«, gehe ich laut dazwischen, bevor Lennart Habicht nur ein Wort erwidern kann. »Ich weiß das, weil ich fast immer bei der Abendfütterung dabei bin.«

Habi ist wirklich oberpingelig. Schimmeliges Stroh hat bei ihm keine Chance. Und das Kraftfutter misst er sorgfältig ab, damit jedes Pferd die richtige Menge frisst. Nicht zu wenig, nicht zu viel.

Dr. Müller-Maring hätte sich nie erlaubt, solche dreisten

Fragen zu stellen. Weil er weiß, wie es auf dem Habichthof zugeht. Kampfbereit funkle ich den fremden Tierarzt an. Wie kann er einfach auf unseren Hof spazieren und Herrn Habicht unterstellen: Sie sehen nicht so aus, als ob Sie ein Pferd richtig füttern könnten.

Gut, dieser Bergengrün sagt es nicht so direkt, aber im Kern trifft es die Sache. Empörend.

Verwirrt sieht Papa in die Runde. Er begreift offenkundig nicht den Grund für meine Aufregung.

Ich suche nach Anzeichen, dass Habi genauso ausflippt wie ich. Treten seine Adern an den Schläfen hervor? Lange kann es doch nicht mehr dauern, bis er vor Wut platzt.

Habi merkt, wie ich nach Luft schnappe, und legt mir lächelnd eine Hand auf den Arm.

»Das ist normal, Flo. Er muss das fragen.«

Tapir nickt mir beruhigend zu. »Standard«, sagt er.

Lennart Habicht gibt Auskunft über das Futter.

»Kraftfutter-Pellets, Heu, Heulage, Stroh, bei Bedarf Mineralfutter, Salz, Möhren.«

»Einstreu?«, fragt Dr. Bergengrün.

»Späne und Stroh.«

Ich weiß zwar nicht, was das mit einer Ankaufsuntersuchung zu tun hat, aber da Habi nicht mosert, muss es seine Richtigkeit haben.

Der fremde Tierarzt Bergengrün redet wenig. Ab und zu murmelt er etwas, das wie »o weh« klingt und mich total nervös macht. Dazu kommt, dass er nach diesem unverständlichen Stöhnlaut jedes Mal etwas in seinen Untersuchungsbogen kritzelt. Aus den Augenwinkeln suche ich Habis Miene nach Ärger und stummer Verzweiflung ab. Aber das Gesicht des Chefs unter der schwarzen Baseballkappe wirkt unbeweglich und starr wie eine Hufraspel.

Papa spitzt die Ohren, um mögliche Feinheiten herauszuhören.

Dann fragt Dr. Bergengrün: »Wer will Pepper vortraben? Der Chef? Oder du, Flora?«

Beim Vortraben sieht der Tierarzt, ob alle vier Hufe und Beine belastbar sind. Ob das Pferd z. B. ein Bein schont und lahmt.

Glasklar habe ich meinen Huftraum wieder vor Augen. Nein. Pepper vortraben, das kann ich jetzt nicht. Da muss Herr Habicht ran. Stumm schaue ich ihn an und er nickt.

»Komm, Pepper.«

Mit meinem Braunen am Strick läuft der Chef die lange Einfahrt vor seinem Wohnhaus hinauf und herunter.

Ich starre auf die Pflastersteine. Den langen Weg hat Herr Habicht für ein Schweinegeld anlegen lassen. Damit er eine befestigte Strecke zum Vortraben hat, also zum Checken von Beinschäden.

Zwanghaft ziehe ich mit den Augen Fuge für Fuge zwischen den sechseckigen Steinen nach. Ich darf keine einzige Fuge verpassen beim Hinsehen, sonst entdeckt der Tierarzt etwas bei Pepper. So ein Blödsinn! Was bilde ich mir da nur krampfhaft ein? Trotzdem, ich klammere mich an die Fugen. Nichts anderes geht mir durch den Kopf als diese verdammten Pflastersteine. Mein Gehirn will nichts von Beinschäden wissen. Ich kann gar nicht hinsehen, ob Pepper klar geht.

Als Herr Habicht atemlos mit Pepper am Strick zurückkehrt, höre ich genau, was Dr. Bergengrün murmelt. »O. B.«

Warum redet der Tierarzt keinen Klartext?

Entweder: Pepper lahmt hinten rechts, wo der Tragrand ausgebrochen ist. Oder besser: Ich sehe nichts, die Beine sind gesund.

Warum sagt er nur »o. B.«? Was zum Teufel heißt das?

Plötzlich schießt mir die Lösung in den Kopf. O. B. kann nur eins bedeuten: ohne Bein.

Bewusst sagt Dr. Bergengrün nicht: ohne Huf. Um mich zu schonen. Um mich nicht mit der schrecklichen Diagnose zu überfallen.

Ohne Huf kein Pferd.

Ohne Bein auch nicht.

Meine Gedanken überschlagen sich. Kann Pepper nie geritten werden? Natürlich kauft Papa so ein Pferd nicht.

Pech. Durchgefallen beim TÜV, wird er achselzuckend sagen.

Eine Welle des Mitleids für Pepper überflutet mich. Ich gebe ihn nicht mehr her. Wenn er krank ist, schon gar nicht. Was soll denn aus ihm werden? Mit anfälligen Beinen kann Herr Habicht ihn auch nicht länger als Schulpferd einsetzen. Aber auf der Koppel könnte Pepper noch stehen. Jahrelang. Jahrzehnte. Ohne Reiter geht es auch Pferden mit kaputten Beinen oft gut. Das weiß ich genau.

Niemals wird mein Vater das einsehen. Ich kann ihn schon hören: Ich kaufe doch kein Pferd, das nur auf der Weide herumsteht und mein Geld wegfrisst.

Meine Knie zittern. Ich kann mich kaum noch auf den Beinen halten. Wie ein Flächenbrand breitet sich das Zittern in meinem ganzen Körper aus. Bis unter die Schädeldecke. Es würde mich nicht wundern, wenn ich im nächsten Moment tot umfiele.

Einen Ausweg, ich muss einen Ausweg finden, sofort, bevor ich in Schreikrämpfe ausbreche. Wenn ich mir nicht auf der Stelle eine bessere Zukunft für Pepper ausmale, drehe ich durch. Das Beste ist, ich entführe ihn. Bei Nacht und Nebel fliehen wir vom Habichthof. Nur Emily werde ich heimlich informieren.

Schon sehe ich mich auf dem Reitweg, Pepper läuft neben mir am Strick.

Als Erstes werfe ich mein Handy ins Unterholz, damit ich nicht geortet werden kann. Wir flüchten in den Wald, irren zwischen Wiesen umher, bis wir eine leer stehende Weidehütte entdecken, wo wir übernachten. Emily besorgt mir ein fremdes Handy, versorgt mich mit Essen und bringt mir Alpinos Mineralfutter für Pepper.

Mit Hubschraubern und Hundestaffeln suchen sie nach mir: Achtung, Achtung, hier spricht die Polizei. Vermisst wird die knapp vierzehnjährige Flora Rohde. Flora Rohde ist einen Meter siebzig groß, hat glatte honigbraune Haare und braune Augen. Sie ist mit ihrem Pferd Pepper unterwegs, einem Braunen, der aufgrund eines schweren Beinschadens vermutlich lahmt.

Heimlich melde ich mich über Handy bei einer Talkshow und erzähle meine traurige Geschichte im Fernsehen, um meine Eltern richtig unter Druck zu setzen. In einer Live-Schalte spreche ich direkt aus dem Wald in zehn Millionen Haushalte. Ich spüre förmlich, wie mir die Zuschauer an den Lippen hängen. Alles berichte ich haarklein. Dass mein geiziger Vater mir meinen geliebten Pepper nicht kaufen wollte und dass ich jetzt lieber Gras und Gänseblümchen von den Wiesen nage, anstatt nach Hause zu gehen.

Weinend sitzen meine Eltern mit Dani in unserem Reihenhaus am Fichtenkamp 6a vor dem Fernseher und machen sich die größten Vorwürfe. Von morgens bis abends verteilen sie eilig bedruckte Flugblätter: Flo komm zurück. Du darfst Pepper behalten. Wir pflügen unseren Garten um und legen eine Pferdekoppel an, damit du immer bei ihm sein kannst.

Natürlich glaube ich ihnen kein Wort. Zwei Wochen geht

das vielleicht gut, dann kramt mein Vater garantiert wieder seine Kosten-Nutzen-Rechnung hervor.

Einmal geht Papa auf seiner rastlosen Suche sehr nahe an meinem Unterstand vorüber. Die ganze Zeit hält er ein Schild hoch: VERZEIH MIR!!!

Darüber muss ich weinen, aber ich verharre trotzdem in meinem Versteck. Dani möchte ich am liebsten heimlich eine Botschaft schicken, damit er sich keine Sorgen macht. Aber meine Eltern sollen suchen, bis sie schwarz werden!

Und wenn sie mich finden, verweigere ich die Heimkehr. Ich kette mich an den nächsten Zaunpfosten. Da muss die Feuerwehr schon mit schwerem Katastrophengerät anrücken, um mich freizuschweißen.

Irgendwer legt mir schwer die Hand auf die Schulter. Ich schieße herum. Wer hat mich gefunden?

Hinter mir steht Papa.

Ich hocke nicht angekettet neben einem Zaunpfosten, sondern stehe aufrecht und steif auf dem Habichthof, eingerahmt von Pepper, Papa, Habi, Tapir und Tierarzt Bergengrün.

Erneut tippt Papa mich an und guckt sorgenvoll.

»Was ist los mit dir, Flo? Geht es dir nicht gut? Dr. Bergengrün ist fertig.«

Die Stunde der Wahrheit.

Los, spuckt es schon aus!

Doch keiner redet, alle Blicke ruhen nur erstaunt auf mir. Macht es ihnen Spaß, mich zu quälen? Warum sagt niemand, was Sache ist? Ich weiß es doch sowieso.

»Und das Bein?«, bringe ich schließlich heraus.

»Welches Bein?«, fragt Herr Habicht.

»Welches Bein?«, fragt mein Vater.

»Welches Bein?«, fragt Dr. Bergengrün.

Ich muss ein Schluchzen unterdrücken. Ob ich will oder nicht, mir kommen die Tränen.

»O. B. haben Sie gesagt.«

»Stimmt.«

Eine Sekunde noch und ich heule los, vor allen Männern. Und vor den Durchgeknallten auf dem Dachboden, die durch die Ritzen spähen und mir das babyhafte Heulen noch in fünfzig Jahren vorhalten werden.

Meine Stimme zittert, als ich rede.

»Ohne Bein kein Pferd.«

Verständnislos starren die vier Männer mich an. Pepper guckt verwirrt in die Runde.

»O. B. heißt doch ›ohne Bein‹«, flüstere ich.

»O. B. heißt ›ohne Befund‹, stellt Dr. Bergengrün amüsiert richtig. »Das sagt man, wenn man keine krankhafte Veränderung findet.«

Die Auskunft verschlägt mir die Sprache. Weil ich stumm bleibe, spricht Dr. Bergengrün weiter.

»Präzise heißt es: o. b. B. Ohne besonderen Befund.«

Es dauert einen Moment, bis meine Stimmbänder wieder etwas hergeben.

»Echt?«

»Echt!«

Er hält mir das Protokoll unter die Nase.

»Hier, sieh selbst. Wenn alles in Ordnung ist, hake ich alle diese Kästchen mit dem aufgedruckten Vermerk o. b. B. ab.«

Tatsächlich. Die Liste wimmelt von abgehakten Kästchen. Wie ein himmlisches Muster ziehen sie sich über die Seite. Häkchen, Häkchen, Häkchen.

Auf die anderen muss ich ziemlich lustig wirken, so durcheinander, wie ich bin, denn auf einmal lacht Habi laut los und Tapir lacht auch.

Nur ich lache nicht. Mein Sinn für Humor ist vorübergehend außer Betrieb.

»Was ist daran witzig?«, frage ich mit dünner Stimme.

Klar fällt mir ein Stein vom Herzen. Trotzdem, die Sache mit diesem o. B. hätte man mir *vorher* erklären müssen. Was, wenn mich vor Schreck der Schlag getroffen hätte? Dann hätten wir ein gesundes Pferd und eine tote Besitzerin. Auch unlustig.

»Sorry, Flo, aber das war für uns gerade ziemlich komisch.« Tapir stößt mir entschuldigend seinen Ellenbogen in die Seite. »Komm schon, gib zu, das war lustig.«

»Und warum lache ich nicht?«

Aber dann falle ich meinem Pepper um den Hals und lache doch.

Weil ich so glücklich bin, dass er gesund ist und dass Papa nicht mehr Nein sagen kann und dass ich mich nicht mitten im März an einen Zaunpfahl festketten muss.

8.

Ich kann nicht schlafen. Gibt es irgendjemanden im Universum, der schlafen kann, wenn er von menschlicher Biomasse zum PFERDEBESITZER aufsteigt?

Auf meinem Nachttisch liegt Peppers Pferdepass. Daneben die Eigentumsurkunde. Und die Stalltafel mit Peppers Namen, die mein Bruder schon heimlich gekauft hatte.

Gegen zwei krieche ich aus dem Bett und trete mit nackten Füßen hinaus auf meinen kleinen Balkon. Raues Holz kratzt unter den Fußsohlen. Die Nacht ist kühl und klar.

Knapp sieben Stunden ist es her, dass Dr. Bergengrün mir sein einwandfreies Ankaufsprotokoll unter die Nase gehalten hat. Ich umfasse das glatte Metallgeländer und atme tief ein. Es wird Frühling.

Ich habe ein Pferd.

Im Licht des Halbmonds leuchten Krokusse und Primeln wie gelbe Lampen. Erdiger Duft steigt vom Gartenboden zu mir herauf. Mir wird schummrig. Vom herben Geruch und von dieser ungeheuren neuen Wahrheit:

Ich habe Pepper.

Am Fichtenkamp verkriechen sich die dunklen Fenster in den weißen Hausfassaden. Über mir leuchtet der Himmel.

Kann ich das überhaupt: ein Pferd halten?

Über den Tannenspitzen zittern die Sterne.

Ich zittere auch. Vor Freude. Vor besorgter Angst. Vor Kälte. Aber ich will nicht wieder ins Zimmer. Ich *muss* auch nicht zurück, weil mich ein weiches Gefühl von innen wärmt. Rosa Pferdewärme. Ich schlage meine Arme um die Schultern und sehe in den Nachthimmel hinauf mit seinem strahlenden Glanz.

Bekommt jedes Pferd einen Stern, wenn es einen neuen Besitzer hat? Tapir behauptet das.

»Wir Tierpfleger«, sagt Tapir, »haben jedes Mal einen Glücksstern ausgesucht, wenn ein neues Tier im Zoo einzog. Oder wenn ein Junges auf die Welt kam.«

Der halbe Himmel hängt voll mit Sternen von Tapirs Tapiren, Tapirs Wildeseln und Tapirs Zebras.

Ich beschließe, seine Erzählung zu glauben, und suche den Himmel nach dem schönsten Stern für Pepper ab. Ich nehme einen extrem blitzenden, unternehmungslustig funkelnden Stern unten rechts am Großen Wagen. Das einzige Sternbild, das ich kenne. Silbern blinkt er auf meinen Planeten herab.

Ob sie da oben auch Pferde haben?

Bring uns Glück, Stern.

9.

Heute ist der fünfte Abend nach der Erschaffung der Welt. Also nach dem Kauf von Pepper.

Die letzten Tage habe ich wie im Paradies gelebt, zusammen mit Emi. Das ganze Wochenende waren wir praktisch unzertrennlich, sind ausgeritten und bis abends im Stall herumgehangen. Ein unglaubliches Gefühl.

Pepper hat schon kapiert, dass er privat ist. Wenn Reitschüler zum Unterricht in den Stall kommen, bleibt er dösend im Stroh liegen, früher ist er dann immer aufgesprungen. Dummerweise hat mich nun die Schule wieder.

In meinem Zimmer ist es dunkel, bis auf den kleinen Lichtkreis, der auf die Seite mit Chemievokabeln in mein Englischbuch fällt.

Aufmerksam horche ich in unseren Hausflur.

Schritte?

Ich spreize das Gummiband mit der Stirnlampe von meinen Ohren ab, um besser zu hören.

Wieso liegen meine Eltern um diese Zeit noch nicht im Bett? Mein Handy zeigt dreiundzwanzig Uhr zwölf. Besorgt starre ich auf meine Zimmertür. Hoffentlich bekommen sie keinen Wind davon, dass ich noch über den Hausaufgaben sitze.

Ich begutachte den schmalen Lichtkegel meiner Stirnlampe, die Dani mir aus dem Outdoorshop mitgebracht hat. Nach menschlichem Ermessen kann nichts durch die Türritze leuchten. Mit Dani habe ich erst gestern den Test gemacht. Wofür Brüder doch gut sind.

Sicherheitshalber stehe ich aber doch auf und stopfe drei Kissen gegen die Türkante.

Um die Zeit wollen meine Eltern mich schlafend in der Koje wissen. Aber was soll ich tun? Hausaufgaben erledigen sich eben nicht von selber.

Allein bis zwanzig Uhr war ich im Stall.

Ich reite jetzt nach dem offiziellen Unterricht, bei den Privaten, zwischen achtzehn und neunzehn Uhr. Habi lässt die Privaten immer für sich reiten.

Er sagt: »Wenn ein fremdes Pferd in die Schulpferdeabteilung kommt, entsteht sofort Unruhe. Das kann ich meinen Reitschülern nicht zumuten. Es gibt Gerenne und Gebeiße.«

Natürlich konnte ich das für mich nicht gelten lassen und habe ihm vorgehalten: »Aber Pepper gehört seit Jahren dazu, bei ihm werden die anderen Pferde doch nicht unruhig.«

»Schon richtig, Flo. Aber ich muss gerecht sein und alle Privatreiter gleich behandeln. Dich genauso wie Emily und die Erwachsenen. Sonst steigen mir bald alle aufs Dach. Versteht du das?«

Ja und nein.

Ich greife nach meiner Apfelsaftpackung und setze sie auf die Mitte des Englischbuchs, damit die Seite nicht dauernd verschlägt.

Zum dritten Mal nehme ich Anlauf für die Hausaufgaben. Chemische Elemente auf Englisch. Die kann ich nicht mal auf Deutsch. Warum drucken sie nichts Vernünftiges in unsere Schulbücher? Zum Beispiel, was Zügel auf Englisch heißt. Oder Stallhalfter. Sattel, Steigbügel, Vorderfußwurzelgelenk. Hornspalte, Anschoppungskolik, Fesselkopf. Oder Reitbeteiligung.

Nein, halt, nicht Reitbeteiligung . . . dieses Wort will ich auf Englisch nicht kennen. Das mag ich auch auf Deutsch nicht hören. Und an den Stall will ich auch nicht denken, sonst werde ich mit diesen abgedrehten Chemievokabeln nie fertig.

Zu spät. Schon galoppieren meine Gedanken wieder davon. Zum Habichthof . . .

Dass ich dort plötzlich im Rampenlicht stehe, bringt mich ziemlich durcheinander.

Gerade gehörte ich noch zu den normalen Reitschülern, plötzlich stehe ich im Spotlight. Alle Augen auf mich gerichtet. Auf mich, die Auserwählte, die Pepper bekommen hat, den Star des Stalls.

Unaufhörlich taxieren mich alle, flüstern hinter vorgehaltener Hand. Ich ahne, was sie sagen.

»Wird Flo jetzt zickig?«

»Schafft sie es allein mit Pepper?«

Genauso habe ich es früher auch gemacht, wenn ein neues Pferd ankam. Außer bei Emily.

Ich werfe mich über die Schreibtischplatte und versuche, durchs Fenster Peppers Glücksstern zu erspähen, um mich zu beruhigen. Ein Fehler! Denn schon driften meine Gedanken erneut ab, schweben zur Wiesenfeldstraße 3, wo Pepper bestimmt im Stroh liegt und schläft. *Mein* Pepper, darf ich jetzt sagen.

Träumst du von mir, Pepper?

Seufzend beuge ich mich über das Englischbuch und schimpfe mit mir.

»Reiß dich zusammen, Flo«, feuere ich mich an. »Frau Fischer kontrolliert morgen, also los.«

Kohlenstoff – carbon. Stickstoff – nitrogen. Sauerstoff – oxygen.

Dreiundzwanzig Uhr siebenundzwanzig. Wer kann um diese Zeit noch denken?

Ich war viel zu lange im Stall und das ist nun die Quittung dafür.

Problemlos hätte ich schon um halb acht zu Hause sein

können, aber ich konnte mi
war so süß, hat immerzu gesc
mit seinem Charme festgehalten.
fühlloses Monster sein, um sich da lo

»Das kommt hoffentlich nicht öfter
Papa mit hochgezogenen Augenbrauen, al
flur schlich. »Du musst dein Zeitkonto überpü
das hatten wir alles abgesprochen?«

»Klar Papa, ist nur am Anfang so.«

Weg mit dem englischen Chemiemüll. Her mit de
konto.

Ich schiebe die Vokabelsammlung nach hinten und wüh
in der obersten Schublade. Vielleicht lässt sich wirklich etwas ändern?

Die Klarsichtmappe »Mein Pferd« fühlt sich dick und gut an. Wie ein Stimmungsaufheller, der direkt durch die Haut auf die Seele wirkt. Freundlicher, weicher, glatter als Bücher mit der Aufschrift: »Englisch. Wortschatzübungen Mittelstufe« oder »Grundlagen Organische Chemie«.

Ich ziehe das gesuchte Blatt hervor.

Die Liste »Zeitaufwand« habe ich letztes Jahr auf hartnäckiges Drängen von Tapir angelegt.

»Für ein Pferd braucht man viel Zeit, Flo. Schreib dir jede Kleinigkeit auf, sonst verschätzt du dich leicht.«

»Aber die Pferde stehen doch die meiste Zeit auf der Weide oder auf dem Paddock«, habe ich eingewandt, »und die Boxen werden auch gemacht. Da bleibt doch nicht mehr viel für einen Privatbesitzer – außer Reiten.«

Aber Tapir hat nicht aufgehört, mich wegen der Aufstellung zu nerven, bis ich dann eine geschrieben habe.

Ich muss nur einen Blick auf dieses Blatt Papier werfen und es geht mir exakt wie an Neujahr, als ich die Liste fertig hatn der Zeitaufwand

EN.

rdeäpfel absam-

knalle die Liste

ich an meinem

le.

cht erst einre-

t in den Sand

wieder um

ankte.

Wie viel Zeit brauche ich für mein Pferd?

1. Fahrzeit mit dem Fahrrad: insgesamt 20 Minuten
2. Schmusen: 20 Minuten
3. Nachschmusen: 5 Minuten
4. Putzen und Hufe säubern: 20 Minuten
5. Reiten: 60 Minuten
6. Zweites Nachschmusen: 5 Minuten
7. Nach dem Reiten putzen, evtl. abspritzen, Hufe fetten: 15 Minuten
8. Pferdeäpfel und nasse Einstreu aus der Box nehmen, Tränke putzen, Stroh einschütten: 20 Minuten
9. Stallgasse fegen: 5 Minuten
10. Spazieren gehen, grasen gehen, frei laufen lassen in der Halle: 30 Minuten

Das Licht meiner Stirnlampe huscht über die Liste. Zum Teufel, warum habe ich so klein geschrieben? Die Wörter lassen sich kaum entziffern. Die große Schreibtischleuchte würde besseres Licht geben, aber ich traue mich nicht, den Strahler einzuschalten. Fehlte noch, dass meine Eltern etwas unter der Tür hervorblitzen sehen und triumphierend hereinstürmen: »Ha! Wussten wir es doch! Du bist überfordert mit Pferd und Schule. Sofort nimmst du eine Reitbeteiligung.«

Alles, nur das nicht.

Ratlos schwebt mein Kuli über der Zeitliste. Was kann ich bloß streichen?

Zwanzig Minuten Fahrzeit mit dem Rad. Zwanzig verschwendete Minuten. Nichts zu machen. Es sei denn, meine Eltern richten mir eine leere Pferdebox auf dem Habichthof ein, mit Schlafsack, Campingklo und Klappschreibtisch. Dann hätte ihre Tochter zwanzig Minuten gewonnen, um sich hirnrissige Englischvokabeln von chemischen Elementen einzubläuen.

Ich weiß nicht weiter.

Die Einzige im Stall, die Erfahrung mit einem eigenen Pferd hat, ist Emily. Mit zwei Fingern lange ich nach dem Handy und drücke Emis Kurzwahlnummer.

Nach dem ersten Ton ist sie schon dran.

»Flo?«

»Sorry, gut, dass du noch nicht schläfst.«

»Nö, Hausaufgaben.«

»Du auch? Ich dachte, ich bin die Einzige, die kurz vor Mitternacht noch paukt.«

Emily lacht kurz auf.

»Das glaubst du aber alleine. Irgendwie komme ich abends nie weg von Alpino.«

»Hab dich vorhin gar nicht gesehen.«

»War auch erst spät im Stall. Herr Habicht wollte schon abschließen.«

»Oha. Mein Vater meckert jetzt schon wegen Pepper. Nach fünf Tagen. Ich habe hier eine Liste mit dem täglichen Zeitaufwand. Können wir die kurz durchgehen? Vielleicht hast du noch eine Hammeridee.«

»Eine Liste? Wo gibt es so etwas?«

»Nirgends. Selbst gemacht. Tapir wollte das unbedingt.«

»Schieß los.«

Komisch, unsichtbar am Telefon ist Emily viel lockerer als lebendig gegenüber.

Mit dem Kuli umkringele ich die Punkte vier und sieben. »Geht beim Putzen was? Ich plane zwanzig Minuten vor dem Reiten und fünfzehn Minuten danach. Also insgesamt fünfunddreißig Minuten.«

»Mit oder ohne Fesselbeugen ausbürsten?«

»Sind mit drin.«

»Hufe?«

»Auch drin.«

»Puh. Kürzer geht kaum. Hufe dauern. Man muss sie ja jedes Mal genau ansehen. Hornwand, Kronrand, die Hufsohle, Strahl, Hufeisen.«

»Hm. Vielleicht beim Tränkebecken putzen? Machst du das jeden Tag? Aber ehrlich, Emi.«

»Zuerst ja, jetzt nicht mehr. Aber du musst wenigstens in die Tränke reingucken, ob keine Pferdeäpfel drin schwimmen. Und putzen, wenn es nötig ist.«

»Also nach Inaugenscheinnahme«, sage ich schlau.

»Hä?«

»Solche Worte benutzt mein Vater.«

»Inaugenscheinnahme. Cool.«

Ich kichere in mich hinein wegen des bescheuerten Wortes. Und wegen der gesparten Scheuerzeit.

Punkt Schmusen und Nachschmusen.

Dazu muss ich Emily gar nicht ausquetschen. Denn auf die Frage nach möglicher Zeitkürzung antworte ich mir selber, und zwar kurz und präzise: N-E-I-N.

Wofür habe ich endlich ein eigenes Pferd? Ich kann mich höchstens auf Peppers Tagesform einstellen. Wenn er in Schmuselaune ist, bleibe ich länger, ansonsten reiße ich mich zusammen und schmuse kürzer. Immerhin rund zehn Minuten Zeitersparnis. Ob ich das schaffe, ist eine andere Sache.

»Hast du Herrn Habicht an Alpinos Mineralfutter erinnert?«, will Emily wissen.

»Ja, Quälgeist. Ich weiß echt nicht, was daran so schlimm ist. Ich meine, dass du ihn selber fragst.«

»Mann, Flo . . .«

»Schon okay. Danke übrigens fürs Listenabhaken. See you.«

»Tschau.«

Mir gefällt es ehrlich gesagt nicht, Herrn Habicht immerzu an Emilys Sachen zu erinnern. Der denkt ja, ständig will Flora was von mir. Dabei geht höchstens die Hälfte der Fragen auf mein eigenes Konto. Großzügig gebe ich mir fünf Punkte auf meiner »Feine-Flora-Skala«. Weil ich mit Emilys Schüchternheit wohl bis zu meiner Rente leben muss, türme ich noch drei feine Punkte obendrauf.

Meine letzten Fragen simse ich um dreiundzwanzig Uhr fünfundfünfzig an Tapir.

> Hi Tapir, mein Vater meckert wegen langer Stallzeit. Frage: Wie lange muss Pepper neben einer Stunde Reiten bewegt werden? Minimum? LG Flo

Die Antwort kommt blitzartig. Wahrscheinlich zieht Tapir sich wieder bis zum Weckerklingeln Videos mit Außerirdischen rein.

Pferde sind Lauftiere! Die können sich gar nicht genug bewegen. Ohne Reiter, meine ich.

Seufzend überfliege ich Tapirs Text. Lauftiere . . . ja, toll. Das weiß ich auch. Bloß gibt es da eine gewisse Anstalt namens S-c-h-u-l-e, die mich davon abhält, mit meinem Pferd spazieren zu gehen. Ich brauche Stundenzahlen und so weiter. Eilig tippe ich die nächste Frage, bevor Tapir sein Handy aus der Hand legt.

Schon klar, Tapir. BITTE GENAUERE ANGABEN!
Flo.

Die nächste SMS trifft ein.

Im Winter haben alle Pferde auf dem Habichthof den halben Tag Paddock. Im Sommer ca. sechs Stunden Weide. Neben dem Reiten geht das so. Besser ist natürlich noch mehr zusätzliche Bewegung. Remember: Lauftier.

Aber was ist, wenn Paddock und Weide ausfallen? Meine Gedanken wandern – nein, sie schwimmen – zurück zum letzten Herbst. Extremer Dauerregen mit Sturm. Unser Paddock überschwemmt. Mit eingezogenen Köpfen drückten sich die Pferde an die Paddockwand und bewegten sich keinen Zentimeter. Das Lauftier in ihnen verweigerte den Dienst in der Schlammwüste. Der Boden war zu tief. Da hat Herr Habicht die Schulpferde morgens dreißig Minuten in der Reithalle laufen lassen. Zwanzig Minuten Schritt, dann etwas Trab und Galopp. Dreißig Minuten frei laufen lassen – mein Punkt zehn in der Zeitliste. Darum muss ich mich ja künftig selber kümmern, weil Pepper kein Schulpferd mehr ist.

Hi Tapir, letzte Frage. Genügt im allerallerallergrößten Notfall eine halbe Stunde frei laufen lassen in der Halle? Neben Reiten? Ich meine, bei Starkregen wie letzten Herbst?

Tapir simst zurück:

Mit der Frage machst du mich echt fertig. Vor der Antwort drücken sich selbst Fachleute. Natürlich sind dreißig Minuten freie Bewegung nicht genug. In der Natur bewegen sich Pferde mindestens zwölf Stunden im Schnitt. Das Notfall-Kurzprogramm in der Halle geht wirklich nur bei höherer Gewalt.

Ich will gerade antworten, als mein Handy schon wieder wiehert. Tapir ist noch nicht fertig.

Achte darauf, dass Pepper sich zumindest frei wälzen kann. Jedes Pferd will dieses Scheuer- und Kratz-Erlebnis einmal am Tag. Ultrawichtig: Lass deinen Schatz zusammen mit anderen Pferden laufen. Damit er spielen und sich mit seinen Kumpels beknabbern kann. Pferde brauchen es, dass ihre Sinnesreize befriedigt werden . . .

SINNESREIZE? Was meinst du, Tapir? ;-)

FLO! Was du wieder denkst. =) Ich meine Kontakt zu anderen Pferden, Licht und Luft. Überhaupt brauchen Pferde die Außenwelt, damit sie ihre Neugier befriedigen können. Auch bei Regen, Sturm, Schnee, wenn es nicht zu heftig kommt. Die Reithalle ist da viel zu eintönig. Die Schulpferde kommen ja zumindest noch mit Reitern ins Gelände. Mit Pepper darfst du wahrscheinlich abends nicht mehr allein ausreiten???

Stimmt auffällig X((. Was schlägst du vor?

Abends mit Pepper spazieren gehen, damit er Eindrücke aus der Natur mit in den Stall nimmt. Am besten zusammen mit Alpino zum Fellkraulen. Bei Familienstress vllt gerade mal einschränken. Und nun ab in die Falle. Tapir.

Ich lege das Handy auf den Nachttisch und packe das Blatt Papier sorgfältig auf den Boden meiner Klarsichtmappe.

Etwas besser sieht der Plan nun aus. Aber zweieinhalb Stunden für Peppers Versorgung bleiben das Mindeste – wenn ich ihn nicht laufen lassen muss. Obwohl Herr Habicht mir schon viel Arbeit abnimmt, wie ausmisten, füttern, auf die Weide bringen.

Eigentlich läuft es auf drei Stunden hinaus.

Diese Liste darf mein Vater niemals sehen, sonst finde ich Pepper in der nächsten Ausgabe des Pferdemagazins. Unter Verkäufe: Aus Zeitmangel gegen Höchstgebot abzugeben …

10.

Eigentlich bin ich zwei Floras.

Das ist mein erster Gedanke, als ich am nächsten Morgen aufwache und mit schweren Gliedern aus dem Bett rolle. Eine Flora, die sich wie verrückt über ihr eigenes Pferd freut, und eine, die nicht weiß, wie sie das alles schaffen soll.

Natürlich darf ich das niemandem sagen, schon gar nicht im Stall.

Mit der flachen Hand schlage ich den scheppernden uralten Wecker aus, der auf meinem Nachttisch tanzt.

Unsere liebe Frau Dr. Lanz braucht so eine Bemerkung nur aufzuschnappen, schon krallt sie mich und steckt mich in die Anstalt. Ihr Triumphgeheul tönt mir lauter in den Ohren als mein Wecker: Einweisung! Das Mädchen hält sich für zwei Floras! Gespaltene Persönlichkeit! Pepper muss zurück in den Schulbetrieb!

Beim Zähneputzen gehe ich alle meine Bekannten durch. Ob sich noch jemand für zwei hält? Zuerst fällt mir keiner ein, aber dann endlich – TAPIR! Der ist morgens im Stall Tapir und nachmittags im Büro Jonas Nansen. Deutlicher geht es nicht. Also kann ich genauso gut zwei sein. Ohne gleich in die Klapse gesteckt zu werden.

Allerdings bezweifle ich, dass ich jemals wieder normal auf meinem Schulstuhl sitzen und wie früher etwas vom Unterricht mitbekommen werde. Denn statt zuzuhören, grüble ich in der Englischstunde über meine Zeitplanung nach.

Entsprechend weggetreten muss mein Gesicht auf Frau Fischer gewirkt haben, denn nach dem Schlussgong schleift sie mich in eine Flurecke und fragt: »Sag mal Flora, hast du Probleme?«

»Nein, nein«, entgegne ich und schaue so ausdruckslos wie ein Tafelschwamm.

Dabei hätte ich gern etwas anderes geantwortet:

Probleme? Ich habe keine Probleme, Frau Fischer, sondern ein Pferd. Ich buchstabiere: P-f-e-r-d. Das, Frau Fischer, ist ein ausdauerndes Lauftier der Steppe. Verstehen Sie? Seine Beine sind nicht dafür gedacht, 23 Stunden am Tag in einer Box zu stehen. Sonst wird ein P-f-e-r-d nämlich krank, Frau Fischer. Doch statt abends mit meinem Pepper spazieren zu gehen, sitze ich bis Mitternacht über Ihren bescheuerten Chemie-Englischvokabeln. Mit einer Stirnlampe zum Lesen, damit meine Eltern nichts merken. Aber Probleme habe ich nicht, Frau Fischer. *Noch* nicht, muss ich sagen, denn ich fürchte, ich bekomme welche, weil der absolute Lieblingssatz meines Reitlehrers lautet: Hast du keine Probleme, kauf dir ein Pferd.

Aber diese Feinheiten über Pferde kann man jemandem wie Frau Fischer nicht vermitteln, deren einziges Haustier eine Computermaus ist.

Auf dem Weg von der Schule nach Hause trete ich wie verrückt in die Fahrradpedale. Obwohl ich mich so beeile, kommt erst um kurz vor drei unser kleines Reihenhaus in Sicht. Um vier beginnt der Unterricht für Reitschüler. Selbst wenn ich mich sekundenschnell auf den Habichthof beamen könnte – vor den Reitstunden schaffe ich es nicht, Pepper zu reiten.

Also muss ich schon wieder spät in den Stall. Wie gestern.

Frustriert werfe ich mein Rad in den Vorgarten und schlage auf die Klingel.

Heute darf ich also wieder bis Mitternacht pauken. Mit Stirnlampe.

»Sieht so eine stolze Pferdebesitzerin aus?«, fragt Mama verwundert, als sie die Tür öffnet.

Ich dränge mich an ihr vorbei in den Flur.

»Hä? Wie sehe ich denn aus?«

»Gereizt. Mit einem Anflug von unglücklich.«

Grunzend knalle ich meinen Schulrucksack auf die Treppe nach oben.

»Ach, die Fischer mit ihren blöden englischen Chemievokabeln nervt. Das war's schon.«

»Und du bist wirklich nicht überfordert mit allem?«

Forschend sucht Mama in meinem Gesicht nach einer eindeutigen Antwort. Sämtliche Mutterantennen fährt sie aus. Ein falsches Wort von mir und es heißt: Das Pferd ist schuld. Aber in meinem Pokerface wird sie nichts finden.

»Kann ich mein Essen mit raufnehmen?«, erkundige ich mich ganz zahm.

»Das gefällt mir nicht, dass jetzt alles so zwischen Tür und Angel abläuft«, sagt Mama zögernd. Aber sie macht den Weg in die Küche frei.

»Mmmh. Super, Mama. Crêpes mit Marmelade.«

Ich rolle mir zwei dünne Pfannkuchen zusammen, packe sie auf einen Teller und balanciere ihn aus der Küche.

»Muss bloß erst den richtigen Rhythmus finden«, beruhige ich meine Mutter und drücke ihr einen Kuss auf die Wange. Im Vorbeigehen hänge ich meinen Rucksack über die Schulter und sause die Stufen zu meinem Zimmer hinauf. »Entspann dich, Mama.«

Bevor ich mich mit den Crêpes aufs Bett werfe, hänge ich das unübersehbar große Schild »Störungen verboten!« an die Klinke. Mein Gedankenfluss verträgt jetzt keine Unterbrechungen.

Ich schiebe den Teller auf den Tisch, direkt unter das Regal mit meinen Pferdebüchern. Grimmig betrachte ich die ansehnliche Sammlung.

In meinen Kinderbüchern sah das Happy End immer anders aus. Das Lieblingspferd wurde gekauft und alle lebten glücklich und zufrieden bis ans Ende ihrer Tage. Zeitmangel? Das Wort existierte überhaupt nicht. Doch nun dämmert mir: Das wahre Reiterleben enthält auch einen Haufen komplizierter Probleme.

Jedenfalls ist mir das Happy End in meinen Büchern völlig falsch geschildert worden.

Was ich brauche, ist richtig guter Rat: Wie kann ich dreißig Stunden in einen Vierundzwanzigstundentag stopfen? Mit der Lösung wäre sogar unser oberschlauer Dr. Winkelmann überfordert. Bei solchen verzwickten Fragen kann nur Tapir helfen. Und ein großes Stück Crêpe, um meine Magennerven zu versöhnen.

Ich beiße ein Stück ab und schließe die Augen wie Pepper, wenn er eine Banane verdrückt.

Mein Handy meldet: 15.09 Uhr. Da müsste Tapir in seinem Büro sitzen. Hoffentlich guckt er nicht die ganze Zeit in das öde Bürgerliche Gesetzbuch, sondern auch mal auf sein Handy.

Ich lecke Erdbeermarmelade vom Daumen und simse eine kurze Mitteilung.

> Hi Tapir, geheime Geheimfrage: Was hältst du von einer Reitbeteiligung? Ich meine grundsätzlich? Flo. Viiiel Schule, wenig Zeit.

Während ich den zweiten Pfannkuchen reinschiebe, vibriert mein Handy die Antwort ins Haus. Unser Supertapir! Stallfragen sind für ihn wichtiger als jeder Rechtsanwaltsfall.

> Grundsätzlich kommt man selten ohne Reitbeteiligung aus. Hast du jemanden im Kopf? Tapir

Blitzschnell simse ich zurück:

> Nö. I-wie nicht direkt. Vllt probiere ich einfach jemanden aus. Ich kann ja immer wechseln, wenn nix klappt. Flo

Jetzt dauert die Antwort einen Moment. Dafür kommt eine längere Predigt von Tapir.

> Reitbeteiligung wechseln ist nicht problemlos. Überleg dir sehr gut, wen du nimmst. Wenn es schiefgeht mit der RB und ihr kriegt euch in die Haare, gibt es ständig gereizte Stimmung in der Stallgasse. Ihr seht euch ja jeden Tag. Tapir.

Seine Antwort passt mir überhaupt nicht. Klingt fast wie Mamas Lieblingsteebeutelspruch: »Was du beginnst, beginne es klug und bedenke das Ende«.

Der Satz stammt von einem berühmten Griechen namens Herodot und ist zweitausendfünfhundert Jahre alt, sagt Mama.

Ob dieser Herodot auch eine Reitbeteiligung hatte?

Tapir hätte mal lieber schreiben sollen: Nimm die oder nimm die.

Was ich brauche, sind Namen, Vorschläge, konkrete Tipps, keine altgriechischen Weisheiten.

Ein leises Gefühl von Panik sitzt mir im Nacken, als ich um halb fünf zum Habichthof fahre. Gerade mal die Hälfte meiner Hausaufgaben sind abgehakt. Wenn ich im Dunkeln zurückkomme, erwarten mich noch meine geliebten Englischvokabeln und vier langweilige Seiten aus dem Geschichtsbuch.

Hoffentlich hat dein Akku noch genug Saft, Stirnlampe!

Weg mit dem Gedankenmüll. Pepper wartet und wenn er mich sieht, darf kein einziger Stresskrümel in meinem Gehirn festsitzen.

Kaum setze ich die erste Stiefelspitze in den Stall, verfliegen meine Bauchschmerzen. Wie weggezaubert. Man müsste Pferde auf Krankenschein verordnen.

Als ich um die Ecke biege, steht mein schönes Pferd mit hoch erhobenem Kopf in der Box. Aufmerksam verfolgt Pepper jede meiner Bewegungen, und als ich näher komme, macht er drei Schritte zur Boxentür, als könnte er genau ausrechnen, wann ich dort eintreffe – und es stimmt haargenau.

Freudig brummelt er mir seine Begrüßung entgegen, als ich die Tür öffne.

Für diesen Glücksmoment lohnt sich jeder Schulstress!

Ich nehme Peppers Kopf in die Hände und reibe seine Backen. Mit halb geschlossenen Augen bewegt er den Kopf.

»Du alter Genießer«, flüstere ich ihm zu und ziehe vorsichtig an einem Ohr. »Du willst aber auch nicht in der kleinsten Ecke kuschelfrei bleiben.«

Pepper grunzt ein bisschen und genießt das Kraulen ausgiebig.

»Komm, wir gehen spazieren.«

Eilig verlässt er die Box, als ich den Führstrick schwenke. Die Geste kennt Pepper. Es geht nach draußen! Ohne zu zögern, schlägt er nach Verlassen der Box den Weg nach rechts ein – zum Hof, zum Reitweg, ins Grüne. Wie gut er mich kennt. Pepper weiß genau: Ohne ihn zu putzen, gehe ich nie in Richtung Halle zum Reiten.

Mit großen Schritten zieht er mich in Richtung Gelände, wo am Zaun zwischen Sandweg und Weide ein schmaler Grasrand wächst. Kaum sind wir am ersten Hälmchen angelangt, senkt Pepper den Kopf und zupft verzückt das junge Gras ab.

Vom Hof kommt jemand mit wehenden blonden Haaren auf mich zu. Ich kneife die Augen zusammen. Janne, mit der ich früher in einer Gruppe geritten habe. Früher, als ich noch kein Privatreiter war. Wie das klingt.

Vielleicht will Janne ja gar nicht zu mir? Wäre mir lieber. Ich möchte allein sein mit Pepper. Aber Janne schlendert eindeutig in meine Richtung und ich kann sie schlecht ignorieren, als sie vor mir stehen bleibt und eine Zeit lang durch die Lücke ihrer Vorderzähne pfeift. Diesen besonderen hohen Ton kriegt nur sie hin.

»Schönes Pferd«, sagt Janne schließlich.

»Hm. Kennst ihn ja.«

Pepper lässt sich nicht stören. Ohne Pause zupft er an den zarten Hälmchen.

Janne streckt die Hand aus und legt sie auf Peppers Widerrist. Stirnrunzelnd sehe ich mir diesen Übergriff an. Am liebsten würde ich sagen: Nimm die Finger von meinem Privatpferd.

Aber wie hört sich das an? Sofort würde es im Stall heißen: Seit Pepper Privatpferd ist, denkt Flo, sie ist was Besseres. Ich beiße mir auf die Zunge und dulde Jannes Hand auf *meinem* Pferd.

»Wollte nur sagen«, sagt sie und sieht sich dabei um, ob jemand zuhört, »falls du mal jemand zum Reiten für Pepper brauchst . . .«

Aha, daher weht der Wind. Janne denkt an eine Reitbeteiligung.

»Ist gut.«

Ich nicke und lasse offen, was ich mit Jannes Information anfangen will. Janne ist okay, geht in die 7c, reitet ganz anständig. Andererseits: ein Mädchen aus der Siebten, die jetzt schon weiß, dass sie später den Mathe-Leistungskurs nimmt???

Janne dreht sich um und macht sich unschlüssig auf den

Weg zurück zum Hof. Mit beiden Händen ordnet sie ihr Haar und pfeift wieder durch die Zahnlücke, als wäre das Leben unkompliziert und schön. Dabei merke ich ganz genau, dass sie gerade alles andere als glücklich ist. Plötzlich komme ich mir mies vor. Hätte jemand anders mir Pepper weggekauft, wäre ich auch verrückt auf eine Reitbeteiligung gewesen. Hätte ich nicht freundlicher sein können?

»Danke«, brülle ich ihr nach, um doch noch etwas Nettes zu sagen. Zu spät. Schon fällt die Stalltür hinter ihr zu.

Schuldbewusst gebe ich mir zwei miese Punkte auf meiner »Fiese-Flora-Skala«.

Nachdem Janne verschwunden ist, führe ich Pepper ein Stück weiter zum Wald, wo das Gras höher steht und dichter wächst.

Als wir endlich den besten Platz gefunden haben, tauchen auf dem Waldweg kaugummikauend die Zwillinge Tessy und Kriss auf. Eine von beiden – wer, erkenne ich natürlich nicht – hat Avatar an der Leine, ihren rauhaarigen Jack-Russell-Terrier. Entgegen ihrer Gewohnheit tragen die Zwillinge blaue Reithosen und Westen. Sonst erscheinen sie gern in Girlie-Klamotten wie Melly.

Ihr Terrier reißt an der Leine. Sicher wittert Avatar ein Kaninchen, er zerrt und jault in einem fort.

»Tessy«, sagt das Mädchen am Ende der Hundeleine und danach: »Nimmst du eine Reitbeteiligung auf Pepper?«

Die Zwillinge haben sich angewöhnt, zur Begrüßung erst mal ihren eigenen Vornamen zu nennen, damit wir nicht irre werden. Danach ist es ein bisschen wie beim Hütchenspielen: Man muss nur im Auge behalten, wer sich wohin bewegt.

»Äh«, sage ich lahm.

Auf Fragen nach einer Reitbeteiligung bin ich schlecht vorbereitet. Ich dachte, ich könnte mir in aller Ruhe selber eine aussuchen. Aber dass die Reiter zuerst *mich* nach einer RB fragen, überrumpelt mich.

Warum hat Emily mich nicht gewarnt? Die muss das doch auch erlebt haben, damals, als sie Alpino bekam.

Tapirs SMS schwirrt mir durch den Kopf: »Überleg dir sehr gut, wen du nimmst.«

Die Zwillinge sind nicht schlecht. Eine von ihnen müsste immer Zeit haben. Verträglich sind Kriss und Tessy auch. Nur weiß ich manchmal nicht, ob sie auf meiner Seite sind oder auf der von Melly und Gloria. Und ob sie sich von deren bescheuerten Ideen anstecken lassen.

Kriss verzieht das Gesicht.

»Was denn nun? Wir sind doch wohl der Knaller als Zwillinge.« Sie grinst. »Wo findest du eine Reitbeteiligung, die gleich zweimal einspringen kann?«

»Stimmt, aber ich weiß noch nicht«, sage ich wahrheitsgemäß. »Eigentlich möchte ich Pepper ziemlich gern erst mal allein haben, wo er so lange Schulpferd war. Aber ob ich das schaffe mit der Schule, keine Ahnung.«

Kriss schiebt ihren Kaugummi von einer Backe in die andere und nickt seufzend. Avatar zieht Tessy zu mir herüber, sie fliegt fast hin und die Leine wickelt sich um Peppers Beine.

»Vorsicht, dein Hund!«

Zum Glück reagiert Pepper völlig entspannt, zieht das Bein aus der Schlinge, und bevor er weiterfrisst, beschnuppert er im Vorbeigehen Avatars Ohren. Der Jack Russell fiept und legt sich neben Pepper ins kurze Gras. War er vorhin gar nicht hinter Kaninchen her? Wollte er zu Pepper? Zwischen den beiden stimmt die Chemie, das steht fest. War mir bisher nicht aufgefallen.

Tessy beeilt sich, die Leine zu lösen und den Karabinerhaken neu einzuklinken.

Ist die Hundeliebe ein Zeichen?, geht mir durch den Kopf. Kann ich die Zwillinge als RB ins Auge fassen?

Ich nehme es so.

»Vielleicht in den Ferien«, schlage ich vor. »Kann sein, dass meine Eltern mich zwingen, mit ihnen in Urlaub zu fahren. Dann brauche ich definitiv jemand.«

Tessy nickt zufrieden und wendet sich zum Gehen. »Geritzt. Wehe, du überlegst es dir anders.«

Kriss schließt sich ihr an. »Man sieht sich. Komm, Avatar.«

Der Terrier sträubt sich und lässt sich stocksteif nachziehen wie ein Holzspielzeug auf Rädern. Ich glaube, er wäre gern noch länger geblieben. Pepper brummelt ihm Grüße nach.

Schon halb sechs. Zeit zurückzugehen. Das kann ich ganz allein entscheiden!

An dieses prickelnde Gefühl der Macht muss ich mich erst gewöhnen. Eben gehörte Pepper noch allen, jetzt nur noch mir. MIR, MIR, MIR.

Gehe ich nicht erheblich aufrechter als sonst den Weg zum Stall hinauf? Womöglich sogar . . . auch hochmütiger?

»Hochmut kommt vor dem Fall«, lautet unser aktueller Teebeutelspruch.

Diese Weisheit steht schon in der Bibel, sagt Mama, und ich soll um jeden Preis vermeiden, wie eine arrogante Gans durch den Stall zu stolzieren. Denn, sagt Mama, man kann schnell stolpern und fallen. Und wenn man am Boden liegt, trampeln alle auf einem herum. Das meint sie als Bild. Meine Mutter glaubt nicht wirklich, dass Tapir und Habi mir in die Rippen treten – nicht mal Melly oder Gloria –, sondern dass man einen Pechvogel verspottet, falls er vorher hochmütig war.

Schon klar, Mama.

Allerdings weiß ich nicht, worüber *ich* stolpern und fallen sollte.

Pepper merkt sofort, dass ich mich bei dem Wort »stolpern« verspanne, denn er verzögert den Schritt und sieht mich von der Seite an.

Irgendwas nicht in Ordnung?, fragt sein prüfender Blick.

»Doch, alles okay.« Beruhigend tätschele ich seinen Hals. »Nur dass ich über Nacht von Level drei auf Level sechs hochgestiegen bin. Und keinen Schimmer habe, was ich dazwischen verpasst habe. Weißt du, was ich meine, Pepper?«

Scheint so, denn er trottet wieder mit entspannt hängender Unterlippe neben mir her.

Vor dem leeren Paddock binde ich ihn an den Anbindepfosten und gehe zum Stall, um Putzzeug zu holen.

Mit gespitzten Ohren sieht Pepper mir nach.

In der Sattelkammer leuchtet mir ein gelber Haftzettel von Peppers Sattel entgegen. Nachricht vom Chef. Das weiß ich, ohne näher hinzugucken. Gelbe Notizzettel sind das Höchste, was Lennart Habicht der modernen Kommunikation abgewinnen kann. Computer, Internet, Netzwerke, damit steht unser Chef auf Kriegsfuß. Habi kriegt schon zu viel, wenn Reitermütter ihm SMS schicken.

Er wünscht sich die Zeit der Rauchzeichen zurück, glaube ich. Und träumt von Lagerfeuern, an denen er mit seinem kleinen Sohn Johnny sitzt und aus blauen Emailletassen trinkt. Wie in Cowboyfilmen.

Ich zupfe den gelben Zettel ab. Was will der Chef mir mitteilen?

Hallo Flora. Leg dir einen Stallkalender für Pepper an, damit du den Überblick behältst. Trag folgende Termine ein: fällige Impfungen, Wurmkuren und Schmied. Eisen braucht Pepper alle 6–8 Wochen. Letzter Beschlag war am 2. März.

Süß von ihm.

Ich stecke den Zettel ein und durchquere mit meinem Putzkasten die Stallgasse Richtung Hof.

Gerade fange ich an, Pepper zu putzen, da schießt Emily um die Ecke.

»Reitest du um sechs?«, hechelt sie.

»Na klar, was denkst du denn?«

»Cool. Dann bin ich nicht allein mit den Durchgeknallten in der Halle.« Schon rennt Emily zur Stalltür. »Warte, ich hole Alpi zum Putzen nach draußen.«

Alpino geht mit ausgestrecktem Hals auf Pepper zu. Mit ihren Nasen nehmen sie Kontakt auf und reiben ihre Wangen aneinander.

Sie mögen sich. Zum Glück, denn im Sommer stehen sie künftig mit ein paar anderen Privatpferden auf einer eigenen Weide.

»Melly und Gloria dürfen nach dem Unterricht oft noch ein paar Minuten länger reiten, weil sie ja schon ein bisschen weiter sind als der Rest ihrer Abteilung, und dann machen sie immer blöde Bemerkungen, wenn Herr Habicht nicht zuhört.«

»Was sagen sie denn?«

Emi zählt auf: »Ein Haflinger ist doch das Allerletzte, da schleift man ja mit den Füßen über die Erde, wie kann man nur so ein Bauerntier reiten . . .«

»Die Mistbienen!«

»Wenn du dabei bist, trauen sie sich nicht.«

Ich seufze. Das grenzt schon an Mobbing und das kann ich nicht dulden. Ich bin und bleibe Emilys Beschützerin. Für solche Beschützerdienste müsste ich eigentlich Schutzgeld von ihr kassieren. Weil ich das nicht mache, gebe ich mir acht Punkte auf meiner »Feine-Flora-Skala«. Wenn ich tot bin, kriege ich hoffentlich eine fette Belohnung im Himmel.

Als Emily und ich unsere Pferde in die Halle führen, marschiert Habis Schulpferdeabteilung gerade auf. Beim Aufsitzen sehe ich Melly und Gloria auf Flemming und Collin auf den oberen Zirkel gehen, während die restlichen Reiter die Halle verlassen. Kaum ist Habi verschwunden, zieht Gloria ihr Handy hervor. Ihr Daumen fliegt über die Tasten, obwohl er samt Handy auf dem Zügel liegt. Das muss doch Collin im Maul stören!

Emi wirft mir einen furchtsamen Blick zu, als die Durchgeknallten an uns vorbeireiten, aber die sagen kein Wort zu ihr.

Klar, weil *ich* da bin!

Wahrscheinlich verleiht mir der Bundespräsident demnächst das Bundesverdienstkreuz für meinen Einsatz für Emily.

Gerade bin ich eine Runde geritten, als Gloria plötzlich antrabt. In meine Richtung! Als sie mit Schulpferd Collin neben mir ankommt, pariert sie mit dem Handy am Zügel durch zum Schritt.

Hä? Gloria reitet freiwillig in meine Nähe? Habe ich Halluzinationen? Oder hat sie ihre eigene Software nicht im Griff? Neben mir reiten, das hätte Gloria früher nur gemacht, wenn der restliche Hallenboden mit Stacheldraht bedeckt gewesen wäre.

Schon legt Gloria los. Kaum haben die ersten Worte ihre schwarz umrandeten Lippen verlassen, weiß ich, was Sache ist. Auch sie peilt eine Reitbeteiligung an.

»Unsere schönen Braunen sehen hammer nebeneinander aus.«

Unsere Braunen?

Sie meint wohl: *Dein* Brauner und das Schulpferd Collin ... Was erzählt Gloria plötzlich von schönen Pferden mit braunem Fell? Sonst schwärmt sie doch ständig von Rappen. Von Flemming beispielsweise, der viel besser zu Glorias schwarzem März-Outfit passen würde. Den Brandenburger Wallach reitet heute Melly.

Dass ich schweige, stört Gloria nicht. Unser Pseudogrufti plappert munter weiter.

»Sollen wir nicht am nächsten Reiterfest beim Paarreiten mitmachen? Du Pepper, ich Collin?«

Gloria bläst sich auf wie ein Auerhahn auf Brautschau. Und ich bin die Braut.

Pepper bewegt die Ohren nach hinten und verspannt sich. Er mag es nicht, wenn andere Pferde so dicht aufreiten, dass sie uns bequem in den Sattel beißen könnten. Ich drehe mich um.

Flemming ist uns mit Melly auf den Fersen. Vor Ärger stöhnt sie auf, weil sie Glorias Geschleime mit anhören muss.

Als Melly meinen Blick auffängt, verzieht sie das Gesicht zu einem gezwungenen Lächeln, das ihr voll misslingt. Sie gibt sich allergrößte Mühe, ihre nette Seite hervorzukehren. Wie vor ihr bereits Gloria, Janne und die Zwillinge.

Letzte Woche noch hätte ich bei diesem Grinsen einen passenden Spruch losgelassen, heute stimmt mich meine neue Königsposition nachsichtig. Mit Peppers Pferdepass in der Tasche muss ich keine Giftpfeile auf Melly abschießen.

In meiner milden Majestätenlaune gefalle ich mir spitzenmäßig.

Melly treibt Flemming voran und drängt ihr Pferd zwischen Pepper und Collin.

»Geht's noch!« Vom Eingang donnert Habis Stimme in die Halle. »Bleibt mit den Pferden auseinander. Ich will hier keine Schlägerei.«

Erschrocken nimmt Melly die Zügel an und holt Flemming zurück.

»Hoffentlich ist das Handy bald verschwunden«, bellt Lennart Habicht weiter.

Bevor er sich noch mehr aufregen kann, wird er von hinten angesprochen. Eine streitlustige Frauenstimme. Leider sieht man von meiner Position aus nicht, wer unseren Chef mit Beschlag belegt, obwohl ich mich so weit zur Seite beuge, dass ich fast aus Peppers Sattel rutsche. Doch als es innerhalb von wenigen Sekunden vor der Tür laut wird, ist mir alles klar.

»Meine Tochter hat Pepper bisher gut geritten. Ich finde, Sie könnten dafür sorgen, dass sie die Reitbeteiligung an ihm bekommt.«

Natürlich. Frau Dr. Lanz in ihrer Paraderolle als rächende Mutter.

Vor Entsetzen fällt Melly fast vom Pferd. Dunkelrot vor Scham linst sie zu mir herüber. Es kommt nicht oft vor, dass ich Melly bemitleide. Aber jetzt. Andererseits ist sie selbst schuld. Warum spannt sie auch ihre komische Mutter immer zu ihrem Vorteil ein? Dann muss die Frau ja irgendwann überzeugt sein, Melly und sie seien ein unschlagbares Team.

Was Herr Habicht und Frau Dr. Lanz sich weiter an den Kopf werfen, hören wir nicht, weil beide mit gedämpfter Lautstärke weiterreden.

Auf einmal schießt Mellys Mutter an die Bande und reißt die Holztür auf. Mit wehender Jacke stürmt sie durch die Späne auf uns zu.

Alarmiert bleiben unsere Pferde stehen. Ihre Ohren spielen. Peppers Rücken spannt sich unter meiner Reithose an. Sofort beginne ich zu summen, Tapirs Tipp für nervöse Pferde. Es hilft. Aber nur bei Pepper. Alpino sucht mit Emily im Sattel das Weite. An der kurzen Seite galoppiert er an und schwenkt drohend den Kopf in Frau Lanz' Richtung.

Pepper gibt einen kleinen aufmunternden Laut von sich. Für mich klingt der wie: *Richtig so, Alpi. Vertreib sie.*

Gebieterisch hebt unsere Chefpsychologin die Hände in Emilys Richtung.

»Halt mal an.«

Mit dem Erfolg, dass Alpi auf dem Huf kehrtmacht und quer durch die Halle fetzt. Sägespäne wirbeln hoch und hinterlassen einen grauen Staubschleier auf der Psychologin.

Hoffentlich buckelt Alpi Emily nicht runter. Bitte nicht vor diesem Publikum.

Mellys rotes Gesicht unter der Reitkappe wird noch eine Spur dunkler. Der totale Albtraum: Eine Mutter blamiert ihre Tochter bis auf die Knochen. Vor allen anderen.

»Mama, das kannst du nicht machen.«

Heulend sitzt Melly auf Flemming. Frau Lanz heult jetzt auch. Richtig laut.

Furchtbar. Ich fühle mich schuldig und unbehaglich.

»Frau Lanz! Das geht zu weit.«

Habi durchquert die Halle und bedeutet Mellys Mutter, ihm an die Bande zu folgen.

»Kommen Sie raus da.«

Als der Chef sich nähert, beruhigt Alpi sich und fällt in Schritttempo.

Mit äußerster Vorsicht tupft Frau Lanz ihre Wimpern mit dem Taschentuch ab. »Meine Tochter reitet seit vier Jahren bei Ihnen.«

Zwar entfernen die beiden sich bis an den Ausgang, aber Frau Dr. Lanz' aufgeregte Stimme dringt problemlos auch noch in den hintersten Winkel der Halle.

»Die ganze Zeit haben Sie gut an Melly verdient.«

»Bitte?«

»Da könnten Sie wohl etwas gefälliger sein. Und der Flora Rohde meine Tochter als Reitbeteiligung empfehlen.«

»Frau Lanz, das ist einzig und allein Floras Sache.«

»Es gibt noch andere Reitställe, Herr Habicht. Meine Tochter kann ebenso gut woanders reiten. Dann melde ich Melly eben bei Ihnen ab.«

Genervt hebt Herr Habicht beide Hände und faltet sie über seiner Baseballkappe.

»Meine Güte, dann wechseln Sie eben. Reisende soll man nicht aufhalten.«

Reisende soll man nicht aufhalten.

Ein klasse Teebeutelspruch. Muss ich mir für Mama merken. Und was er für eine Wirkung hat. Zumindest auf Melly, denn die hockt nun in Schockstarre auf Flemming. Stallwechsel? Dann würde sie Pepper ganz verlieren.

Mellys zuckende Schultern kann ich beim besten Willen nicht übersehen.

Meine Gedanken kreisen plötzlich um die Frage: Was, wenn es umgekehrt gekommen wäre? Mellys Mutter hätte Pepper gekauft und *ich* müsste zusehen?

Ungewolltes Mitleid mit Melly überschwemmt mich. Seit ich Pepper habe, sehe ich sie in einem milderen Licht. Wie alles. Melly tut mir leid. Trotz ihrer blöden Art. Kann man bei so einer Mutter überhaupt normal bleiben?

Ich drehe mich zu Melly um und irgendetwas lässt mich sagen: »Ich nehme wahrscheinlich gar keine Reitbeteiligung. Hat nichts mit dir zu tun.«

Durch einen dichten Tränenschleier blinzelt Melly mich dankbar an.

Da hämmert erneut die Stimme von Frau Dr. Lanz auf mein Trommelfell ein.

»Herr Habicht! Sie wissen genau, dass es in der Nähe keinen anderen Reitstall gibt.«

Der Chef zuckt hektisch die Schultern. Diese Bewegung kennen wir alle im Stall: Der Mann steht kurz vorm Explodieren. Er sieht sich in seiner meistgehassten Rolle – als Raubtierdompteur.

»In solchen Momenten«, hat er uns in einer schwachen Stunde gestanden, »möchte ich zur Longierpeitsche greifen und jeden auf ein Postament in eine Ecke dirigieren, wo er nichts mehr anrichten kann.«

Sicher ahnt Frau Lanz das nicht, sonst würde sie endlich aufhören zu jammern.

»Ich kann meine Tochter nicht zweimal in der Woche durch die halbe Stadt zur nächsten Reitanlage kutschieren.«

»Schicksal«, brummelt Stalldompteur Habi. Mit großen Schritten verlässt er die Halle, die die Psychologin in einen Raubtierkäfig verwandelt hat.

11.

Der Auftritt der aggressiven Löwin Dr. Lanz hat mir gereicht.

Als die Reitstunde vorüber ist, führe ich Pepper vor allen anderen in die Box, sattle schnell ab und verkrieche mich bei ihm. Während Melly, Gloria und Emily ihre Pferde putzen, drücke ich mich an die hölzerne Trennwand zur Nachbarbox. Sie müssten schon ihre Nasen über die Halbtür hängen, um mich zu entdecken.

Mich soll heute niemand mehr ansprechen, Pepper.

Mein großer Brauner findet das auch, denn während er mit den Lippen ein Bündel Stroh ergreift, stupst er mich mit der Stirn an.

Genau. Wir gehören zusammen.

Neben seinen Hufen kauere ich im frisch eingestreuten Stroh. Ich kann nicht widerstehen, eine Handvoll zu greifen und daran zu schnuppern. Wie gut das duftet. Mein T-Shirt ist feucht. Kühle kriecht über meinen Rücken. Ich müsste meine Jacke vom Haken in der Stallgasse holen, aber dann könnte ich mich genauso gut vor Peppers Box aufbauen und rufen: Hallo, hier bin ich. Will mich noch jemand auf eine Reitbeteiligung ansprechen?

Mein linker Fuß schläft ein. Aus meiner unbequemen Position heraus verlagere ich ächzend das Gewicht. Das ist doch krank: Ich hocke in einem Versteck, nur um meine Ruhe zu haben. Wozu habe ich ein eigenes Pferd, wenn ich mehr um Pepper kämpfen muss als zu Zeiten, als er noch Schulpferd war?

Am liebsten würde ich meinen Schlafsack von zu Hause holen und bei Pepper übernachten. Sobald ich »zu Hause«

denke, folgt unweigerlich als zweiter Gedanke: Hausaufgaben. Mein Mathebuch wartet.

»Ist Flo schon weg?«

Mellys fragende Stimme.

Automatisch drücke ich mich neben Pepper tiefer ins Stroh.

Bitte jetzt nicht äpfeln, Pepper.

Dann höre ich Gloria: »Sieht so aus. Komm, wir verschwinden, Habi hat heute schlechte Laune.«

Die Stalltür fällt ins Schloss.

Mit steifen Beinen richte ich mich auf. Wenn ich nicht ebenfalls schnellstens verschwinde, holt Papa die Polizei. Um mich zu suchen. Himmel, muss ich demnächst einen Punkt »Verstecken spielen« auf meine Zeitliste setzen?

»Bis morgen, mein Schatz.«

Ich drücke Pepper einen Kuss auf die Wange und will gerade gehen, da sitze ich bereits wieder in der Falle.

Auf der Stallgasse drücken sich zwei Antike herum. Annette Tauscher und Eva Vollmer, beide mollige Frauen um die vierzig. Reiten schon lange auf dem Habichthof, immer abends. Als ich Peppers Boxentür schließe, stürzen sie sofort auf mich zu.

»Wie nett, dich zu sehen, Flora«, sülzt Frau Tauscher. Was ist mit ihrer Stimme passiert? Sonst redet sie doch normal. »Meinen herzlichen Glückwunsch zu deinem prachtvollen neuen Pferd.«

»Von mir ebenfalls«, flötet Eva Vollmer. »So ein toller Bursche, dein Pepper. War immer mein Lieblingspferd.«

»Meins aber auch.«

Eifersüchtig mustern die Frauen sich gegenseitig. Schlagartig wird mir klar: Die sind ebenfalls hinter einer Reitbeteiligung her. Da hilft nur Flucht.

Ich drücke mich an ihnen vorbei zum Ausgang.

»Danke. Schönen Abend noch.«

»Warte doch mal.«

Annette Tauscher hält mich am Ärmel fest.

»Ich würde gern mit dir über Pepper sprechen.«

Eva Vollmer erwischt mich am anderen Ärmel.

»Da ist ja eine ganz neue Situation entstanden«, säuselt sie. »Du gehst doch aufs Gymnasium, da kannst du sicher nicht jeden Tag zum Reiten kommen.«

Diese weiche Stimme, als ob sie Kreide verschluckt hätte, genauso seltsam hat Mellys Mutter vor Peppers Kauf mit mir geredet. Rechts und links halten mich die Antiken fest. Hilfe! Schon wieder komme ich mir vor wie eins der sieben Geißlein, kurz bevor es verschlungen wird.

Pepper beugt sich ins Stroh hinab, als ich hilfesuchend in seine Box schaue. Lacht er etwa? Zumindest wirken seine hochgezogenen Lefzen so. Wahrscheinlich freut er sich diebisch, dass er kein Mensch ist.

Die Antiken reden und reden. Sie sind schrecklich nett zu mir, dabei haben sie mich die letzten vier Jahre kaum wahrgenommen. Ich wette, bis gestern wussten die nicht mal meinen Namen.

»Wir können doch du sagen«, schlägt Annette Tauscher aus heiterem Himmel vor. »So unter Reitern. Ich bin die Annette.«

»Und ich die Eva.«

Und dann reden sie weiter so geschwollen und erwachsen mit mir, als hätte sich mein Alter über Nacht umgedreht. Von knapp vierzehn auf einundvierzig. Die beiden sind ja nicht übel, aber Lichtjahre von mir entfernt. Ich kann doch nicht auf einmal Annette und Eva zu zwei Antiken sagen. Jede von ihnen ist alt genug, um meine Mutter zu sein. Danke, ich habe schon eine.

Mein Handy vibriert. Eine Gelegenheit, mich aus den Griffen zu befreien. Ich ziehe mein Handy hervor und sehe aufs Display. Mama.

Bist du noch im Stall?

Während die Antiken weiter auf mich einreden, simse ich zurück.

Schon unterwegs.

Jetzt reicht es.

»Meine Eltern machen sich Sorgen. Tut mir leid, ich muss wirklich los.«

Kann ich vielleicht irgendwann in Ruhe mit meinem Pepper schmusen? Und ihn einfach nur normal reiten? Oder muss ich mich ab sofort von allen zutexten lassen?

Völlig erschöpft mache ich mich durch die Dunkelheit auf den Weg nach Hause.

12.

Mama steht Ausschau haltend unter der erleuchteten Nummer 6a, als ich zehn Minuten später vor unserem Haus vom Rad springe.

»Wir haben uns Sorgen gemacht«, empfängt sie mich und streicht ihre glatten Haare noch glatter. »Du allein um diese Zeit unterwegs. Im Dunkeln. Das gefällt mir ganz und gar nicht.«

»Mama, es ist Frühling.«

»Dunkel ist dunkel.«

Reicht es nicht, dass mich im Stall alle nerven? Geht der Stress zu Hause weiter? Ach Pepper, das haben wir nicht verdient.

Ich atme tief ein, als ich das Rad in den Ständer vor den frisch gepflanzten Primeln ramme.

Nicht aufregen, Flora. Tritt keinen Streit los. Das kostet nur Zeit.

Papa schiebt seinen Kopf durch die Tür.

»Musst du etwa noch Hausaufgaben machen?«

»Nur noch Mathe.«

»So haben wir nicht gewettet, Flora.«

Oha. Papas Stimme kommt mit diesem markigen Klang rüber, der jedes Mal eine Grundsatzdiskussion verheißt. Da geht es auch schon los.

»Unsere Abmachung war folgende, Flora: Pferd ja, Schule vernachlässigen nein.«

Solche Abmachungen können sich nur Menschen ausdenken, die unter totalem Realitätsverlust leiden. Wie soll das gehen? Ein Pferd und trotzdem satt Zeit für Hausaufgaben?

Wer jeden Tag dreieinhalb Stunden im Stall verbringt,

muss die Schule zwangsläufig vernachlässigen. Das ist so sicher wie der Lehrsatz des Pythagoras.

»Ich vernachlässige die Schule nicht, Papa. Darf ich rein oder soll ich zwischen den Primeln übernachten?«

»Nicht in diesem Ton, Madame.«

Vorteil für Papa. Im Moment bin ich auf der schwachen Seite, da kommt es nicht gut, eine dicke Lippe zu riskieren.

Wortlos verschwinde ich durch die Diele über die Kellertreppe nach unten. In der Minigarderobe im Hobbykeller tausche ich im Zeitlupentempo meine Reitsachen gegen Jeans und Sweatshirt aus.

Sorgfältiger als sonst hänge ich meine Reithose auf, streiche die Weste glatt und platziere die Stiefel ausgerichtet nebeneinander auf das Abstellgitter. Ich setze darauf, dass meine Eltern keine Lust haben, in der Diele ewig auf mich zu warten. Mit Glück verziehen sie sich vom Esstisch auf die Fernsehcouch ins Wohnzimmer. Dann kann ich klammheimlich nach oben verschwinden. Von der Couch sehen sie mich nicht, wenn ich die Treppe zu meinem Zimmer hochsteige.

Auf Socken klettere ich die Kellertreppe geräuschlos hinauf und lausche in die Diele. Vorsichtig luge ich durch den Türspalt.

Unter dem wandhohen Flurfenster sitzen meine Eltern wie festgeklebt in unserer kleinen Essecke. Mist.

Papa redet sofort weiter, als er mich im Kelleraufgang sichtet. Als sei unser Gespräch nicht volle fünf Minuten unterbrochen gewesen.

»Thema Reitbeteiligung, Flora. Da müssen wir Nägel mit Köpfen machen.«

Ächzend lasse ich mich auf einen Lederstuhl fallen und stopfe mir zwei Radieschen vom Esstisch in den Mund.

»Ihr könnt euch nicht vorstellen, wie mich im Stall alle belagern. Pepper ist schwer beliebt, *jeder* will eine Reitbeteiligung. Sogar zwei Frauen haben mich heute angequatscht. So alt wie du, Mama.«

Mama richtet sich kerzengerade auf.

»Was soll das heißen, so alt wie ich?«, fragt sie pikiert.

Schon wieder ein Fettnäpfchen. Sobald die Sprache auf ihr Alter kommt, fühlt Mama sich angegriffen.

»Ach, Erwachsene eben.«

Ist doch total egal, ob jemand dreißig oder vierzig oder fünfzig ist – alt ist alt. Wo ist der Unterschied?

Wenn ich meinen Eltern nicht entgegenkomme, reagieren sie todsicher noch gereizter. Ich versuche es mit einem Kompromiss.

»Okay, lasst es mich ein paar Monate allein probieren. Bis zu den Sommerferien. Nach den Ferien suche ich mir definitiv eine RB. Versprochen.«

Papa schüttelt den Kopf.

»Und was ist, wenn du vorher ausfällst?«

»Ich falle nicht aus.«

»Du könntest Grippe kriegen«, wirft Mama ein. »Oder dir den Magen verderben. Salmonellen. Noroviren. Und was passiert, falls du dir den Fuß verstauchst? Oder dir das Wadenbein brichst wie Dani letzten Sommer? Dann muss schnell jemand einspringen.«

Hat sich schon mal jemand totgeplant? Meine Eltern können einfach nicht anders, sie denken alles in alle Richtungen durch.

»Mama! Warum soll ich mir plötzlich ein Bein brechen? Ich habe mir noch nie etwas gebrochen. Vierzehn Jahre nicht. Warum jetzt?«

Mama bleibt hartnäckig.

»Aber wenn? *Wir* können dein Pferd jedenfalls nicht durchamüsieren.«

Verstohlen sehe ich auf die Uhr. Fast neun. Zu meinem chronischen Zeitmangel gesellt sich nun auch noch diese überflüssige Familiendiskussion.

»Ich könnte mir auch Malaria einfangen«, sage ich unschuldig, »Gelbfieber. Ebola. Cholera. Tollwut. Oder die afrikanische Pferdepest.«

Mama übergeht meine Bemerkung.

»Nimm doch eine von den Frauen«, schlägt sie vor. »Volljährige eignen sich am besten als Reitbeteiligung. Schon wegen der Haftung. Wenn etwas passiert, erleichtert das die Sache. Sonst könnte das eine Katastrophe werden.«

»Wenn etwas mit Pepper passiert, ist das *immer* eine Katastrophe. Unter achtzehn oder über achtzehn.«

Mama seufzt genervt und wendet den Blick Richtung Decke.

»Du willst mich nicht verstehen«, sagt sie.

Ihren Augen sehe ich an, dass sie sich an unseren letzten sensationellen Teebeutelspruch erinnert. Von ihrem Liebling Schiller: »Mit der Dummheit kämpfen Götter selbst vergebens.«

Stimmt. Ich will sie nicht verstehen.

Natürlich weiß ich genau, was Mama meint. Denn diese unselige Idee mit einem Erwachsenen als Reitbeteiligung hat mir auch Tapir aufgetischt. Neulich kam wieder der Jurist in ihm durch.

»Falls tatsächlich beim Reiten etwas passiert«, sagte Tapir, »lassen sich die Folgen mit einem Erwachsenen als Reitbeteiligung direkt regeln. Zum Beispiel, wer den Tierarzt bezahlt, wenn das Pferd sich verletzt. Bei Jugendlichen als RB muss man jede Kleinigkeit mit den Eltern ausfechten.«

Ein Albtraum, wenn es um schwierige Mütter wie Frau Dr. Lanz geht.

Schon gut. Alles richtig. Trotzdem. Ich will keinen Erwachsenen als Reitbeteiligung. Alles in mir sträubt sich dagegen. Die alten Säcke möchte ich mir nicht auf Pepper vorstellen. Am Ende halten sie sich noch für erziehungsberechtigt und wollen mir Tipps geben.

Never ever.

»Morgen früh erwarten wir deine Entscheidung«, brummt mein Vater und Mama ergänzt: »Leg eine Liste der möglichen Reiter an. Um deine Gedanken zu ordnen. Mit Pro und Contra, Plus und Minus.« Da spricht die Bankfrau.

Papa steht auf und klopft auf den Tisch. »Und jetzt Schluss mit Pferden. Bevor ich zu wiehern anfange.«

Gut Papa, du willst es nicht anders. Dann schreibe ich Mathe eben morgen vor der ersten Stunde auf dem Klo ab. Das möchtest du doch, oder?

Ich nehme zwei Stufen auf einmal zu meinem Zimmer hinauf.

Beides schaffe ich nämlich nicht, oh großer Bestimmer. Die blöde RB-Liste für dich und das ganze Gedöns um den Schnittpunkt von Mittelsenkrechten im Dreieck für Dr. Winkelmann.

In meinem Zimmer stoße ich meine klemmende Tür zum Balkon auf und zerre den Drehstuhl über die Schwelle. Rappelnd schlagen fünf Rollen gegen die Metallschiene. Mit meiner kuscheligen Bettdecke und einem Block setze ich mich in die offene Tür, durch die ein kühler Abendhauch streicht. Ich packe die Decke enger um meine Schultern, während meine Augen den Himmel absuchen. Vielleicht sehe ich Peppers Stern und er inspiriert mich?

Plötzlich wird die Tür aufgerissen. Daniel.

»Bei dir hat es teuflisch gescheppert.« Er bleibt im Türrahmen stehen und mustert mich mit gerunzelter Stirn. »What happened, Schwester?«

»Hä?«

Mein Bruder zieht die Tür hinter sich zu und tippt sich auf den Kopf.

»Darf man fragen, ob du beim letzten Sturz vom Pferd gelitten hast? Hier oben?«

»Was soll die hohle Frage?«

»Im März draußen sitzen! Nachts! Dauert sicher nicht mehr lange, bis die Männer in den weißen Kitteln kommen . . .«

»Du hast ja keine Ahnung, was ein Pferd so alles mit sich bringt.«

Ich zeige hinter mich auf die Klarsichtmappe »Mein Pferd«, die auf dem Laptoptisch liegt, und wedele mit meinem Blatt Papier.

»Papa will unbedingt wissen, wer mich vertritt, falls ich krank werde. Ich lege gerade eine Liste an.«

»Wo ist das Problem? Nenn ihm doch eine von deinen Stalltanten.«

Stalltanten! Das sagt Dani immer, wenn er von den Jugendlichen auf Habichts Hof spricht. Kein Respekt. Für Daniel sind Pferde so weit weg wie für mich die Knüppelschaltung seines Fahrschulwagens.

»Leider hast du keine Ahnung. Wenn ich eine nehme, sind alle anderen sauer.«

Daniel streicht seine halblangen Haare hinter die Ohren und wirft sich auf mein rotes Sofa.

»Verstehe.«

»Außerdem, du kennst doch Mama und Papa.« Ächzend erhebe ich mit von meinem Drehstuhl, werfe die Bettdecke ins

Zimmer und hocke mich zu Dani auf die Sofalehne. »Die wollen sofort echte Verträge machen. Reitbeteiligungsverträge. Ich kann nicht einfach irgendwen nennen.«

»Böse Falle.«

Wenigstens einer in der Familie, der meine Zwangslage versteht.

»Genau deshalb sitze ich hier und lege Listen an. Und danach warten noch gigantische Probleme in meinem Mathebuch. Transversalen-Berechnung im Dreieck. Mittelsenkrechte und so ein Schrott. Hast ja schon vorausgesehen, dass es eng werden könnte.«

»Gib her.«

Daniel streckt die Hand aus.

»Was, das Mathebuch?

»Klar.«

»Machst du mir das etwa?«

»Ausnahmsweise.«

»Super. Was willst du dafür haben?«

Daniel grinst und breitet die Arme aus.

»Dein Zimmer für meinen Austauschschüler.«

Mortimer aus England kommt dieses Jahr. Danis Zimmer unterm Dach ist definitiv zu klein für beide.

»Geht in Ordnung. Hast du dir sowieso schon verdient. Wegen der Stirnlampe.«

Bevor er es sich überlegen kann, springe ich auf, krame das Mathebuch aus meinem Rucksack und zeige Dani, was wir aufhaben.

Nach einem kurzen Blick nickt er und klemmt das Buch unter den Arm.

»Kinderspiel. Ich leg's dir dann vor die Tür.«

Habe ich nicht einen sensationellen Bruder?

»Super, Dani. Du bist mein Held!«

»Musst es nachher nur noch abschreiben. Ist sicherer wegen der Schrift. Tschau.«

»Danke, Mann.«

Als Dani weg ist, fällt mir ein unglaublich kitschiger Teebeutelspruch ein: »Wenn du denkst, es geht nicht mehr, kommt von irgendwo ein Lichtlein her.«

Im Moment stimmt der Spruch hundertprozentig. Vielleicht gibt es noch ein zweites Licht für mich? Eine knallhelle Glühlampe, die auf eine optimale Reitbeteiligung leuchtet. Das weiß nur einer: Tapir.

Ich angle mein Handy aus dem Regal.

Hilfe, Tapir! Meine Eltern wollen mir eine RB aufdrängen . . . Weiß nicht, wen ich nehmen soll. Hast du eine Eingebung? Flo

Ungeduldig klopfe ich auf das Gehäuse. Wo bleibt die Antwort? Er kann mich doch jetzt nicht hängen lassen. Da fällt mir ein, dass Tapir heute Abend zum Italiener wollte.

Wie kann der Mann sich Pizza Funghi reinschieben, während ich hier schier verzweifle?

Mit meiner Bettdecke hocke ich mich wieder in die offene Tür. Muss ich wirklich alles allein machen? Seufzend greife ich zum Filzer und kritzle eine schwarze Tabelle auf meinen Karoblock.

Meine Einteilung für eine mögliche Reitbeteiligung lautet:

Name

Positivfaktor

Nervfaktor

Eifersuchtsfaktor

Obwohl sich bei meinem Stift die Filzhaare in sämtliche Richtungen sträuben, schreibe ich alle Mädchen auf, die halbwegs für meinen Pepper infrage kommen.

Emily (falls sie neben Alpino jemals Zeit hat)

Janne
Maxie
Katta
Leonie
Melly
Gloria
Tessy & Kriss

Weil jetzt schon fast alles egal ist, setze ich noch die Antiken darunter:

Eva Vollmer
Annette Tauscher

Eine Stunde später sitze ich immer noch über der verflixten Liste. Inzwischen habe ich mich mit meiner Bettdecke auf die Matratze gelümmelt. Der Himmel hängt voller Wolken. Peppers Stern am Großen Wagen ist nicht zu sehen, deshalb kann ich genauso gut ins Warme kriechen.

Ich glaube, ich habe das Anti-Reitbeteiligungs-Gen, das ARBG. Alles in mir sträubt sich gegen eine RB, es sei denn, ich könnte einen Sklaven finden, der alles haarscharf so macht, wie ich es sage.

Hoffnungslos studiere ich meinen Block. Die Positivspalte und die Nervigspalte stehen voller Notizen.

Was die Liebe zu Pepper angeht, musste ich Melly zähneknirschend neun Positivpunkte geben. Neun von zehn möglichen. Gleichzeitig stehen bei Melly unter »Eifersuchtsfaktor« zehn fette Punkte. Angenommen, Pepper begrüßt Melly mit lauterem Grummeln als mich ... oder er schnaubt bei ihr öfter. Dann platze ich!!!

Nehme ich Melly – natürlich ist allein der *Gedanke* daran absurd – habe ich die Superpsychologin gleich mit an der Hacke. Melly gibt es nur im Doppelpack mit ihrer krassen Mutter. Aber Melanie Scarlett Lanz reicht mir auch schon allein. Gestern wieder dieser peinliche Auftritt auf dem Pausenhof. Ständig hat sie es auf die Jungs aus der zehnten Klasse abgesehen. Nach der Pause erzählt sie uns unaufhörlich von ihren Traumtypen. Ich kenne die Jungs nicht mal einzeln. Nur im Rudel.

Wie ich es drehe und wende, von den Mädchen kommt keine infrage.

Nehme ich Janne, Katta, Maxie oder Leonie, habe ich in Melly und Gloria endgültig zwei Feindinnen. Genau dasselbe gilt, falls ich mich für die Zwillinge entscheide.

Das Problem kommt mir vor wie meine absolute Hass-Denksportaufgabe aus der dritten Klasse. Ein Bauer will mit Hund, Kohlkopf und Ziege an das andere Flussufer. In seinem Kahn kann er immer nur ein einziges Teil mitnehmen. Zwei müssen am Ufer bleiben. Lässt er den Hund bei der Ziege, wird sie gefressen. Bleibt die Ziege mit dem Kohlkopf allein, futtert sie den Kohl weg.

Meine Suche nach der Reitbeteiligung ist so unlösbar wie der fiese Fall mit der Ziege, dem Kohlkopf und dem Hund.

Für wen ich mich auch als RB entscheide, immer wird nur EINE im Stall happy sein und hundert andere sauer.

Ob Tapir endlich wieder da ist? Erwartungsvoll hacke ich auf mein Handy ein.

Tapir hilf!!!!!!!!!

Er ist da!

Komme gerade vom Italiener zurück. Immer noch kein RB-Ergebnis, Flo?

NEIN!

Hast du dir alle möglichen Namen aufgeschrieben?

Alle!

Nun lässt Tapir den abgeklärten Erwachsenen heraushängen.

Tatsache ist, dass du überhaupt keinen an deinen Schatz heranlassen willst. Außer Emily in Notfällen. Hab ich recht oder hab ich recht?

Ich simse zurück.

Ja! Ja! Ja! Hast recht. Aber ich brauche konkrete Vorschläge!

Tapir lässt nicht locker mit seiner ekligen Erwachsenen-Ermahnsucht.

Du suchst keine Reitbeteiligung, sondern einen SKLAVEN! Schmusen verboten. Pepper lieben verboten. Besser reiten als Flo verboten. Kette mit Eisenkugel am Bein erlaubt.

Was soll das denn jetzt? Ich dachte, er wäre auf meiner Seite. Und nun wühlt er in meiner schwärzesten Seelenecke. Klar suche ich einen Sklaven. So kommen wir nicht weiter. Ich simse ihm eine konkrete Frage.

Was hältst du von den Zwillingen? Die haben sich gegenseitig und sind nicht so scharf darauf, etwas Eigenes zu besitzen.

Natürlich sehe ich die Zwillinge nur als Notnagel. Die Sache müsste top secret bleiben im Stall. Kriss und Tessy dürften nicht darüber sprechen. Zumindest nicht bis zu ihrem ersten Auftritt. Sonst erwürgt Melly mich. Und wenn nicht sie, dann ihre hysterische Mutter.

Könnte klappen. Kopf hoch. Du schaffst das schon. Wir halten Kriegsrat im Stall! Tapir

Am nächsten Morgen scheint es so, als hätten meine Eltern die ganze Nacht nichts anderes getan, als sich gegenseitig anzufeuern: Wenn Flo die Treppe herunterkommt, sofort nach der RB fragen.

Papa fällt mich an, bevor ich mich überhaupt hingesetzt habe. Dabei kaut er sogar noch an seinem Vollkornbrot. Er nutzt Mamas Abwesenheit, sie zieht sich gerade oben fertig an.

»So, Flo, nun reden wir Klartext. Du hast dir hoffentlich über Nacht etwas Passables überlegt.«

Seufzend greife ich mir ein Brötchen. Daniel schlürft seinen Milchkaffee, zwinkert mir zu und verschanzt sich hinter seinem Übungsheft für die Fahrprüfung. Das geht in Ordnung, denn er hat mich mit der fiesen Mittelsenkrechten gerettet.

Bin gespannt auf Papas Gesicht, wenn ich ihm mitteile: Papa, ich habe das ARBG, das Anti-Reitbeteiligungs-Gen. Da kann man nichts machen.

Natürlich wird mein Vater sofort seinen Arzt oder Apotheker fragen, aber gegen ARBG helfen keine Pillen und keine kalten Umschläge. Dagegen kann nicht mal Dr. Müller-Maring etwas ausrichten. Mein Erzeuger müsste mich schon umzüchten lassen.

Ich weiß nicht, welche höhere Macht mein Sprachzentrum steuert, aber ohne dass ich es will, höre ich mich antworten: »Kein Problem, Papa. Wenn ich keine Zeit habe, können Kriss und Tessy reiten.«

Eigentlich wollte ich das gar nicht sagen, aber nun ist es heraus.

Im Grunde ist es egal, welchen Namen ich nenne, denn ich lasse sowieso keinen auf Pepper. Lieber sitze ich die ganze Nacht mit Danis Stirnlampe über meinen Hausaufgaben.

»Du hast dir also gleich zwei ausgesucht. Sehr gut.« Papa sieht überrascht aus. »Kriss und Tessy, die Namen sagen mir nichts. Sind die beiden neu im Stall?«

Ich schüttele den Kopf und bestreiche mein Brötchen extradick mit Nusscreme, um mich für die Nachtarbeit zu entschädigen.

»Tessy und Kriss Brinkmann. Wir nennen sie nur die Zwillinge.«

»Zwillinge?« Papa horcht auf. »Eineiige Zwillinge?«

Prompt tappe ich in die Falle.

»Und ob die eineiig sind! Nicht einmal Herr Habicht kann Kriss und Tessy unterscheiden.«

»Ha!« Papa schlägt mit der flachen Hand auf den Tisch. »Unmöglich! Eineiige Zwillinge. Da sind Nachweisprobleme schon vorprogrammiert.«

»Was meinst du mit Nachweisproblemen?«

»Man weiß nie, wer geritten hat. Wenn etwas passiert, kann jede es auf die andere schieben. Nie kann man klären, wer es war. Das mach mal einer Versicherung klar. Viel zu kompliziert.«

Seine Sorgen möchte ich haben.

Wenn Papa hört, dass Tessy und Kriss dreizehneinhalb sind und erst im Herbst vierzehn werden, erstickt er vor Schreck an seinem Vollkornbrot. Unter vierzehn bedeutet nämlich: Man ist nicht strafmündig. Wer unter vierzehn etwas verbrochen hat, kann nicht vor Gericht gestellt werden. Dieser Zustand zwischen Kind und Jugendlicher ist für Papa ein Albtraum. Er zählt schon die Tage bis zum 28. März, wenn *ich* endlich strafmündig werde. Dauernd treibt ihn die Angst um, dass ich Mist baue und er wegen Verletzung der Aufsichtspflicht verdonnert wird.

Mit meinen 13-jährigen Zwillingen habe ich einen sagenhaften Grund, die Reitbeteiligung hinauszuschieben.

In ihrem schicken Bankkostüm kommt Mama die Stufen herunter.

»Oliver!«, sagt sie kopfschüttelnd, als sie seine letzten Worte aufschnappt. »Nicht alle Leute sind auf Betrug aus. Du setzt mal wieder das Schlimmste voraus. Warum sollen die Mädchen uns etwas vormachen? Besser die Zwillinge als gar keine Reitbeteiligung.«

Klingt wie: Besser doppelter Beinbruch als einfache Gehirnerschütterung.

Wird man so als Erwachsener?

13.

Aber dann geschieht ein Wunder.

Am nächsten Morgen fällt unser Mathelehrer Dr. Winkelmann aus. Hexenschuss. Seine Mittelsenkrechte ist aus dem Lot, ha, ha. Für diese geniale Gedankenverbindung zu seinen geliebten Transversalen müsste »Winkel« mir eine Eins anschreiben. Danis Mondscheinrechnerei war total unnötig.

Während meine Klasse in der Freistunde zum Türken marschiert und bei Tarek Fladenbrot mit Tzatziki kauft, rase ich mit dem Rad zum Habichthof. Ausgesprochen praktisch, dass unsere Schule nur drei Straßen entfernt von Pepper liegt.

Mein Pferd wirkt deutlich überrascht, als ich zu so ungewohnter Stunde vor seiner Box auftauche.

»Was hältst du von Grasen?«, flüstere ich über die Tür.

Pepper ist sofort bereit, sein Heu liegen zu lassen und mit mir nach draußen zu gehen. Er tippelt hin und her, als ich den Führstrick ins Stallhalfter klicke, so eilig hat er es.

Auf dem Hof stoppt mich Tapirs Ruf.

»Hi Flo, gut dich zu sehen. Hab eine Idee für dich.«

Tapir steht auf dem Misthaufen und verteilt die nasse Einstreu. Mit einem Satz springt er vom Gipfel und stützt sich auf die Mistgabel. Wie immer trägt er seine derbe braune Goldgräberhose mit Hosenträgern und die Sicherheitsstiefel der amerikanischen Sheriffs.

»Freistunde?«

»Genau. Mathe fällt aus.«

»Hast du morgens sonst immer zur ersten Stunde?«

»Nö, zweimal muss ich erst zur dritten.«

Der Strick spannt sich, ungeduldig zieht Pepper daran. Er

will an sein Gras. Ich stecke ihm ein Leckerli zu, damit er beschäftigt ist.

»Geht gleich weiter, Süßer.«

Tapir grinst, wie immer, wenn wir unsere Pferde Süßer oder Mäuschen nennen.

»Warum teilst du dir deinen Stalldienst nicht auf? Komm morgens zum Reiten oder beschäftige Pepper, dann hast du abends nur noch die halbe Zeit im Stall zu tun. Das beruhigt deine Eltern. Kommst vielleicht fürs Erste um die Reitbeteiligung herum.«

Tapirs Erleuchtung ist Wunder Nummer zwei!!!

Sofort steigt meine Laune bombig an. Pepper hebt unternehmungslustig den Kopf, er spürt sofort, wenn sich meine Stimmung ändert.

Vor der Schule reiten. Das ist es! Warum fällt mir so etwas nicht selbst ein?

Bevor ich Tapir um den Hals fallen kann, kommt er schon mit dem nächsten guten Vorschlag.

»Du lagerst deine Reitsachen oben auf dem Dachboden im Spind. Kannst sie fix gegen die Schulsachen austauschen. Morgens ist hier wenig los, nur ein paar Einzelstunden.«

»Super, super, Tapir«, sage ich gerührt. »Was dir alles einfällt. Du bist der Allerbeste.«

Tapir lacht und kurvt wieder mit seiner Schubkarre über den Hof.

»Wenn du zurück bist, stelle ich die Pferde auf den Paddock.«

Auf dem Grasstreifen neben der Weide ist es restlos herrlich. Pepper frisst die ersten Frühlingshalme und ich lege mein Gesicht auf seinen Rücken und schmuse mich in seinem warmen Fell fest.

Aus halb geschlossenen Augen beobachte ich, wie er Halm

für Halm abzupft. In diesem Moment wünschte ich, ich selber wäre das junge Gras und Pepper würde *mich* ratzekahl auffressen. Vor lauter Liebe.

»Unser Geheimnis«, flüstere ich in Peppers Fell.

Eine absolut grandiose Viertelstunde später bin ich fit für Englisch. Mit Pepper im feuchten Gras, sein Schnurzeln und Prusten hören – niemand kann sich vorstellen, wie gut das tut. Niemand außer Emily. Frau Fischer soll mich ruhig in Englisch drannehmen. Sie wird sich über meine Coolness wundern.

»Ask some more questions, Misses Fischer.«

Die Freistunde auf dem Habichthof kommt mir vor wie eine Gutelaunekur. Summend gehe ich in die Sattelkammer, um den Führstrick aufzuhängen.

An Peppers Sattel prangt ein gelber Zettel mit der winzigen Krümelschrift des Chefs. Nachdem ihn seine Frau verlassen hatte, begann unser Habi, fitzelig zu schreiben, und rasierte sich eine Glatze. Mellys Mutter weiß natürlich wieder, warum.

»Das ist typisch, wenn man einen Schock verarbeiten muss und ein neues Leben beginnt. Dann ändert man oft Frisur und Schrift.«

Alles Quatsch. Habi muss so klein schreiben, weil seine Botschaften sonst kaum auf die winzigen Zettel passen. Normale Zettel sind im Stall nicht zu finden. Wenn jemand zehn Blöcke mitbringt, sind sie todsicher am nächsten Tag verschwunden. Der Habichthof ist eine Art Bermudadreieck, das jedes Schreibpapier auf geheimnisvolle Weise verschlingt. Deshalb trägt Habi immer Blöcke mit Haftetiketten bei sich, damit er uns jederzeit mit seinem aufgeklebten Fachwissen beglücken kann.

Ich zupfe den Zettel ab und lese.

Hallo Flora. Kannst du deinen Stalldienst nicht aufteilen? Reite doch morgens, falls du zur zweiten oder dritten Stunde in die Schule musst. Oder in Freistunden. Die Halle ist ab 7 Uhr frei. Gruß Habicht

»Wonderful! Great!«

Habis Info entlockt mir englische Freudenrufe. Wenn Frau Fischer mich jetzt hören könnte!

Unser Chef hat dieselbe Idee ausgebrütet wie Tapir. Wunder Nummer drei. Ich komme um das hochbrisante Thema Reitbeteiligung herum. Zumindest in den nächsten Wochen.

»Bist du noch da, Flo?«, ruft Tapir über die Stallgasse. »Oder jubeln auf dem Habichthof jetzt schon die Sättel?«

Grinsend stecke ich den Kopf aus der Sattelkammer.

»Der Chef schlägt mir auch vor, morgens zu reiten. Da kann ich mich doch wohl freuen.«

Tapir wedelt mit zwei DIN A4-Seiten. »Reitbeteiligungsvertrag« steht obendrauf.

»Lies dir den trotzdem mal durch. Dann weißt du für alle Fälle, was im Vertrag stehen sollte. Worüber du dich mit einer RB einigen musst.«

Entsetzt starre ich auf die klein bedruckten Seiten. Noch winziger hätte es auch Herr Habicht nicht schreiben können.

»Was? So viel? Ich will doch Pepper nicht verkaufen!«

Tapir lacht.

»Je mehr du vorher regelst, umso weniger Streit gibt es hinterher. Glaub einem alten Juristen.«

Mit schnellem Blick überfliege ich die Blätter und schon bei Punkt eins bin ich geschockt. Da steht unter anderem:

Die Teilnahme an Jagden, Pferdeleistungsschauen und anderen reitsportlichen Veranstaltungen (Turniere) bedarf der ausdrücklichen Zustimmung des Eigentümers.

Jagden? Mein Pepper auf einer JAGD?

Das fehlte noch. Auf diese Idee wäre ich bis vor einer Sekunde überhaupt nicht gekommen! Mein süßer, kleiner Pepper hetzt mit einer Reitbeteiligung über Stock und Stein, durch Ginstersträucher und Brombeeren?

Tapir hat recht: Solche Fragen muss man vereinbaren. Was heißt vereinbaren – da wird nichts vereinbart, das verbiete ich natürlich. Doch das ist längst nicht alles, was geregelt werden muss. Auch die Bezahlung, die steht in Punkt vier.

Die RB beteiligt sich mit . . . Prozent, also mit anteilig . . . Euro an den Unterhaltskosten für das Pferd.

Wieder etwas, das mir nicht schmeckt.

Für meinen Pepper will ich allein sorgen, ganz allein. Na ja, mit dem Geld meiner Eltern natürlich. Ich kann mir lebhaft vorstellen, wie meine Reitbeteiligung sich wichtig macht im Stall. Fast kann ich die Worte hören.

»Ich zahle schließlich anteilig für Peppers Stroh, Heu, Hafer und für seine Hufeisen. Da habe ich ja wohl ein Recht, das wieder abzuschmusen.«

Wie viel darf man als Gegenwert für zwei Hufeisen und zwei mal Hinterhufe beschneiden abschmusen? Das wäre mal eine sinnvolle Matheaufgabe, Herr Dr. Winkelmann.

Tapir stellt einen Plastikeimer unter den Wasserhahn und dreht ihn auf.

»Schreib auch in die Vereinbarung, wie lange sich die RB um Pepper kümmern soll, wenn er nicht geritten werden kann. Einen Monat ist üblich. Kann passieren, dass Pepper eine kleine Verletzung auskurieren muss und trotzdem bewegt werden soll. Über solche Dinge gibt's oft Streit.«

Meine Güte, ist das alles umständlich.

So zäh habe ich mir das nicht vorgestellt, sondern ganz einfach. Etwa so: Ich frage z. B. Janne: Willst du Pepper zweimal die Woche eine Stunde reiten? 60–80 Euro im Monat?, sie sagt: Klar, total gern, und die Sache ist vom Tisch.

Aber wenn ich auf meine Formulare blicke, ist so schnell nichts gegessen. Stöhnend lese ich weiter.

Die Nutzungszeiten werden in einem Plan festgehalten. Die Reitbeteiligung hat das Recht, das Pferd an folgenden Wochentagen zu reiten . . .

Nutzungszeiten, das klingt, als wollte ich die Spielzeiten für einen Tennisplatz vereinbaren. Und nicht eine Reitstunde auf dem Rücken meines besten Freundes.

Ich lasse die Blätter sinken. Nutzungszeiten.

»Höchstens montags«, murmele ich vor mich hin. Montags habe ich am längsten Schule, das wäre der richtige Tag für die RB.

Tapir lässt frisches Wasser in den Eimer laufen, in dem wir die Trensen auswaschen.

»Na«, sagt er. »Und?«

Ich zucke die Schultern.

»Weiß nicht. Was ist, wenn ich Lust habe, montags mit Pepper zu schmusen? Und wenn ich komme, trabt er gerade mit der RB durch die Halle? Dann stehe ich wie ein Idiot an der Bande und meine Reitbeteiligung ruft mir zu: ›Ätsch, ich habe heute die Nutzungszeit. Und meinen Schmuseanteil hole ich mir auch noch ab.‹«

Tapir muss lachen.

»Was dir immer einfällt. Sicher, ein bisschen teilen musst du Pepper schon, anders geht es nicht. Aber wenn es dir total gegen den Strich geht, kannst du jederzeit einen Rückzieher machen. Ihr seid ja nicht auf ewig zusammengekettet. Überleg trotzdem gründlich, wen du nimmst. Kündigen macht sich schlecht für die Stimmung im Stall, haben wir schon besprochen.«

Mit nassen Fingern tippt er auf Punkt sechs.

Diese Vereinbarung ist mit einer Frist von . . . Tagen zum Monatsende kündbar.

»Der Punkt ist das einzig Gute«, stelle ich fest. »Besten Dank, Tapir. Ich muss dann. Tschau.«

Tapir ruft mir nach:

»Sprich mit deinem Vater wegen der Versicherung für die Reitbeteiligung. Das Stichwort heißt Fremdreiterrisiko.«

FREMDREITERRISIKO! Geht's noch?

Energisch klopft Pepper mit dem Huf gegen die Holzwand, als ich die Seiten einstecke.

Mein Pferd schickt mir einen mahnenden Blick herüber. Als ich schnell noch einmal zu ihm hineinschlüpfe, tritt Pepper zufrieden grummelnd zur Seite

Na bitte, geht doch.

»Bald komme ich öfter morgens zum Reiten, Pepper. Danach kannst du zu deinen Kumpels auf den Paddock oder auf die Weide. Wir machen es uns richtig schön. Und das Fremdreiterrisiko soll der Teufel holen.«

Pepper versucht, ein Leckerli in meiner Schuljacke zu entdecken und reibt seine Nase vorsichtig über den Reißverschluss der Seitentasche.

»Abends gehen wir dann spazieren und ich mache deine Box. Wie findest du das, Peppermaus? Jetzt muss ich aber los. Englisch.«

Im Großen und Ganzen scheint Pepper mich verstanden zu haben, obwohl seine Augen sagen: *Ein Leckerli ersetzt tausend Worte.*

Eigentlich ein guter Teebeutelspruch.

14.

Ich zische auf den Pausenhof und werfe mein Fahrrad gegen eine Wand aus abgestellten Rädern. Es klingelt zur Englischstunde.

Gerade noch geschafft.

Ohne nach links und rechts zu sehen, renne ich zur Eingangstür, in der sich eine Schülergruppe verkeilt.

Durch meinen Kopf schwirren all diese verrückten Begriffe, die Tapir mir aufgetischt hat. Nutzungszeiten. Unterhaltskosten. Fremdreiterrisiko. Weiß Frau Fischer, was das auf Englisch heißt?

Plötzlich fühle ich eine Hand auf dem Rücken. Empört drehe ich mich um – und sehe direkt in ein Gewirr aus langen Locken mit dem grinsenden Gesicht von Melly Lanz darin. Auf ihrer Jacke glitzern die Pailletten.

Auch das noch.

Mit hochgezogenen Brauen mustert Melly mich und zupft Stroh von meiner Jacke.

»Warst du etwa im Stall?«

Demonstrativ hält sie die verräterischen Halme in die Höhe. »Lässt du neuerdings dein Pferd vom Pausenbrot abbeißen?«

»Phhh«, mache ich.

Bei den Wörtern »Stall« und »Pferde« dreht sich wie auf Kommando eine Horde Jungs um und mustert mich mit amüsierter Neugierde. Ich muss ein Dutzend abschätzige Blicke über mich ergehen lassen. Als hätte Melly mich gefragt: Hast du dein Pausenbrot mal wieder mit einer Kanalratte geteilt?

Fies von ihr, auf dem Schulhof die Wörter »Stall« und

»Pferd« zu gebrauchen. Jeder weiß, dass es für Jungs kaum ein größeres Hasswort gibt als »Pferdestall«. Ausgerechnet vor diesen ziemlich netten Jungs auf der Treppe muss sie das sagen, die blöde Kuh. Wahrscheinlich sind Vince und Ferdi auch irgendwo dabei, schließlich schwirrt sie ständig um die beiden herum.

Melly hat ihren Fehler wohl auch gerade bemerkt. Ihr panischer Blick signalisiert mir: Bitte sag nicht, dass ich auch zum Reiten gehe. Nicht vor diesen Jungs. Tut mir leid.

Typisch Melly. Einem billigen Witz nie abgeneigt. Für einen Moment im Rampenlicht vergisst sie alles, sogar, dass sie fast ein Eigentor schießt. Sie kann einfach nicht anders, als fiese Kommentare von sich zu geben. Wie unter Zwang muss Melly sich vor anderen wichtig machen. Sie sollte sich mal bei ihrer Mutter auf die Couch legen . . .

Ich werfe den Kopf in den Nacken und drängle mich wortlos durch. Melly kann heilfroh sein, dass ich nichts über ihre Pferdeliebe verrate.

Atemlos renne ich über den Flur zu meinem Klassenraum und lasse mich auf den Stuhl fallen.

Während ich im Rucksack nach meinem Englischbuch suche, schiebe ich Mellys Gesicht in meinen Gedanken beiseite und ersetze es durch Peppers braunen Kopf. Verträumt denke ich an die schöne Viertelstunde mit ihm. Heute Abend schmusen wir weiter.

Da taucht erneut Mellys bitteres Lächeln vor mir auf. Wie frustrierend muss es für sie sein, sich vorzustellen, wie ich mit Pepper die Freistunde genossen habe.

Auf einmal überkommt mich so ein großes Gefühl, das mich übergießt wie ein außerirdisches Leuchten. Ich möchte die ganze Welt beglücken. Einschließlich Melly. Weil ich den Hauptgewinn gezogen habe, ein eigenes Pferd. Was heißt

Pferd: den Traumprinzen auf vier Beinen. Pepper. Es drängt mich, die anderen an meinem Glück teilhaben zu lassen. Aber wie?

Zunächst fülle ich meine »Feine-Flora-Skala« mit zehn Punkten auf. Wegen meiner grundgütigen Gedanken.

Was genau kann ich für die Stallgemeinschaft tun? Zumindest für die Mädchen, mit denen ich jahrelang in einer Abteilung geritten bin?

Vielleicht eine Party für die Stallleute, um die gute Laune wiederherzustellen? Wenn ich schon keinen als Reitbeteiligung nehme. Nicht schlecht.

Wann?

Samstag ist gut. Samstag ist perfekt. Samstag ist mein Geburtstag. VIERZEHN!!!

Endlich strafmündig, Papa.

Zur Feier des Tages muss ich etwas Besonders bieten. Ich weiß auch schon was. Die Idee geistert schon ewig durch die grauen Zellen unter meiner Reitkappe: Ich werde einen Rap schreiben. Über den Stall und über Pepper.

An der Wandtafel müht Frau Fischer sich mit einem Stück abgebrochener Stummelkreide ab und schreibt die wichtigsten Zeiten im Passiv an.

The meal is served, was served, has been served . . .

Das kann dauern. Freie Bahn für meine Ideen.

Brennend vor Schreibwut schlage ich mein Englischheft auf.

Erst mal alle Reimmöglichkeiten aufschreiben. »Fremdreiterrisiko« muss hundertprozentig rein. Was für ein idiotisches Wort. Darauf reimt sich allerdings nichts. Außer »Dämmplattenpferdeklo«.

Also doch ohne das Risikowort. Neu beginnen. Einfacher. Viel kürzer. Wie Rappe und Kappe.

Geht doch. Nun ist der Reimmotor angeworfen. Ich kann gar nicht so schnell schreiben, wie mir Wörter einfallen, die sich reimen.

Plötzlich fällt ein Schatten über meine aufgekritzelten Geistesblitze. Zu spät deute ich das Zischen meiner Tischnachbarn richtig: Lehrer im Anmarsch.

Blitzschnell versuche ich, das Heft unter der Tischplatte verschwinden zu lassen, doch da senkt sich schon Frau Fischers hennarotes Haar vor meine Augen. Mit spitzen Fingern greift sie nach dem Heft und überfliegt die vollgeschriebene Seite mit meinen Reimversuchen.

Rappe, Kappe, Pappe, Mappe, Kaulquappe.

Stute, Rute, Pute, Schnute, Jute.

Piercing, Silberling, Unding.

Ohren, bohren, verloren, geschworen.

Fakt, Takt, backt, sackt.

Sauer, Power, Tower, Mauer, Bauer, Dauer, lauer, kauer.

Heu, freu, neu.

»Funny«, sagt sie und deutet auf die letzten Wörter. Heu, freu, neu.

»Say it in English.«

»Hay ... being glad ... new ...«, stottere ich mit hochrotem Kopf. An meinen heißen Ohren könnte man eine Zigarette anzünden.

»In a complete sentence, please.«

Ich stolpere einen hirnrissigen Satz zusammen. Die Klasse kichert.

Frau Fischer lässt nicht locker.

»Use the passive.«

Himmel, wie soll ich aus meinen Heu-freu-neu-Brocken einen vollständigen Satz im Passiv formen? Für einen Rap gelten die Gesetze der Straße, nicht die Regeln von Universitäten. Leider kann ich das nicht so deutlich sagen. Die Fischer fällt vor Entsetzen auf den Rücken, wenn sie wittert, dass ich in ihrem heiligen Unterricht einen Stall-Rap verfasse.

Obwohl sie mich schweigend ansieht, höre ich im Geiste ihren Vorwurf in perfektem Oxford-Englisch: Oh my God, Flora! What a shame. You have to do some extra work.

Doch nichts davon. Stattdessen entdecke ich ein winziges amüsiertes Funkeln in ihren Augen. Im Weggehen flüstert Frau Fischer mir etwas zu.

»At school your horse brain should be locked.«

Sie kann ja richtig witzig sein.

»In der Schule sollte dein Pferdehirn verschlossen sein.«

Darauf muss man erst mal kommen als Lehrer.

Dankbar mache ich mich ganz klein auf meinem Stuhl und ziehe die Mundwinkel babyhaft lächelnd nach oben.

Diese Unterlegenheitsgebärde habe ich mir bei den Fohlen abgeguckt. Wenn sich ältere Pferde nähern, setzen sie als Schutzreaktion instinktiv das Babygesicht auf: *Tu mir nichts, ich bin ja noch so klein.* Das stoppt jedes angriffslustige Pferd.

Obwohl mir der Demutsblick im Mencheneinsatz zuwider ist, benutze ich ihn hin und wieder, denn er wirkt auch bei Lehrern. Frau Fischer lässt mich nun in Ruhe und knöpft sich die Jungs vor. Vielleicht hat sie auch einfach keine Lust, ihr Notizbuch herauszuholen und mir eine Fünf anzuschreiben.

Zehn Minuten nach der Unterbrechung mache ich mich in Gedanken wieder an meine Party.

Ein überschaubarer Kreis schwebt mir vor. Fünfzehn bis zwanzig Leute, die ich gut kenne.

Meine Finger fliegen über das Papier.

Emily, Janne, Tessy, Kriss, Leonie, Lina, Katharina, Mascha, Insa, Maxie, Rosa, Charlotte, Sophie.

Ich stocke. Muss ich auch Melly und Gloria? Wenn nicht, herrscht offener Krieg im Stall. Außerdem, sooo übel sind sie auch nicht. Und zur Not kann ich ihnen einfach aus dem Weg gehen, sind ja genug andere Leute da.

Also: Melly, Gloria . . .

Rustikal soll es zugehen, am liebsten draußen mit den Pferden. Zumindest mit Pepper.

Wo?

Zu Hause muss ich gar nicht erst fragen. Meine Eltern mit ihrem Rasen! Sobald ich das Wort »Gartenbenutzung« auch nur denke, kriegt Mama hektische Flecken. Wenn ich dann noch vorschlage, Pepper in unseren Reihenhausgarten zu holen, verbringt Papa meinen Geburtstag in der Uniklinik. Mit einem Herzanfall.

Gedankenvoll lasse ich den Kuli kreisen und betrachte die baumelnden Frühlingskätzchen an den Birken vor unserem Klassenzimmer. »The trees have been coloured by spring«, sagt Frau Fischer.

Zu Hause feiern bringt mir keinen großen Spaß. Meine Eltern planen sich zu Tode. Als ich zwölf wurde, hat Mama fünf Rauchmelder im Haus angeschraubt und meine halbe Klasse war da und fand es peinlich. Nie wieder. Diesmal ohne Klasse, ausschließlich mit Reiterleuten.

Bei genauer Überlegung existiert für meine Party nur ein einziger ultimativer Festplatz: Der große Sandpaddock auf dem Habichthof. Und für die Fete gibt es nur einen einzigen ultimativen Zeitpunkt: Samstagabend. Nicht nur, weil mein Geburtstag ist, sondern weil Herr Habicht Samstagnachmittag nach Neumünster fährt. Zu einem Vortrag über das Holsteiner Pferd.

Obwohl Lennart Habicht kein Wort darüber verloren hat, weiß jeder im Stall von seiner geplanten Fahrt. Von Gloria. Unsere IT-Queen kann sich in Habis Telefon einklinken und mithören. Das darf aber niemand wissen, sonst haben wir den Datenschutz am Hals. Und Herr Habicht würde das wohl als Vertrauensbruch ansehen. Genauso wie die Benutzung seines Hofs für eine heimliche Party.

Aber darüber will ich auf keinen Fall nachdenken, denn sonst müsste ich mir zehn Punkte auf meiner »Fiese-Flora-Skala« geben.

Ich habe alles genau im Kopf.

Wir feiern zwei oder drei Stunden. Vielleicht bis neunzehn oder zwanzig Uhr, dann ist es jetzt im März sowieso dunkel. Bis Herr Habicht zurückkommt, ist alles längst wieder in Ordnung. Wir harken den Paddock, räumen Dosen, Flaschen und Kartons weg und nehmen den Müll mit. Rauchen darf natürlich keiner wegen der verräterischen Kippen. Aber das ist ja sowieso klar auf einem Reiterhof mit all dem Stroh und Heu.

Herr Habicht wird gar nicht merken, dass bei ihm gefeiert wurde.

Und der kleine Johnny kann auch nichts verraten, der bleibt solange bei seiner Tante, Habis Schwester. Die Infos hat Gloria ebenfalls aus Habis Telefon herausgekitzelt.

Ich beruhige mein Gewissen, indem ich mir entsprechende Fragen stelle, die ich gleich mit passenden Antworten versehe.

Existiert irgendwo ein schriftliches Verbot, den Paddock zu betreten? Nein. Wir laufen ja sonst auch auf dem Sand herum, wenn wir die Pferdeäpfel abharken.

Was macht das für einen Unterschied, ob wir eine Mistgabel in der Hand halten oder eine Flasche Cola?

Ist es nicht sogar extrem postiv für den Chef, wenn der Auslauf mal gründlich gesäubert und durchgeharkt wird? Genau genommen müsste Habi uns die Füße küssen für unseren selbstlosen Einsatz.

Ich finde tausend Gründe, mich selber zu beschwichtigen. Und um die ganze Sache als völlig normal hinzustellen. Man darf nicht zu viel zögern und zaudern.

Wie stand gestern auf Mamas Teebeuteletikett?

»Wer allzu viel bedenkt, wird wenig leisten.«

Gut erkannt, Meister Schiller.

Schiller will mich ermutigen. Bloß nicht zu viel bedenken. Ein Anstoß von unserem großen Dichter. So kann man das sehen. Nein, so *muss* man das sehen.

Also los. Sozusagen angestiftet von Friedrich Schiller. Meine Eltern müssten glücklich sein.

15.

Krass.«

Emily betrachtet mich voller Bewunderung, während sie eine große Portion Heu von der Schubkarre hebt und unserem Oldenburger Fuchs Chico über die Boxentür wirft.

»Echt krass, Flo.«

Sie meint meinen Rap, von dem ich ihr gerade ein paar Brocken vorgeflüstert habe. Morgen kommt meine große Rap-Stunde auf der Paddock-Geburtstagsparty. Endlich ist Freitag und damit der Abend vor meiner Fete. Ich habe supertolle Karten am PC gestaltet und als Mailanhang verschickt.

> Pepper hat den Namen gewechselt.
> Er heißt jetzt PEPPER ROHDE.
> Darum gebe ich eine Fete. Kommt zu Flos Stallparty, Samstag, 28. März, 18 Uhr auf dem Paddock.
> Top secret!!! Absolute Verschwiegenheitspflicht!!!
> Vor allem vor Tapir und Herrn Habicht. Das kann sich ja wohl jeder denken.

Ich bin total aufgedreht und will auf keinen Fall nach Hause. Mit gleichmäßigem Tuckern ackern weit draußen Traktoren. Die Bauern arbeiten noch mit Scheinwerfern auf dem Feld. Auch die Vögel liegen noch nicht in den Federn. Vom Fliederstrauch am Paddock dringt Finkenzwitschern in den Stall, dazu flötet eine späte Amsel. Schöner kann ein Geburtstagsvorabend nicht beginnen.

Emi und ich sind die Letzten im Stall, nur Herr Habicht läuft noch durch die Gegend. Weil morgen keine Schule ist, dürfen wir länger bleiben und beim Füttern der Schulpferde helfen. Abends mache ich das am allerliebsten, weil ich von

Tapir weiß, wie wichtig Raufutter nachts für unsere Pferde ist.

Tapir sagt: »Wenn Pferde über einen Zeitraum von mehr als sechs bis acht Stunden kein Heu oder Stroh oder Gras kauen können, bekommen sie Koliken oder sogar Magengeschwüre.«

Während ich im Geiste die Strophen meines Raps durchgehe, hebe ich den letzten Berg Heu von der Schubkarre und werfe ihn in die Box von Sandro, unserem Hannoveraner Schimmel. Mit hochgeschobenen Ärmeln, weil ich das Heugefühl auf der Haut so liebe. Die Halme kitzeln auf meinen Unterarmen.

Aus der Box gegenüber schielt Pepper zu mir hoch, ohne seine Nase aus dem Abendessen zu nehmen. Schon seit zehn Minuten liegt das duftende Heu vor seinen Hufen. In diesem Fall liegt es aber nicht dort, weil ich Pepper als meine Nummer eins zuerst gefüttert habe – sondern weil Pepper der Ranghöchste in der Herde ist.

Peppers Blick sagt: *Dein Glück, dass du mir zuerst was gegeben hast. Sonst hätte ich leider über die Tür springen müssen, um Sandro in den Hals zu beißen.*

»Weiß ich doch«, sage ich leise in seine Richtung. »Tapir sagt, das Leitpferd muss zuerst sein Futter haben, dann stimmt die Ordnung.«

Zufälligerweise deckt sich das haargenau mit meinen Wünschen ...

Ich gehe zu Pepper hinüber, hole Schwung an seiner brusthohen Boxentür und hänge mich bäuchlings über die Kante.

»Morgen darfst du mit uns feiern, Pepper. Ich hab nämlich Geburtstag. Vierzehn. Mein Vater sagt, dann bin ich strafmündig und für alles verantwortlich. Für alles, also auch für dich. Wie findest du das?«

Pepper ahnt entweder nicht, was strafmündig heißt, oder es interessiert ihn nicht. Oder beides. Denn er wendet sich nicht eine Sekunde von seinem Abendessen ab. Als gäbe es kein Strafgesetzbuch und keine Verantwortung und kein Morgen, sondern nur diese einzige kostbare Minute, in der nichts anderes zählt als duftendes Heu.

Ich glaube, so ist es wirklich, denn auch Tapir behauptet: »Pferde kennen keine Zukunft und planen nicht. Sie wissen nicht, was das Wort ›morgen‹ bedeutet oder ›nächste Woche‹ oder ›in den Ferien.‹«

Ob man Pferde deswegen beneiden sollte?

Wenn ich meinem Pepper zusehe, wie zufrieden er vor sich hin mampft, denke ich: Ja. Mir ginge es auch schlagartig besser, wenn ich *nicht* wüsste, dass Dr. Winkelmann bereits fiese Aufgaben für die nächste Klassenarbeit austüftelt. Egal. Im Moment gibt es nur Pepper, sein Heu und mich. Wie gemütlich sein Kauen aussieht. Schon breitet sich wieder rosa Pferdewärme in mir aus.

»Hey, Flora! Träum nicht.«

Emi holt mich aus meiner rosa Pferdewelt zurück. Ihre Schubkarre ist auch leer, sie ist mit dem Füttern durch. »Ich will mehr von deinem Rap hören.«

Bevor ich loslegen kann, taucht am Ende der Stallgasse der Chef auf und ich halte lieber den Mund. Ich will unseren Stallbesitzer nicht misstrauisch machen. Wenn er mich rappen hört, überlegt er es sich am Ende noch mit Neumünster. Sein Spürsinn ist mindestens so zuverlässig wie der von Avatar.

Aus dem Augenwinkel verfolge ich, dass er nach der tropfenden Tränke von Halvor sieht, unserem Fjordpferd. Der wilde Kerl hat die Wasserleitung halb abgerissen. Nach kurzem Check verlässt Habi die Box und geht Richtung Ausgang.

»Falls was ist, Mädchen, ich bin auf dem Parkplatz«, ruft er uns zu. »Das gute Wetter muss man nutzen, ich will meinen Wagen saugen.«

»In Ordnung«, rufe ich zurück.

»Jetzt aber den ganzen Text«, sagt Emily und zieht mich nach draußen zu den Außenboxen.

Ich werfe mich in Pose, ziehe meine Kapuze auf und hole tief Luft.

»Dein Handy«, sagt Emily schnell, ehe ich anfangen kann. Ich fische es aus der Tasche und werfe es ihr zu. Dann lege ich los:

»Immer nur Menschenköpfe vor meinem Gesicht,
glaub mir, Alter, das pack ich nicht.
Einmal am Tag, da brauche ich:
Fell, Hufe, Schweif,
zwei Meter vierzig Kuschelzone,
in Farbe und live,
es geht nicht ohne.«

Alpinos blonde Mähne erscheint in der Boxentür. Irritiert sieht er zu mir herüber. Ich lasse mich davon nicht aus dem Konzept bringen und zwinkere Alpi beruhigend zu, während Emi meine Generalprobe filmt. Sie bedeutet mir mit der Hand: mehr Action. Soll sie haben. Ich probiere ein paar Moves aus, die ich in den alten Hip-Hop-Videos gesehen habe, die sich Dani immer auf YouTube reinzieht. Soll ja schließlich *real* wirken. Dabei muss ich mir zwar das Lachen verkneifen, aber ich glaube, es sieht gar nicht so schlecht aus.

»Hör ich das Schnauben in meinen Ohr'n,
rast mein Herz und ich bin schon verlor'n.

Klar kriegt mein Pepper einen Kuss
auf die Nüstern. Ein absolutes Muss.
Und mein Tag ist endlich perfekt,
wenn er mir übern Scheitel leckt.«

Emily reckt den Daumen hoch. Das spornt mich noch mehr an. Ich lehne mich lässig gegen Alpinos Boxentür und verschränke gangsterlike die Arme vor der Brust. Der Hafi macht den Hals lang und knabbert an meiner Jacke. Das gibt mir den Rest: Vor Lachen kann ich kaum weiter. Beim vorletzten Reim ist meine Stimme total heiser.

»Ich hab krass gute Laune,
denn ich hab ja meinen Braunen
und keinen schlappen Rappen
oder ein paar nasse Kaulquappen.«

Die Sache mit dem schlappen Rappen musste rein, um Melly und Gloria auf die Palme zu bringen, schließlich reiten sie den schwarzen Flemming häufig. Klar habe ich nichts gegen unseren Brandenburger Rappen. Mir ging es nur um eine Spitze gegen die Durchgeknallten. Übrigens habe ich Flemming als Wiedergutmachung eine Zwei-Kilo-Schale Möhren mitgebracht. Damit muss die Sache zwischen uns aus der Welt sein.

Ich stimme die letzten vier Zeilen an:

»Für meinen Pepper gäb' ich alles weg:
iPhone, iPod, iPad, iMac.
Join the riding school, ja, sei nicht doof:
Komm zu uns auf den Habichthof!«

Emily ist hin und weg. Ihr ewig blasses Gesicht schimmert rosa.

»Me-ga-gut.«

Sie reicht mir das Handy. »Stell das ins Internet, Flo. Du wirst berühmt, wetten? Ich weiß auch schon einen coolen Künstlernamen für dich: Reitrapper FR. FR, also Flora Rhode.«

Künstlername!

Noch eine Portion rosa Wärme für mich. Für dieses Lob hat Emily in den nächsten Wochen viele Hilfsaktionen gut.

»Meinst du wirklich, ich soll das ins Schülerportal stellen?«

»Nein, besser auf eine allgemeine Seite. Wenn dein Gymnasium Wind von Pepper bekommt, bist du unten durch. Auf unserer Schule sind die meisten ziemlich blöde, was Reitställe angeht.«

»Bei uns genauso.«

Weil ich mich meiner kleinen, schüchternen Emi plötzlich so verbunden fühle – denn außer ihr sagt niemand Künstlerin zu mir – teile ich mit ihr mein Geheimnis und berichte von Tapirs Sternen für Zootiere.

Vom Außenstall aus sieht man direkt in den Himmel. Ich strecke meinen Arm zu dem extrem funkelnden Punkt unten rechts am großen Wagen empor.

»Das ist Peppers Stern.«

»Wahnsinn.«

Andächtig betrachtet Emi den strahlenden Himmel. »Wissen die anderen das auch? Also die Zwillinge oder Janne zum Beispiel?«

»Keiner weiß das. Außer Tapir, aber der hat mich ja erst draufgebracht. Wehe, du erzählst das herum.«

Mir kommt es plötzlich vor, als könnte man mit vierzehn

keine Sterne mehr für Pferde aussuchen, ohne sich lächerlich zu machen.

»Ich schweige«, schwört Emi und hebt die rechte Hand.

Die Idee mit dem Himmel findet sie so gut, dass sie sich für Alpino auch einen Stern aussucht. Den vordersten an der Deichsel des Großen Wagens.

16.

Geburtstagsmorgen.

Weil Samstag ist und frei, versammelt sich die gesamte Familie am Esstisch. Sogar Dani ist schon um acht aufgestanden und guckt vom Frühstück zu mir hoch, als ich die Treppe herunterpoltere.

Möhrenfarbene Morgensonne mogelt sich durch den frischen Tulpenstrauß. Vierzehn Strafmündigkeitskerzen brennen auf meinem Geburtstagskuchen.

Der Geschenkecheck geht dieses Jahr schnell. Meine Eltern haben mir schließlich schon Pepper gekauft. Ich habe mir nichts als einen Sack mit Knabbergebäck für die Fete gewünscht, der auf einem leeren Stuhl steht. Über der Lehne hängen als Sonderüberraschung die obercoolen Jeans, die ich jedes Mal anprobiert habe, wenn ich mit Mama in dem kleinen Laden im Ort war. Sie hat es also begriffen! Ich drücke die Jeans an mein Gesicht.

»Noch so ein tolles Geschenk außer Pepper«, sage ich in die Hosenbeine. »Toll. Die ziehe ich heute Abend an!«

Dani überreicht mir einen Briefumschlag.

»Aber nicht laut vorlesen«, verlangt er.

Ich reiße den Umschlag auf und muss kichern. Zwei klasse Karikaturen von Dr. Winkelmann und Frau Fischer. Dani hatte die beiden früher auch in Mathe und Englisch. Unter den Zeichnungen steht:

»Zur Entlastung der Pferdebesitzerin gilt dieser Gutschein für

5 x Hausaufgaben in Mathe

5 x Hausaufgaben in Englisch.«

Ich falle meinem Bruder um den Hals.

»Mann, das kann ich gebrauchen.«

»Darf man wissen, was drinsteht?«, erkundigt sich mein Vater. »Hoffentlich nicht, dass dein Bruder die Hausaufgaben für dich erledigt.«

»Nein«, rufen Dani und ich wie aus einem Mund.

Morgen zeige ich Dani meinen Rap. Jetzt will ich das Thema nicht auf den Tisch bringen. Bestimmt müsste ich mir von Papa ewig lange Vorträge über sinnvolle Freizeitbeschäftigung anhören, nach dem Motto: »Als ich in deinem Alter war, hatte ich schon drei Nobelpreise . . .«

Wenn Daniel meinen Rap abnickt, stelle ich ihn wirklich ins Netz, schließlich kennt er sich da aus.

Ich puste die Kerzen aus. Nun aber ab in den Stall zu Pepper.

Die Tüten mit Chips, Crackern und Käsestangen verteile ich auf meinen Rucksack und eine Reisetasche, die ich in den Fahrradkorb stellen kann.

Meinen Eltern gegenüber habe ich gestern behauptet: »Wir feiern auf einem leeren Unkrautplatz im Gelände. Der gehört keinem.«

So eine öde Fläche existiert tatsächlich ganz in der Nähe vom Habichthof.

Sofort meldete sich mein Spielverderberpapa zu Wort:

»Gehört keinem, gibt's nicht. Wir leben hier nicht im Wilden Westen. Jeder Quadratmeter Land gehört irgendwem. Der Gemeinde, der Stadt, dem Landkreis oder der Bundesrepublik Deutschland.«

»Aber auf dem Platz ist nichts drauf, nur Brennnesseln und Disteln.«

»Dann hat ihn vielleicht der Naturschutzbund gekauft. Für Schmetterlinge.«

»Oh, PAPA!«

Auch Mama runzelte die Stirn.

»Hauptsache, ihr hinterlasst dort kein Chaos.«

»Nein, nein. Wir räumen alles wieder auf.«

Letzten Endes hatten meine Eltern dann doch nichts dagegen.

Mein ungutes Gefühl wegen der Flunkerei verdränge ich. Mit dem Duft der ausgeblasenen Kerzen in der Nase starte ich zur ersten Chips-Beförderungstour.

In der Tür drängt Mama mir eine blaue Rolle mit extradicken Müllsäcken auf.

»Dass ihr bloß kein Feuer macht. Und dass ihr alles blitzsauber hinterlasst«, sagt sie schon zum zehnten Mal. »Sonst kommen wir in Teufels Küche. Das ist Umweltverschmutzung und . . .«

» . . . wird mit Zuchthaus nicht unter zehn Millionen Jahren bestraft. Ja, Mama. Wir machen alles sauber. Außerdem keine Panik, ich bin ja jetzt strafmündig und gehe selber dafür in den Knast, wenn wir eine Colaflasche liegen lassen.«

»Mach keine Scherze, Flora.«

Papa greift zum Autoschlüssel.

»Lass mal sein mit dem Fahrrad, Flo. Zur Feier des Tages fahre ich dich zum Stall – mit all deinen Taschen.«

Hilfe! Das fehlte noch, dass Papa Herrn Habicht trifft und sein Misstrauen weckt. Ich will ja mit dem Knabberzeug gar nicht in den Stall, sondern den Vorrat bis zum Nachmittag bei Emily zwischenlagern. Ein Wunder, dass das überhaupt möglich ist. Emis Eltern mögen keinen Besuch. Die Ehlerts benehmen sich, als hätten sie irgendwo Leichen versteckt. Wenn ich bei Emily schlafe, dürfen wir nur in ihrem Zimmer bleiben, nicht mal in den Keller runter.

»Der Platz liegt doch im Gelände, Papa«, fällt mir zum Glück ein. »Mit dem Auto kommst du gar nicht in die Nähe.«

Ich drücke ihm einen Kuss auf die Wange.

»Wann muss ich heute Abend zurück sein? Quatsch, brauche ich nicht zu wissen, ich schlafe ja bei Emily.«

»Sieh zu, dass ihr um acht bei Ehlerts zu Hause seid.«

»Um acht!«, heule ich auf.

Mama schaltet sich ein. »Ihr könnt euch nicht im Dunkeln allein im Gelände herumtreiben.«

»Wollen wir auch nicht. Um sieben fahren wir zum Stall. Füttern«, sage ich schnell. Ein unbehagliches Schuldgefühl kriecht mir über den Rücken. Mein frisches Lebensjahr fange ich wirklich klasse an. Lauter Ausflüchte und Schwindeleien. »Bis neun? Bitte! Geburtstag ist nur einmal im Jahr.«

»Wenn ihr zum Stall fahrt – in Ordnung. Hast du dein Handy dabei?«

Ich ziehe es aus der Jacke und wackele damit vor Mamas Gesicht herum.

»Aufgeladen, Flo?«

»Voll bis oben hin.«

»Dann los. Und viel Spaß euch allen.«

Ich fahre vorsichtig mit einer Hand hinterm Sattel, die ich auf die Reisetasche drücke, damit sie nicht runterkippt und meine leckeren Chips in tausend Stücke zerbröseln. Emily wartet schon und stapelt meinen Proviant neben den Getränkekisten im Flur.

Den ganzen Tag verbringe ich gut gelaunt im Stall, nachmittags hole ich zu Hause die zweite Fuhre mit Knabbergebäck und Cola ab.

Bevor ich endgültig zum Feiern fahre, werfe ich meinen PC an und stelle meinen Handyfilm mit dem Rap in ein Portal, das wir alle im Stall benutzen.

Warum soll ich auf Danis Urteil warten? Schließlich bin ich mit vierzehn alt genug, um eigene Entscheidungen zu treffen! Plötzlich juckt es mich in den Fingern und ich schreibe dazu: »Heute Performance, weil Geburtstag. Reitrapper FR.«

Ohne Adresse natürlich, ich bin ja nicht blöd.

Endlich kommt die Entwarnungs-SMS von Emily.

Johnny ist von seiner Tante abgeholt worden. Der Chef fährt gerade vom Hof. Kannst kommen. Ich warte zu Hause. Emi

Vor ihrem Carport tippelt Emi schon ungeduldig hin und her, als ich mit dem Fahrrad angeflitzt komme.

»Steht alles im Kofferraum«, empfängt sie mich. »Auch die Colakisten. Mein Vater will sofort los.«

»Gut.«

Emis Vater ist und bleibt ein komischer Typ. Als er mit klimpernden Autoschüsseln die Treppe herunterkommt, murmelt er nur kurz: »Glückwunsch«, dann fährt er uns zum Stall.

Kann er nicht sagen: Liebe Flora, alles Gute zum Geburtstag. Wie alt bist du denn geworden? Hoffentlich habt ihr heute eine schöne Feier.

Stattdessen schweigt Herr Ehlert die ganze Zeit, während ich hinter ihm sitze und auf seine dramatisch gestylte Frisur gucken muss. Macht es den Mann nicht stutzig, dass wir alles zum Habichthof bringen und nicht direkt an den Ort der Fete? Herr Ehlert scheint sich nicht viel daraus zu machen, was wir in unserer Freizeit treiben, obwohl seine eigene Tochter dabei ist. Ich mag ihn nicht besonders, auch wegen seines albernen Dreitagebartes, für den er viel zu alt ist.

Mein Vater bewundert Emis Vater allerdings, weil er so viel Kohle gemacht hat und eine teure Villa besitzt mit zwei Meter hohem Eisenzaun davor. Hätte *ich* eine Million cash, würde ich keine blöde Villa bauen, sondern ein Schulpferde-

Seniorenheim, wo alte Pferde verwöhnt würden und auf riesigen Matratzen liegen könnten. Mit feinstem Weizenstroh. Für jedes Schulpferd würde ich einen Tropf aufhängen, mit einer gesunden Aufbauflüssigkeit drin, die direkt in die Pferdevenen tropfte. Eine Infusion von der Art, wie sie Flemming letztes Jahr wieder auf die Hufe gebracht hat, als er bei einer Kolik vor Schwäche zitterte.

Herr Ehlert parkt auf dem leeren Hof, lädt stumm die Colakisten aus und stapelt sie auf dem Parkplatz. Die einzige menschliche Regung, die er zeigt, ist seine Frage:

»Könnt ihr die Kisten zu zweit tragen?«

»Kein Problem, Papa«, sagt Emi. Er hebt die Hand, dann düst er ab. Wahrscheinlich wieder zum Leichenverstecken . . .

Wir packen eine Kiste links und rechts und tragen sie zum Stall.

»Echt schade«, sagt Emi und zerrt die schwere Eingangstür mit einer Hand auf, »dass Tapir nicht dabei ist.«

Treffer!

Damit berührt sie meinen wunden Punkt. Dass wir unseren Supertapir nicht in die Sache einweihen, ist wirklich eine Schande.

»Wir *können* ihm nichts sagen, Emi. Tapir müsste doch sofort Herrn Habicht informieren. Lass uns einfach nicht darüber reden, bitte.«

Gedanken an Tapir kann ich jetzt nicht gebrauchen.

Wir befördern die Kisten durch die Stallgasse über den Hof zum Paddock. Dutzende angebundene rote Luftballons wehen an der Einzäunung, alle mit Pferdegesichtern bemalt. Überrascht bleibe ich stehen.

»Süß! Wer von euch hat sich das ausgedacht?«

»Wirst es nicht glauben – Melly und Gloria.«

Als wir die erste Kiste durchs Gattertor tragen, springen meine Reiterfreundinnen hinter der Ecke hervor und brüllen im Chor: »Herzlichen Glückwunsch!«

Von allen Seiten hagelt es Küsse und Umarmungen. Sogar Melly traut sich an mich heran.

Avatar hüpft an mir hoch, als hätte er Sprungfedern unter den Pfoten. Wahrscheinlich duften meine neuen Jeans schon nach Pepper. Die Zwillinge überreichen mir ein braunes Pfefferkuchenpferd mit schwarzer Mähne.

»Weil du Pepper zum Fressen gern hast«, kichern sie gemeinsam.

Melly und Gloria schenken mir Glitzer-Mähnenspray. GLITZERSPRAY! Wird wohl im Spind verrotten. Höchstens beim Weihnachtsmärchen vielleicht. Pepper ist doch keine Barbiepuppe.

Von den anderen bekomme ich einen neuen Führstrick, ein Halfter und Huffett.

Alle sind richtig nett. Was für eine geniale Eingebung, meine Reiterkollegen einzuladen. Ich fühle mich wunderbar. Avatar sorgt für Stimmung, er kläfft und fiept in allen Tonlagen. Er ersetzt glatt eine ganze Band.

Die Anspannung der letzten Tage fällt von mir ab. Mein vierzehnter Geburtstag zeigt sich wolkenlos sonnig.

»Sollen wir unsere Pferde dazuholen?«, frage ich in die Runde. »Also – Emi und ich?«

Großes Gejohle ist die Antwort.

»Ja, ja, ja!«

»Aber sicher.«

»Super Idee.«

Wir rennen los und führen Pepper und Alpino zum Paddock. Mit steil aufgestellten Ohren passieren sie das Spalier aus wehenden Luftballons.

»Gut, dass wir schon an der Gelassenheitsprüfung arbeiten«, ruft Janne herüber, »sonst müssten wir alle Ballons abschneiden.«

In hohen Sprüngen setzt Avatar über den Hof und schießt zu mir und Pepper herüber. Abgelenkt neigt Pepper den Kopf und stupst den Terrier an. Der leckt ihm blitzschnell über die Nase, flitzt wieder los, hin und zurück, und bleibt schließlich schwanzwedelnd vor uns stehen. Seine Augen glänzen herausfordernd, als wollte er den Pferden bedeuten: Luftballons? Ungefährlich, Jungs. Mir nach.

Mit kurzen Schritten tippeln Pepper und Alpino an der roten Gefahr vorüber.

Prustend traben sie begleitet von Avatar ein Stück über den Paddock, kehren jedoch gleich wieder um, als wir mit unseren Chipstüten knistern. Neugierig stecken sie ihre Nasen zwischen die Tüten, zucken zurück, als die glatte Folie knistert, beugen sich erneut vor. Pepper versucht, eine Chipstüte aufzureißen, und als er scheitert, packt er sie mit den Zähnen und schüttelt sie wie einen jungen Hund.

Wir halten uns den Bauch vor Lachen.

»Guck mal, Avatar, genauso geht es dir, wenn du dich mit den Pferden anlegst«, sagt Kriss. Oder ist es Tessy?

Pepper und Alpi sind kein bisschen ängstlich, obwohl der Paddock von lachenden, lauten Mädchen wimmelt.

Die Pferde sind es gewohnt, dass wir um sie herumwuseln, wenn wir den Auslauf abharken und Pferdeäpfel sammeln.

Neugierig marschiert Pepper von einem zu anderen. Gibt es hier was zu holen? Darf man mal an den Chips lecken? Man darf. Ausnahmsweise.

Es ist wie im Paradies mitten zwischen den Pferden.

Großzügig dulde ich, dass Melly, Gloria und Janne mein Pferd kraulen.

Die Momente, in denen Pepper bei mir vorbeischlendert und seine Nase auf mein Haar drückt, machen jedem in der Runde sofort klar, wer hier Peppers wahrer Schatz ist ... Ich quelle fast über vor rosa Wärme.

Nach zwanzig geleerten Chipstüten beschließe ich, dass es Zeit ist für meinen großen Auftritt.

»Jetzt kommt mein Rap«, rufe ich in die Runde.

Auf einen Schlag drehen sich alle zum mir um, sehen mich erwartungsvoll an und kreuzen die Arme vor der Brust. Plötzlich bin ich gar nicht mehr sicher, ob mein Song wirklich etwas taugt. Oder ob danach alle peinlich berührt schweigen, weil sie mir an meinem Geburtstag nicht sagen mögen, dass der Text totaler Schrott ist. Ich hätte es lassen sollen.

Dann fällt mein Blick auf Emi, die mit glühendem Gesicht in der Menge steht und mir aufgeregt zunickt. Also gut. Ich atme tief durch, baue mich am Gattertor auf und lege los.

»Immer nur Menschenköpfe vor meinem Gesicht,
glaub mir, Alter, das pack ich nicht.
Einmal am Tag, da brauche ich:
Fell, Hufe, Schweif ...«

Nach den ersten Zeilen fluppt es nur so. Dann der Schluss.

»... komm zu uns auf den Habichthof!«

Atemlos warte ich auf die Reaktion und schließe die Augen. Jetzt bloß keinen Stress! Nach einer grausam langen Sekunde beschallt stürmischer Applaus meine Ohren. Ich öffne meine zusammengekniffenen Lider einen Spalt.

»Voll cool«, ruft Janne.

Die Zwillinge wollen den Rap aus dem Internet runterladen und bei ihren Reiterhofferien vorführen.

Ich fange Mellys Blick auf. Und den von Gloria. Die Superzicken möchten etwas Weltbewegendes zu meinem Kunstwerk sagen, klar.

Spöttisch guckt Melly mich an und holt aus: »Pah, wenn das ein Rap sein soll ...«

Dann Gloria: »Die Stelle mit dem schlappen Rappen ist wirklich galaktisch dämlich ...«

Meine Rappen-Spitze hat also gesessen.

Insa geht dazwischen, sie hat einen super Instinkt dafür, wann eine Fete kippen könnte.

»Macht mal halblang«, sagt sie zu den beiden. »Möchte nicht hören, was ihr zustande gebracht hättet.«

Die anderen lachen und Melly knurrt mit roten Ohren: »Wieso, ich hab doch nichts gesagt.«

Jetzt geht die Party richtig los. Zwar verkriecht die Sonne sich gerade hinter das Stalldach, aber es ist noch warm und duftet nach Frühling.

17.

Gerade wuchten wir eine neue Getränkekiste auf die Mauer zum Hof, da schnorchelt Alpino auf einmal laut und spitzt die Ohren in voller Konzentration. Gleichzeitig stößt Pepper ein trompetenartiges Schnauben aus. Sein Schweif geht in Alarmstellung hoch. Mit angehobenem Kopf wittert er zur Straße hin.

Die lauten Lachsalven und das Stimmengewirr sind nicht zu überhören.

»Stellt euch nicht so mädchenhaft an, Jungs«, sage ich gut gelaunt und meine Gäste lachen. »Habt ihr noch nie Straßengeräusche gehört? Hallo ihr beiden Schisser, da oben laufen Menschen herum.«

In meinem Bauch springt das Sicherheits-Informationssystem an.

Pling, Sie haben eine Nachricht.

Sofort klicke ich auf logout. Von der Bauchnachricht will ich gar nichts wissen.

Dabei denke ich unterschwellig: Hast du sie noch alle, Flora Rohde? Guck dir Peppers Verhalten an. Weißt doch genau, dass Pferde eine Gefahr eher wittern als ein Mensch. Weshalb checkst du nicht, woher die Stimmen kommen? Und vor allem – *warum* sie sich nähern???

Aber die Warnung findet leider nicht den Weg von meinem Bauch ins Hirn. Meine Party ist gerade richtig in Gang. Diese super Stimmung lasse ich mir nicht durch hysterische Mamagedanken verderben.

Von einem Moment zum andern ziehen über dem Paddock düstere Abendwolken auf. Schnell hereinbrechende Dämmerung ist nicht ungewöhnlich Ende März. Mein Sicherheitssystem versucht, mir über die Bauchnerven mitzuteilen, dass die Wolken eine Warnung des Himmels sind. Aber muss ich mich von meinen inneren Organen herumkommandieren lassen?

Ich schnappe mir vier Colaflaschen und verteile sie an Gloria, Janne und die Zwillinge.

Und dann passiert es: An der Ecke des Stalls tauchen drei Fremde auf. Erst jetzt schrillt meine innere Alarmanlage so durchdringend, dass ich sie nicht überhören kann.

Unmittelbar darauf fällt eine Gruppe johlender Jugendlicher auf den ruhigen Habichthof ein.

Ich bin wie erstarrt. Alles Fremde, soweit ich das überblicke. Mit steifen Knochen dränge ich mich zwischen meine Geburtstagsgäste.

Einer nach dem anderen kommt unsere Zufahrt herunter. Wie unter Zwang zähle ich sie einzeln ab. Als könnte ich die Situation damit unter Kontrolle behalten.

Sieben, acht, neun . . .

Nervös zähle ich weiter.

. . . dreizehn, vierzehn, fünfzehn . . .

So langsam wird es schwer, den Überblick zu behalten. Zwanzig Jungs sind es mindestens, eher mehr. Und alle älter als wir.

Hilfe! Mama! Papa! Dani! Hoffentlich wache ich gleich auf.

Gloria schlägt die Hand vor den Mund.

»Das gibt's doch nicht.«

Mir wird gleichzeitig heiß und kalt. Meine Haare kleben feucht im Nacken. Von rechts und links krallen sich eisige Hände in meine Arme.

Jede von uns ahnt, was da flaschenschwenkend auf uns zurollt: Besucher, die unsere Fete für Randale nutzen wollen. Partycrasher.

Unzählige Male haben wir von solchen Partyüberfällen gehört. Dass es uns nun selbst trifft, noch dazu auf dem Habichthof . . . furchtbar.

Hundertprozentig wird hier alles aus dem Ruder laufen. Solche Überfälle laufen *immer* aus dem Ruder.

Tausend Gedanken wirbeln mir durch den Kopf. Pepper! Alpino! Der Paddock! Der Stall! Meine unerlaubte Geburtstagsfeier! Strafmündig! Randale! Zerstörung!

Teuer!

Teuer!

Teuer!

Die ersten Jungs stehen vor dem gesicherten Gattertor und zerren mit Gewalt am Verschlussbügel herum.

Ich sehe nur ihre Kapuzen, die sie tief ins Gesicht gezogen haben.

»Hey, lasst das sein. Ihr macht das Tor kaputt.«

Mehr bringe ich nicht hervor.

Lautes Grölen ist die Antwort. Mit Gewalt reißen sie zu viert an den Stahlrohren.

Todesmutig schießt Avatar auf die Bande zu und springt einen Meter hoch auf die Störenfriede zu. Einen Moment schreckt die erste Linie zurück, doch dann grölen sie um so lauter und versuchen, den aufgeladenen Terrier mit fuchtelnden Händen zu ärgern.

»Avatar, bei Fuß«, rufen die Zwillinge durcheinander. »Sofort hierher.«

Kläffend rennt Avatar hin und her, bis ein Zwilling ihn schließlich am Halsband erwischt und an die Leine nimmt.

Emily fängt an zu weinen und versteckt sich hinter meinem Rücken.

»Eins, zwei. Eins, zwei.«

Unter lauten Anfeuerungsrufen ruckeln die vier Anführer am Tor. Quietschend lösen sich Schrauben und Bolzen.

Die Jungs drücken das schiefe Tor auf und stürmen zu uns auf den Auslauf, alle anderen im Schlepptau.

Pepper und Alpino weichen zurück und stoßen lautes Angstschnauben aus.

»Hey, das sind original Gäule hier«, brüllt einer und schwenkt seine Wodkaflasche. »Kommt bei Fuß, wir wollen mit euch einen trinken.«

»Geh zu den Pferden«, raune ich Emi zu. »Wir versuchen, die Bande hier vorn in Schach zu halten.«

Sie schluchzt auf und läuft zu Pepper und Alpino, die sich hinter einem Stapel Bauholz an das Weidetor drücken.

Johlend drücken ein paar Jungs ihre glühenden Zigaretten in die Luftballons. Andere schlagen die Ballons zwischen den Händen zusammen, bis sie mit plötzlichem Knall in der Luft zerplatzen.

Pepper, die tun dir nichts, die sind nur blöd und laut. Bleib ganz ruhig.

Oder?

Hektisch blicke ich zwischen meinem aufgeregten Pferd und der Horde hin und her.

Unter den Kapuzen versuche ich, jemand zu erkennen, aber das sind alles Fremde. Soweit ich das überhaupt sehen kann. Fast nur Jungs.

»Wo bleibt die Performance?«, brüllt einer.

»Genau, wo ist hier der Reitrapper?«, ruft einer aus der Mitte.

Reitrapper?

Das Wort elektrisiert mich. Nie habe ich diesen Namen benutzt. Außer ... im Internet. Aber dort habe ich keine Adresse genannt. Keinen echten Namen. Keinen Ort, keine Straße. Oder? Nein. Hundertprozentig nicht. Wie ein Laufband flitzt der Raptext durch meinen Kopf – und bleibt plötzlich hängen.

»Join the riding school, ja, sei nicht doof:
Komm zu uns auf den Habichthof!«

Komm zu uns auf den Habichthof.

Habichthof, Reitschule. Einmal gegoogelt und gewonnen.

Mir wird flau im Magen, ungefähr wie bei der vorletzten Mathearbeit, als mir auffiel, dass ich meinen Spickzettel mit abgegeben hatte.

ICH SELBER BIN DER AUSLÖSER FÜR DEN ÜBERFALL!

Wie blöd bin ich eigentlich?

Das muss ich jetzt sofort verdrängen. In diesem Moment hilft nur kühles Überlegen.

Dani muss kommen! Am besten mit ein paar Freunden. Und versuchen, die Eindringlinge zu verjagen.

Mit fahrigen Fingern suche ich seine Nummer im Handy. Wieso dauert das alles so lange? Bitte sei da, Dani. BITTE!

»Die gewählte Rufnummer ist zurzeit nicht erreichbar.«

Er hat das Handy ausgeschaltet. Ausgerechnet heute.

Bevor ich mich entscheiden kann, wen ich als zweite Feuerwehr anrufe, stürzen vier Jungs sich auf die Heuraufe und versuchen, sie zu zerlegen. Das erste silberne Element gibt nach, unter lautem Triumphgeschrei fliegen die restlichen Teile auf den Paddock. Peppers erschrecktes Schnauben erfüllt den Platz. Mir schnürt es das Herz zusammen. Ich kann jetzt niemand anrufen.

»Feigling, fass den E-Zaun an«, feuern die Leute sich gegenseitig an. Ein betrunkener Schlaks torkelt auf das Elektroband zu und reißt es ab. Schreiend schwingt er seinen Arm, als wäre er tödlich verletzt. Idiot. So schlimm kann das nicht gewesen sein, wir haben alle schon mal am Zaun einen gewischt gekriegt.

Auf keinen Fall darf die Horde in den Stall laufen und unsere Schulpferde verrückt machen.

Wohin mit Pepper und Alpino? Und Avatar?

Zwischen den angetrunkenen Idioten können sie nicht länger bleiben. Verstohlen gebe ich Emily am Weidegatter ein Zeichen.

»Gebt uns Deckung«, flüstere ich den Zwillingen zu. »Wir bringen die Pferde über die Weide in die Reithalle. Gebt den Hund her, der kommt auch mit.«

Vorsichtshalber nehme ich den aufgeregten Avatar auf den Arm und drücke mich neben den Zwillingen am Zaun entlang zu Emi. Der Holzstapel verdeckt uns halbwegs. Auf mein Nicken hin fasst Emily Alpino am Halfter, ich nehme Pepper und wir schlüpfen durch die zweite Gattertür, die Tessy und Kriss sofort hinter uns schließen.

Hastig führen wir unsere Pferde über die Weide um die Anlage herum. Brombeerranken reißen an meiner neuen Jeans. Avatar winselt und versucht, sich aus meinem Klammergriff zu winden. Endlich ist das Tor der Reithalle in Sicht. Zitternd öffne ich die Tür und lasse die Pferde und den Hund los.

Pepper und Alpino rennen sofort los, toben sich die Anspannung aus den Knochen, wälzen sich in den Sägespänen, springen wieder auf und galoppieren die nächste Runde.

Mit fliegenden Ohren saust der Jack Russell hinterher.

Endlich Ruhe vor der wüsten Bande da draußen. Mein Herzschlag beruhigt sich.

Am liebsten würde ich gar nicht mehr zum Paddock zurückgehen, sondern den Rest meines Geburtstags mit Pepper, Alpino, Emi und Avatar verbringen. Allerdings wäre das echt unfair. Schließlich war ich es, die alle Reiter eingeladen hat. Also muss ich die Sache durchstehen. Bis zum bitteren Ende.

Das neue Unwort des Jahres geistert durch meinen Kopf: Strafmündig.

Wieder hinaus in das Chaos. Ob ich Emi mit ihren verweinten Augen zumuten kann, mich in die Höhle des Löwen zu begleiten?

Da packt mich die kleine ängstliche Maus am Arm und sagt tapfer: »Ich komme mit.«

Wir gehen über die Weide zurück. Der Anblick auf dem Paddock kommt mir vor wie ein Science-Fiction-Film. Kapuzenmenschen, erstarrt in einem sandigen Wackelpudding. Flaschen, die in Zeitlupe geleert werden. Fuchtelnde Arme. Beine, die über Zaunpfosten hängen. Einzelteile der Raufe, silbern blinkend wie ein zerstörtes Raumschiff. Nur weiß ich hundertprozentig sicher, dass dieser irre Anblick kein Film ist, sondern Wirklichkeit.

Wie von fremden Kräften bewegt greift meine Hand in die Tasche, angelt das Handy hervor und drückt Tapirs Kurzwahlnummer.

Als Tapir sich meldet, bin ich sofort wieder die alte aufgeregte Flo.

»Tapir, Tapir, auf unserem Paddock sind lauter Fremde! Die saufen und randalieren. Zwanzig Leute Minimum.«

»Wie bitte? Wie ist das passiert?«

»Weiß ich auch nicht.«

»Ich höre den Krach ja bis hier! Was macht *ihr* überhaupt auf dem Paddock?«

»Ich wollte ein bisschen meinen Geburtstag feiern. Nur mit ein paar Stallmädchen, na ja . . . vielleicht sechzehn, siebzehn oder so.«

Tapir atmet schwer.

»Geht's noch?«

»Wir wollten nur zwei Stunden. Ehrlich, Tapir.«

»Und woher kommt die betrunkene Horde?«

»Keine Ahnung. Bitte, Tapir, komm schon! Hast du keinen Tipp für mich?«

»Ihr müsst verhindern, dass die Verrückten zu den Pferden gelangen. Schließ die Türen ab. Du hast doch einen eigenen Stallschlüssel?«

»Ja.«

»Ich komme sofort. Aber erst rufe ich noch die Polizei.«

Angstvoll kreische ich auf.

»Polizei? Das kannst du nicht machen, Tapir! Ich bin ab heute strafmündig!«

»Perfekt! Bin schon unterwegs.«

Mit einer Handbewegung rufe ich Mascha, Lina und Katharina herbei.

»Stellt euch als Wache vor den Außenstall. Lasst keinen durch. Ich schließe den Hauptstall ab.«

»Okay«, sagt Mascha.

Hintereinander drängeln wir uns durch die Masse. Janne geht vorneweg, sie ist die Unerschrockenste von uns. Ein paar Jungs rempeln und strecken den Ellenbogen aus, um uns zu stoppen. Einer hält mir die Wodkaflasche vors Gesicht.

»Trink mit, komm schon.«

Ich wehre seinen Arm ab und beeile mich, Anschluss an die anderen zu halten.

Endlich am Stall.

Drinnen schließe ich sofort hinter mir ab und renne durch die Stallgasse. Alarmiert heben alle Pferde ihre Köpfe und spannen die Muskeln an. In den Boxen verbreitet sich Unruhe. Man rennt nicht im Stall, Fluchttiere geraten schnell in Panik. Hilft nichts. Weiter. Lieber ein kurzer Schreck, als zu riskieren, dass eine Horde Betrunkener den Stall stürmt.

Mit zitternden Fingern sortiere ich meine Schlüssel am Karabinerhaken und schließe die zweite Eisentür am Eingang ab, dann zurück durch die Stallgasse. Als ich den Schlüssel auf dem Hof von außen abziehe, kann ich wieder ruhiger atmen. Ein erster Erfolg.

Ich befehle mir, klar zu denken.

Gesichter merken!

Im diffusen Abendlicht kann man schlecht etwas ausmachen, zumal die Bande so dicht beieinandersteht und fast alle Kapuzen tragen. Außerdem arbeitet mein Gehirn nicht so zuverlässig wie sonst.

Doch dann glaube ich, einige Gesichter zu erkennen. Vielleicht vom Pausenhof? Ja, von der Schule, sicher. Ich muss Melly fragen, die kennt mehr Jungs als ich. Gerade kämpfe ich mich zu ihr durch, da sehe ich eine lange, dünne Gestalt mit wehendem Pferdeschwanz den Weg entlang den Weiden hochkommen.

Tapir.

Dich schickt der Himmel!

Er wird die Sache in den Griff kriegen. Schon schlägt mein Puls ruhiger.

Ein schwerer Wagen röhrt mit lautem Hupen die Einfahrt zu uns herunter. Noch fährt er verdeckt hinter den Mauern des Stalls.

Polizei?

Eine paar Leute auf dem Paddock werden aufmerksam. Einer pfeift durchdringend und schreit: »Weg hier.«

Mein Herz überschlägt sich wieder. Die Polizei kommt. Wunderbar und furchtbar zugleich. Wie soll ich das morgen Herrn Habicht erklären?

Blitzartig verteilen die ungebetenen Gäste sich nach links und rechts, springen über Gräben und suchen das Weite.

Erregter Wortwechsel dringt von der Weide herauf, als einige Flüchtige Tapir in die Arme laufen. Er versucht, sie festzuhalten, doch es sind zu viele.

Gerade als ich denke, ich muss vor Aufregung alle Chips wieder rückwärts essen, kommt es noch schlimmer. Was da hupend um die Ecke biegt, ist nämlich kein blau-weißer Polizeiwagen.

»Oh-oh«, flüstert Melly, als die ersten Zentimeter der schwarzen Motorhaube zu erkennen sind.

Es ist der Geländewagen von Lennart Habicht, der auf den Hof rollt.

Gloria greift sich mit ihren pestfarben lackierten Fingernägeln in die Frisur.

»Shit, verdammter«, flucht sie.

18.

Keine von uns rührt sich, als Herr Habicht aus dem Auto springt.

Die Scheinwerfer lässt er voll aufgeblendet, um die Stätte der Verwüstung auszuleuchten. Mit wütenden Schritten überquert er den Hof. In wenigen Sekunden wird er vor mir stehen und Rechenschaft verlangen.

Kann er mir Pepper wieder wegnehmen?

Noch ein paar Meter. Sein Gesicht, eine einzige Gewitterwolke. Nein, schlimmer, ein unkontrollierbarer Tropensturm. Die tiefen Falten zwischen den Augen ziehen seine Brauen zusammen und verkünden Ärger hoch zehn.

Mein Magen rebelliert.

Ein Königreich für eine Spucktüte.

Der Teebeutelspruch des Tages.

Ohne mich eines Blickes zu würdigen, stapft der Chef finster an uns vorbei zum Paddock. Vorgebeugt begutachtet er den Sand. Beziehungsweise das, was von seinem gepflegten, sauberen Sandauslauf übrig geblieben ist. Der Paddock ist übersät von Flaschen, leeren Kartons, Chipstüten, Verschlüssen, Zigarettenschachteln, Kippen. Wir selbst hatten natürlich nur Plastikflaschen mitgebracht. Aber die Bande, die über den Habichthof fegte, hatte massenhaft Alkohol dabei. Wodka, Tequila, Kräuterschnaps, Sekt. Und natürlich Bier, Bier und noch mal Bier. Geraucht haben sie auch und ihre Kippen einfach in den Sand geworfen.

Ich fühle mich wie mit 40 Fieber. Krank und matt und schuldig. Nichts wünsche ich mir in diesem Moment sehnlicher als ein gebrülltes »Geht's noch!« aus dem Mund unseres Chefs. Aber das kommt nicht.

Die Situation geht weit über das hinaus, was man mit »Geht's noch« abtun könnte.

Endlich erreicht Tapir uns und wir nehmen ihn sofort in die Mangel.

»Warum ist der Chef so schnell zurückgekommen?«, frage ich leise.

Tapir deutet mit dem Kopf zur Straße.

»Nachbarn vom anderen Ende der Wiesenfeldstraße haben die johlende Horde auf dem Weg zum Habichthof beobachtet. Einer hatte Habis Handynummer und hat ihn im Auto erreicht. Natürlich hat der Chef die nächste Abfahrt genommen und ist gleich zurück.«

»Er war gar nicht in Neumünster?«

»Natürlich nicht, Schlauberger. Seine Laune wird grandios sein.«

Ich schrumpfe auf Haferkorngröße zusammen.

»Darauf kannst du Gift nehmen.«

Verstohlen sehe ich zum Himmel. Ich fahnde nach dem Großen Wagen, suche Peppers Stern, und obwohl es noch nicht ganz dunkel ist, entdecke ich ihn schnell. Er blinkt nicht wie sonst, steht nur ruhig und kühl und ungeheuer weit entfernt hoch oben. Der Stern geht auf Distanz zu mir.

»Hoffentlich habt ihr jemand erkannt«, sagt Tapir. »Wegen der Haftung.«

Er zeigt auf das schief hängende Gattertor und die silberfarbenen Einzelteile der Raufe, die anklagend im Scheinwerferkegel aufblitzen. Und auf den zerrissenen Elektrozaun.

»Na, Flora?«

Hilflos zucke ich die Schultern.

»Die hatten Kapuzen auf. Einige Gesichter habe ich bestimmt schon gesehen. Aber ein Name? Fällt mir zu keinem ein.«

Ich schiele zum Paddock, von dem ein unterdrückter Fluch zu hören ist.

Mit malmenden Backenknochen hebt Herr Habicht das schiefe Gattertor an, schlägt probeweise mit der Schuhspitze gegen Schrauben und Bolzen, zieht und richtet und lässt es dann mit einem ärgerlichen Seufzer fallen. Das Tor ist offenbar nicht zu retten.

Er verschränkt die Arme vor der Brust und starrt uns herausfordernd an. Zwanzig Reitermädels blicken stumm zu Boden. Ein falsches Wort und Habi geht senkrecht in die Luft wie eine Rakete.

»Jetzt will ich sofort hören, was hier passiert ist.«

Wie auf Kommando richten sich alle Augen auf mich. Danke, Leute, sehr freundlich.

Als ich den Mund aufmache, kommt nur gestotterter Schwachsinn heraus.

»Wir . . . wir wollten das nicht, Herr Habicht. Ich wollte nur meinen Geburtstag feiern mit ein paar Mädchen aus dem Stall.«

»Bist du von allen guten Geistern verlassen? Ohne mich zu fragen?«

»Ohne Fremde, echt. Kein Alkohol und keine Zigaretten. Nur Limo und Cola. Ganz anständig, wir hätten alles wieder weggeräumt, Herr Habicht. Bitte, Sie müssen mir glauben.«

»Gar nichts muss ich.«

»Tut mir leid.«

»Das hat ein Nachspiel. Später. Jetzt wird hier erst mal klar Schiff gemacht.«

»Aber es ist doch fast dunkel«, wagt Melly zu erwähnen.

Herr Habicht schnaubt.

»Fast dunkel? Zum Feiern und Randalieren fandet ihr es hell genug.«

Mit ein paar Schritten ist er an der halbhohen Mauer zum Paddock und drückt auf zwei Lichtschalter. Vier hoch angebrachte Leuchten flammen auf und tauchen den misshandelten Auslauf in unbarmherziges Licht.

Aus der Halle dringt Wiehern und Schnauben.

Herr Habicht horcht auf.

»Habt ihr Pferde in der Halle?«

»Pepper und Alpino. Die haben wir über die Weide in Sicherheit gebracht.«

Er nickt und wendet sich ab. »Ich stelle sie zurück in die Boxen. Ihr macht euch an die Arbeit. Den gesamten Müll vom Paddock absammeln. Aber peinlich genau.«

»Ich habe Müllsäcke«, beeile ich mich zu sagen. Als könnte ich mit blauen Abfallbeuteln etwas gutmachen.

Ich hole Mamas Rolle mit extradicken Abfallbeuteln aus meinem Rucksack und verteile sie.

Mit gebeugtem Rücken kriechen wir über den Paddock und werfen Flaschen und Kartons in die Säcke.

Tapir besorgt zwei feinzinkige Harken und reicht sie Melly und Gloria.

»Sand abharken, aber sorgfältig. Damit bringt ihr den Kleinkram an die Oberfläche, Verschlüsse oder Scherben.«

Herr Habicht erscheint in der Stalltür, er sieht weniger grimmig aus. Wahrscheinlich hat er festgestellt, dass die Pferde in Ordnung sind.

Er verschwindet in der alten Scheune, wo er sich eine Wohnung eingerichtet hat, und kehrt mit zwei runden Sieben zurück, groß wie Wagenräder. Wie riesige Kuchenformen sehen sie aus mit ihrem umlaufenden Rand und dem Boden aus Eisendrahtgewebe.

»Hier wird jeder Quadratmeter abgesiebt«, sagt er und knallt uns die Siebe vor die Füße. »Auf meinem Paddock bleibt keine Kippe und kein Kronkorken liegen, das ist euch hoffentlich klar.«

Wir müssen das Sieb zu zweit schütteln, weil es so groß ist und mit Sand verdammt schwer wird.

Emily und ich teilen uns ein Sieb, schippen Sand rein und schütteln es im Rhythmus hin und her. Sand rieselt durch die Maschen. Schmutz bleibt auf dem Drahtgeflecht liegen.

Wie Goldwäscher kommen wir uns vor, passend zu Tapirs Goldschürferhose aus Arizona. Nur, dass keine Goldnuggets in unserem Sieb liegen bleiben, sondern ab und zu ein Pferdeapfel und Zigarettenkippen. Das einzige Goldene, das wir finden, sind Kronkorken.

Tapir zeigt auf die Kronkorken und bemerkt: »Wenn Pepper sich einen davon in die Hufsohle tritt, dann gnade dir Gott. Und seid sorgfältig beim Zigarettenstummelsuchen.«

Er hebt einen braunen Filter auf und hält ihn hoch. »Die Kippen stecken voller Nikotin, Cadmium und noch anderen Giften. Ist ja wohl klar, dass jede einzelne Kippe gefunden werden muss, damit die Pferde die Dinger nicht erwischen und darauf herumkauen. Oder sie womöglich verschlucken.«

Jeder werkelt stumm vor sich hin und versucht, möglichst viel Abstand zwischen sich und Herrn Habicht zu bringen.

Mir bricht der Schweiß aus, wenn ich mir vorstelle, was das alles kostet. Ein neues Tor, eine neue Raufe, Elektroband und wer weiß, was sonst noch ersetzt werden muss.

Dabei war ich bis vor einer Stunde noch voller Freude und rosa Wärme wegen Pepper.

Ein blauer Golf biegt auf den Hof ein und hält vor Habichts Scheune. Habis Schwester steigt aus und hebt Johnny aus dem Kindersitz. Halb schlafend hängt der Sechsjährige im Schlafanzug in ihren Armen. Doch dann wacht er auf, und als er die merkwürdige Szene vor seinem Zuhause sieht, hüpft er auf den Boden und ist außer Rand und Band.

»Voll die Action«, schreit Johnny hellwach und rennt zu uns herüber.

Ich muss lachen. Für uns ist das die Pest . . . aber für einen Sechsjährigen natürlich ein Abenteuer.

Johnny will helfen und greift an den Rand unseres Siebes, aber das ist viel zu schwer für seine Kinderarme.

»Johnny, das ist zu kalt.«

Herr Habicht hängt seinem Sohn eine warme Pferdedecke um. Mit fliegenden Deckenzipfeln rennt Johnny ins Haus und kehrt unter Siegesgeheul mit seinem Sandkastenspielzeug zurück. Kleine rote Plastikförmchen, ein Strandsieb und eine Schaufel.

Konzentriert schippt er Sand in das Minisieb. Der blonde Strubbelkopf ist völlig vertieft in die Sucht-die-Kronkorken-Aktion. Johnny ist der Einzige, der lacht und alles aufregend und komisch findet.

»Johnny ist unsere Rettung«, flüstert Emily mir über das Drahtsieb zu. »Habi guckt schon viel milder, weil sein Kleiner solchen Spaß hat.«

In die Stille der Aufräumaktion richtet Tapir sich plötzlich auf. »Jetzt hab ich's«, sagt er. »Einer der Jungen . . . ist der Sohn von Staatsanwalt Weise. Er hat ihn mir mal vorgestellt, auf dem Gerichtsflur.« Tapir verzieht amüsiert das Gesicht. »Da wird sich Herr Weise aber freuen, wenn er für den Schaden zahlen soll. Geht der Knabe auf euer Gymnasium? Dann müsstet ihr ihn doch mal gesehen haben.«

Melly lässt die Harke fallen und läuft tomatenrot an.

»Ich kannte keinen«, sagt sie schnell, obwohl Tapir sie gar nicht direkt angesprochen hat. Sie hebt die Harke auf und arbeitet mit gebeugtem Kopf weiter.

Ich werde misstrauisch. Ihre überstürzte Antwort lässt mir keine Ruhe. Während ich einen Müllsack auf den Hof schleife, kommen meine grauen Zellen in Schwung und ordnen einige Jungs, die ich sonst in anderen Klamotten kenne. Und vor allem ohne Kapuzen.

Auf einmal sehe ich sie ganz klar auf dem Schulhof vor mir: die Jungs aus der 10 b, die Melly pausenlos anschmachtet.

Wer von denen ist der Sohn des Staatsanwalts? Egal, jedenfalls wird das bei ihm zu Hause ein Riesentheater geben.

Hoffnung glimmt auf. Wir haben einen, der den angerichteten Schaden zahlen muss. Zumindest einen Teil.

Und dann geschieht etwas, womit keine von uns gerechnet hat.

Nach einer Stunde erscheinen plötzlich zwei dünne Gestalten hinter Habis geparktem Pferdehänger.

Emily entdeckt sie zuerst und zeigt mit dem Kinn in die Richtung.

»Guck mal, die haben sich wohl in der Zeit geirrt.«

Ich drehe mich um und betrachte die hoch aufgeschossenen Jungs in dunklen Kapuzenjacken, die unter der Laterne ihre Köpfe zusammenstecken. Einer trägt eine graue Strickmütze bis über die Augen. Sie hantieren mit irgendetwas, das ich aus der Ferne nicht erkenne, dann sprühen auf einmal funkelnde Sternchen in der Luft und die beiden nähern sich mit zwei Bündeln hochgehaltener Wunderkerzen.

Wir unterbrechen unsere Arbeit und starren ihnen entgegen.

Sieh mal an, zwei Bekannte vom Schulhof.

»Sorry für vorhin«, murmelt der Mützenlose mit halblangem Haar und zieht seine Schultern hoch wie ein begossener Pudel. »Irgendwer hier hat heute Geburtstag.«

»Ich«, sage ich und bin baff.

»Hm, also . . . Glückwunsch.«

Lennart Habicht schießt um die Ecke und stemmt die Arme in die Seiten. Seine Zornesadern an den Schläfen schwellen an.

»Geht's noch?«, bellt er. »Wollt ihr auch noch meinen Stall abfackeln?«

Mit einem schroffen Handgriff nimmt er ihnen die Kerzen aus den Händen und tritt sie im Sand aus.

Schade, ich fand die Geste nett.

»Nie im Leben sind die freiwillig hier, die sind von ihren Eltern hergescheucht worden«, flüstert Tapir mir zu. »Der eine ist der Lausebengel von Dr. Weise. Sein Vater hat wohl Angst, dass sich die Nachricht im Ort ausbreitet wie ein Flächenbrand. Der sieht schon die Schlagzeilen: Sohn des Staatsanwaltes randaliert in Pferdestall.«

Ich halte es für wahrscheinlicher, dass sie meinetwegen hier sind, weil mein Rap sie so beeindruckt hat.

»Kommt mal mit.«

Habi packt beide an der Kapuze und führt sie mit sich auf den hinteren Teil des Paddock. Anständig von ihm, dass er sie nicht vor uns Mädchen zusammenfaltet.

Ich verwette meine Putzbox, dass die Jungs die umschwärmten Lieblinge von Melly sind, die sie vorhin nicht verpfeifen wollte.

Vince Weise und Ferdi Erding heißen sie, so viel verstehe ich, weil Herr Habicht sie zwingt, ihre Namen mehrmals laut zu wiederholen.

Danach schnappe ich noch Bruchstücke von Habis Aufzählung auf, beispielsweise: »Elektrobänder müssen erneuert werden«, »zehn Isolatoren fehlen«. Und dann: »Ihr könnt den Stall anstreichen und die Boxen mit dem Hochdruckreiniger säubern.«

Aha, statt Cash sollen die Randalierer arbeiten.

Habi bringt die beiden zurück, zeigt auf mich und sagt zu dem, der Vince heißt und der Sohn vom Staatsanwalt ist: »Kannst das Geburtstagskind unterstützen und die kleine Emi beim Sandsieben ablösen.«

»Hi«, murmelt Vince, als er das Sieb von Emi übernimmt.

Wir halten den Rand fest und gucken aneinander vorbei. So wie man es bei Hunden macht, um sie nicht zu reizen. Unauffällig mustere ich mein Gegenüber. Sieht nicht aus wie ein Komasäufer. Eher total nett. Groß, sportlich, halblanges braunes Haar, grüne Augen. Nein, braune. Oder doch grün? Cool, wie er sein Haar unablässig mit einer hochgezogenen Schulter hinter die Ohren streicht.

Ich bin froh, dass ich meine neuen, knackigen Designerjeans anhabe.

Wir lachen ein bisschen, weil wir wegen der peinlichen Situation verlegen sind und weil man erst einmal in Einklang kommen muss beim Siebschwenken.

Nach dem zweiten Sieb fragt Vince: »Stammt der Rap im Netz wirklich von dir?«

»Ja, warum?«

Auf dem Drahtgeflecht bleiben ein paar Steine zurück. Vince kippt sie auf den wachsenden Haufen am Zaun und kehrt mit einer neuen Ladung Sand zurück.

»Gar nicht schlecht für ein Reitermädchen. Ich dachte immer, ihr hättet nur Stroh im Kopf.«

Er wird rot dabei und wirft mir einen seltsamen Blick zu, während wir im Gleichklang das runde Sieb hin und her schütteln.

»Sonst noch was?«

Das sage ich so leicht dahin, dabei klopft mein Herz bis zum Hals, fast so heftig wie an dem Tag, an dem ich Pepper bekam.

Melly sammelt Kronkorken entlang des kaputten Elektrozauns und dabei tänzelt sie und lässt ihren kurzen Rock wippen. Plötzlich lacht sie hell auf und versucht, Vince' Aufmerksamkeit auf sich zu lenken.

Und dann bemerke ich etwas, das mich schwer verwirrt. Vince schaut zwar kurz zu Melly hinüber, aber mit einem unbeteiligten Blick, als wäre sie einer der Isolatoren am Elektrozaun.

Dann sieht Vince Weise erneut mich an, so komisch, irgendwie bewundernd.

»Ich kenne dich vom Schulhof«, sagt er ohne weitere Erklärung. Er findet mich gut, sagen seine grünen Augen mit den kandisbraunen Sprenkeln. Obwohl ich keinen kurzen Rock trage wie Melly und keine dramatisch lackierten Fingernägel wie Gloria. Unter seinem Blick werde ich rot und ich fühle mich keine Sekunde länger wie ein schuldiger Pestbolzen, sondern sensationell, weil ich ein eigenes Pferd besitze und einen Rap geschrieben habe und weil ich hier mit dem supersüßen Vince Weise aus der 10 b Sand siebe.

19.

Dass dieser Ferdi so praktisch veranlagt ist, hätte ich nicht gedacht. Geschickt repariert er mit Habi und Tapir das Gattertor, als hätte er nie etwas anderes getan. Vince räumt die noch brauchbaren Teile des Elektrozauns in eine Schubkarre.

Schließlich wischt Herr Habicht sich die ölverschmierten Hände an der Hose ab und knurrt: »Da habt ihr ja noch mal Glück gehabt. Ein paar Handgriffe noch, dann funktioniert das Tor wieder, schätze ich. Schwirrt ab, ihr Pfeifen. Aber wir sehen uns wieder und ihr arbeitet den Rest der Schulden ab, verstanden?«

Dann schiebt er die Jungs Richtung Ausgang, ohne dass ich noch einmal mit ihnen sprechen kann.

Vince hebt die Hand, als er loszieht, und guckt in meine Richtung, nicht in die von Melly. Eindeutig . . .

Mein Herz macht einen Sprung. Ich werde Vince wiedersehen, *hier,* in meinem sicheren Revier, nicht bloß auf dem Schulhof.

In meinem Kopf tanzen seine Worte: »Gar nicht schlecht für ein Reitermädchen.«

Lächelnd binde ich die Müllsäcke zu.

Jetzt bin ich nicht mehr zwei Floras, sondern vier.

Privatflora.

Schulflora.

Pepperflora.

Vinceflora.

Vierfach gespalten, das dürfte selbst Frau Dr. Lanz überfordern.

Es wird kühl auf dem Habichthof. Eine nach der anderen verabschiedet sich. Mellys Mutter rauscht mit ihrem limonengrünen Panzerwagen heran, um ihre Prinzessin abzuholen.

»Na bitte, Herr Habicht«, blökt sie, als sie uns beim Müllsammeln entdeckt. »Die Mädels sind doch eine riesige Hilfe für Sie.«

Der Chef schnappt nach Luft und knurrt gereizt: »Was Sie alles wissen.«

Im Weggehen ruft die Lanz ihm zu: »Warum spielt denn Ihr kleiner Junge noch draußen im Sand? Der müsste längst im Bett liegen.«

Habi pumpt seinen Brustkorb auf wie einen Blasebalg. Ein Wunder, dass er nicht platzt.

Janne, Leonie und die Zwillinge gehen als Letzte.

Ich bin mit Emily allein. Von einer Minute zur anderen ist das hektische Gewusel vorbei.

»Ich seh mal nach Alpino.«

Emi verdrückt sich zu den Außenboxen und ich stehe allein auf dem Hof.

Die Ruhe macht mich nervös. Nichts lenkt mich jetzt mehr von dem Chaos ab, das ich angerichtet habe. Eine unbekannte Angst greift nach mir. Wie eine Riesenfaust legt sie sich um meinen Magen und mein schlechtes Gewissen weicht einer großen Furcht.

Bestimmt verpfeift Habi mich bei meinen Eltern. Was kann ich bloß tun, um ihn nachsichtiger zu stimmen? Ihm einfach aus den Augen gehen? Ob ich mich klammheimlich vom Hof machen soll? Wenn Habi mich nicht ständig sehen muss, verblasst sein Ärger vielleicht bis morgen. Hoffentlich.

Nein. Ich gehe nicht, ohne mich richtig zu entschuldigen. Aber ob das hilft? Sicher wird er in jedem Fall meinen Vater anrufen und ihn in allen Details über meinen Fehltritt informieren: Ihre Tochter verfügt leider nicht über die nötige Reife, um ein Pferd zu halten.

Ich schiele zum Gatter hinüber, wo der Chef unter einem Baustellenstrahler arbeitet. Sein lang gezogener Schatten fällt als groteskes Zerrbild über den Paddock.

Logisch wird Herr Habicht den Vorfall brühwarm meinen Eltern berichten. Um Papa zu beweisen, dass er seine Tochter nicht im Griff hat.

Zum Teufel, meine Eltern gehen an die Decke! Was hatten wir für endlose Diskussionen: Pferd ja, Pferd nein. Schon nach ein paar Tagen als Pferdebesitzer läuft bei mir alles schief. Und sie stehen als die miesesten Erzieher der Welt da. Wenn Papa ausrastet, kann es passieren, dass er Pepper wieder verkauft.

Eine eisige Hand greift nach meinem Herzen, genau an die Stelle, wo ich meine Geheimbox mit Pepper verwahre.

So wie ich meinen Vater kenne, verkauft er Pepper zurück an Herrn Habicht und lässt sich Euro für Euro wiedergeben. Und mein Pepper fällt an Melly Lanz.

Die größte anzunehmende Katastrophe.

Wie kann ein Tag so gewaltig umschlagen? Ich presse meine Hände gegen den Magen, um mein Bauchweh wegzudrücken. Meine prickelnde Freude über Pepper ist verflogen. So allein habe ich mich lange nicht gefühlt. Und so mies. Obwohl ich ein eigenes Pferd habe. Obwohl ich einen süßen Jungen mit kandisbraunen Sprenkeln in den Augen kennengelernt habe.

Wenn ich jetzt keine vertraute Stimme höre, raste ich aus.

Mit feuchten Fingern hole ich mein Handy hervor und versuche es noch einmal mit Danis Kurzwahl. Nach einigen endlosen Sekunden meldet mein Bruder sich.

»Flo?«

Ohrenbetäubender Lärm fegt mir aus dem Handy aufs Trommelfell.

»Wo steckst du, Dani?«

»Führerschein-Fete bei einem Kumpel. Alles klar bei dir?«

»Nein«, flüstere ich, »ich habe Mist gebaut.«

»Was«, schreit Dani zurück. »An deinem Geburtstag?«

Ich erzähle ihm die Geschichte von meiner Party. Und dass ich kurz vorm Durchdrehen bin.

Dani beruhigt mich.

»Komm runter, Flöhchen. Papa nimmt dir dein Pferd nicht weg. Kann höchstens passieren, dass der Stallbesitzer stinksauer ist und dich rauswirft. Schlimmstenfalls musst du dir also einen neuen Stall suchen.«

Die Bässe dröhnen in meinen Ohren. Ich verstehe nur jedes zweite Wort.

»Ich höre nichts mehr«, brüllt Dani. »Wir reden morgen. Relax, kleine Schwester.«

»Danke, Alter.«

Es war gut, Dani anzurufen. Ein echter Schwesternversteher.

Aber was meint er mit: einen neuen Stall suchen? Die nächste Reitanlage liegt weit entfernt, nur mit dem Bus zu erreichen. Jeden Tag eine Stunde mehr Fahrzeit. Neben der Schule schaffe ich das nie, nie, nie.

Dass eine kleine, verbotene Geburtstagsfeier solche Folgen hat! Ich komme mir auf einmal zwanzig Jahre älter vor.

Wenn ich an das ausstehende Gespräch mit dem Chef denke, verkrampfe ich mich vom Scheitel bis zu den Zehenspitzen. Jeder Muskel schmerzt.

Mit steifem Nacken schleiche ich in den Stall, um mich von Pepper aufmuntern zu lassen.

Er begrüßt mich erfreut wie immer und hält mir seinen Kopf zum Rubbeln hin.

»Ich habe einen gigantischen Fehler gemacht, Pepper. Vertrauensbruch würde Mama sagen. Weißt du, Habi vertraut mir sein bestes Schulpferd an, also dich, und ich bringe seinen Hof in Gefahr.«

Genüsslich schwenkt Pepper den Kopf, während ich seine Wangen reibe.

Hört er mir überhaupt zu?

»Wenn er mich nun rauswirft, Pepper? Wo sollen wir dann bleiben? Was meinst du, wie entschuldige ich mich am besten beim Chef?«

Mit geschlossenen Augen grunzt Pepper etwas. Hört sich an wie: *Bin ich der Pferdebesitzer oder du?*

Als große Hilfe würde ich das nicht gerade bezeichnen.

Schweren Herzens reiße ich mich von Pepper los und marschiere zurück auf den Hof.

Pepper wiehert mir durch die Stallgasse nach. Klingt wie: *Er wird dir schon nicht den Kopf abreißen.*

Scheint mir aber doch so, denn Habi kniet düster im Sand und zieht Schrauben am Tor nach.

»Ich möchte mich entschuldigen, Herr Habicht.«

Habi hantiert mit seinem Werkzeug und blickt nicht auf.

»Von dir hätte ich das am allerwenigsten erwartet, Flora«, sagt der Chef mit Nachdruck und schlägt unnötig heftig mit der Zange auf den Schraubenschlüssel ein. »Von dir nicht. Ich dachte, du hättest Respekt vor Pferden. Sie haben um diese Jahreszeit ja nur den Paddock zum Austoben und du zerstörst ihren kleinen Lebensraum mutwillig.«

Brutal, wie Herr Habicht die Sache auf den Punkt bringt.

Wenn ich er wäre, würde ich mich rauswerfen.

Von der Seite sehe ich nur sein Profil, die schmal gewordenen Lippen, die aussehen, als hätte Habis Vertrauen in die Menschheit einen Knacks erlitten.

»Aber Herr Habicht, wir konnten doch nicht ahnen, dass plötzlich diese Horde über Ihren Hof herfällt.«

Ärgerlich wirft der Chef die Zange in den Sand.

»Na hör mal, das weiß ja sogar ich, dass bei Partys unerwünschte Besucher auftauchen.«

Auf einmal sieht er gar nicht mehr aus wie mein vertrauter, netter Habi, sondern streng wie Dr. Winkelmann, wenn er vor der ganzen Klasse sagt: »Flora Rohde ist die einzige Schülerin der Welt, die noch nie von der Winkelsumme im Dreieck gehört hat.«

»Ich hoffe, der Vorfall ist dir eine Lehre. Und deinen Freundinnen. So etwas darf nie wieder vorkommen, sonst ist bei mir Ende im Gelände.«

»Kommt nie wieder vor. Ich schwöre.«

»Ich schwöre, ja, ja«, murmelt Herr Habicht und richtet sich auf. »Ich gucke mich jetzt genauer um, was zu Bruch gegangen ist. Für die Schäden müssen deine Eltern zahlen. Das ist dir hoffentlich klar.«

Hilfe! Er verpfeift mich!

»Bitte, Herr Habicht, können Sie meine Eltern nicht da rauslassen? Ich muss sowieso selber für alles haften.«

Meine Kehle ist so trocken, dass ich nur flüstern kann. »Seit heute bin ich vierzehn.«

Vor meinem geistigen Auge sehe ich, wie die Euros nur so von meinem gehüteten Sparkonto herunterstürzen.

»Oha«, sagt Herr Habicht und streicht über seine Glatze. »Dann drück dir mal selber die Daumen, dass nicht allzu viel repariert werden muss.«

Hoffnung glimmt auf. Komme ich mit einem blauen Auge davon? Wirft er mich nicht raus?

Er dreht sich noch einmal um und zeigt mit der Zange auf mich.

»Du mit deiner Pferdekenntnis, wie konnte dir das passieren? Das überrascht mich wirklich, Flora. Das muss bei mir erst mal sacken.«

»Mhm.«

»Sei froh, dass Tapir die beiden Jungs erkannt hat. Die müssen ihre Schulden bei mir abarbeiten.«

Ein winzig kleiner Anflug von einem Lächeln zeigt sich auf seinem Gesicht. »Na, auf den ersten Blick sieht es nicht so schrecklich teuer aus.«

»Reset?«, frage ich vorsichtig.

»Reset, Reset«, grummelt er. »Wenn das immer so einfach wäre. Stecker raus, Stecker rein und die Sache läuft wieder.« Er streicht sich erneut über die Glatze und seufzt. »Na, meinetwegen. Neustart. Das funktioniert aber nur einmal im Leben, das sage ich dir.«

»Mann, Herr Habicht . . . danke.«

Zutiefst erleichtert renne ich zu Pepper, um ihm von der neuesten Entwicklung zu berichten. So viel Glück nach einem selbst eingebrockten Fiasko – das hat nicht jeder. Ich bin ein Sonntagskind!

Pepper spitzt die Ohren, legt den Kopf schief und lauscht.

»Komm, wir gehen noch eine Runde spazieren.«

Weil heute so viel passiert ist wie sonst nicht in zwei Millionen Jahren, muss ich meinen Freund an meiner Seite haben.

Ich führe Pepper auf den nächtlichen Hof. An meiner Schulter spaziert er neben mir über die stille Anlage. Wie oft habe ich mir das früher gewünscht, Pepper einfach so herauszuholen und mit ihm loszugehen. Jetzt habe ich das Privileg als Privatbesitzer, aber so richtig kann ich mich gerade nicht darüber freuen. Schließlich hat Pepper durch meine Schuld eine gehörige Portion Angst ausgestanden.

»Ich habe ziemlich Mist gebaut, was?«

Pepper drückt seine weichen Nüstern in meine Halsbeuge. Er hat mir längst verziehen. Pferde sind nicht nachtragend. Peppers Herz ist riesengroß.

Der neue Führstrick liegt federleicht in meiner Hand. Nein, bleischwer. Gleichzeitig leicht und schwer.

»Leicht und schwer gleichzeitig – das geht nicht, Fräuleinchen«, würde Dr. Winkelmann sagen, bei dem wir auch Physik haben. Aber es geht *doch*. Der Winkel müsste mal ein eigenes Pferd haben, dann wüsste er das. Gegen die Millionen widersprüchlichen Gefühle in mir kommen seine lächerlichen Gesetze der Physik nicht an.

Gleichmäßig klappern die Hufe neben mir auf dem Hofpflaster, bevor wir auf den Trampelpfad schwenken.

Warm rieselt Peppers Atem über meinen Arm und ich muss lächeln, weil das so guttut.

Papas Standpauke steht mir allerdings noch bevor. Ob Vince auch Ärger mit seinem Vater bekommt? Anzunehmen, wo Dr. Weise doch am Gericht arbeitet.

Wird Vince mich am Montag auf dem Schulhof ansprechen? Ich muss an seine Augen mit den lustigen Sprenkeln denken, an diesen paradiesischen Moment, als mir sein Blick einen Schauer über den Rücken jagte. Alles hätte ich dafür gegeben, wenn die Zeit stehen geblieben wäre. Ein Spruch von Mamas Teebeutel fällt mir ein:

»Ein Augenblick, gelebt im Paradies, wird nicht zu teuer mit dem Tod gesühnt.«

Täusche ich mich oder verzieht Pepper die Mundwinkel zu einem Lächeln?

»Lachst du über mich – wegen Vince? Kannst du etwa Gedanken lesen?«

Pepper antwortet nicht, natürlich nicht, aber seine Maulwinkel bleiben amüsiert hochgezogen. Er zuckt mit den Nüstern und schnaubt.

Vielleicht können Pferde tatsächlich in Menschenköpfen lesen wie in einem Buch?

Ich betrachte Pepper ganz genau. Warum soll in seinem Großhirn nicht eine Ecke für das Lesen von Gedanken vorhanden sein?

Pferde haben einen langen Zeitvorsprung auf unserem Planeten. Ihre Entwicklungsgeschichte begann vor fast 60 Millionen Jahren, die der Menschen erst vor schlappen zwei Millionen. Was war in den 58 Millionen Jahren dazwischen alles möglich? Dass Pferde gelernt haben, Gedanken zu lesen?

Vielleicht entdecke ich als Erste das Pferde-Gedankenlesezentrum. Eine Riesensensation. Jede Zeitung druckt mein Bild. Ganzseitig und in Farbe. Vor Wut bricht Frau Lanz in unstillbare Schreikrämpfe aus und muss in die Klapse.

Natürlich benennt man den neu entdeckten Gehirnwinkel nach mir. Das Flora-Rohdesche-Pferdegedankenlesezentrum. Zum Teufel, das schlägt andere Wellen als das Müller-Maringsche Doppelherz.

Jäh wird mein Ausflug in die Wissenschaft unterbrochen.

»Flooora!«

Herr Habicht sucht mich. Ausgerechnet jetzt, wo ich so kurz davor war, zusammen mit Pepper in die Geschichtsbücher einzugehen.

»Ich schließe den Stall ab«, ruft der Chef vom Hoftor aus. »Kommst du hoch?«

»Bin unterwegs. Komm, Pepper.«

Der Sand schluckt die Hufgeräusche. Lautlos stapfen wir über den schmalen Pfad zum Stall hinauf. Dunkelblau wölbt sich die heraufziehende Nacht über uns. In hundert Glitzerfarben funkeln die Sterne.

Als ich neben zehn prall gefüllten Müllbeuteln verharre und zum Himmel hochsehe, bleibt Pepper ebenfalls sofort stehen. Nicht einen einzigen Blick verschwendet er an die Abfallsäcke, den sichtbaren Beweis für meine Schande. Dafür liebe ich ihn noch mehr. Pepper hebt den Kopf und folgt meinem Blick nach oben.

Sein Stern im Großen Wagen sprüht nun wieder Funken – wie Vince Weises Wunderkerzen.

Quick-Check Pferdekauf

Lies diese Listen durch oder fülle sie aus. Danach hast du eine grobe Ahnung, was da auf dich zukommt, wenn du ein Pferd besitzt.

Fünf Gründe, warum ich unbedingt ein Pferd will

1. ....

2. ....

3. ....

4. ....

5. ....

Was wäre, wenn . . .

Wirf einen total ehrlichen Blick in die Zukunft. Was ist, wenn du ein Pferd hast, und es tauchen Probleme auf? Kann dein vierbeiniger Freund sich auf dich verlassen, in guten und in schlechten Zeiten? Idealerweise beantwortest du alle Fragen mit: »Ja, ich will!«

1. Sicher hast du noch andere Hobbys, z. B. Tennis. Mit Pferd gerätst du in die ZEITFALLE. Der Tag müsste dreißig Stunden statt vierundzwanzig haben! Spielst du abends Tennis, kannst du nicht mit deinem Pferd grasen gehen. Dein Schatz müsste gelangweilt in der Box stehen. Würdest du deinem Pferd zuliebe den Tennisschläger an den Nagel hängen?
2. Es regnet in Strömen. Die Reithalle ist belegt, du kannst nicht rein. Lässt du dein Pferd ohne Bewegung im Stall stehen? Oder reitest du trotz des »Schietwetters« ins Gelände?
3. Dein Pferd hat sich verletzt. Die Tierarztkosten sind höher, als deine Eltern eingeplant haben. Bist du bereit, zur Not auch dein Sparbuch zu plündern?
4. Du kannst dein Pferd wegen Krankheit wochenlang nicht reiten. Gehst du trotzdem täglich in den Stall, putzt es, sorgst für Abwechslung, gehst mit ihm spazieren?
5. Würdest du auf eine tolle Ferienreise verzichten, wenn dein krankes Pferd dich zu Hause braucht?
6. Natürlich dauert es noch Jahre, doch irgendwann ist der letzte Tag für jedes Pferd gekommen. Bist du stark genug, deinem Freund in seiner letzten Stunde beizustehen?

Worauf kommt es mir beim Reiten an?

Bevor du auf Pferdesuche gehst, überleg dir genau, was für dich »reiten« bedeutet – damit du die richtige Rasse und dementsprechend das perfekte Pferd findest.

1. Ich will mit Freunden ins Gelände gehen, über Stoppelfelder galoppieren und Spaß mit meinem Pferd haben.
2. Gelände reizt mich nicht so wahnsinnig. Ich möchte schöne, klassische Dressur reiten.
3. Ich will Western reiten, mit einem echten Westernpferd.
4. Springen, springen, springen.
5. Auf Turniere gehen. Ich liebe Wettkämpfe aller Art.
6. Turniere? Gähn. Den Ehrgeiz hab ich nicht, ich sehe mein Pferd als Freizeitpartner.

Wo finde ich mein Traumpferd?

Wenn du eine bestimmte Rasse suchst, z. B. *Holsteiner, Hannoveraner, Oldenburger, Friesen, Haflinger, Islandpferde* usw., kannst du auf Gestüten nach deinem Traumpferd sehen. Oder du erkundigst dich bei Reitställen in deiner Nähe nach Verkaufspferden. Sag gleich, was du mit dem Pferd planst – also Dressur reiten, springen, nur ins Gelände gehen, Western reiten. Es wäre ja blödsinnig, ein supergutes Dressurpferd zu kaufen, wenn du gar keine Reithalle zum Trainieren hast und sowieso am liebsten durch die Wälder reitest. In dem Fall wären *Haflinger, Freiberger, Fjordpferde, Isländer* oder andere robuste Ponys viel besser. Suchst du ein Allroundpferd? Dann kannst du auch ein Schulpferd aus deiner Reitschule übernehmen. Dort kennst du dein Lieblingspferd ja schon lange und weißt genau, ob ihr zusammenpasst, ob es gesund ist oder anfällig für bestimmte Krankheiten.

Eine riesige Fundgrube sind Pferdezeitschriften. Die Seiten stehen voll mit Anzeigen von Verkaufspferden, oft mit interessanten Fotos. Lies die Anzeigen regelmäßig – macht Spaß, du erweiterst dein Wissen und merkst schnell, was dein Wunschpferd ungefähr kosten wird. Auch im Internet stehen massenhaft Verkaufsanzeigen. In Tageszeitungen deiner Stadt oder Gemeinde findest du Anzeigen von Privatpersonen, die ihr Pferd gern in die Nähe abgeben wollen. Oft haben die Inserenten zwingende Gründe für den Verkauf: Umzug, Scheidung, Arbeitslosigkeit, Krankheit.

Was kostet das alles?

Schreib dir die Preise für Box, Offenstall und Weide aus deiner Wohngegend auf und rechne alles mit den Kosten unten (ungefähre Anhaltspunkte) zusammen. Je näher der Stall an einer Großstadt liegt, desto teurer wird der Spaß.

1. Box oder Offenstall ...... € im Monat
2. Futter (nicht immer im Mietpreis drin) ...... € im Monat
3. Reithallenbenutzung (muss häufig extra bezahlt werden) ...... € im Monat
4. Herausbringen auf Weide oder Paddock ...... € im Monat
5. Schmied. Zwei Hufeisen vorn erneuern plus Hufe ausschneiden 70–100 € pro Beschlag. Alle fünf bis acht Wochen nötig.
6. Wurmkuren 100–150 € im Jahr
7. Impfungen (Tetanus, Influenza, Herpes, Tollwut) 120–150 € im Jahr
8. Tierhalter-Haftpflichtversicherung 120–180 € im Jahr
9. Rücklage für Tierarzt 50 € im Monat
10. Gebrauchter Sattel, Satteldecke, Steigbügel, Trense, Gebiss, Halfter, Stricke, Putzzeug ab ca. 1.300 € einmalig

Wie viel Zeit brauche ich?

ırzeit zum/vom
ıll .... Minuten

:zen, Hufpflege .... Minuten

ten .... Stunden

smisten, fegen .... Minuten

g/Tränke
ıigen .... Minuten

:tel-/
ıerpflege .... Minuten

ıdock/Weide
ıpfeln .... Minuten

ısen gehen .... Minuten

ımusen .... Stunden

:hschmusen .... Stunden ☺

Wen ertrage ich als Reitbeteiligung?

Name	Vorteile	Nachteile	Nervfaktor
1. Janne	wohnt nahe am Stall, reitet gut	kriegt bei schlechten Noten Stallverbot, fällt dann aus	stellt alles ins Schülerportal
2. Melinda	kann jedes aufgeregte Pferd beruhigen	hat Ausbildung begonnen, wenig Freizeit	nix
3.			
4.			

Infos und Adressen, die du gebrauchen kannst

Bestimmt willst du noch viel mehr über Pferde wissen. Wie man sie richtig hält, wie man sie gesund füttert, wie ein Pferdepass aussieht, welche Rassen es gibt, wie man reiterlich seine Pferdeträume verwirklicht – und natürlich jedes einzelne Wort darüber, wie man ein Pferd KAUFT!

Vieles dazu hast du schon in Floras Geschichte gefunden, aber logischerweise lässt sich dazu noch eine Menge mehr sagen.

Bei der Deutschen Reiterlichen Vereinigung (FN) gibt es jede Menge Broschüren und Merkblätter zu sämtlichen Themen rund ums Pferd. Im Internet findest du eine Mammutauswahl. Die meisten Infos kannst du kostenlos herunterladen oder bestellen. Einige kosten ein paar Euro, aber alles liegt im Taschengeldbereich.

Bestelladresse: Deutsche Reiterliche Vereinigung,
FN-Service, 48229 Warendorf, Tel.: 02581-6362-222
Fax: 02581-6362-333
E-Mail: fn@fn-dokr.de
Internet: www.pferd-aktuell.de
Sieh nach unter dem Stichwort: Merkblätter, Broschüren, Formulare. Das findest du:

- Pferdekaufvertrag
- Vertrag Reitbeteiligung
- Vertrag über das Bereiten eines Pferdes
- Pferde-Einstellungsvertrag (wie man Box oder Offenstall mietet)
- Haftung und Versicherung rund ums Pferd – mit Beispielen von Schadensfällen
- Anreiten und Ausbilden von jungen Pferden
- Wie wird ein Pferd zum Turnierpferd?
- Die deutschen Reitabzeichen
- Ethik (Moral) im Pferdesport
- Stallordnung: Etikette im Reitstall
- Pferd und Umwelt
- Unfallverhütung im Reitsport
- Infoblatt zum Equidenpass
- Wissen rund ums Pferd

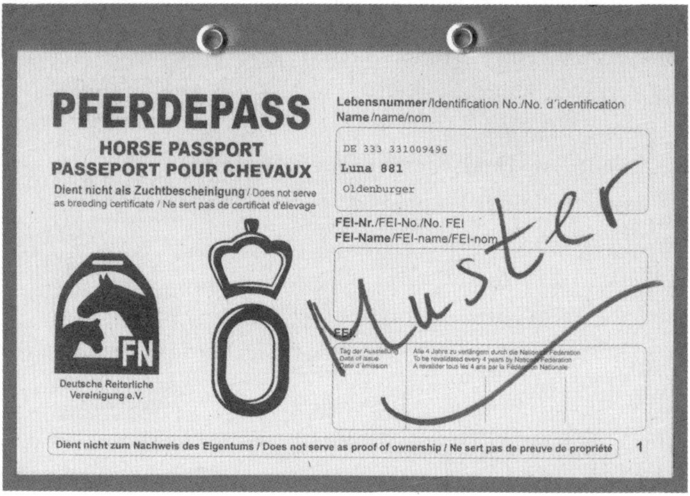
PFERDEPASS
HORSE PASSPORT
PASSEPORT POUR CHEVAUX
Dient nicht als Zuchtbescheinigung / Does not serve as breeding certificate / Ne sert pas de certificat d'élevage
Deutsche Reiterliche Vereinigung e.V.
FN
Lebensnummer/Identification No./No. d'identification
Name/name/nom
DE 333 331009496
Luna 881
Oldenburger
FEI-Nr./FEI-No./No. FEI
FEI-Name/FEI-name/FEI-nom
Muster
Dient nicht zum Nachweis des Eigentums / Does not serve as proof of ownership / Ne sert pas de preuve de propriété
1

Dokumente und Grafiken: mit freundlicher Genehmigung der Deutschen Reiterlichen Vereinigung e. V. (FN), Warendorf.

Die großen Schönen

Wenn du dich in einem Reitstall umguckst, stehen dir wahrscheinlich am häufigsten Großpferde aus Deutschland gegenüber. Obwohl es weltweit über dreihundert registrierte Rassen gibt, reiten Pferdefreunde gern Vierbeiner aus den deutschen Zuchtgebieten. Mit ihren schwungvollen, raumgreifenden, elastischen Bewegungen sind die großen Schönen ideal für Dressur, Springen, Vielseitigkeit. Bei den Olympischen Spielen holen sie immer wieder Goldmedaillen.

Deutsches Reitpferd ist der Oberbegriff für alle Warmblutpferde, die in sechzehn Zuchtverbänden betreut werden, wo du viele Einzelheiten über deine Lieblingsrasse erfährst.

1. Pferdezuchtverband Baden-Württemberg e. V., www.pzv-bw.de
2. Landesverband Bayerischer Pferdezüchter e. V., www.bayerns-pferde.de
3. Pferdezuchtverband Berlin-Brandenburg e. V., www.brandenburger-pferd.de
4. Verband Hannoverscher Warmblutzüchter e. V., www.hannoveraner.com
5. Verband Hessischer Warmblutzüchter e. V., www.pferdezucht-hessen.de
6. Verband der Züchter des Holsteiner Pferdes e. V., www.holsteiner-verband.de
7. Verband der Pferdezüchter Mecklenburg-Vorpommern e. V., www.pferdezuchtverband-mv.de
8. Verband der Züchter des Oldenburger Pferdes e. V., www.oldenburger-pferde.com
9. Rheinisches Pferdestammbuch e. V., www.pferdezucht-rheinland.de

10. Pferdezuchtverband Rheinland-Pfalz-Saar e. V., www.pferdezucht-rps.de
11. Pferdezuchtverband Sachsen e. V., www.sachsenspferde.de und www.pferde-sachsen-thueringen.de
12. Pferdezuchtverband Sachsen-Anhalt e. V., www.pferde-sachsen-anhalt.de
13. Verband Thüringer Pferdezüchter e. V., www.pferde-sachsen-thueringen.de
14. Verband der Züchter des Ostpreußischen Warmblutpferdes Trakehner Abstammung e. V., www.trakehner-verband.de
15. Westfälisches Pferdestammbuch e. V., www.westfalenpferde.de
16. Zuchtverband für das Ostfriesische und Alt-Oldenburger Pferd e. V., www.ostfriesen-alt-oldenburger.de

Jeder Zuchtverband besitzt ein Markenzeichen. *Holsteiner* z. B. ein H mit Krönchen, *Hannoveraner* zwei Pferdeköpfe, *Brandenburger* einen Pfeil mit Schlange, *Trakehner* zwei Elchschaufeln. Für Ponys gibt es eigene Zeichen, beispielsweise Edelweiß und Eichenblatt. Manche Pferde und Ponys tragen ein Brandzeichen auf dem linken Oberschenkel. Eine Übersicht darüber findest du auf unserer Grafik.

BRANDZEICHEN IN DEUTSCHLAND

ZUCHTVERBAND	DEUTSCHE REITPFERDE	KALTLBUTRASSEN	PONY- UND KLEINPFERDERASSEN	WEITERE RASSEN
Pferdezuchtverband **Baden-Württemberg** e.V.		Schwarzwälder Südd. Kaltblut, Freiberger	Haflinger	Alt-Württemberger
Landesverband **Bayerischer** Pferdezüchter e.V.	Gestütsbrand Schwaiganger	Südd. Kaltblut, Freiberger Percheron Kaltblut	Haflinger	Rottaler Leutstettener
Pferdezuchtverband **Brandenburg-Anhalt** e.V.			Haflinger	Schweres Wblt.
Hannoveraner Verband e.V.	bis 2009			
Verband der Züchter des **Holsteiner** Pferdes e.V.				
Verband der Pferdezüchter **Mecklenburg-Vorpommern** e.V.			Haflinger	
Verband der Züchter des **Oldenburger** Pferdes e.V.				
Springpferdezucht-verband Oldenburg-International e.V.				
Rheinisches Pferdestammbuch e.V.			Haflinger Islandpferd	Quarter Horse Appaloosa
Pferdezuchtverband **Rheinland-Pfalz-Saar** e.V.		Pfalz-Ardenner Sonstiges Kaltblut	Haflinger Islandpferd	
Pferdezuchtverband **Sachsen-Thüringen** e.V.	ab 2007 Gest. Graditz		Haflinger	
Trakehner Verband e.V.				
Westfälisches Pferdestammbuch e.V.			Haflinger Islandpferd Shetland Pony	Westernpferd Paso
Zuchtverband für das **Ostfriesische** und **Alt-Oldenburger** Pferd e.V.				

ZUCHTVERBAND	DEUTSCHE REITPFERDE	KALTLBUTRASSEN	PONY- UND KLEINPFERDERASSEN	WEITERE RASSEN
Verband der Züchter und Freunde des **Arabischen** Pferdes e.V (VZAP)				OX Vollblut Araber, Anglo-Araber, Shagya Araber, Araber Rasse, Halbblut Araber
Zuchtverband für Sportpferde **Arabischer** Abstammung e.V. (ZSAA)				Shagya Araber, Anglo-Araber, Araber, Arabisches Partbred
Friesenpferde-Zuchtverband e.V.				
Stammbuch für **Kaltblutpferde** Niedersachsen e.V.				
Pferdestammbuch **Schleswig-Holstein/Hamburg** e.V.		V.S.P. Schleswiger Kaltblut		SH
Bayerischer Zuchtverband für **Kleinpferde** und Spezialrassen e.V.			Islandpferd, Huzule	Paso, Paso Fino, Lipizzaner, Pura Raza Espanol, Raza Espanol, Criollo, Cruzado, Achal Tekkiner, Tersker, Pinto, Orlow Traber, Friesenpferd
Verband der **Pony- und Kleinpferde**züchter **Hannover** e.V.				
Verband der **Pony- und Pferde**züchter **Hessen** e.V.				Pinto, Paso, Achal Tekkiner
Pferdestammbuch **Weser-Ems** e.V.				WE
Zuchtverband für **deutsche Pferde** e.V.	Gestütsbrand Altefeld			
Deutscher **Pinto** Zuchtverband e.V.				
Deutsche **Quarter Horse** Association e.V.	keine einheitlichen Brandzeichen			

Kann man Pferden jeden Wunschnamen geben?

Vorschriften für die Namenwahl gibt es nicht. Allerdings ist es üblich, dass Fohlennamen mit dem Anfangsbuchstaben des Vaters beginnen. Heißt der Deckhengst Laredo, sollte der Fohlenname mit einem L anfangen, z. B. Lakritz.

Es gibt auch Ausnahmen, hier einige Beispiele.

- Die *Holsteiner* Züchter machen es so: Hengstfohlen bekommen einen Namen mit dem Anfangsbuchstaben des Vaters. Heißt der Vater Pegasus, kann man dessen Hengstfohlen Pepper nennen. Bei weiblichen *Holsteiner* Fohlen richtet sich der Anfangsbuchstabe nach ihrem Geburtsjahr. Jedes Jahr wird ein anderer Buchstabe vergeben. Im Jahr 2011 beginnen alle Stutfohlen-Namen mit einem D, 2012 mit E, 2013 mit F, 2014 mit G, 2015 mit H und so weiter.

- Bei den *Oldenburger* Pferden werden nur Hengste nach ihren Vätern genannt (Vater z. B. Santos, Hengstfohlen Sascha). Stutennamen richten sich nach dem Anfangsbuchstaben der Mütter (Mutter z. B. Madame, Stutfohlen Maja).
- Eine dritte Möglichkeit wählen die *Trakehner*-Züchter: Alle Fohlen – egal, ob Hengst oder Stute – bekommen einen Namen, der mit dem Anfangsbuchstaben der Mutter beginnt.

Die kleinen Süßen

Ponys und Kleinpferde (höchstens 1,48 m Widerristhöhe) haben eine große Fangemeinde. Ganz oben auf der Hitliste steht das *Deutsche Reitpony,* sozusagen die Miniausgabe des *Deutschen Reitpferdes.* Es wird speziell als Reit- und Turnierpony für Kinder gezüchtet. Einen Riesen-Freundeskreis haben auch die vielseitigen, gutmütigen *Haflinger* mit ihren blonden Mähnen und dem sanften Blick. Ebenso *Isländer,* die außer Schritt, Trab und Galopp auch Tölt und Rennpass beherrschen. *Islandpferde* sind sanftmütig, genügsam und können das ganze Jahr im Freien gehalten werden. Dem Charme der kleinsten Pony-Vertreter – der *Shettys* – kann niemand widerstehen. *Shetlandponys* mit ihren fröhlichen Augen und ihrer unerschöpflichen Unternehmungslust liegen ganz vorn in der Beliebtheit. *Fjordpferde,* die falbfarbenen Norweger, gelten als verlässliche, ausgeglichene, gelassene Kameraden beim Ritt ins Gelände, sie können aber ebenso in der Reithalle punkten. Kennzeichen für *Fjordies:* schicke Stehmähne und unglaublich freundliche Augen.

Natürlich sind auch die bei uns weniger bekannten Rassen interessant.

Auf *Welsh-Ponys* (in vielen Größen) und *Connemaras* sammelt mancher junge Reiter seine ersten Turnierschleifen. *Lewitzer Schecken,* zunächst nur in den ostdeutschen Bundesländern bekannt, erobern jetzt überall in rasantem Tempo die Kinderherzen. Schon deshalb, weil die Ponys mit ihrem auffallenden schwarz-weißen oder braun-weißen Muster im Haarkleid so attraktiv aussehen. *New Forest Ponys* gehören zu den Größten der Kleinen. Sie erreichen oft das Höchstmaß für Ponys und Kleinpferde (1,48 cm). Die englischen Ponys gelten als sehr gelehrig, darum sieht man sie häufig auf Dressur-, Spring- und Vielseitigkeitsturnieren. Die deutlich niedrigeren *Dartmoor-Ponys* werden schon lange als erste Ponys für die englischen Königskinder eingesetzt. Der Grund: die robusten Ponys sehen elegant aus und sind gleichzeitig ganz besonders kinderfreundlich und gutartig.

In der Broschüre »Ponys und Kleinpferde in Deutschland« erfährst du mehr über alle diese kleinen Flitzer. Du kannst

das Heft mit zahlreichen ausführlichen Steckbriefen vieler Ponyrassen bei der Deutschen Reiterlichen Vereinigung FN bestellen. Adresse siehe Seite 213.

Geliebte Ausländer

Obwohl manche Pferderassen wie *Friesen, Fjordies* oder *Isländer* in Deutschland gezüchtet werden, stammen sie ursprünglich aus anderen Ländern. Mehr über diese Rassen erfahrt ihr unter den angegebenen Internetadressen.

Andalusier = Spanien, www.andalusierverein.de
Appaloosa = USA, www.aphcg.com
Arabisches Vollblut = Arabische Halbinsel, www.araberzuchtverband.de
Camarguepferde = Frankreich, www.vfzcd.de
Connemara-Ponys = Irland, www.connemara-pony-ig.de
Dartmoor-Ponys = England, www.dartmoor-ponys.de
Fjordpferd = Norwegen, www.igfjordpferd.de
Freiberger = Schweiz, www.freiberger-pferde.de

Friesen = Niederlande, www.friesenpferde-zuchtverband.de

Haflinger = Südtirol (Italien), www.haflinger-online.de/verbaende

Islandpferde = Island, www.ipzv.de

Knabstrupper = Dänemark, www.knabstrupper-of-independence.de

Lipizzaner = Slowenien, www.lipizzanerzuchtverband.de

Lusitanos = Portugal, www.cavalo-lusitano-ev.de

Mérens-Pony = Frankreich, www.svpk.ch

New Forest = England, www.newforestpony-ig.de

Quarter-Horse = USA, www.qha.de

Shetlandponys = Shetlandinseln (Schottland), www.shetland-pony.info

Tinker = Irland, www.tinkerhengste.de/zuchtverbaende.html

Welsh = England, www.ig-welsh.de

Pepper und Flo

Ferien auf der Sommerweide

1.

Nach zwanzig Metern: Sie haben Ihren Bestimmungsort erreicht.«

Konzentriert verfolgt mein Vater das Navi. Jede Wette, gleich kontrolliert er die kurze Strecke von Haverstedt nach Ammersdorf noch einmal im Straßenplan. Unser Wagen rollt nach exakt zwanzig Metern aus und Papa greift ins Kartenfach.

Ich sollte eine Karriere als Hellseher ins Auge fassen.

Zufrieden umkreist Papas Zeigefinger den Ortsnamen Ammersdorf auf der Seite Hamburg-Lübeck.

»Passt alles, Flo.«

»Die fünf Kilometer, Papa! Findet man doch blind. Außerdem, guck mal aus dem Fenster.«

Ein verhaltenes Kichern kommt von der Rückbank. Ich drehe den Kopf und zwinkere meiner Freundin Emily zu. Natürlich hat sie das in den Boden gerammte Schild auch längst gesehen.

»Landwirtschaftlicher Betrieb Sven Jürgensen, Ammersdorf, Hauptstraße Nr. 10.«

Hier wird Pepper demnächst auf der Sommerweide stehen. Hoffentlich!

»Was denn!«, murmelt Papa gereizt, weil er das Riesenschild übersehen hat.

Kontrollwahn macht eben blind, denke ich.

Klar spreche ich das Wort Kontrollwahn nicht laut aus. Das wäre fies. Schließlich hat meine Familie mir vor vier Wochen mein WUNSCHPFERD gekauft. Nach so einer Geldausgabe sind Väter nicht scharf auf Bemerkungen wie »Du bist leider krankhaft kontrollsüchtig«.

Durch mein Seitenfenster spähe ich die Einfahrt hinunter. In der tief stehenden Nachmittagssonne glänzen die Dächer eines Bauerngehöfts. Drei rote Gebäude, eingerahmt von Holzzäunen, hellgrünen Birken und niedrigem Gestrüpp mit gelben Blüten.

Auf weiten Weiden grasen an die hundert schwarz-bunte Kühe. Irgendwo in der Nähe des Gehöfts muss unser gesuchter Offenstall liegen.

Ich brauche nur daran zu denken und in meinem Kopf läuft ein Film ab: Ich sehe meinen Pepper, wie er mit wehender Mähne sein neues Revier einnimmt. Er trabt die Zäune ab, mit stolzgeschwellter Brust, und schlenkert den Kopf. Lebensfreude pur. Sogar sein übermütiges Wiehern höre ich in meinen Ohren, so deutlich, als galoppierte mein Holsteiner direkt an unserem Auto entlang.

Natürlich erwähne ich auch das nicht öffentlich, sonst muss ich mir von Papa anhören: »Wer Stimmen hört, muss zum Nervenarzt.« Für meinen Erzeuger gehört das Wort »Tagtraum« nicht zum aktiven Wortschatz. Papa arbeitet als knallnüchterner Prüfer bei einer Versicherung. Das sagt ja wohl alles.

Gut gelaunt lasse ich die Scheibe nach unten. Duftender Frühlingswind wirbelt mir die langen Haare vors Gesicht. Von hinten zwängt sich Emilys weißblonder Kopf neben meinen.

»Das letzte Haus rechts an der Straße, Herr Rohde. Genau so hat Herr Habicht den Bauernhof beschrieben.«

Lennart »Habi« Habicht heißt der Besitzer des Habichthofs in Haverstedt, wo unsere Pferde stehen. Emis Haflinger Alpino und mein Holsteiner Wallach Pepper. Seit vier Wochen MEIN EIGENES PFERD.

Pepper und Flo Rohde.

Der totale Hype.

Eine anstrengende Geschichte war das, meine Eltern für Pepper zu gewinnen. Blöderweise ist meine Familie nicht pferdekompatibel. Nicht mal Daniel, mein sensationeller großer Bruder, mit dem man Pferde stehlen kann – solange es nicht um Pferde geht . . .

Erschwerend kam hinzu, dass mein Vater kein »gebrauchtes« Schulpferd wie Pepper kaufen wollte. Gebraucht – diesen Ausdruck benutzt er wirklich für mein Traumpferd!!! Als ob mein Holsteiner ein Auto wäre.

Ich musste mir den Mund fransig reden, um meine Eltern zu überzeugen. »Pepper wirkt wie ein Glückshormon auf mich! Ehrlich!« Ich nenne das *rosa Pferdewärme*. Der Begriff bringt meinen Vater auf die Palme. »Wie kann man mit vierzehn noch solche kindischen Vergleiche wählen.«

Dann bin ich eben kindisch, was Peppers rosa Pferdewärme angeht. Dafür kann ich auf der anderen Seite extrem erwachsen sein, nämlich extrem zäh und extrem stur.

»Von hier fünfhundert Meter geradeaus, Papa. Da liegt der Offenstall.«

»Geniale Gegend«, sagt Emi.

Endlos weit wölbt sich blauer Himmel über das flache Land. Paradiesisch für ein Fluchttier wie Pepper, das erst zufrieden ist, wenn es kilometerweit Ausschau halten kann. Rechts und links Weiden bis zum Horizont. Pferde in allen Farben, blonde Schafe, schwarz-weiße Kühe. Zart begrünte Äcker und Kornfelder, dazwischen lichte Baumreihen, durch deren Lücken die Sonne blitzt. Obwohl wir erst Ende April haben, stehen die gelben Rapsfelder in voller Blüte.

Wir suchen eine Ferienweide für Pepper und Alpino. *Ferienweide:* Dieses Wort trifft es nicht ganz. Ferienreisen bucht man ja freiwillig. Uns hat Herr Habicht aber regelrecht vor die Tür gesetzt. Angeblich *nicht* aus Rache für meine missglückte Stallparty letzten Monat, als ich vierzehn wurde. Habi sagt: »Auf dem Habichthof muss der Stallboden erneuert werden. Außerdem bekommt die Reithalle neue Fenster. Dauert einen Monat. Ende Mai könnt ihr zurückkommen.«

Die Boxenmiete für Mai hat Habi an unsere Eltern zurücküberwiesen. Inzwischen glaube ich ihm die Umbaupläne, denn mit uns müssen alle Privatpferde umziehen. Nur seine dreizehn Schulpferde dürfen bleiben und stehen teilweise in den Privatboxen.

Von den Privaten haben Odin und Grazius bereits eine Box bei Bekannten gefunden. Im Außenstall stehen jetzt nur noch Emilys Haflinger und der Knabstrupper Skagen. Der Wallach gehört Martin, einem älteren Reiter, der bald mit Skagen vier Wochen verreist.

Für Emi und mich hatte Herr Habicht eigentlich einen befreundeten Pensionsstall ausgesucht. Direkt an einer Bushaltestelle Richtung Hamburg, damit wir von Haverstedt jeden Tag schnell hin- und zurückkommen.

»Dieser Pensionsstall ist ähnlich wie unser Habichthof – mit Vollpension, das ist für euch am einfachsten. Ihr habt keine Arbeit und müsst nur zum Reiten hinfahren. In Pensionsställen werden die Boxen ausgemistet und eingestreut. Der Stallbesitzer sorgt für alles. Heu und Stroh, Kraftfutter, Wasser, Weidegang. Im Notfall ruft er auch den Tierarzt.«

Die Boxen kosten dort das Gleiche wie auf dem Habichthof.

Der Stall mag ja in Ordnung sein, aber BUSHALTESTELLE ist für Emily und mich ein Horrorwort. Eine Haltestelle vor der Tür bedeutet nämlich: Jeder aus unserem Stall kann dort unangemeldet auftauchen. Garantiert würden uns Melly

Lanz und Gloria Tanner extrem häufig überfallen und uns auf die Nerven gehen. Die beiden durchgeknallten Zicken sind unsere Erzfeinde auf dem Habichthof.

Offenbar sah uns Habi die fehlende Begeisterung an. Jedenfalls zauberte er plötzlich einen anderen Vorschlag aus dem Ärmel.

»... dann wäre da noch ein nagelneuer Offenstall bei Bauer Jürgensen in Ammersdorf. Müsste in diesen Tagen fertig werden. Die Anlage wird erst im Juni bezogen. Im Moment wäret ihr beiden dort mit Pepper und Alpino allein.«

Das war Musik in meinen Ohren. Nur Emi und ich mit Pepper und Alpino. Das Dreamteam schlechthin.

»Das bedeutet allerdings, ihr müsst sämtliche Arbeiten selber erledigen«, fuhr Herr Habicht fort. »Zu zweit ist das viel. Zumal ihr jeden Tag reiten wollt und die Fahrt hin und zurück habt. Ohne Auto nenne ich das eine große Herausforderung. Aber auch eine Riesenchance für zwei Vierzehnjährige. Wenn ihr eure Pferde einen Monat lang allein versorgt, seid ihr etwas Besonderes. Dann steigt ihr in die S-Klasse auf.«

S-Klasse! Informationen wie diese treffen bei mir voll ins Schwarze!

S wie Super-Klasse!

S wie Stars des Stalls!

S wie supertollsensationellspitze!

Genau richtig für mich.

In meiner ersten Begeisterung setzte bei mir leider eine Hirnschmelze ein. Anders kann ich mir jetzt nicht mehr erklären, warum ich zu Hause erwähnt habe, dass ich mir heute den Offenstall angucken will. Sofort hat Papa lange Ohren bekommen und bestimmt: »Ich fahre mit. Dann entscheiden wir, ob so etwas überhaupt zumutbar ist.«

Die Vorstellung, ihre Tochter radelt jeden Tag zu einer fünf Kilometer entfernten Weide statt zum nahen Habichthof, hat meine Eltern in helle Aufregung versetzt. Was wollen die erst machen, wenn ich nächstes Jahr zum Schüleraustausch nach England fahre?

Papa startet unser weißes Auto erneut. Während er im Schritttempo weiterfährt, hält er Ausschau nach dem Stall.

Wenn ich an meine unschlaue Bemerkung von gestern denke, könnte ich mir jetzt noch die Zunge abbeißen. Kann nämlich sein, dass der Offenstall noch gar nicht ganz fertig ist – und der Letzte, der das sehen muss, ist mein Vater. Für den Mann muss alles perfekt hoch zehn sein. Ich könnte mich notfalls auch mit einem halb fertigen Stall arrangieren. Hauptsache, Pepper hat alles, was er braucht, und ich klettere drei Level höher.

Vorsorglich erkläre ich meinem Vater, dass Herrn Habichts Vorschlag eine Riesenauszeichnung ist. »Er traut uns zu, die Pferde selbst zu versorgen, Papa. Das ist doch irre!«

Papa verzieht das Gesicht.

»›Im Offenstall steigen wir in die S-Klasse auf‹, sagt Herr Habicht. S wie supertollsensationellspitze.«

Zwei Zäune schneiden uns den Weg ab und Papa lenkt den Wagen nach rechts auf einen unbefestigten Weg. Eine Spatzenschar stiebt auf und flüchtet unter die struppigen Zweige von Ginstersträuchern.

»S-Klasse, jaja. Das gucken wir uns erst einmal an.«

In einer Sandwolke schaukeln wir über den unebenen Pfad zwischen zwei Weiden hindurch. Hinter der nächsten Biegung blitzt das schräge Wellblechdach eines Pferdeunterstandes auf. Gleich sind wir da.

Pepper, deine neue Urlaubswelt. Meine neue S-Klasse!

»Da ist der Stall«, flüstert Emi von hinten.

Mein Bauch beginnt zu kribbeln. Wie sieht der erste echte Offenstall aus, den ich zu Gesicht bekomme? In unserer Gegend gibt es fast nur Boxenställe oder Weiden mit Unterständen. Richtige Offenställe kenne ich nur aus Büchern.

»Vor allem hält hier weit und breit kein Bus.« Emi kauert noch immer vorgebeugt hinter mir. »Cool.« Im nächsten Moment stößt sie einen Seufzer aus und lässt sich auf die Rückbank fallen.

Mit laufendem Motor hält Papa vor einem Holzzaun mit Gattertor an.

Unfertig ist eine maßlose Untertreibung für das, was wir vor uns sehen.

Der Schocker!

In der Nähe des Unterstands türmen sich Hügel von Kies und kleinen, kantigen Schottersteinen, überragt von vier Lastwagenladungen Sand. Davor stapeln sich Kanthölzer, Bretter, Latten, Pflastersteine und Gitterplatten, in Folie eingeschweißt oder mit Stahlband auf Holzpaletten festgezurrt. Gelber Löwenzahn überwuchert die Paletten von allen Seiten. Sieht aus, als läge das nicht erst seit gestern hier.

»Oha«, sagt Papa. Er legt den Rückwärtsgang ein, wendet und parkt den Wagen in Fahrtrichtung nach Hause. »Das wird ja wohl nichts.«

Emi springt aus dem Auto, ich hinterher. »So ein Mist«, jammert meine Freundin.

Auch bei mir hat sich die Vorfreude in Frust verwandelt. Bis an dieser Stelle ein fertiger Offenstall steht, ist der Habichthof längst umgebaut.

Trotzdem will ich nicht sofort klein beigeben. Schon rattert die Auswegsuchmaschine in meinem Kopf. Es muss doch etwas Positives zu entdecken geben!

Die Weide ist groß und trocken. Gut.

Ich erkenne keine Mulden, in denen sich Regen sammeln könnte. Gut.

Kaum Unkraut. Gut.

Gras, so weit ich sehen kann. Gut.

Eine Reihe frischer Maulwurfshügel. Stört nicht.

Der Holzzaun wirkt neu, das Gattertor aus Stahlrohren ebenfalls. Gut.

Es gibt einen nach drei Seiten geschlossenen Unterstand, eine sogenannte Schutzhütte. Auch gut.

»Wir müssen uns die Holzhütte da drüben genauer ansehen«, drängt Emi. »Vielleicht genügt die für unsere Pferde? Mann, ich will die Weide haben!«

Ich auch.

Ein schweres Vorhängeschloss mit massiver Eisenkette sichert den Eingang. Ärgerlich zerre ich an der verschlungenen Kette und quetsche mir die Finger in den starren Gliedern. Meine Zeigefinger sind rot und blau, aber das blöde Tor rührt sich keinen Zentimeter.

»Rüber«, sagt Emi mit einer Kopfbewegung. Sie muss wirklich extrem wild auf die Weide sein, denn über Zäune klettern, gehört nicht zu Emis Standardprogramm. Im Gegenteil, meine schüchterne Freundin traut sich wenig zu.

Doch nun klettert sie noch vor mir über die Querrohre und springt auf die Koppel. Ich hinterher. Die Pferde auf der Nachbarweide, acht oder zehn, schätze ich, heben kurz ihre Köpfe, als wir übers Tor springen. Danach senken sie gleich wieder ihre Nasen ins Gras.

»Wann kommt denn euer Bauer Jürgensen?«, ruft mein Vater hinter mir her.

Emi und ich rennen auf den Unterstand zu.

»Der Bauer weiß nicht, dass wir hier sind«, gebe ich über die Schulter zurück. »Wir wollten erst mal die Lage checken.«

»Spinnt ihr?«, blafft mein Vater uns nach. »Zeitverschwendung! Wegen eurer Weide habe ich im Büro eine Stunde eher Schluss gemacht. An einem Montag! Da ist bei uns Großkampftag!« Papa hält sich für einen Leistungsträger, auf den seine Versicherungsgesellschaft keine Sekunde verzichten kann.

Wahrscheinlich *ist* Papa sogar ein Leistungsträger, sonst würde er kaum so viel Geld verdienen, um mir ein Pferd zu kaufen und die monatlichen Kosten zu bezahlen . . .

»Gib mir die Nummer von diesem Bauer Jürgensen, Flora«, ruft mir Papa zu.

Im Weiterlaufen ziehe ich mein Handy aus der Tasche und checke die Adressenliste. Ich muss aufpassen, dass ich nicht über einen Maulwurfshaufen stolpere. »46 39. Vorwahl wie Haverstedt.«

Keuchend kommen wir an der Weidehütte an. Ein langer Holzunterstand, vorn auf der gesamten Breite offen, hinten und an beiden Seiten geschlossen. Der Boden darin besteht aus sandiger Erde. Links ist das Dach drei Meter weit heruntergezogen. Als zusätzlicher Unterstand.

»Macht einen guten Eindruck«, stellt Emily atemlos fest. Schon ist sie drinnen und fährt mit den Handflächen über das Holz, um nach Splittern und vorstehenden Nägeln zu fahnden. Sicherheit im Stall – Emis Spezialität. Zufrieden kommt sie wieder zum Vorschein. »Als Schutz gegen Sonne und Mücken auf jeden Fall zu gebrauchen.«

Das sehe ich auch. Andererseits bin ich enttäuscht, dass ich nicht den kompletten Offenstall vorfinde, der mir nach Habis Erzählungen vorschwebte. »Nicht mal der Paddock ist fertig, Emi. Zu blöde. Das ist ja bloß eine Weide mit Unterstand.«

Wie ein echter Offenstall aussehen muss, weiß ich genau. Herr Habicht hat mir eine Zeichnung mit allen Details gezeigt. Außerdem stehen Fotos in seinem meterdicken Profibuch über Pferdehaltung, das Habi mir geliehen hat, als es mit Peppers Kauf ernst wurde.

Im Unterschied zu einem Weide-Unterstand gibt es in einem Ganzjahres-Offenstall zusätzlich genügend trockene Liegeflächen zum Ruhen und Schlafen. Der Stall muss zwei Ein- bzw. Ausgänge haben, damit die Pferde sich aus dem Weg gehen können. In windigen, regenreichen Gegenden gehört ein Windschutzvorhang vor den Liegebereich.

Für Heu und Stroh sind Raufen mit genug Platz für alle nötig. Zum Füttern von Kraftfutter sollten Fressstände da sein, damit es keinen Futterneid gibt. Tränken muss es an mehreren Stellen geben, damit rangniedere Pferde nicht vom Wasser verdrängt werden. Natürlich gehört zum Offenstall ein großer Paddock, auf den die Pferde aus dem Laufstall freien Zugang haben. Dieser Auslauf sollte zum Teil gepflastert sein und zum Teil aus Sand zum Wälzen bestehen. Wie in jedem anderen Stall muss man Pferdeäpfel absammeln, nasse Einstreu entfernen und trockene nachstreuen. Ein wirklich guter Offenstall, sagt Herr Habicht, macht mehr Arbeit als ein Stall mit Boxen, aber dafür ist er absolut pferdegerecht. Allerdings nur, solange die ganze Herde sich versteht und wenn kein Schwacher gemobbt wird. Für ein Pferd, das ganz unten in der Rangordnung steht und ständig vertrieben wird, kann ein offener Stall zum Dauerstress werden. Ein Loser, sagt Herr Habicht, kann in einem Boxenstall stressfreier untergebracht sein.

Eine grüne Plane verdeckt den rechten Teil des Unterstandes. Sieht alles nach halb fertiger Arbeit aus. Und ich hatte mich so auf diesen Stall gefreut. Wütend versetze ich dem nächstbesten Pfosten einen solchen Fußtritt, dass mein Knie zittert.

»Ammersdorf, das wär's doch für unsere Pferde gewesen, Emi.«

Insgeheim habe ich außerdem gehofft, dass Vince Weise hierher in die Einöde kommen würde. Der süße Junge aus der 10b in meiner Schule, der mit seinem Freund Ferdi Erding gerade auf dem Habichthof Schulden abarbeitet. Nach unserer schiefgelaufenen Stallparty hat Herr Habicht die beiden Jungs als einzige zu fassen gekriegt. Nun müssen sie dafür büßen, dass Zäune zerstört wurden.

Also kein Vince in Ammersdorf.

Stattdessen wird es wohl auf den Pensionsstall neben der Bushaltestelle hinauslaufen. Garantiert werden unsere Durchgeknallten jeden Tag dort auftauchen und uns zu Tode nerven. Besonders Melly ist furchtbar. Sie erträgt einfach nicht, dass ich ihr Lieblings-Schulpferd Pepper gekauft habe. Und seit sich außerdem Vince für mich interessiert, dreht Melly ganz durch. Angeblich ist dieser Vince IHR Schwarm. Klar, denn Melly baggert jedes Säugetier mit dem männlichen Y-Chromosom an.

Papa trifft an der Hütte ein. Vorwurfsvoll klopft er seine graue Stoffhose ab. Dass er mit seinem feinen Geschäftsanzug über ein Weidegatter klettern musste, nimmt er mir übel.

Mit verschränkten Armen betrachtet er das Baumaterial.

»Das ist nichts für euch, darüber bekommt Bauer Jürgensen Bescheid. Habe gerade mit ihm telefoniert. Er wird gleich auftauchen. Und dann fahren wir wieder.«

»Nein, warte, Papa.« So schnell gebe ich nicht auf.

Emi auch nicht. »Tapir anrufen?«, fragt sie schnell.

»Gute Idee.«

Tapir ist unsere Allzweckwaffe: Er ist Pferdepfleger auf dem Habichthof. Seine Kurzwahl ist die Premium-Nummer auf meinem Handy. Unser genialer Tapir heißt eigentlich Jonas Nansen und hat eine Doppelbegabung: Er ist studierter Jurist und gelernter Tierpfleger. Morgens hilft er mit Begeisterung im Stall, nachmittags hockt er widerwillig in einer Rechtsanwaltskanzlei. Den Namen Tapir haben wir ihm verpasst, weil er im Zoo für Flachlandtapire zuständig war.

Bevor mein Vater mit tausend Einwänden kommen kann, drücke ich die Nummer und wende mich ab.

»Nansen.«

»Tapir, gut, dass du da bist. Emi und ich stehen in Ammersdorf vor dem Offenstall. Bloß ist der noch nicht fertig. Die Weide liegt voller Baukram, Steine, Sand, Holz und so weiter.«

»Böse Falle. Wusste Herr Habicht das nicht?«

»Nicht genau. Er konnte Bauer Jürgensen letzte Woche nicht erreichen.«

»Schieß los, Flo. Was willst du wissen?«

»Hier steht eine ordentliche Schutzhütte auf der Koppel, mit Sand als Untergrund. Aber mit dem Paddock wird das nichts. Genügt der Unterstand für unsere Pferde?«

»Klar doch. Im Sommer reicht ein Unterstand völlig aus. Hauptsache, Pepper und Alpino finden Schutz vor Sonne und Insekten. Beschreib mal genauer.«

Ich schildere die Holzhütte und beobachte Papa, der ungeduldig auf der Weide auf und ab geht.

»Wie sieht es mit Anbinde-Möglichkeiten aus, wenn ihr sattelt? Ihr müsst die Pferde ja regelmäßig reiten, schließlich wollt ihr den Wanderritt im Sommer mitmachen. Ohne Training sind die Muskeln in ein paar Wochen weg.«

»Anbinderinge sind da.«

»Hm und die Sättel? Sieh mal nach, ob es dafür einen abschließbaren Abstellraum gibt.«

Ich umrunde den Unterstand zur Hälfte und hebe die Plane an. Hinter der grünen Folie erstrecken sich zwei lange, schmale Räume mit Zwischenwänden.

»Zwei Futterstände, Tapir, aber natürlich offen.«

»Und hinten? Geh ganz um den Unterstand herum.«

Bevor ich die Weidehütte weiter durchleuchten kann, taucht wie aus dem Boden gestampft eine grüne, turmhohe Gestalt auf. Ein dürrer, sehniger Mann Anfang fünfzig mit extrem langem Gesicht. Sein schmaler Kopf mit ausgeprägtem Kinn geht fast ohne Hals in den Oberkörper über. Die riesigen Füße stecken in grünen Gummistiefeln, in die er eine grüne Hose gestopft hat. Unter dem hellgrünen Arbeitsblouson lugt ein verwaschenes Polohemd in Restgrün hervor. Auf dem Kopf trägt er eine ausgeblichene Baseballkappe, die mal grün gewesen sein muss. Eine Gurke auf zwei Beinen.

In Gedanken taufe ich ihn auch so: Gurke.

»Melde mich später, Tapir. Bauer Jürgensen ist hier.«

»Frag ihn, ob er das Baumaterial einzäunen kann«, sagt Tapir schnell, »und schick mir ein Foto von der Weidehütte aufs Handy. Wir sehen uns nachher auf dem Habichthof. Ich fahre nach der Arbeit noch hin. Zäune reparieren mit den Jungs.«

2.

Schweigend baut sich der turmlange Bauer vor uns auf und mustert jeden Einzelnen. »Moin«, quetscht er schließlich zwischen den Zähnen hervor. Nach dem Moin kommt nichts mehr. Der Bauer legt den Kopf schief und wartet auf Papas Ansprache.

»Warum ist denn der Stall noch nicht fertig, Herr Jürgensen?«

»Schon mal mit Ämtern und Behörden zu tun gehabt?«, fragt Gurke zurück.

»Sie meinen, die Baugenehmigung ist noch nicht durch?«, will Papa wissen.

Gurke verzieht die Mundwinkel. »Diese lahmen Brüder bei der Baubehörde. Eigentlich sollte hier seit zwei Wochen alles stehen.«

»Was wird das genau, wenn es fertig ist?«, traut sich Emily zu fragen.

Der Bauer stutzt einen Moment. Er scheint zu überlegen, ob die Frage unverschämt gemeint sein könnte, entscheidet sich dann aber, Emi freundlich zu antworten. Wahrscheinlich, weil sie so unschuldig und lieb aussieht. Ist sie auch. Wenn ein Mensch auf dieser Welt niemals böse Absichten hegt, dann Emily Ehlert.

»Das wird ein Offenstall für sechs Pferde. Die Hütte hier mit den fertigen Fressständen ist für zwei Pferde gedacht. Daneben bauen wir eine große Liegefläche. Und Fressstände für vier weitere Pferde. Und zwei Tränken.« Er wendet sich zur Seite und zeigt auf das Gras vor dem Unterstand. »Dahin kommt der Sand-Auslauf mit Heuraufe. Na ja, ist alles noch nicht fertig.«

Mein Vater kann sich nicht verkneifen zu bemerken: »Das sieht man.«

Himmel, Papa! Mach doch bitte unseren Bauern nicht an! Wir brauchen ihn noch. Schnell gehe ich dazwischen. »Wozu brauchen Sie denn das ganze Bauzeug, Herr Jürgensen? Sand ist klar, aber wozu die Gitter, die Schottersteine und den Kies?«

»Unterbau für den Paddock, Mädchen. Vorübergehend würde es zwar auch einfacher gehen, so wie drüben.« Er zeigt auf die Nachbarweide, wo vor zwei Unterständen eine kleine Fläche mit Sand liegt. »Aber diesen neuen Auslauf will ich gleich für viele Jahre anlegen.«

Seine grünen Ärmel beschreiben einen weiten Bogen über die Weide. Gurkes zufriedener Blick sagt: Offenstallmäßig wird das hier das Korrekteste, was man anlegen kann.

Laut teilt er uns mit: »Die Erde vor der Hütte wird komplett ausgehoben und abtransportiert.«

Das haut mich um.

LASTWAGEN!

BAGGER!

BAULÄRM!

Vor meinem geistigen Auge sehe ich gigantische gelbe Bagger anrücken und halb Schleswig-Holstein ausbuddeln.

Tschau, Traumweide.

Bye-bye, S-Klasse.

Ich könnte heulen vor Enttäuschung.

Bis nächste Woche wird das niemals fertig.

Verdammt, es wäre so schön gewesen. Weit weg von Melly und Gloria. Und dazu die Chance, Vince hier zu treffen. Ganz allein.

Papa scheint sich zu ärgern, dass Bauer Jürgensen ihn nicht auf Knien anfleht, diese Weide ohne Offenstall zu pachten. Eigentlich will mein Vater die Koppel ja gar nicht, aber kampflos einen Rückzieher zu machen, ist nicht sein Ding. »Warum verteilen Sie den Sand nicht einfach, damit es hier einen Auslauf gibt?«

Gurke schiebt seine grüne Kappe in den Nacken, versenkt die Hände in der Latzhose und tritt einen Schritt zurück. Er mustert Papa mit einem Blick, als könnte er Maul- und Klauenseuche übertragen. »Dann gibt es nach dem ersten Regen die schönste Schlammschlacht.«

»Pah«, sagt Papa wie ein aufmüpfiger kleiner Junge. Fehlt nur noch, dass er mit dem Fuß aufstampft. Habis sechsjähriger Sohn Johnny könnte sich nicht kindischer benehmen. »Von meiner Tochter weiß ich aber, dass Pferde nicht zimperlich sind. Ihr Wallach geht sogar durch tiefe Pfützen. Stimmt doch, Flora.«

Mein Vater bringt mich in eine unmögliche Situation. Sage ich nichts, hält Gurke mich für einen Trottel. Gebe ich eine korrekte Zusammenfassung der gesundheitsschädigenden Auswirkungen von versifften Ausläufen auf Pferde ab, ist Papa beleidigt bis zum Jüngsten Tag. Garantiert glaubt er, ich wollte ihn als Dummkopf vorführen.

Ich muss behutsam vorgehen.

»Normale Pfützen beim Ausreiten machen nichts aus, Papa. Wenn Pferde aber wochenlang im Matsch stehen und nicht ausweichen können, ist das übel.« Da mein Vater mich grimmig-erwartungsvoll ansieht, rede ich weiter. »Der Paddock wird ja von der Herde auch als Klo benutzt. Das heißt, im Wasser schwimmt alles, was ein Pferd von sich gibt. Pferdeäpfel, Urin. Das Zeug ist aggressiv für die Haut. Und für die Hufe.«

Auch Emily traut sich was. »Davon kriegen Pferde Mauke, Herr Rohde.«

»Ausschlag in der Fesselbeuge«, schiebt Gurke nach. »Böse Sache.«

Papa beißt sich auf die Lippen. Es missfällt ihm sichtlich, dass er eine Lehrstunde nach der anderen erhält, wo er doch sonst der Bestimmer ist. Er wechselt das Thema. »Wo sollen die Mädchen denn mit den Pferdeäpfeln bleiben? Ich sehe hier keinen Misthaufen.«

Sieh an, mein Vater hat schon mitbekommen, dass es in Reitställen Misthaufen gibt!

»Für die Pferdeäpfel stelle ich einen Container auf, wenn es so weit ist.« Bauer Jürgensen wendet sich an mich. »Wann müsst ihr denn raus bei Habicht?«

»Nächste Woche. Ungefähr für einen Monat.«

Ich schöpfe Hoffnung. Wenn er so fragt . . .

Nachdenklich kratzt er sich am Kinn. »Dumm, wenn die Baugenehmigung in den nächsten vier Wochen kommt. Solange eure Pferde hier stehen, kann ich mit dem Stallbau nicht anfangen. Andererseits, wie ich die Behörde kenne – so schnell wird das nichts.«

»Heißt das: JA?«, frage ich.

»Hm, meinetwegen.«

Mit einem Glücksschrei fällt Emi mir um den Hals. »Super, Flo, super.«

»Thema Pferdeäpfel, Mädels«, fährt Herr Jürgensen unbeirrt fort. »Euch ist doch klar, die Weide ist ein Futtertisch. Die Pferdeäpfel müsst ihr regelmäßig absammeln . . .«

»Logisch«, rufen Emi und ich wie aus einem Mund.

Verstohlen stößt meine Freundin mich an. Sie ist genau so versessen darauf wie ich, die Weide zu bekommen, weil sie froh ist, Melly Lanz zu entfliehen.

Gurke redet weiter. ». . . sonst verkommt die Weide.«

»Logisch.«

Fluchtartig verlässt Papa unsere Experten-Runde. Hat er Angst, dass ihn jemand nach der chemischen Zusammensetzung von Pferdeäpfeln fragt?

»Wo Äppelhaufen liegen, fressen die Pferde das Gras nicht«, fährt Gurke fort.

»Logisch.«

»Euch kann man wohl nichts Neues mehr erzählen? Na ja, kein Wunder, Lennart Habicht bildet anständig aus.« Der Mann taut weiter auf. »Meine Töchter haben als Kinder auch auf dem Habichthof geritten.«

Papa kommt von seinem Rundgang um die Weidehütte zurück. An seiner Art zu gehen sehe ich sofort, dass er sich etwas ausgedacht hat, was er für epochal hält.

»Soweit ich mich erinnere, heißt es: Der säuft wie ein Pferd. Also wird hier reichlich Wasser benötigt. Wo liegt denn der Wasseranschluss?«

Mein Vater platzt vor Stolz, weil ihm die Frage eingefallen ist. Und ich könnte mir vor Wut sonst wohin beißen, weil ich noch nicht auf diesen wichtigen Punkt gekommen bin.

Gurke zuckt die Schultern.

»Noch keiner da.«

»Was soll das heißen: Noch keiner da?«, fragt Papa.

»Was ich sage: Noch – keiner – da.«

Zwischen Papa und Gurke stimmt die Chemie nicht. Genau wie zwischen Papa und Herrn Habicht. Warum müssen Männer und Hengste sich immerzu aufplustern? Imponiergehabe. Leider beobachte ich das an Papa immer häufiger. Sobald er etwas mit einem Mann aushandelt, spielt mein Vater sich auf wie ein Hengst, der seine Stutenherde verteidigen muss.

Bauer Jürgensen dreht sich um und misst mit den Augen die Entfernung zu seinem Gehöft.

»Die Mädels können Wasser vom Hof holen. Fünf Minuten

zu Fuß. Mit Plastik-Kanistern und Fahrradanhänger gut zu schaffen. Für vier Wochen geht das. Ich stelle eine Wanne auf die Weide.«

Er nimmt mich bei der Schulter und dreht mich Richtung Bauernhof. »Siehst du die Spur von Traktorreifen? Die führt am Zaun entlang auf meinen Hof. Also kein Problem.«

Erneut mischt Papa sich ein: »Kein Problem? Das sehe ich ein bisschen anders!« Jedes Mal, wenn mein Vater mich in Pferdezonen begleitet, macht er einen unmöglichen Eindruck. In sein Versicherungs-Biotop mag er sich ja geschmeidig eingliedern. Aber auf einer Weide wirkt ein Bauer in Arbeitshose und Gummistiefeln einfach authentischer als ein Anzugträger mit Designerbrille und blank geputzten Lederschuhen. Sorry, Papa.

»Ich sehe nicht, dass meine Tochter Tag für Tag zig Liter Wasser auf die Weide schleppt. Sie ist gerade erst vierzehn geworden.«

Mit gerunzelter Stirn betrachtet Papa meine Freundin. Schon klar, was in seinem Kopf vorgeht: Er ahnt, dass die zarte Emily keine zwei Liter Wasser tragen kann, ohne zusammenzubrechen und im Sauerstoffzelt zu landen. Dass alles an mir hängen wird. Und da hat er nicht unrecht. Denn ich bin nun mal Emis Stütze seit der Grundschule, als ich sie gegen rabiate Mitschüler verteidigen musste. Doch solange *ich* nichts dagegen habe, soll mein Vater mal den Mund halten.

Gekränkt zuckt Gurke die Schultern. »Niemand zwingt Sie, die Weide zu nehmen. Glauben Sie, ich habe viel davon, das Stück Grünland für einen Monat wegzugeben? Was kann ich schon groß dafür nehmen? Wäre ein reiner Gefallen für Lennart Habicht. Übrigens können die Mädchen für den Wassertransport den Fahrradanhänger meiner Töchter haben.«

Obwohl Papas Adern an der Schläfe bedenklich anschwellen, gibt er sich Mühe, sachlich zu bleiben. »Wie viel Wasser wird benötigt?«

Die Frage musste ja kommen.

Spontan kreuzen sich drei Blicke. Gurkes, Emilys und meiner. Wir alle wissen, wie überrascht Menschen reagieren, wenn man sie über den Durst von Pferden aufklärt.

Auf keinen Fall darf ich die Frage nach dem Wasserbedarf korrekt beantworten. Der ist nämlich riesig. Es sei denn, ich lege Wert darauf, dass Papa Emi und mich sofort in sein Auto stopft und auf Nimmerwiedersehen Richtung Heimat düst.

Gurke sieht mich mit einem Gesichtsausdruck an, der sagt: Entscheide selbst, was du antworten willst.

»Einen großen Eimer trinkt Pepper schon leer«, sage ich.

Das stimmt. Mit der klitzekleinen Ungenauigkeit, dass Pepper den Zehnlitereimer Wasser nicht einmal am Tag braucht, sondern drei- bis viermal.

Aber danach hatte Papa schließlich nicht gefragt, oder?

Wem ist damit gedient, dass meine Eltern sich ausmalen, wie ihre Tochter mit gekrümmtem Rücken Kanister für Kanister auf die Weide schleppt? Wenn Papa wüsste, dass ein Großpferd locker dreißig Liter pro Tag wegsäuft – bei Hitze und Anstrengung auch fünfzig und mehr –, dann könnte ich die Sache garantiert abhaken.

Gurke schweigt. Er berichtigt meine Aussage nicht, guckt nur so, als ich mit den Lippen stimmlos »dreißig Liter« forme. Ich glaube, er findet uns nett, weil wir keine totalen Nullchecker sind.

Bei der Vorstellung, an heißen Tagen sechzig bis hundert Liter Wasser für Pepper und Alpi auf die Weide zu transportieren, wird sogar mir ein bisschen flau im Magen.

Mein Vater lässt den Blick schweifen und zeigt auf die entfernt grasende Pferdeherde hinter unserer Koppel.

»Sie wollen doch nicht behaupten, dass die Pferdebesitzer dort drüben Tag für Tag eigenhändig Wasser auf die Weide schleppen?«

Unbewegt antwortet Gurke: »Drüben steht ein Tränkewagen mit Wassertank. Der reicht für drei Tage. Hab einen zweiten bestellt, der kommt aber erst im Juni.«

Er sieht nicht so aus, als hätte er große Lust, das Gespräch mit Papa fortzusetzen. Mich und Emi winkt Gurke zur hinteren Stallwand. Am Riegel einer Holztür baumelt ein offenes Vorhängeschloss.

»Abstellraum für Sättel, Futtertonnen, Geräte und so weiter. Falls ihr Kraftfutter und Mineralfutter braucht, müsst ihr das selber mitbringen.«

»Logisch«, sage ich.

Emi zuckt zusammen. »Was? Ich dachte, dass Sie . . .«

Übermütig wuschele ich Emi durchs Haar. »Vollpension gibt es nur im Pensionsstall. Habi will uns ausrechnen, was unsere Pferde an Kraftfutter brauchen. Meinst du, in die S-Klasse kommt man *für nichts?«*

Futtersäcke, Lecksteine, Heuballen – alles würde ich hierher schaffen, wenn es nur klappt. Ich will endlich in die S-Klasse aufsteigen! Was für eine Vorstellung, für mein Pferd alles, alles, alles allein zu machen. Ich kann es kaum abwarten, Pepper aus dem Hänger auszuladen und sein begeistertes Wiehern zu hören.

»Wollen Sie mein Pferd sehen?«, frage ich Bauer Jürgensen. Bevor er Nein sagen kann, rufe ich mein Fotoalbum im Handy auf und halte ihm das Display unter die Nase.

»Das ist Pepper, mein Holsteiner.«

Gurke legt seine sehnige, zerfurchte Hand als Sonnenschutz über das Gehäuse und ich ziehe Bild für Bild durch. Sofort verliebe ich mich aufs Neue in mein Pferd.

»Ist er nicht schön?«

Gurke schmunzelt.

Pepper ist wirklich ein Traum von einem Holsteiner. Schokoladenbraun. Zum Reinbeißen. Mit frech wehender Mähne. Und mit den sensationellsten Augen auf diesem Planeten. Das gibt sogar Herr Habicht zu. Kunststück, Pepper war jahrelang sein bestes Schulpferd. Kluge Augen hat mein Wallach. Und Pepper ist immer gut gelaunt. Das Fernsehen müsste mal eine Castingshow »Deutschland sucht das Super-Pferd« veranstalten. Dann wüsste ich, wer ganz oben auf dem Siegertreppchen stände . . .

Zwischen meine tausend Pepper-Fotos mogelt sich ein Schnappschuss von Alpino, Emis Haflinger. Unter seiner weißblonden Mähne guckt der schöne Goldfuchs unglaublich lieb in die Kamera. Für mich eine Spur zu sanft, längst nicht so selbstbewusst wie mein Pepper. Alpino würde nie um einen höheren Rang in der Herde kämpfen. Der Mittelplatz reicht ihm vollkommen.

»Schöne, gepflegte Pferde«, lobt Bauer Jürgensen. »Sehen beide klar im Kopf aus.«

Statt mich für das Kompliment zu bedanken, kreische ich: »Igitt!«

Auch Emi verzieht das Gesicht, denn ein Foto von Melly mit ihren hüftlangen hellen Engelshaaren erscheint. Hinter Melly steht die lange Gloria. Ein Bild aus ihrer Pseudo-Grufti-Zeit mit schwarzen Fingernägeln und schwarz gelackten Fransenhaaren. Im Moment trägt Mellys Freundin die Haare orange. *Flammendes Inferno* nennt Gloria die Feuerfarbe.

Ich drücke die Löschtaste, bevor die beiden Zimtzicken noch meine Handyelektronik zerstören.

Gurke grinst.

Ungeduldig klimpert mein Vater mit dem Schlüsselbund. »Kinder, Beeilung. Wir können hier keine Fotosession veranstalten.«

Er wendet sich an Bauer Jürgensen. »Sieht alles ganz gut aus hier, aber um ehrlich zu sein: Mir scheint das doch zu viel Arbeit für zwei Mädchen von vierzehn Jahren.«

Der Ton, in dem mein Vater *vierzehn Jahre* sagt, klingt wie *vierzehn Monate*. Es ist zum Verzweifeln: Papa sieht mich immer noch in Pampers und Lauflernschuhen.

»Papa! Sogar Herr Habicht hält uns für . . .«

»Hör auf, Flora. Ich bin für dich verantwortlich, nicht *dein* Herr Habicht.«

D-e-i-n zieht er extra lang. Ich glaube, mein kleiner Papa ist eifersüchtig auf meinen Reitlehrer, weil ich mehr im Stall herumhänge als zu Hause. Wenn er erst wüsste, dass es da einen grünäugigen Jungen als weiteren Konkurrenten gibt . . .

Gurke zieht die Schultern hoch.

»Mir ist es egal. Allerdings finden Sie im Umkreis keine Weide, wo jemand direkt hinterm Zaun wohnt.« Er sieht zu seinem Hof hinüber. »Wie bei uns. Außerdem nehmen viele Weidepächter keine fremden Pferde für vier Wochen auf. Neue Pferde bringen doch nur die Rangordnung durcheinander.«

Papa runzelt die Stirn. Man kann ihm eine Menge nachsagen, aber auf keinen Fall, dass er begriffsstutzig ist. Bauer Jürgensens Argumente scheinen Papa zu überzeugen.

»Hm. Aber ich möchte trotzdem, dass die Mädchen sich noch einmal umgucken. Es muss doch Anlagen geben, wo jemand die Stallarbeit übernimmt.«

»Wie Sie meinen.« Gurke spricht sehr förmlich mit meinem Vater. Mir streckt er seine rissige Riesenpranke hin. »Wenn eure Pferde kommen wollen . . . Anruf zwei Tage vorher genügt.«

Halb hoffnungsvoll, halb unzufrieden steige ich in den Wagen.

Als Papa den holprigen Sandweg hinter sich lässt und auf das Kopfsteinpflaster von Ammersdorf einbiegt, seufzt er: »Du mit deiner S-Klasse. Was soll das S doch gleich heißen?«

»Supertollsensationellspitze.«

»Von wegen! Für mich bedeutet S-Klasse: Selbstversorger mit Risiken und Nebenwirkungen.«

Ich vertiefe das Gespräch nicht, sondern frage: »Setzt du uns am Hof ab? Der Tierarzt kommt noch wegen des Mikrochips. Auf der Weide sollten Pferde gechippt sein, meint Herr Habicht. Falls sie mal ausbüxen, erkennt man sie an der Nummer des Chips wieder.«

Emi seufzt: »Hoffentlich nimmt der Tierarzt nicht so viel dafür.«

Papa seufzt auch. »Ständig neue Kosten.«

Aber er trägt es mit Fassung. Das S-Wort erwähnt er die gesamten fünf Kilometer nach Hause nicht mehr.

3.

Als Emi und ich zehn Minuten später auf dem Parkplatz vor dem Habichthof aussteigen, ruft Papa mir nach: »Ich warte im Auto.«

Mist! Das kann ich nicht leiden. Ich fühle mich gehetzt, wenn mein Vater mit seinem Blackberry im Auto sitzt, Büroanfragen beantwortet und alle zwei Sekunden zur Stalltür späht.

Ich stecke den Kopf in den Innenraum. »Musst du nicht, Papa. Ich kann zu Fuß nach Hause gehen.«

»Nein, nein. Dann wird es wieder Mitternacht! Ich weiß doch, dass du keinen Schluss findest bei deinem Tier.«

Ohne hochzusehen, greift er nach seinem Blackberry.

Ärgerlich kicke ich auf dem Weg zur Stalltür einen Kiesel vor mir her. Manchmal hätte ich gern Eltern wie Emily. Emi kann nach Hause kommen, wann sie will. Meine Familie dagegen hat immerzu Angst, mir könnte etwas passieren.

Ich liebe Abenteuer. *No risk, no fun.* Öde kann mein Leben noch lange genug sein. Da muss ich mir nur den Alltag in unserem Reihenhaus am Fichtenkamp ansehen. Aber was will man erwarten, wenn die Mutter bei der Sparkasse arbeitet und der Vater bei einer Versicherung?

»Hoffentlich sind die Blöden nicht da«, ruft Emi mir hinter vorgehaltener Hand zu und wuchtet die Stalltür auf.

Doch.

Melly und Gloria hocken mit unserer Clique auf der Bank in der vorderen Stallgasse und alle stecken die Köpfe zusammen. Lina, Katharina und Janne sind dabei, außerdem die Zwillinge Tessy und Kriss. Glorias Kopf mit der neuen orangen Farbe *Flammendes Inferno* ist nicht zu übersehen. Am rechten Ohr glänzt ein dicker Brummer: Glorias neues Bluetooth-Headset.

Aufgeregtes Stimmengewirr empfängt uns. Am lautesten dringt die gekünstelte Stimme von Melly Lanz durch den Stall.

Mit Emi im Schlepptau drücke ich mich an der Mauer entlang zu Pepper, der mich in seiner Box vorn an der Stallgasse schon bemerkt hat. Erwartungsvoll reckt er den Kopf über die halbe Tür. Seine Nüstern vibrieren.

Von oben bis unten durchflutet mich ein warmes, weiches Gefühl, als ich vor meinem Pferd stehe. Bis in jede einzelne Fingerspitze. Dieses Gefühl kann gar nicht anders heißen als *rosa Pferdewärme,* auch wenn Papa es hundert Mal lächerlich findet.

Es rührt mich, dass mich Pepper neuerdings so leise und vertraut begrüßt. Kein lautes Schnauben, kein Treten gegen die Tür, nur dieses feine Zittern der Nüsternränder, das sagt: *Schön, dass du da bist.*

»Ist das süß«, wispert Emi.

Ich drücke meine Stirn an Peppers Backe und wir schmusen ausgiebig. Die Clique auf der Bank ignoriere ich.

Doch natürlich entdeckt Melly uns. Sie springt auf und schlendert zu uns herüber. Melly bombardiert mich mit giftigen Blicken, weil sie mir meinen Pepper nicht gönnt. »Ihr habt echt was verpasst«, höhnt sie. »Gerade war ein Team hier, das Ende Mai ein Casting machen will. Die suchen Reitermädchen für eine Shampoo-Werbung. Wird richtig gut bezahlt. Zweitausend.«

»Wen interessiert das?«, sage ich kühl.

Verärgert funkelt Melly mich an. »Ihr hättet sowieso keine Chance. Die brauchen nämlich ein *gut aussehendes* blondes Mädchen.« Mit herablassender Miene mustert sie Emily, die sich halb hinter mich schiebt und unwillkürlich ihre weißblonden Haare im Nacken zusammendreht.

»So etwas wie die blasse Haflinger-Reiterin suchen sie natürlich nicht. Sondern jemand mit Ausstrahlung.«

»Halt den Mund, du Pfeife«, raunze ich Melly an. Wie immer wagt Emi kein Wort zu sagen.

Melly bläst sich weiter auf. »Für so eine Top-Werbung muss schon ein anderes Kaliber kommen . . .«

Herausfordernd wirft sie ihre langen blonden Locken nach hinten und streicht über ihre schmale Taille. Melly lässt keinen Zweifel daran, *wer* nach ihrer Ansicht ausgewählt werden müsste: sie, Melanie Scarlett Lanz. Geboren, um ein Star zu werden, angefeuert von ihrer Mutter, die leider viel zu häufig im Stall erschcint und jedem auf die Nerven geht. Psychologie hat Frau Dr. Lanz studiert. Seelenkunde! Dabei ist die Frau hundertprozentig hysterisch und so sensibel wie zehn Meter Weidezaun – womit man den Zaun noch beleidigt!

». . . du musst natürlich locker drauf sein vor der Kamera. Nicht so ein gehemmter Spießer.«

Auf so einen Mist antworte ich gar nicht.

Aber Melly gibt keine Ruhe, jetzt macht sie auf gönnerhaft. »Echt, Emily, du musst mal deine Optik überprüfen. So wie du herumläufst, übersieht dich doch jeder.«

»Soll sie sich *Flammendes Inferno* in die Haare schmieren?«, gebe ich zurück. »Damit sie Glorias grelle Optik hat?«

Pepper schielt zur Seite und spitzt die Ohren.

»Huch, da gerate ich ja mitten in den schönsten Familienstreit!«, ertönt eine Stimme.

Wir fahren herum.

Hinter uns steht Dr. Müller-Maring. Ein breites Grinsen liegt auf seinem Gesicht. Wie ein Raumteiler baut sich unser Tierarzt auf der Stallgasse zwischen Melly und mir auf.

Müller-Maring sieht aus wie ein Mensch gewordener Bernhardiner, sagt Tapir, und das stimmt hundertprozentig. Wie Schlappohren fällt sein rot-braunes Haar ins Gesicht.

»ICH streite nicht«, antworte ich mit gestrecktem Rücken und öffne hoheitsvoll die Boxentür. Ich führe Pepper am Halfter auf die Stallgasse und achte darauf, dass er Melly im hautnahen Vorbeigehen auf den Fuß treten muss. Dafür gebe ich mir einen dicken Punkt auf der »Fiese-Flora-Skala«. Dummerweise zieht Melly den Fuß gerade noch rechtzeitig zurück.

»Wir machen das Chippen auf dem Hof«, schlägt unser Tierarzt vor. »Holst du deinen Haflinger dazu, Emily?«

Emi nickt erleichtert. Sicher ist sie froh, der Szene zu entkommen.

Auf dem Hof binden wir die Pferde an. Unsere Wallache verdrehen zwar die Köpfe und gucken Dr. Müller-Maring schief an, als er sich mit der großen Injektionsspritze nähert, aber beide nehmen die Prozedur mit Anstand hin. Mit der Spritze setzt der Tierarzt die winzigen Mikrochips unter den Mähnenkamm in den Hals.

»Nun sind eure Pferde unverwechselbar«, sagt Müller-Maring, während er seine Tasche einräumt.

Emi schüttet den Pferden einen Schwung Möhren vor die Hufe und sie machen sich darüber her, während Dr. Müller-Maring unsere Impfpässe überprüft.

»Influenza, Tetanus, Tollwut, Herpes. Sogar West-Nil-Fieber. Alle Achtung, ihr seid auf dem neuesten Stand. Perfekt gerüstet für die Weidesaison.« Sorgfältig klebt er die kleinen Etiketten mit den Mikrochip-Nummern in unsere Dokumente ein.

»Pepper ist ein bisschen mollig, Flo. Er kann ruhig ein paar Kilo abnehmen. Wisst ihr inzwischen, wohin eure Pferde während der Umbauzeit gehen? Moin, Lennart!«

Die letzten Worte gelten Herrn Habicht, der in einem Affentempo um die Ecke schießt und der Stalltür zustrebt. Gleich beginnt der Abendunterricht.

Habi macht einen Schlenker und drückt Müller-Maring die Hand. »Moin, Arne.«

»Wohin schickst du deine Mädels, Lennart?«

Herr Habicht sieht mich an. »Was meint dein Vater zu Jürgensens Offenstall?«

»Echt dumm gelaufen, Herr Habicht. Der Stall ist noch gar nicht fertig. Die Baugenehmigung fehlt, wenn ich das richtig kapiert habe. Wir sollen uns noch mal nach anderen Möglichkeiten umsehen, verlangt mein Vater.«

Habi verdreht die Augen. »Viel Zeit bleibt aber nicht mehr. Nächste Woche kommen die Handwerker. Na, im Notfall bleibt euch der Pensionsstall an der Bushaltestelle. Dort sind zwei Boxen frei. Hat Jürgensen denn keinen Unterstand auf der Weide?«

»Doch, doch. Uns reicht der auch«, beeile ich mich zu sagen. »Aber für meinen Vater muss man alles nach zehn Seiten abklopfen. Sie kennen ihn ja.«

»Und ob«, brummt Habi. »Dann fahrt mal durch die Gegend und haltet die Augen offen. Nahe der Bundesstraße gibt es etliche Ponys. Ich glaube, mit Ställen. Richtung Westen auch. Ich muss los.«

Lautes Hämmern dringt über den Hof. Ich lege die Arme über Peppers Rücken und linse auf die Weide. Fünfzig Meter entfernt steht Vince Weise und nagelt Holzstangen auf die Pfosten. Sein Freund Ferdi Erding hilft ihm. Unser genialer Pferdepfleger Tapir mit seinem blonden Pferdeschwanz und der Goldwäscher-Trägerhose steht wie ein Leuchtturm in der Mitte. Tapir hält den Pfosten gerade und gibt Anweisungen, die ich bis zum Hof höre.

Vince hat mich erspäht und winkt herüber.

Ich hebe kurz die Hand, um Dr. Müller-Maring nicht stutzig zu machen. Doch der Mann ist aufmerksam und folgt meinem Blick auf die Weide zu Vince, der in seiner engen Jeans und dem Kapuzenshirt extrem cool aussieht.

»Konkurrenz für Pepper?«, fragt unser Tierarzt augenzwinkernd.

»Nie«, murmele ich und dabei fühle ich doch tatsächlich, wie mir das Blut in den Kopf steigt.

Jeder Zentimeter an mir kribbelt. Zwei Traumprinzen zum Greifen nahe. Pepper und Vince. Auch wenn ich Vince heute nicht mehr sprechen kann – was für geniale Minuten sind das!

Mehr Glück hat definitiv keinen Platz auf ein Meter siebzig Körperlänge.

»Also wie besprochen: Du siehst dich noch nach Alternativen um«, sagt Papa, als wir kurz darauf vor unserem Reihenhaus am Fichtenkamp aussteigen. »Wenn wirklich nichts Vernünftiges dabei ist, könnt ihr meinetwegen die Weide in Ammersdorf nehmen. Obwohl mir die viele Arbeit dort gegen den Strich geht. Du brauchst auch genug Zeit für die Schule.«

»Klar, Papa. Aber wir haben doch schon fast alle Klassenarbeiten geschrieben.«

»Ich weiß. Sonst würden wir dir diese Sache mit der Weide gar nicht erlauben. Mathe fällt bei euch wohl ein paar Wochen aus. Oder ist Dr. Winkelmann zurück?«

Mein Mathelehrer musste ins Krankenhaus, Bandscheiben-Operation.

»Winkel ist noch mindestens drei Wochen krank.«

»Hm. Aber denk dran, die Schule geht immer vor.«

»Logisch.«

Natürlich ahnen meine Eltern nicht, dass ich die achte Klasse nur deshalb packen werde, weil mein anständiger Bruder Dani mir viele Hausaufgaben abgenommen hat. Sonst hätte ich das alles neben meiner Arbeit mit Pepper nie geschafft.

4.

Reifen an Reifen holpern Emi und ich am nächsten Nachmittag über Bodenwellen einer handtuchschmalen Straße, die durch den Bredenbeker Bruchwald führt. Rechts und links murmeln schmale Wassergräben, die sich zwischendurch zu kleinen Teichen verbreitern. Primeln blühen hellgelb an den Böschungen. Im Sturzflug schwirrt eine Libelle vor meinem Lenker vorüber.

Die Landschaft ist mir komplett unbekannt.

»Wusstest du, dass es hier von Tümpeln wimmelt, Emi? So nahe am Habichthof? Ich nicht.«

Emily zuckt die Schultern. Im nächsten Moment zieht sie die Handbremse so stark an, dass sie fast vom Rad fliegt.

»Da! Guck mal, Flo. Links. Was ist mit dem Stall? Hinter der Böschung? Hier spüren uns die Durchgeknallten so schnell nicht auf.«

Ich peile über ihren ausgestreckten dünnen Arm hinweg auf eine eingezäunte Weide. Durch tief hängende Zweige von Weiden und Erlen schimmert eine Bretterhütte. Kein Stall, eher ein breiter Unterstand.

Weit dahinter grasen vier oder fünf Ponys. Unablässig schlagen sie mit den Schweifen. Auf der Weide muss es von Mücken wimmeln. Die Weide sieht kein bisschen so aus wie unsere am Habichthof. Eher wie ein Stück Naturschutzgebiet. Weit und breit kein Haus in Sicht.

In Zeitlupe fahre ich weiter. Ich recke den Hals und stelle mich in die Pedale, um Einzelheiten zu erspähen. Diese dürren, sperrigen, grasähnlichen Biester in Graugrün, die auf dem eingezäunten Stück wachsen – soll das etwa als Futter für Pferde dienen?

»Ist das überhaupt Gras, Emi? Sieht aus wie Binsen. Davon wird Pepper nie im Leben satt.«

Romantisch sieht die Landschaft aus mit den schwarzen Erlen und der Nachmittagssonne dahinter. Aber etwas unheimlich auch. Den Eindruck behalte ich für mich. Emily ist schon ängstlich genug, da muss ich nicht noch einen draufsetzen mit dem Wort »un-heim-lich«.

Mit langen Sprüngen setzt ein grüner Frosch über die Straße und platscht blitzschnell vor mir in den Graben. »Hey, Mister, hast du Angst, ich küsse dich?« Küssen . . . das Wort kann ich nicht aussprechen, ohne an Vince Weise zu denken, der auf dem Habichthof mit dem Hochdruckreiniger die Boxen säubert, während wir uns hier von Mücken fressen lassen. Fiese fliegende Ungeheuer surren mir um die Nase und nerven. Ob Melly bereits wieder um Vince herumschwirrt?

Ich schlage mit der Hand nach den Quälgeistern.

»Herr Habicht mit seiner S-Klasse«, seufzt Emily und verscheucht einen Mückenschwarm. »Das kann nur heißen: Sumpfstechmückensaugrüssel-Klasse.«

»Lästig, dass wir überhaupt nach einer Ersatzweide suchen müssen. Nur weil mein Vater sich vor Bauer Jürgensen aufspielen wollte.«

»Na ja«, beschwichtigt Emily, »vielleicht ist er ja wirklich besorgt, dass die Arbeit für uns zu viel wird.« Auf einmal sieht Emi so komisch sehnsüchtig aus. Wünscht sie sich etwa einen Vater wie Papa?

Mit einer Hand ziehe ich mein Handy aus der Hosentasche und tippe eine SMS an Tapir.

Stehe mit Emi vor einer Ponyweide an der Straße *Am Bredenbeker Bruch*. Ist das was für Pepper und Alpino? Verdammt mückig hier. Flo

Antwort von Tapir:

Vergiss es. *Bruch* bedeutet, dass die Gegend nass und sumpfig ist. Da kannst du Mücken züchten, keine Pferde halten.

Als ich erwidern will, schiebt Tapir noch eine SMS nach.

Wer stellt denn da Ponys hin? Kann nur ein Idiot sein.

Zufrieden gebe ich meine Antwort ein.

Genau mein Eindruck. Thank U. Flo

Ich bücke mich und fotografiere die Weide so, dass sie noch karger und abgelegener aussieht als in Wirklichkeit. Kleine Abschreckung für meinen Vater. Ich stecke das Handy ein und wende mein Fahrrad. »Hier kommt nichts Vernünftiges mehr. Lass uns in die andere Richtung fahren, zur Bundesstraße.«

Nach zwanzig Minuten Fahrt nähern wir uns der Bundesstraße. Wir kurven über nie gefahrene Wege, bis wir Pferdeäpfel auf einer Seitenstraße entdecken.

»Irgendwo müssen Weiden oder Ställe sein«, folgert Emi messerscharf.

Unter frisch ergrünten Kastanien entdecken wir eine kleine, windschiefe Weidehütte. Auf der Koppel stehen mindestens zwanzig Ponys und ein paar Großpferde. Pferdeäpfel-Haufen überziehen die Koppel dicht an dicht. Vor dem Unterstand sieht der Boden dunkel und morastig aus.

»Das ist die einzige Schutzhütte«, stelle ich fachmännisch fest. »Reicht höchstens für vier Pferde. Viel zu klein.«

»Ja, und guck mal die morschen Bretter. Unten fehlt sogar ein Stück. Bestimmt voller Splitter.«

Und dann diese Riesenherde! Soll mein Pepper etwa mit all

diesen Unpaarhufern um die Rangordnung kämpfen? Nein, danke.

Die Weide ist durch Dutzende verschiedene Elektrobänder abgeteilt. Zickzack führen die Litzen hin und her, dahinter zieht sich gefährlich dünner Glattdraht, ein Stück Holzzaun folgt und davor schlängelt sich rostiger Stacheldraht.

»Stacheldraht ist verboten«, sagt Emi. »Spinnen die?«

Ich zücke mein Handy und zoome ein besonders scheußliches Zaunstück heran, mit Stacheldraht, verknoteten Litzen und abgesplitterten Pfosten.

»Wunderbar«, sagt Emi, als sie auf mein Display schielt. »Das ist was für deinen Vater. Bombastische Abschreckung.«

Wir fahren weiter. Wenige Minuten von der ungepflegten Anlage entfernt taucht am Hang eine große, rechteckige Weide auf, mit einem Holzstall, weitläufigem, trockenem Sand-Auslauf davor und zwei überdachten Raufen mit frischem Heu.

»Das sieht doch endlich mal klasse aus«, sagt Emi erfreut und springt vom Rad.

Saubere Schubkarren lehnen aufgerichtet an der Stallwand, daneben reihen sich eingeschweißte weiße Silage-Ballen. Auf einem mit Steinplatten gepflasterten Rechteck ist ein Tränkewagen abgestellt.

Wie auf der Zeichnung von Herrn Habicht.

»Das ist *unser* Stall, Emi! Optimal. Liegt sogar etwas näher als der von Bauer Jürgensen.«

Wir werfen die Räder an die Böschung. Zwei gesicherte Gattertore halten uns davon ab, mehr von der Anlage zu sehen. In einiger Entfernung grasen Isländer.

Neben dem Tor entdeckt Emi einen Anschlag. Sie liest laut.

Liebe Pferdefreunde, leider haben wir diesen Sommer keinen Platz für neue Pferde. Wir sind voll. Fragt aber gern nächstes Frühjahr wieder, es zieht immer mal einer um. Am liebsten sind uns robuste Pferde wie Isländer, Fjordpferde, Haflinger. Die passen am besten in die Herde.

»Schade«, seufze ich und schnappe mein Fahrrad.

Irgendwie nehme ich den Leuten übel, dass folgender Hinweis auf dem Zettel fehlt: »Wir würden uns sehr geehrt fühlen, wenn ein Holsteiner Wallach in unseren Stall einziehen würde.« Stattdessen suchen sie Ponys, Ponys, Ponys.

Wir treten wieder in die Pedale. Merkwürdig, dass wir früher nie auf andere Ställe geachtet haben! Aber für uns gab es immer nur ein einziges Ziel: den Habichthof.

In der Nähe der Bundesstraße entdecken wir einen weiteren Stall. Aber was für einen! Diese Bruchbude kommt nie im Leben für meinen Pepper infrage. Das Grundstück ist zugemüllt mit alten Brettern, halb zerfallenen Holzpaletten, verrosteten Schubkarren ohne Räder. Sperrmüll mit Pferden. Die Hütte aus Wellblech hat nur einen einzigen schmalen Eingang.

»Das ist Stress für Pferde, die unten in der Rangordnung stehen.« Emi regt sich auf. »Die können überhaupt nicht ausweichen.«

Ich glaube, Emily denkt dabei nicht nur an die Pferde, sondern auch an sich selber und an Melly. Daran, dass sie Melanie Scarlett Lanz im Stall ausgeliefert ist und oft nicht schnell genug vor ihren Beißattacken flüchten kann.

Wir spähen über den Auslauf. Ich kann weder Fressstände noch Raufen entdecken. Entlang der Zäune verfaulen Reste von angebrochenen Heulage-Ballen, die bis zum Fahrradweg stinken. In Körben aus dünnem, verrostetem Drahtgeflecht steckt Heu, über das sich ein paar Pferde beugen und fressen.

»Die müssen nur einmal durch den Draht treten, dann ist das Bein hin«, schimpft Emi.

Drei Ponys stehen abseits, offenbar werden sie von den anderen nicht an die wenigen Futterstellen gelassen. Sie behalten die anderen Pferde genau im Auge. Garantiert werden die drei sich hungrig auf das Heu stürzen, sobald die restliche Herde satt ist.

Ich ziehe mein Handy hervor. »Diesen Miststall gönne ich mir auf Video.«

Als ich gerade schön beim Filmen bin, taucht zwischen dem Gerümpel plötzlich eine junge Frau im blauen Trainingsanzug auf. »Verschwinde!« Mit den Armen rudernd rennt sie auf mich zu. »Hau ab! Ich verbiete dir zu fotografieren!«

»Kann ich verstehen«, rufe ich zurück. »So müllig, wie es hier aussieht.« Demonstrativ halte ich mein Handy hoch und schieße noch ein Foto.

»Du, die verprügelt dich gleich«, sagt Emi. »Guck mal, die ist knallrot im Gesicht.«

Wir schwingen uns auf die Räder und sehen zu, dass wir wegkommen. Hinter uns zetert der blaue Trainingsanzug.

Am liebsten hätte ich die drei ausgegrenzten Ponys auf den Gepäckträger gehoben und mitgenommen.

»Jedenfalls habe ich die Bilder«, sage ich und klopfe auf meine Handytasche. »Die Fotos zeige ich gleich meinen Eltern. Und das ekelige Video. Dann werden sie wohl einsehen, dass wir mit Jürgensens Weide den Joker haben.«

5.

Wir dürfen, Herr Jürgensen! Stellen Sie die Badewanne hin? Und den Container für Pferdeäpfel? Bitte? Gut, wir kommen Sonntag früh zwischen sieben und halb acht.«

Fragend sehe ich Herrn Habicht an, der mit Emi neben mir in der Stallgasse steht und mithört. Habi nickt.

»In Ordnung, Herr Jürgensen. Tschau, bis Sonntag.«

Mein Riecher hatte mich nicht betrogen. Ein Blick auf die scheußlichen Bilder von unserer Radrundfahrt genügte und mein Vater bestimmte: »Du nimmst die Weide in Ammersdorf.« Mama war entsetzt. »Furchtbar, was es für gleichgültige Tierhalter gibt!«

Emi umklammert vor Begeisterung meinen Oberarm, als ich das Handy ausschalte. Morgen habe ich garantiert fünf blaue Flecken!

Wir sind die Letzten im Stall. Die Heulage ist verteilt. Zufrieden knabbern die Pferde an ihrer Abendration.

Von hinten werde ich angestupst. Pepper hängt den Kopf über seine Tür und will auf sich aufmerksam machen.

»Hast du immer noch nicht genug von mir?«, frage ich lachend. »Dabei waren wir doch gerade zwei Stunden im Gelände.« Glücklich rubbele ich ihm die Backen. Ist das unglaublich schön, ein Pferd zu haben, das mich so mag.

Lennart Habicht streicht seinem ehemaligen Schulpferd über die Nase. »Du freust dich auch auf die neue Weide, was Pepper? Da haben wir gleich vier Anwärter auf die S-Klasse. Schließlich sammeln die Pferde auch neue Erfahrungen.« Er überlegt kurz. »Ich schlage vor, wir lassen Pepper und Alpino ab heute die Nächte über draußen.«

»Auf der Weide?«, flüstert Emi und wird ganz blass.

Habi lacht. »Angeweidet sind sie ja seit fast zwei Wochen, das junge Gras sind sie also gewöhnt. Trotzdem teile ich ein Stück Weide mit Elektroband ab, damit sie nicht zu viel fressen.«

»Ich finde es total falsch, die beiden nachts draußen zu lassen«, platze ich heraus.

Habi zieht die Augenbrauen hoch. »Schlafen im Freien ist neu für die beiden. Besser, sie gewöhnen sich hier auf ihrer vertrauten Weide daran.«

An Nächte auf der Weide habe ich überhaupt nicht gedacht, nur an Tage in der Sonne. Plötzlich erscheint mir die Vorstellung äußerst beunruhigend . . .

»Pepper und Alpino sollen wirklich allein draußen bleiben?«

Herr Habicht grinst.

»Ja, stell dir vor! Die armen Tiere . . . schlafen unter freiem Himmel. Wo sie doch von Natur aus dafür gemacht sind, die Nächte in einer kuscheligen, kleinen Box zu verbringen.«

Mein Reitlehrer erntet einen vernichtenden Blick. Veralbern kann ich mich selber.

Das Grinsen will nicht aus seinem Gesicht weichen. ». . . am liebsten hätte Pepper sicher ein schönes warmes Federbett zum Zudecken, in Überlänge für Holsteiner Wallache.« Übertrieben albern nimmt er Peppers Kopf in die Hände und rubbelt ihn. »Und einen Wecker, Pepper, damit du morgens rechtzeitig zum Frühstück aufstehst.«

»HERR HABICHT!«

»Schon gut, Flo. Mach dir keine Sorgen um Peppers Nacht im Freien. Ist ja eher unnatürlich, Pferde im Sommer nachts in den Stall zu holen. Pferde sind Steppentiere, die gehören nach draußen.«

»Und warum stehen sie auf dem Habichthof dann den halben Tag drinnen?«

Habi lehnt sich gegen die Box. »Unsere Pferde werden ja täglich geritten, mal zwei Stunden, mal drei Stunden, da braucht jedes Pferd verschiedene Mengen an Kraftfutter, Heu und Stroh. Das überblicke ich im Stall besser als draußen. Da kann auch jeder in Ruhe fressen, ohne dass ein Ranghöherer ihn vertreibt. Und ich kann drinnen besser nach Verletzungen schauen.«

Leuchtet mir ein, was Habi aus dem unermesslichen Erfahrungsschatz eines Stallbesitzers über uns ausschüttet. Doch zufrieden bin ich noch nicht.

»Auch wenn Pferde Draußentiere sind . . . ich könnte schwören, Pepper schläft lieber auf trockenem Stroh als auf nassem Gras!«

»Ist was dran, Flo. Saubere, trockene Einstreu ist für Pferde wie ein Luxusbett.«

Na also. Ich kenne doch meinen Pepper und seinen Hang zu Nobelnächten.

»In kaltes, nasses Gras legen Pferde sich tatsächlich ungern zum Schlafen«, fährt Herr Habicht fort. »Aber selbst nach Regentagen gibt es im Sommer meistens irgendwo trockene Stellen auf der Weide.«

»Das wüsste ich aber . . .«

Herr Habicht mustert mich so streng wie mein Mathelehrer Dr. Winkelmann, wenn ich am tieferen Sinn der Berechnung von Scheitel-, Neben- und Stufenwinkeln zweifle.

»Trockene Stellen, Flora Besserwisser, finden Pferde auf ihren platt getretenen Laufspuren. Oder auf ihren Wälzplätzen.«

»Solche Stellen hat aber nicht jede Weide.«

»Stimmt nur für die ersten Tage der Weidesaison. Wenn du unsere Pferde beobachtest, erkennst du: Sie scharren jeden Tag auf derselben Stelle, bis dort das Gras verschwunden ist und nur noch Sand oder Erde übrig bleibt. So bauen sie sich ihren eigenen Wälz- und Liegeplatz.«

Irgendwie bezweifle ich stark, dass die ganze Herde glücklich wird, wenn es nur zwei trockene Liegestellen auf der Weide gibt. Was ist mit den Schüchternen?

Wäre Emi ein Pferd, dürfte sie sich bestimmt nie hinlegen, weil sie ganz unten auf der Rangordnung stände. Viel anders sieht es auch mit ihrem Haflinger nicht aus. Alpino ist ein total zurückhaltendes Pferd, das jedem Streit aus dem Weg geht. Dürfen die bescheidenen wie Alpi also niemals auf schönen Plätzen schlafen? Das fände ich als Gerechtigkeitsfan unerträglich.

Für meine Sorge um andere Pferde gebe ich mir sechs Punkte auf der »Feine-Flora-Skala«.

Um Pepper mache ich mir keine Sorgen. Pepper darf als Ranghöchster immer zuerst ans Futter und an die Tränke, er liegt auf dem bequemsten Platz im Paddock. Ich weiß genau, dass er alle Privilegien bis zum Anschlag ausnutzt. Er würde Alpino nie seinen Wälzplatz anbieten. Ein Leitpferd wie er beharrt auf seinen Vorrechten.

Mama meinte kürzlich: »Menschen würden auch alles an sich reißen, wenn sie nicht von ihren Eltern zum Teilen erzogen würden.«

Stimmt genau. Weil Mama mir ständig in den Ohren liegt, dass man abgeben muss, schenke ich Emily manchmal eine Prepaidkarte für ihr Handy, wenn sie geldmäßig am Ende ist. Kommt neuerdings öfter vor. Logisch rechne ich damit, dass Emily auch etwas für *mich* tun würde, wenn mir mal die Knete ausgeht. Insofern plane ich für die Zukunft.

Aber Pferde sind eben anders.

»Pferde können nicht in die Zukunft denken«, sagt Tapir. »Sie leben ausschließlich für den Moment. Ein Leitpferd überlegt nicht, ob es einem Kollegen heute einen Gefallen tut, damit der sich in vier Wochen revanchiert. Die Herde erwartet immerzu Stärke vom Leitpferd. Zeigt der Boss Schwäche, indem er seine Vorrechte nicht verteidigt, suchen die Pferde sich einen neuen Chef. Und der alte ist seine Vorteile los.«

Welches Leitpferd will das schon? Pepper jedenfalls nicht. Gerade gestern noch konnte ich das beobachten. Als die Fjordies Oskar und Halvor sich auf Peppers Sonnenplatz am Gatter wagten, reagierte er sofort. So schnell konnte ich gar nicht gucken, wie Pepper die Konkurrenz wegscheuchte. Mit einer einzigen Kopfbewegung, die ich wörtlich übersetzen könnte. »Verschwindet, Jungs, aber blitzartig. In einer Sekunde will ich hier keinen mehr sehen.«

Als Halvor nicht unverzüglich die Fliege machte, fauchte Pepper mit angelegten Ohren: »Ohne Diskussionen. Das ist hier keine basisdemokratische Veranstaltung.«

So ist das mit den Leitpferden. Habi muss mir noch genauer erklären, warum auch die Rangniedrigen zu einem Schlafplatz kommen.

»Die ängstlichen Pferde haben doch nie eine Chance auf den schönen Liegeplatz, Herr Habicht.«

»Doch, doch. Musst bedenken, dass Pferde höchstens zwanzig Minuten liegen, dann stehen sie wieder auf. Jeder aus der Herde kommt also reihum in den Genuss des Sandbettes. Außerdem: Im Tiefschlaf liegen Pferde insgesamt gerade mal anderthalb bis zwei Stunden in vierundzwanzig Stunden.«

Zweifelnd blinzele ich ihn an. »In meinen Pferdebüchern steht aber, dass sie ungefähr sieben Stunden am Tag ruhen.«

»Stimmt schon. Von ihren sieben Stunden Ruhezeit verbringen Pferde allerdings die meiste Zeit im Stehen. Sie dösen mit geschlossenen Augen.«

»Aber nachts *allein* auf der Weide hat Pepper doch Angst?«

Habi schnipst mit den Fingern.

»Ganz allein darf man kein Pferd lassen. Pferde sind Herdentiere, die sich nur in Gruppen sicher fühlen. Natürlich bringe ich Pepper und Alpino gemeinsam raus. Beruhigt?«

Ich wiege den Kopf. »Was ist, wenn nachts ein Irrer kommt, also, Sie wissen schon, ein . . .«

Emi schlägt die Hände vors Gesicht. »Sei still.«

Hätte sie gar nicht sagen müssen, auch so bleibt mir das Wort »Pferderipper« in der Kehle stecken. Nur nicht laut aussprechen, sonst wird die Bedrohung vielleicht wahr . . .

Beruhigend legt Herr Habicht eine Hand auf Emis Schulter. »Weiß schon, was euch nervös macht: Überfälle auf Pferde . . . so was passiert, aber sehr selten. Das sind extreme Einzelfälle. Freut euch lieber, dass Pepper und Alpino doppelt und dreifach für das nächtliche Restrisiko entschädigt werden.«

»Und wodurch?«

»Draußen zu leben, das schärft ihre Sinne. Pepper und Alpino werden wieder viel ›pferdiger‹.«

Pferdiger spricht er als Schleswig-Holsteiner aus wie *ferdiger.*

»Ferdiger«, wiederholt Emily. »Süß. Wie Ferdi Erding.«

Offenbar bemerkt Emi gar nicht, dass sie laut gedacht hat, erst als Herr Habicht die Augen verdreht, läuft sie rot an.

Habi schmunzelt und redet weiter über die Vorteile der Weide.

»Denk mal, ein Pferd kann sich den ganzen Tag bewegen, wie es will. Rund um die Uhr nimmt es Neues auf: Gerüche, Geräusche, Bewegungen. Und ordnet alles ein. Bekannt? Bedrohlich? Ungefährlich? Verlockend? Im Freien können Pferde viel besser die Umgebung abchecken als im Stall. Dafür ist ihr Gehirn gemacht.«

Habis Rede überzeugt mich. Ja, das will ich für Pepper.

»Wann bringen Sie die Pferde raus?«, will Emi wissen.

»Kurz vor Mitternacht, denke ich.«

Enttäuscht packe ich meine Putzbox unter den Arm und drücke Pepper einen Kuss auf die Wange.

»Blöd, dann bin ich zu Hause.«

6.

Einige Stunden später presse ich meine Stirn gegen die Fensterscheibe und starre aus meinem Zimmer in die Nacht. Durch dünne Wolkenschleier blinkt das Sternbild »Großer Wagen«. Mattsilbern blinzelt mir der Stern unten rechts zu. Den habe ich Pepper gewidmet, als wir ihn im März gekauft haben. Der vorderste Stern an der Deichsel gehört Alpino. Außer Emi weiß niemand im Stall, dass wir Schutzsterne für unsere Pferde ausgesucht haben. Eigentlich sind wir zu alt für so etwas.

Ob Herr Habicht meinen Pepper schon nach draußen gebracht hat? Wie er das wohl findet? Beängstigend? Oder ganz natürlich? Warum sollten Nächte im Freien für einen selbstbewussten Holsteiner ein Problem sein? Schließlich verbringen Millionen Pferde ihre Nächte auf der Weide.

Im Takt klopfe ich mit der Stirn gegen das Fensterglas.

Stell – dich – nicht – so – an.

Doch ich will mich anstellen!

Vielleicht ist es kein Problem für Pepper Rohde, aber es ist DEFINITIV EIN PROBLEM FÜR FLORA ROHDE!!!

Ich krame mein Handy hervor und simse an Emily.

Hältst du das auch nicht aus mit unseren Pferden? Ganz allein draußen? Flo

Emily an mich.

FURCHTBAR! Macht mich fertig. Vorschlag?

Überflüssige Frage. Natürlich habe ich einen Plan, sonst hätte ich erst gar nicht gesimst.

Ich an Emi:

Isomatte??? Schlafsack????

Emi an mich:

WAS? Wir allein auf der Weide?

Ich an Emi:

Tu es für Alpi.

Stille. Ungeduldig poche ich mit den Fingernägeln auf das Gehäuse. Dann eine neue SMS von Emily:

A-a-a-ngst.

Ich an Emi:

Vergiss es. Wir gehen!!! Ich checke kurz die Lage hier. Pack schon mal! Flo

Mit vierzehn muss man sein Leben selbst in die Hand nehmen. In Indien sind die Mädchen in meinem Alter schon verheiratet. HA!

Auf Socken schleiche ich aus meinem Zimmer über den Flur und drücke behutsam die Klinke zum Elternschlafzimmer herunter. Am Schrank hängt Mamas blaues Kostüm für morgen. Sie plant alles perfekt, genau wie Papa. Nie würden sie ihre Klamotten erst morgens aus dem Schrank fischen. Komisch, ich bin das exakte Gegenteil von ihnen. Bei der Vererbung muss etwas schiefgelaufen sein. Oder ich bin im Krankenhaus verwechselt worden.

Ich linse um die Ecke. Von meiner Mutter sind nur die Haare auf dem Kopfkissen zu sehen. Dieselbe Farbe wie meine, Honigbraun mit blonden Strähnen. Also doch nicht im Krankenhaus verwechselt? Papas Bett ist leer.

Leise verlasse ich das Schlafzimmer und hänge mich im Treppenhaus über das Geländer, um die Lage unten zu checken.

Eine bleistiftdünne Lichtleiste zeichnet sich an der Wohnzimmertür ab. Warum ist Papa noch auf? Durch die Haustür kann ich nun nicht unbemerkt weg.

Ich warte fünf Minuten. Meine Füße schlafen ein und ich hüpfe auf der Stelle. Unten tut sich nichts. Ein Blick aufs Handy. Mitternacht. Das kann doch nicht wahr sein. Sonst geht er nie so spät ins Bett. Angespannt lausche ich nach unten. Leise läuft der Fernseher.

Kurz entschlossen stiefele ich die Stufen hinab. Ich werde jammern, dass der Ton zu laut ist, dann muss er abschalten und ins Schlafzimmer verschwinden.

Als ich die Tür öffne, verdreschen sich auf dem Bildschirm zwei Riesen mit roten Handschuhen. Papas Lieblingssport. Im Bademantel sitzt er auf der Couch und guckt sich Boxen an. Ein volles Glas Rotwein und Chipstüten auf dem Tisch sprechen eine deutliche Sprache: Er will noch länger aufbleiben.

»Ist der Ton oben zu laut?«, fragt mein Vater sofort. Mann! Er soll gefälligst nicht so fürsorglich fragen, sonst schlägt mein Gewissen. Wie er da so sitzt in seinem flauschigen Frottee und mich besorgt ansieht, ist er wieder mein heiß geliebter kleiner Papa, den ich schlecht belügen kann, ohne Sodbrennen zu kriegen. Nun greift er auch noch hinter sich ins Regal und angelt ein Paar Kopfhörer hervor.

»Boxkampf des Jahrhunderts. Superschwergewicht.«

Er hantiert am Fernseher. »Du brauchst deinen Schulschlaf, Flo. Kopfhörer sind ohnehin besser, dann kann die Tür zum Flur offen bleiben. Die Terrassentür will ich nicht öffnen wegen der Mücken.«

Oh nein! Wie soll ich bitte schön aus der Haustür kommen, wenn Wachhund Oliver Rohde hechelnd auf der Couch liegt?

Läuft alles darauf hinaus, dass ich vom Balkon vor meinem Zimmer klettern muss. Aber ich wohne mindestens drei Meter über der Terrasse. Zu gefährlich.

»Übrigens bin ich nächste Woche auf Dienstreise in Berlin«, sagt Papa beiläufig. »Was soll ich dir mitbringen?«

Dienstreise! Das ist das Zauberwort.

Mein Vater verreist nie ohne seine faltbare Rettungsleiter, für den Fall, dass es im Hotel brennt.

Papas Fluchtleiter ist meine Rettung! Zusammengeklappt liegt sie in seinem schwarzen Trolley, der im Flurschrank bei den Bürosachen steht.

»Danke! Ich überleg mir was. Übrigens: Kann ich mir deinen Taschenrechner für Mathe aus dem Flurschrank nehmen?«, frage ich zuckersüß, als ich schon im Türrahmen stehe. »Meiner ist verwühlt. Morgen haben wir Mathe-Vertretung für Winkel.«

»Deine Ordnung! Meinetwegen. Aber nur, wenn du schwörst, dass du morgen Mamas gesammelte Teebeutel-Etiketten mit Ordnungs-Sprüchen liest. Heil'ge Ordnung, segensreiche Himmelstochter und so weiter.«

Das ist Papas Vorstellung von Erziehung.

»Heilige Ordnung ... haha. Der Text auf dem Teebeutel von heute Morgen ging aber anders, Papa.«

»Über Ordnung gibt es keine zwei Meinungen.«

»Doch. Der Spruch hieß: Ordnung ist etwas Künstliches. Das Natürliche ist das Chaos.«

»Mach, dass du ins Bett kommst!«

Kopfschüttelnd klappt Papa seine dicken Kopfhörer auf die Ohren.

Im Flur ziehe ich im Schutz der offenen Schranktür das dicke Leiterpäckchen aus dem Koffer. Mit zwei großen Schritten bin ich auf der Treppe und hetze nach oben.

Isomatte und Schlafsack liegen zusammengerollt auf meinem roten Sofa. Ich öffne das Fenster und werfe die Sachen behutsam in den Garten. Beim Aufprall gibt es kein Geräusch. Guter, alter Rasen.

Aus meinem Wintervorrat unten im Kleiderschrank zerre ich die rote Daunenjacke ans Licht. Im Schlafsack kann es verdammt kalt werden. Ich würge die Jacke über drei Sweatshirts und begutachte mich im Spiegel. Die Schwergewichtsboxer unten im Fernsehen könnten meine Zwillinge sein. In diesem Aufzug würde mich nicht mal Herr Habicht erkennen. Die Taschenlampe muss mit, ich stopfe sie in die Seitentasche.

Jetzt aber los.

Ich hänge den Haken der Notleiter über den Balkon vor meinem Zimmer und lasse die Stahlseile mit den Alu-Sprossen herab. Die Leiter führt direkt vor unserem verdunkelten Wohnzimmerfenster vorbei in die Blumenbeete. Wenn mein Vater auf die Idee kommt zu lüften, trifft ihn der Schlag.

Im Stehen kritzele ich eine Nachricht für meinen Bruder Dani auf Rechenpapier. Falls uns jemand überfällt. Auf der Weide würde uns ja niemand suchen.

Hi Dani, Emily und ich schlafen im Schlafsack auf der Weide. Pepper und Alpino sind heute zum ersten Mal allein draußen. DARUM! Keine Panik. Bin gegen halb sechs zurück. Guck beim Aufstehen in mein Zimmer. Falls ich nicht da bin: 110 anrufen. Oder beim Habichthof nach mir fragen.

Auf Zehenspitzen gehe ich zu seinem Dachzimmer hoch und schiebe den Zettel unter der Tür durch.

Mit meinen vier Lagen Stoff am Körper wälze ich mich über die Balkonbrüstung und hänge mich an die schwankende Leiter. Ein komisches Gefühl, aber ich komme sicher unten an.

Isomatte und Schlafsack auf den Gepäckträger und ab in den Stall. Kein Mensch ist unterwegs. Unter der Straßenlaterne wirft mein Fahrrad lange Schatten, als ich in die Buchenallee einbiege.

Vor der Nummer 18 schiebt Emi ihr Rad nervös hin und her. Bestimmt konnte meine Freundin ihr Elternhaus problemlos durch die Tür verlassen – ohne eine Nachricht zu hinterlassen. Emis Eltern sehen nie nach, ob Emi nachts im Bett liegt. Man könnte sie entführen und an einen Harem verkaufen, ohne dass ihre Erziehungsberechtigten etwas merkten. Im matten Licht wirkt Emi wie eine Puppe aus dem letzten Jahrhundert mit ihrer durchscheinenden Porzellanhaut und dem seidigen Haar. Schutzbedürftig. Klar ist, dass man sich um eine wie Emi kümmern muss. Was heißt MAN . . . besser gesagt ICH: Ihre komischen Eltern sind ständig mit Geschäften beschäftigt.

»Hast du echt keine Angst?«, will Emi wissen, während wir zum Habichthof fahren.

»Denk doch mal logisch: Pepper und Alpino stehen neben uns, da wagt sich doch keiner an uns ran«, antworte ich.

»Wieso an *uns?* Ich dachte, *wir* wollen auf die Pferde aufpassen und nicht umgekehrt?«

Wo sie recht hat, hat sie recht.

Den Habichthof lassen wir rechts liegen und fahren ein Stück an der Längsseite der Weide entlang. In der Mitte steigen wir ab und schieben unsere Fahrräder unter zwei Haselnusssträucher.

Emi kriecht durch den Zaun und nimmt Isomatten und

Schlafsäcke entgegen. Mit eingezogenem Nacken folge ich Emi.

»Guck mal, süüüß«, flüstert sie und zeigt auf die andere Seite der Weide, die durch zwei weiß schimmernde Elektrozäune unterteilt ist.

Im schwachen Licht des Mondes stehen Pepper und Alpino mit aufmerksam gespitzten Ohren im Gras, starr wie zwei Denkmäler. Alpinos goldenes Fell schimmert märchenhaft. Je näher wir kommen, desto höher gehen die Köpfe.

»Hallo Pepper«, rufe ich leise. Die Haltung unserer Pferde sieht aus wie *Alarmstufe Rot*.

Tapir würde sagen: »Angespannte Körperhaltung. Die Pferde sind verwirrt, alarmiert und in Fluchtbereitschaft.«

Das kränkt mich. Warum trabt mein Schatz nicht begeistert auf mich zu wie sonst? Herr Habicht sagt doch, Pferde sehen im Dunkeln besser als Menschen. Habe ich irgendetwas an mir, das Pepper stört?

Mein Blick fällt auf die beiden langen Rollen unterm Arm. Das ist es! Klar, unsere beiden Jungs sind irritiert wegen des Gepäcks. Sofort lasse ich Schlafsack und Isomatte fallen. Ein Zucken geht durch die Pferdekörper. Emi guckt mich an und legt ihre Sachen behutsamer ins Gras.

Jetzt müsste Pepper mich doch erkennen. Ich rede in einem fort.

»Hallo Kleiner, was machst du denn für Sachen? Stehst dahinten wie ein ängstliches Karnickel. Komm her, sei kein Frosch.«

Peppers Ohren spielen. Ist er nicht sicher, dass ich es bin? Seine Flora?

Das gibt mir einen Stich.

Doch im nächsten Moment raunt Emi: »Die Pferde haben uns noch nie in solchen warmen Jacken gesehen. Tapir hat gesagt, wenn nur ein Detail nicht stimmt, erkennen Pferde ihren Besitzer manchmal nicht. Erst die Schlafsäcke, nun noch die dicken Anziehsachen.«

Das leuchtet mir ein.

»Außerdem sind Pepper und Alpi nicht gewohnt«, flüstere ich, während wir uns Schritt für Schritt an unsere verstörten Pferde heranrobben, »dass wir vom Zaun aus auf die Weide kommen. Und nachts schon gar nicht.«

Plötzlich durchschneidet ein fragendes Wiehern die Luft. *Bist du's, Flo?*

ENDLICH!

»Jaja, ich komme, Pepper.«

Dann meldet sich Alpino.

Du auch, Emi?

Meine Freundin lacht leise.

»Klar, Kleiner. Heute bleiben wir hier.«

Mit fällt ein Stein vom Herzen. Dass einen das eigene Pferd nicht von Weitem erkennt, ist schon bitter. Andererseits muss ich mich damit abfinden, dass mein vierbeiniger Traumprinz anders tickt als wir Menschen. Jeden Tag aufs Neue muss ich mir das klarmachen. Ein Fluchttier darf sich nicht blind auf den *scheinbaren* Eindruck verlassen, sondern muss hundertprozentig Bescheid wissen.

Ich halte Pepper die ausgestreckte Hand entgegen, er senkt den Kopf und tastet mit langem Hals über meine Haut. Seine Nüstern vibrieren und er legt seinen Kopf schräg.

Einmal Backenreiben heißt das.

Ich rubbele ihm das Fell rechts und links. Pepper schwenkt den Kopf mit entrücktem Blick. Als er genug hat, taucht er die Nase ins frische Gras.

Merkwürdig, wie gut sich Menschenaugen an die Dunkelheit gewöhnen. Wir breiten unsere Isomatten auf einer trockenen Stelle neben einer Baumgruppe aus und kriechen in die Schlafsäcke.

»Rück deinen Schlafsack weiter nach links«, flüstert Emi. »Dann können wir über uns den Großen Wagen sehen.«

Mit gesenkten Köpfen kommen unsere Pferde näher. Pepper schnuppert an meinem Kopf. Neugierig nimmt er eine Haarsträhne zwischen die Lippen und zupft interessiert daran.

Emi kichert.

»Er will wohl testen, ob deine Haare fressbar sind.«.

Mama würde in Ohnmacht fallen, wenn sie Peppers Hufe so dicht an meiner Schädeldecke sähe. Und Melly und Gloria würden platzen vor Neid, dass wir so nahe bei den Pferden sind.

Und Vince? Würde der sich wünschen, in meinen Schlafsack zu kriechen? Nein, nicht daran denken, Pepper geht vor. Immer.

Unsere Pferde trotten ein paar Meter weiter.

Sorgfältig ziehe ich den Reißverschluss bis oben hoch. Mein roter Expeditions-Schlafsack ist superdick, mit Wärmekragen und Kapuze. Ich drehe den Kopf zur Seite und betrachte den flachen grünen Schlafsack von Emi. Der sieht nicht halb so professionell aus.

»Du frierst dir die Füße ab in deinem dünnen Tropenteil«, prophezeie ich.

Und genauso kommt es. Eine Stunde später dringt Emis zitternde Stimme zu mir herüber.

»Kann ich mit in deinen? Bin schon halb erfroren.«

Seufzend ziehe ich den Reißverschluss auf und ein kaltes, dünnes Mädchen zwängt sich in meine warme, gepolsterte Schlafhöhle.

»Superkuschelig. So einen wünsche ich mir zum nächsten Geburtstag. Danke übrigens.«

Irgendwann hören wir auf zu reden und dösen vor uns hin. Schlafen wäre zu viel gesagt. Trotzdem zucke ich zusammen, als plötzlich mein Handy wiehert.

Pepper und Alpino heben gleichzeitig die Köpfe und gucken kurz herüber.

Es dauert, bis ich in der Enge unseres gemeinsamen Schlafsacks mein Handy aus der Jacke geangelt habe.

Dani ist dran. »Bist du total bescheuert? Holst dir eine Lungenentzündung. Und gefährlich ist das auch, du Irre.«

Ich verzeihe ihm das Gezeter. Ich weiß ja, dass Dani mich aus lauter Brudersorge anschnauzt. »Mutige kleine Schwester käme besser! Schließlich halte ich tapfer durch, um mein Pferd zu beschützen.«

»Tapfer? *Der bessere Teil der Tapferkeit ist Vorsicht.*«

»Dani! Fang bloß nicht auch mit Mamas Teebeutel-Sprüchen an.«

»Von wegen Teebeutel. Das Zitat gehört in mein Shakespeare-Referat. Habt ihr wenigstens heiße Getränke mitgenommen?«

»Äh . . .«

»Mann, Mann, Mann. Ich stell dir was ins Zimmer.«

»Nicht schlecht, Alter. Tschau.«

Um kurz nach fünf zeichnen sich auf einmal zart die Umrisse von Bäumen und Zaunpfählen ab, als würden sie von hinten beleuchtet. Davon wachen wir endgültig auf. Wie von einem Lichtwecker. Hinterm Wald steigt die Sonne empor. Noch dämmert es, aber man ahnt die Kraft, die das Licht bald haben wird.

Wir pellen uns aus meinem Schlafsack und gucken der Sonne beim Aufgehen zu. Emi schnuppert in die Luft. »Wie gut die Weide morgens duftet.«

»Ja, Wahnsinn.«

Ich krieche ins Freie und schlinge beide Arme um meine Schultern. Die letzten Stunden habe ich gefroren, weil ich den Reißverschluss ein Stück offen lassen musste. Für zwei Personen ist der Schlafsack eindeutig nicht gemacht. Trotz meiner Daunenjacke fröstele ich.

»Wir müssen los«, erinnere ich Emi und suche meine Brocken zusammen.

Plötzlich brechen einige Sonnenstrahlen durch die Bäume. Geblendet halten wir im Aufräumen inne. Kupferrot rieselt das Licht über unsere Pferde. Weiße Dampfwolken steigen aus dem feuchten Fell. Pepper glänzt wie Schokolade. Alpinos Mähne leuchtet wie echtes Platin. Ich würde gern zu meinem Pferd laufen und es umarmen, aber die Zauberstimmung hält mich zurück.

Feierlich legt Emi eine Hand aufs Herz. »Das Bild kommt hier rein. In meinen Schöne-Bilder-Safe.«

Bald werden unsere Pferde jeden Morgen solche Sonnenaufgänge erleben. Unser Schlafsack-Einsatz war nicht überflüssig, denn nun bin ich sicher, dass Pepper sich wohlfühlen wird. Beseelt fahre ich nach Hause.

Am Wohnzimmerfenster sind die Rollos noch heruntergezogen. Leise klettere ich zurück auf meinen Balkon. Niemand hat etwas bemerkt, bis auf meinen Bruder natürlich.

Auf meinem Schreibtisch steht eine Isokanne mit Haftnotiz. Danis Handschrift.

Heißer Kakao! Übrigens brauche ich am Wochenende zwei Bleche Muffins !!!

Logisch. Eine Hand wäscht die andere. Weiß ich von Mamas letztem Teebeutel-Etikett.

Vorsichtig ziehe ich die Leiter ein. Die Sprossen sind feucht vom Morgentau. Ich werde sie einzeln abtrocknen müssen, bevor ich sie in Papas Trolley packe.

Und danach muss ich drei Stunden heiß duschen, damit ich nicht als Eiswürfel in der Mathestunde sitze.

7.

Samstagmorgen um halb sieben reiten Emi und ich aus. Bereits um neun bringen wir unsere Pferde auf die Weide und nehmen den Bus nach Hamburg. Wir wollen Wasserkanister kaufen.

An der Stadtgrenze steigen wir am Outdoor-Shop aus, einem vierstöckigen Glasgebäude mit riesigem Parkplatz.

Emily niest die ganze Zeit. Die kalte Stunde in ihrem jämmerlichen Schlafsack vorgestern Nacht war eine Stunde zu viel. Ich fröstele auch. Die Sonne verkriecht sich hinter den Wolken und wärmt uns nicht auf.

»Uns fehlt einfach das geniale Pferdefell«, schnieft Emi und nestelt an einer Packung Taschentücher.

Mit der Rolltreppe fahren wir in den zweiten Stock, wo es Expeditions-Zubehör gibt.

»Hast du Tapir nach der Wassermenge gefragt?«, will Emi wissen.

Wir streben einem langen Regal zu, auf dem Dutzende von weißen Kunststoff-Kanistern aufgebaut sind.

»Er hat eben eine SMS geschickt. Fünfzig bis sechzig Liter für zwei Pferde pro Tag sind in Ordnung. Solange es nicht extrem heiß wird.«

»Klingt schon besser als hundert Liter.«

Ich gehe in die Knie und drehe einen eckigen Behälter um. »20 l« steht auf dem Boden. »Übrigens hat Habi mir Geld für die Kanister gegeben.«

Emi stellt sich auf die Zehenspitzen und hebt einen Riesenkanister vom obersten Regalbrett.

»Cool, bei mir herrscht geldmäßig gerade Ebbe.«

Emi wiegt ihren Kunststoffkanister in einer Hand und tupft

mit der anderen die Nase ab. »Dieser fasst dreißig Liter. Hat sogar einen Wasserhahn. Sollen wir zwei davon nehmen?«

Lässig schlendert ein Typ in knielangen Cargoshorts und Trekkingstiefeln auf uns zu. Auf seinem grünen Stirnband steht »outdoorshop«.

»Moin Mädels.« Er lehnt sich an das Regal. »Wofür braucht ihr die Kanister? Campingurlaub?«

Von unten gucke ich ihn an.

»Phhh.«

Er lacht. »Wäre hilfreich, wenn ihr mir sagt, was ihr damit anstellen wollt.«

»Pferde tränken.«

»Wollt *ihr* die Kanister etwa tragen?«

Was soll die frauenfeindliche Frage? Noch dazu von einem Typ mit albernem Stirnband und Trekkingstiefeln. Der tut so, als käme er eben aus der Wüste Gobi und hätte noch nie gehört, dass es Mädchen gibt, die ohne Männerhilfe wissen, wo es langgeht.

»Ja und?«, frage ich kampfeslustig.

»Da habt ihr euch aber was vorgenommen!«, grinst er.

»Die Kanister kommen auf einen Fahrradanhänger. Kein Problem«, erkläre ich kurz angebunden.

Er schüttelt den Kopf. »Doch. Ein ziemlich schweres sogar. Wer hebt sie auf den Hänger? Und wieder runter? Ich bin selbst Reiter. Ich kenne das Geschleppe von Wasser.«

»Sie reiten? Wo denn?«

»Westernstall in Fischerhude.«

»Western. Damit kenne ich mich nicht aus.«

»Wasser wiegt bei allen Reitweisen dasselbe!« Er winkt uns an das Fensterregal und grinst. Eine Spur zu frech für meinen Geschmack.

»Hier stehen die handlichen Modelle. Nehmt lieber kleinere

Kanister und ein paar mehr davon. Zehn Liter ist für euch machbar.«

Der Wüstendurchquerer bückt sich und befördert ein Stück Schlauch ans Tageslicht, das er mir in die Hand drückt.

»Falls ihr die Kanister nicht heben könnt, saugt ihr mit dem Schlauch das Wasser an und lasst es in die Wanne laufen. Der Wasserhahn ist Quatsch, der ist für einen halben Liter Kaffeewasser gedacht.«

»Hm . . . danke. Wir nehmen sechs Zehn-Liter-Kanister.«

Mein Blick fällt durchs Fenster auf den Parkplatz vor dem Geschäft und da trifft mich fast der Schlag.

So groß kann kein Parkplatz der Welt sein, dass ein limonengrüner Jeep nicht herausstechen würde. Wie ein Frosch in der Wüste Gobi knallt der wohlbekannte grelle Geländewagen aus dem grauen Beton hervor.

Drei grüne Türen fliegen auf und meine Lieblingsfeinde steigen aus. Melly Lanz, ihre Mutter mit frisch blondiertem Haar, und Gloria Tanner, die an ihrem neuen Headset spielt.

»Verdammt«, entfährt es mir. Emi linst nach unten und weicht entgeistert vom Fenster zurück.

»Gibt es einen Hinterausgang?«, frage ich den Verkäufer.

Er lacht und peilt über unsere Köpfe hinweg auf den Parkplatz.

»Ihr werdet doch nicht etwa von der Polizei gesucht? Oder vom Jugendamt?«

Beleidigt schüttele ich den Kopf. »Quatsch. Da unten kommen nur drei Durchgeknallte, die uns nicht mit den Kanistern sehen müssen.«

»Na ja«, lächelt er. »Dann mal schnell zur Kasse. Erdgeschoss.«

Leider steht die Zentralkasse im Eingang. Während wir uns möglichst unauffällig hinter zwei großen Männern in der

Schlange verkriechen, flutet die Lanz-Bande in die Eingangshalle.

Mit ihrem Idiotengang, den auch nur sie allein für verführerisch hält, stolziert Melly Richtung Rolltreppe. Ich ziehe den Kopf ein und drehe mein Gesicht zur Wand. Vergebens. Plötzlich gellt Mellys Freudenruf in meinen Ohren.

»Gloria, guck mal.«

Die Bande hat uns entdeckt.

Sofort nehmen die drei Kurs auf die Schlange an der Kasse.

Frau Doktor Lanz fällt mich sofort an. Wie ich diese Schnepfe verabscheue! Eine streitsüchtige Alleinerziehende, die ihre dämliche Tochter Melly wie einen Engel verehrt. Seit ich ihr Pepper vor der Nase weggekauft habe, herrscht offener Krieg zwischen Frau Dokotor Lanz und mir. Sie wollte MEIN Pferd unbedingt haben.

»Hättest du Pepper mal lieber als Schulpferd auf dem Habichthof gelassen«, giftet sie mich an. »Ein eigenes Pferd überfordert dich doch total. Jetzt auch noch der Stress mit dem Umzug nach Ammersdorf.«

Emi und ich wechseln einen überraschten Blick. Es hat sich herumgesprochen, dass wir zu Bauer Jürgensen gehen.

»Im Stall hat jede Spinnwebe Ohren«, behauptet Tapir. Ein guter Spruch, der von Mamas Teebeutel-Anhängern stammen könnte. Oder hat Gloria mal wieder Habis Telefon abgehört?

Melly lacht spöttisch. »Viel Spaß in der Einöde. Also ich reite ja lieber, als Wasser zu schleppen.«

»Siebenundfünfzig Euro«, sagt der Kassierer.

Ich antworte Melly nicht, sondern ziehe zwei Geldscheine aus der Hosentasche und lege sie auf den Kassentisch.

Gloria fügt hinzu: »Tja, und das Casting entgeht euch.« Sie beugt sich zwischen Emi und mich vor. »Aber ihr kratzt ja lieber Pferdeäpfel von der Weide. Haha.«

»Was sucht ihr eigentlich hier?«, fauche ich sie von der Seite an.

»Sportliche Krempel-Shorts, wenn du es genau wissen willst. Die Casting-Crew meinte nämlich, Reitermädchen müssten auch mal sexy aussehen.«

Melly zieht Gloria weg. »Hör auf, du verschwendest deine Zeit. Das Wort sexy haben die noch nie gehört.«

»Bist du mit dem Fahrrad hier?«, fragt der Mann an der Kasse und schiebt mir drei Euro Wechselgeld zu. »Sechs Kanister sind sperrig.«

»Mit dem Bus.«

Er fädelt Schnüre durch die Handgriffe und reicht uns zwei Kanisterketten über den Tisch.

»Sooo wollt ihr Bus fahren?« Melly verzieht das Gesicht. »Das wäre mir ewig peinlich.«

»Dir? Dir ist doch nichts peinlich«, sage ich mit erhobenem Kopf und schreite an ihr vorbei zum Ausgang.

Ein unglaublich cooler Abgang.

8.

Vorsichtig balanciere ich das Tablett mit einem kompletten Sonntagsfrühstück die Stufen zum ersten Stock hinauf und setze es vor dem Schlafzimmer ab. Zwischen den Korb mit Baguette und Muffins schiebe ich eine Vase mit weißen Kirschblüten. Malerisch. Meine Eltern werden dahinschmelzen, wenn sie nachher aufstehen!

Ich bin eine Vorzeigetochter.

Ehrlich gesagt will ich nur vermeiden, dass einer von beiden auf die Idee kommt, mich und Pepper im Hänger nach Ammersdorf zu bringen. Auf jeden Fall muss ich verhindern, dass meine Eltern die sechs Wasserkanister sehen und Fragen stellen, die ich nicht zufriedenstellend beantworten könnte.

Heute ist der große Tag. Endlich nehme ich die S-Klasse in Angriff!

Gestern Abend musste ich noch eine Mammut-Backschicht einlegen. Achtundvierzig Muffins! Vier Bleche. Zwei für Daniel, eins für meine Eltern, eins für die Weide.

Mit einer Dose voller Schokoladenmuffins auf dem Gepäckträger fahre ich um halb sieben Uhr zum Habichthof. Über mir in den Bäumen zwitschert und trillert es aus hundert Vogelkehlen. Der Gesang passt zu meiner fantastischen Stimmung. Auf der Straße hört man kein Auto. Sonntags um sieben schlafen die Leute in Haverstedt noch. Nicht jeder hat ein Pferd auf die Ferienweide zu bringen.

Ich bin die Erste auf dem Habichthof. Emi kommt meistens zu Fuß, weil sie um die Ecke wohnt. Die Eisentür steht weit offen. Verwaist liegt der Stall liegt vor mir. Alle Boxen sind leer, die Pferde knabbern ihr Frühstück von der Weide.

Von der Stallgasse aus sehe ich Habis Geländewagen auf dem Hof stehen. Dahinter ist der Hänger angekuppelt, die Verladerampe liegt schon auf dem Boden. Sofort beginnt mein Herz, schneller zu schlagen. Idiotisch, mein Pferd macht Ferien und ich bekomme Reisefieber.

Neugierig hängen Pepper und Alpino ihre Köpfe über das Paddockgestänge.

»Moin Flora.« Lennart Habicht kommt mit Emily den Stallgang herunter.

Er hält mich am Arm zurück, als ich zu Pepper will.

»Hab schon mit Emily gesprochen. Bist du auch einverstanden, dass ich eure Pferde auf den Hänger bringe?«

»Was?« Sein Vorschlag passt mir nicht. »Wieso denn?«

Natürlich möchte ich *meinen* Pepper selber die Rampe hinaufführen.

»Das ist doch keine S-Klasse!«, sage ich enttäuscht. »Wenn *Sie* alles erledigen.«

»Eben doch. S wie Selbsteinschätzung. Man muss wissen, was man sich zutrauen kann.«

Ich starre ihn an und versuche, in seinen Augen unter der Baseballkappe zu lesen, was er meint. Nie weiß man bei Habi, ob er etwas ernst meint oder ob er einen aufziehen will.

»Eure Pferde sind nicht an Hänger gewöhnt. Möglich, dass sie nicht sofort hineingehen. Wir hätten das vorher trainieren sollen, das hab ich leider verschwitzt. Zum Üben ist aber jetzt der falsche Moment. Die beiden sollen ja entspannt losfahren. In Ordnung, Flora?«

»Jaja«, murmele ich.

S wie Selbsteinschätzung.

Selbsteinschätzung, so ein Quatsch. Bin ich in einer Psycho-Sprechstunde bei Mellys Mutter? Ich will mich nicht selber einschätzen, ich will etwas tun!

»Sobald das Pferd oben steht, hängt ihr die Heckstange ein.«

Ruhig geht Herr Habicht zuerst mit Pepper, dann mit Alpino über die flache Rampe ins Innere des Hängers bis vor das baumelnde Heunetz.

Emi und ich schließen nach jedem Pferd schnell die Heckstange, damit sie nicht rückwärtsdrängen.

»Jetzt Rampe hochklappen«, gibt Habi halb laut nach unten durch.

Unsere Pferde drehen die Köpfe nach hinten.

»Alles gut, Pepper«, sage ich mit beruhigend gesenkter Stimme und hake den Riegel ein. »Gleich bist du auf deiner Sommerweide.«

Pepper mustert mich eine Spur erstaunt und etwas unsicher, warum er plötzlich in diesem engen Gehäuse stehen soll. Alpino legt seine Nase an Peppers Hals, als suche er Schutz.

Durch die enge Seitentür kriecht Habi aus dem Hänger nach draußen und kontrolliert unser Werk.

»Gut gemacht. Nun aber los.«

Habi öffnet die hintere Tür seines Geländewagens. Unsere sechs Kanister und eine blaue Futtertonne nehmen fast die gesamte Rückbank ein. Zwischen den Sitzen liegen unsere Sättel und Putzboxen. Das Zaumzeug hat Herr Habicht über die Kopfstützen der Sitze gehängt.

»Ich bin kleiner«, sagt Emi und quetscht sich neben unsere Weideausstattung. »Du kannst vorne sitzen.«

Habi lässt den Motor an. »Zum Reiten kommt ihr heute bestimmt nicht. Eure Pferde müssen sich erst einmal eingewöhnen. Die Aufregung verdauen. Heute Abend sind die beiden platt und wollen nur noch liegen. Jede Wette.«

Hinter uns trampeln die Pferde im Hänger. Als wir vom Hof fahren, wiehert Pepper durchdringend. Von der Weide antwortet die Herde. Alpino stimmt in das Wiehern ein. Unheimlich klingt das. Ich drehe mich nach hinten um.

Emi sitzt ganz klein neben der blauen Futtertonne und zieht die Schultern hoch. »Irgendwie schrecklich, dass sie so wiehern. Als würden wir sie entführen.«

»Schon in Ordnung«, sagt Herr Habicht. »Das legt sich. Sie sind ja zu zweit.«

Tatsächlich hört das polternde Treten nach zehn Minuten auf und kurz darauf sind wir auch schon da.

Das Tor zur Koppel steht weit offen. Stählerne Gatterelemente umschließen das Baumaterial.

»Einwandfrei«, sagt Herr Habicht. »Besser hätte ich es auch nicht sichern können.«

In seinem grünen Gurken-Outfit wartet Bauer Jürgensen am Zaun und winkt unser Gespann ein Stück auf die Weide.

Umsichtig lenkt Habi den Hänger in den Eingang und hält an.

So schnell war ich noch nie aus einem Auto. Emi auch nicht. Wir rennen um den Hänger herum. Unsere Pferde drehen die Köpfe nach hinten, bis es nicht weiter geht.

»Moment, Moment«, ruft Herr Habicht und läuft uns nach.

Er reicht Bauer Jürgensen kurz die Hand. »Wir kennen uns ja nur vom Telefon. Lennart.«

»Sven.«

Pepper stößt ein gellendes Wiehern aus und lauscht mit erhobenem Kopf in die unbekannte Umgebung. Als keine Antwort kommt, wiehert er wieder und wieder.

»Mach das Tor zu, Sven«, sagt Herr Habicht. »Bevor es hier Chaos gibt.«

Während Gurke das Gattertor hinter uns schließt, kriecht Herr Habicht durch die Seitentür in den Hänger.

»Rampe nach unten«, ruft er uns zu.

Wir öffnen die Heckklappe und Peppers Sicherheitsstange.

Umsichtig führt Herr Habicht Pepper rückwärts herunter und reicht mir den Strick. »Pass auf, dass er nicht losstürmt, sonst geht Alpino hinterher.«

Schnell und zügig bringt er Alpino nach unten und übergibt ihn Emily. Präzisionsarbeit.

Jaja, Herr Habicht, ich gebe zu: Das hätte ich nicht so fix und problemlos geschafft! S wie Selbsteinschätzung.

Aber diese Erkenntnis muss ich ja nicht auch noch mit Megafon verkünden.

Auf der Nachbarkoppel in hundert oder zweihundert Meter Entfernung drängen sich Pferde und Ponys neben einer Hecke an den Zaun. Mit hochgereckten Köpfen nehmen sie uns ins Visier.

Ich klicke den Panikhaken am Führstrick aus und Habi nickt mir zu. Falls Pepper losstürmt, dann nicht mit dem langen Strick am Halfter. Das ist nämlich gefährlich.

»Wenn ein Pferd im Galopp auf den Strick tritt, kann es sich überschlagen und sich das Genick brechen.« Habi und seine Voraussagen. Unter Genickbruch tut er's nicht.

Ich beobachte Pepper genau, weil ich jede Sekunde damit rechne, dass er losschießt wie eine Silvesterrakete. Aber merkwürdigerweise passiert nichts. Pepper rupft ein Maulvoll Halme, hebt den Kopf, sichert, frisst erneut, wittert wieder mit erhobenem Kopf und hört auf zu kauen. Rechts und links ragen lange Grasbüschel aus seinem Maul.

Alpino benimmt sich wie sein Spiegelbild.

Unsere Pferde fressen und gucken, gucken und fressen. Das geht fast fünf Minuten so. Kopf runter, Kopf rauf.

»Ich dachte, unsere beiden rasen gleich los zu den Pferden auf der Nachbarweide«, sage ich zu Bauer Jürgensen.

Gurke folgt meinen Blick auf die Herde jenseits des Zauns.

»Keine Sorge, eure Pferde machen sich noch bekannt mit der Herde. Das Fressen ist nur Verlegenheit. Eure Pferde wollen erst Sicherheit gewinnen im fremden Revier.«

»Hm. Wem gehört denn die andere Weide?«

»Mir«, sagt Gurke erstaunt über unsere Frage. Ihm scheint hier alles zu gehören. »Sechs Ponywallache stehen da. Und zwei Freiberger Stuten, das sind die Großpferde rechts am Zaun. Die Fuchsstute Cara und die Braune Castella gehören meinen Töchtern.«

Klingt vielversprechend.

»Meinen Sie, Ihre Töchter zeigen uns das Gelände?«

Bedauernd hebt der Bauer die Schultern. »Würden sie sicher gern. Aber wird wohl nichts. Lisa und Annalena machen eine Bank-Ausbildung und kommen erst abends nach Hause. Ihre Stuten ziehen übrigens demnächst in den neuen Offenstall um. Mit vier Ponys. Zwei Ponys gehen ganz weg.«

Wie gesprächig unser Bauer geworden ist, seit er merkt, dass er mit Fachleuten redet. Mit einer Kopfdrehung deutet er auf ein Fjordpferd, das bis zu den Ohren unter einer blauen Decke verschwindet.

»Der Fjord hat Sommerekzem, scheuert sich halb tot ohne Decke. Geht im Sommer an die Nordsee, da sind weniger Mücken und mehr Wind. Und drüben …«, Gurkes Arm zeigt auf einen Schecken mit heller Mähne, »… der Isländer mit Maulkorb hat immer wieder Schübe von Hufrehe. Askur darf kaum Gras fressen. Für den ist die Koppel viel zu reichhaltig, die meiste Zeit stellt die Besitzerin ihn auf den Sandplatz am Unterstand. Auf der Weide trägt Askur immer Maulkorb. In vier Wochen zieht sie mit ihrem Pferd in eine andere Gegend.«

Gurke seufzt. »Alle unsere leichtfuttrigen Experten da drüben nehmen zu, wenn sie Gras nur angucken. Im neuen Offenstall bringen wir die Pferde stundenweise in den Sandauslauf, sonst platzen sie irgendwann.«

Plötzlich bebt der Boden und ich sehe aus dem Augenwinkel nur noch einen braunen Schatten losschießen.

»Pepper!«

Ohne Ankündigung donnert mein Pferd mit hoch wehender Mähne davon. Alpino flitzt sofort hinterher. Wie auf einen unsichtbaren Wink hin stürmen unsere Pferde am Zaun entlang zur Nachbarweide. Abrupt stoppen sie vor den Holzpfählen. Pepper wölbt den Hals zu einem Kragen und prustet, dass es durch halb Ammersdorf schallt.

Von der anderen Zaunseite gellt durchdringendes Quietschen zu uns herauf.

»Stuten!«, sagt Gurke und grinst.

Die werden doch Pepper nichts tun?

Die Stuten recken die Köpfe, stecken die Nasen mit Pepper zusammen, beschnuppern sich, bis eine Stute aufstampft und quietscht. Danach geht das Spiel von vorn los.

Alpino hat sich die Haflingerstute ausgesucht und streckt seinen Hals lang über die Abzäunung.

Vor Aufregung kaue ich auf meinen Handknöcheln. »Wenn sie sich nun beißen?«

Herr Jürgensen schüttelt den Kopf. »Doppelzaun. Falls sie sich nicht riechen können, kommen sie sich nicht *zu* nahe. Nachher teile ich ein Stück Weide ab, damit eure beiden nicht zu viel junges Gras fressen.«

Er zeigt auf den Platz vor dem Unterstand. »Wenn der Offenstall fertig ist, bringen wir die Pferde nachts auf den Sandplatz. Für die erste Woche lege ich einen Ballen Heu zum Zufüttern hin. Fünf bis sechs Kilo für beide zusammen pro Tag, kommt das hin, Lennart?«

Habi nickt und Gurke fährt fort: »Den E-Zaun ringsherum baue ich erst, wenn hier alles fertig ist. In Ordnung?«

»Sicher«, antwortet Herr Habicht und betrachtet die stabilen Holzzäune. »Die sind ja wahnsinnig hoch.«

»Weil hier jahrelang riesige Hannoveraner standen. Das waren vielleicht Kaliber. Dagegen ist Pepper ein Dackel.«

Frechheit. Gurke bekommt von mir einen Minuspunkt für den Dackel. Das muss er erst mal wieder wettmachen.

Leicht gekränkt drehe ich mich um und da erspähe ich neben dem Unterstand eine weiße Emaillewanne, bis zum Rand gefüllt mit Wasser.

Gurke kneift ein Auge zu. »Das Schleppen von Kanistern entfällt zur Feier des Tages.«

Der Dackel ist vergessen.

9.

Herr Habicht trägt unsere Sättel vom Auto in den Vorratsraum und bringt sogar unsere Putzboxen und die Kanister weg. Voller Service. Zum Schluss stemmt er die blaue Futtertonne vom Rücksitz. »Dein Kraftfutter, Flora.« Er klopft auf den Deckel. »Genauer gesagt Peppers.«

Bei Futter fallen mir meine Muffins ein. Die Dose steht noch vor dem Beifahrersitz. Ich hole sie und reiche sie herum. Gurke greift sofort zu. »Lecker«, sagt er anerkennend.

Habi trägt die Futtertonne zum Abstellraum und kommt mit einer kurzen grünen Schaufelkelle zurück. Mit einer Hand greift er in den Muffin-Vorrat. »Mmh, gut.« Er greift gleich noch einmal zu. »Du gibst Pepper täglich drei flach gefüllte Schaufeln Kraftfutter-Pellets, wenn ihr anderthalb bis zwei Stunden reitet.«

»Und wann?«

»Abends. Aber nicht direkt nach dem Reiten. Eine knappe Stunde muss dazwischenliegen.«

Lennart Habicht wirft einen Blick auf unsere Pferde, die jetzt über den Zaun flirten und zwischendurch schnell einen Happen Gras nehmen.

»Wäre einfacher, ihr würdet Pepper und Alpino vier Wochen überhaupt nicht reiten. Dann reichte das Gras zum Sattwerden. Andererseits wollt ihr ja unbedingt nächsten Monat den Wanderritt mitmachen.«

»Klar, Herr Habicht, darauf freue ich mich schon seit Weihnachten! Tapir sagt, für den langen Ritt müssen wir trainieren. Sonst verschwinden die Muskeln bei den Pferden.«

Habi leckt sich Schokoladenreste von den Fingern. »Stimmt. Gut trainieren, gut füttern.«

Nachdenklich sieht er Emily an. »Und du willst wirklich jeden Tag dein eigenes Kraftfutter mitbringen? Ziemlich unpraktisch, dein Geschleppe.«

Emi läuft rot an. Schon tut sie mir wieder leid, weil sie sich vor lauter Schüchternheit garantiert in eine Maus verwandeln möchte.

Seit Lennart Habicht Boxenmiete und Futterkosten getrennt berechnet, besorgt Emi sich ihr Futter selber. Habis Begründung für die Kostentrennung ist Gerechtigkeit: »Pepper und Alpino fressen normale Kraftfutter-Rationen. Grazius braucht als stark trainiertes Turnierpferd viel mehr, der abgemagerte Skagen und das schwere Kaltblut Odin auch.«

Habi kauft das Futter und jeder Privatreiter überweist ihm verschiedene Geldbeträge, je nachdem, wie viel das Pferd verbraucht. Nur Emi besorgt ihr Futter selber. Angeblich will es ihr Vater so, der sich sonst nie für Stall-Details interessiert. Emi fand die Trennung in Boxenmiete und Futtergeld überhaupt nicht lustig. »Dann muss ich zu Hause jeden Monat nach Geld für Pellets fragen«, klagte sie. Na und? Emis Vater scheffelt Kohle ohne Ende, behauptet Papa. Wenn Emi Futter kaufen will, kann er ja wohl ein paar Fuffis aus seinem Geldsilo schaufeln.

Ohne Herrn Habicht anzusehen, sagt Emi leise: »Ich habe Spezialfutter vom Tierarzt zu Hause, weil Alpino kürzlich krank war. Das soll ich kühl lagern.«

»Soso, kühl lagern«, brummt Habi und kniet sich auf den Boden. Mit einem Ruck reißt er die festgetackerte Kartonverpackung von einem Mineralleckstein ab. »Na, wenn Müller-Maring es sagt.«

»Ist in der Tonne genug Futter für vier Wochen?«, will ich von Herrn Habicht wissen.

Er sieht vom Boden auf. »Nein, der Sack reicht ungefähr für eine Woche. Dann bringe ich Nachschub.«

Emi fährt auf. »Was? Lassen Sie doch gleich alles hier. Dann müssen Sie nicht extra noch einmal kommen.«

Er schüttelt den Kopf, fummelt ein langes Strohband aus der Jackentasche und knotet es durch das Loch des braunen Mineral-Lecksteins. »In Weidehütten wird gern Futter gestohlen. Außerdem: Wenn die Pferde an Kraftfutter-Vorräte gelangen, können sie sich überfressen und einen Magenriss bekommen.«

Er reicht jedem von uns einen Leckstein zum Aufhängen. »Die paar Kilometer Fahrt machen mir nichts aus. Außerdem will ich mich regelmäßig überzeugen, wie das läuft mit der S-Klasse.«

Feierlich zieht Habi zwei Schlüssel aus der Tasche. »Für das Schloss am Vorratsraum, wo Sättel und Futter lagern. Ab sofort seid ihr die Herrscher der Weide. Anwärter auf die Super-Klasse.«

Wie das klingt. Herrscher der Weide. Super-Klasse.

Das müsste Dr. Winkelmann hören. Der würde den Mund nicht wieder zubekommen vor Staunen. Flora Rohde, die immer haarscharf an der schlechtesten Mathezensur der Klasse entlangschleift, wird die Königin der Weide, weil sie Futtermengen richtig berechnen kann.

»Passt gut auf eure Schlüssel auf, Mädels. So, hier ist alles erledigt.«

Im Weggehen sucht unser Stallchef den Abfall zusammen, stopft ihn in eine Tüte und fragt Bauer Jürgensen: »Machst du mir das Tor auf, Sven? Ich fahre den Hänger von der Weide.«

Bauer Jürgensen tippt an seine Kappe und geht vor. Zügig lenkt Habi das Gespann nach draußen und steigt aus. Die

Fahrertür bleibt weit offen. Wenn das kein eindeutiges Zeichen ist – der Mann will nach Hause.

Sofort drehe ich mich um und beschäftige mich heftig mit dem Anbinden des Lecksteins. Ich will noch nicht weg. Mit einem Ohr höre ich, wie zwei Paar Männerschritte näher kommen.

»Beeil dich, Flora, ich muss zurück.«

»Ach, Herr Habicht. Wir sind doch gerade erst angekommen . . .«

»Du weißt doch, Flora, sonntags machen wir den Zweistundenausritt. Janne und Maxie wollen mit. Und die Zwillinge. Und eure speziellen Freundinnen, Melly und Gloria.«

»Ich sage Pepper schnell noch Tschüss.«

Nach wie vor grasen unsere beiden Pferde am anderen Ende der Koppel. Ich lege beide Hände an den Mund.

»Pepper!«

Normalerweise hebt Pepper sofort den Kopf, wenn ich ihn rufe. Dieses Mal nicht. Im Gegenteil. Angestrengt steckt mein Pferd die Nase unter den Zaun zu den Freiberger Stuten durch. Er guckt sich nicht mal nach mir um. Ist er auf beiden Ohren taub geworden?

Seine Missachtung gibt mir einen schmerzhaften Stich.

»Alpino«, ruft Emi.

Ihr Haflinger reagiert genauso wenig. Alpi scheint sich prächtig mit den Ponys auf der Nachbarweide zu unterhalten.

Das kann doch nicht wahr sein. Ich stemme meine Hände in die Seiten und brülle lauter: »Pep-Pep-Pepper!«

Nichts.

»Peee-pper!«

Keine Reaktion.

Bitterkeit steigt in mir auf.

Ich bin abgeschrieben.

Ahnt Pepper eigentlich, wie ich mich für ihn zerreiße? Dass ich fast jeden Abend bis Mitternacht über meinen Hausaufgaben sitze, nur damit ich möglichst lange bei ihm sein kann? Damit Pepper nicht zu lange in der Box steht, gehe ich mit ihm abends noch spazieren, statt Matheformeln für Dr. Winkelmann zu pauken.

Aber mein Einsatz interessiert Pepper anscheinend nicht, sonst würde er nicht bei der ersten Gelegenheit zu seinesgleichen rennen! Flirtet mit irgendwelchen Stuten, die ich nicht einmal kenne.

Undankbarkeit, dein Name ist Pepper.

Gurke Jürgensen braucht mich gar nicht so amüsiert zu betrachten. Wahrscheinlich sehe ich endlos peinlich aus in meiner Fassungslosigkeit.

»Normal«, sagt Gurke und sieht zu den Pferden hinüber. »Jetzt sind erst mal die Artgenossen interessanter.«

Interessanter als ich?

Natürlich muss auch Habi seinen Senf dazugeben. Er grinst mich breit an.

»Du findest ja auch Vince Weise nicht ganz übel, wenn ich das richtig sehe.«

Wie kommt er bloß auf die Idee? Ich benehme mich doch wirklich total zurückhaltend und baggere Vince auf dem Habichthof nicht derart unterirdisch an wie Melly.

»Ich? Vince Weise? Pah! Und wenn, das ist doch wohl etwas anderes. Ich meine, es *wäre* etwas anderes.«

»Eben nicht. Du hältst es für normal, dass du Freunde unter Menschen suchst. Pepper findet es normal, dass er Freunde unter Pferden sucht. Deine Artgenossen sind Menschen, die von Pepper sind Pferde. So einfach ist das.«

Emi putzt sich die Nase. Sie ist den Tränen nahe wegen Alpis plötzlichem Desinteresse. Ich würde jetzt auch gern heulen, aus Enttäuschung über mein Traumpferd. Aber ein taffer Typ wie ich hat sich im Griff.

»Heute Nachmittag zeige ich euch die Wasserstelle auf dem Hof«, sagt Gurke, als ich mich zentimeterweise zu Habis Geländewagen bewege und mit einem sehnsüchtigen Blick auf Pepper einsteige.

Im Moment interessiert mich der blöde Wasserhahn nicht die Bohne. Ich will nur wissen, was in meinem Pferd vorgeht.

Ich bin immer noch aufgewühlt, als wir durch die Ortsmitte von Ammersdorf nach Hause fahren. Peppers Nichtbeachtung bringt meine Magennerven in Unordnung. Ich hole mein Handy hervor und tippe eine SMS an Tapir.

Hilfe! Pepper dreht durch! Ist gerade eine halbe Stunde auf der Weide, schon kommt er nicht mehr zu mir. Flirtet lieber mit zwei Stuten! Normal?

Ich lehne mich zurück und warte. Wenn Tapir dasselbe antwortet wie Habi und Gurke, werde ich mich beruhigen.

Jedenfalls nehme ich mir das fest vor, während ich auf mein Handy starre.

Pling.

Tapir simst nur sein Lieblingswort zurück:

Standard.

Gott sei Dank! Das Rumoren im Magen lässt merklich nach. Wortlos reiche ich mein Handy an Emi und zeige ihr den Text.

Sie seufzt auf.

»Tapir sagt es auch: Pferd schlägt Mensch.«

Obwohl wir nur flüstern, bekommt Habi garantiert alles mit, sonst würde er nicht so in sich hineinlächeln.

Dieses fiese Verhalten ist also normale Pferdeart. Bitter, bitter. Ich hadere mit dem Schicksal. Hätte ich Pepper nicht auf die S-Klasse-Koppel gebracht, wäre mein Seelenfrieden niemals gestört worden. Aber nun habe ich mich für die Weide entschieden und muss alle weiteren Entwicklungen mit Fassung tragen.

»Wer in die S-Klasse will, muss normales Pferdeverhalten aushalten«, würde Tapir sagen. »Und volles Verständnis zeigen.«

Auch dann, wenn die eigenen Gefühle dabei Karussell fahren, Tapir?

S – wie superverständnisvoll.

S – wie selbstlos.

Gibt zehn Punkte auf der »Feine-Flora-Skala«.

Meine grundgute Einstellung hält allerdings nicht einmal fünf Kilometer. Am Ortsschild von Haverstedt quält mich bereits wieder der Gedanke: Schrecklich, mein Pferd hat andere Favoriten.

Und was ist mit Vince? Er vielleicht auch? Ich stelle mir vor, wie Melly ihre verdammten Krempel-Shorts bis zum Bauchnabel hochrollt, um Vince anzumachen.

Ein ganz blödes Gefühl.

10.

Als wir mit dem Hänger auf dem Habichthof eintreffen, wird schon alles für den Sonntagsausritt vorbereitet. An den Anbindepfosten beim Paddock stehen unsere Schulpferde Collin, Flemming, Chico, Vicky, Oskar und Halvor.

Der Anblick unserer Pferde gefällt mir nicht. Er erinnert mich nämlich schmerzlich daran, dass ich früher mit der lustigen Schulreiter-Truppe ausgeritten bin.

Ich steige aus, während Tapir schon dabei ist, den Hänger abzukuppeln. Verstohlen peile ich zu den Schulpferden. Dass ich jetzt ein Privatpferd besitze, ist eine Million Mal gut und ein Mal schlecht. Gut, weil ich meinen Pepper für nichts auf der Welt wieder hergeben würde. Schlecht, weil alle Mädchen eine Reitbeteiligung auf Pepper wollen – und ich mag keine vor den Kopf stoßen. Schlecht auch, weil ich im Moment irgendwie nicht mehr dazugehöre. Sogar Pepper sucht sich gerade andere Bekannte. Lausig, lausig.

Bellend springt Avatar zwischen den Pferden herum. Der freche Jack-Russell-Terrier gehört den Zwillingen. Die Pferde mögen ihn, darum durfte Avatar schon oft mit uns ins Gelände.

Leise seufze ich auf. Was für tolle Ausritte haben wir schon erlebt. Beim großen Wanderritt im Juni oder Juli wollen Emi und ich unbedingt mitmachen. Damit wir mal wieder zwischen den Netten sind. Janne, Katharina, Leonie, Maxie, die Zwillinge. Auf Melly und Gloria könnten wir gut verzichten. Aber die bleiben nie im Leben zu Hause. Eher verwandelt Pepper sich in eine Pfefferschote.

»Helft ihr mir schnell?« Tapir winkt uns heran und gemeinsam schieben wir den leeren Hänger auf seinen Stellplatz gegenüber der Scheune, die Herr Habicht sich als Wohnhaus umgebaut hat. Habi ist sofort hineingegangen, um nach seinem Sohn Johnny zu schauen.

»Fegt alles sauber aus«, sagt Tapir und zeigt auf den Haufen Pferdeäpfel, der noch drinliegt. »Sonst kriegt Herr Habicht Zustände.«

Nachdem wir den Mist entsorgt haben, schlendern wir zu den Reitern hinüber. Außer Melly und Gloria entdecke ich Maxie, Janne und die Zwillinge Tessa und Kriss bei ihren heiß geliebten Fjordpferden.

Melly putzt den braunen Holsteiner Collin. Wie die sich wieder aufgebrezelt hat. Ein blitzendes Pailletten-Top. Zum Reiten! Habi wird ausflippen.

Als Melly mich über den Hof kommen sieht, fängt sie sofort wild mit Collin zu schmusen an. Ich soll wohl denken, dass sie Pepper längst vergessen hat, was natürlich gelogen ist. Meinetwegen soll Melly sich ruhig auf Collin stürzen. Dann verfolgt sie mich wenigstens nicht mehr mit ihrer Eifersucht. Gloria verliest den Schweif bei ihrem Lieblingsschulpferd Flemming. Der schwarze Brandenburger Wallach mit dem kleinen Stern auf der Stirn beknabbert sich mit Collin und zieht spielerisch an seinem Halfter.

»Gloria hat mal wieder ihr Haar umgefärbt«, wispert Emi mir zu. »Von *Flammendes Inferno* in Strohblond.«

»Klar, um überhaupt eine Chance beim Casting für die Shampoowerbung zu haben«, gebe ich leise zurück.

Das Umfärben ist irgendwie schiefgelaufen, jedenfalls sieht Glorias Schädeldecke aus, als hätte sie eine Haarverpflanzung mit Weizenstroh hinter sich.

Ich kann mir nicht verkneifen, mich feixend vor ihr aufzubauen. »Als Strohballen hättest du bestimmt Mörderchancen auf eine Rolle.«

Flemming wühlt seine Nase in meine Hosentasche und reißt dabei fast die Naht ein. Gloria wirft mir einen vernichtenden Blick zu. Weniger wegen der Strohballen-Rolle, glaube ich, sondern weil Flemming bei mir nach Leckerli sucht und nicht bei ihr.

»Korrigier mich, wenn ich etwas Falsches sage«, nölt Melly mit Kleinkindstimme. »Waren wir nicht davon ausgegangen, gewisse Privatreiter nicht mehr hier sehen zu müssen?«

Ich kontere sofort: »Ich kann dir nur was zu gewissen *Privatpferden* sagen. Die sind glücklich, dass sie nicht mehr vom Anblick durchgeknallter Laienschauspieler belästigt werden.«

»Pah.« Melly wirft ihre Hüfte herum und bürstet wütend auf Collins Bauch herum.

Janne stößt einen Warnpfiff durch die Zähne aus, denn Herr Habicht kommt von seiner Wohnung herüber. Natürlich hat er Mellys Gezicke mitbekommen.

»Friede«, seufzt Habi im Vorbeigehen. Mit seinem gefürchteten Rundumblick mustert er die ganze Truppe. »Melly, mit deinem Glamour-Fummel gehst du nicht ins Gelände. Siehst ja aus wie ein Weihnachtsbaum. Gloria, nimm den Telefonbrummer vom Ohr. Der gehört nicht unter eine Reitkappe.«

Die Durchgeknallten jaulen auf. Unbeeindruckt geht Herr Habicht weiter. »Wenn hier nicht in einer Minute Ruhe herrscht, könnt ihr den Ausritt heute vergessen.«

Gleichzeitig kreischen alle Mädchen los. Mit eingezogenen Schultern verschwindet der Chef im Stall. Durch die Rückseite seiner Baseballkappe kann ich seine Gedanken lesen: Zicken! Pubertät!

»Ich zische ab«, sage ich zu Emi. »Um fünf hole ich dich ab. Geritzt?«

Gerade will ich mich aufmachen, als zwei Räder um die

Ecke biegen. Vince und Ferdi. Sofort beschleunigt sich mein Pulsschlag.

Die Jungs kurven über den Hof und rufen Scherzworte in die Menge, ohne jemand direkt anzusprechen.

Melly stoppt das wütende Geschrubbe unter Collins Bauch und zieht ihr Glitzertop zurecht. Sie ist wie verwandelt, jongliert mit Bürste und Striegel, schnurrt und gurrt mit ihrem Pferd. Hat sie ihr restliches bisschen Verstand verloren?

Vince umrundet mich und will im Vorbeikurven wissen: »Wo steht Pepper denn jetzt? Tapir meinte, ihr müsst jeden Tag Wasser hinbringen?«

Er spricht leise, aber nicht leise genug für Melly. Eifersüchtig giftet sie mich an. »Herr Habicht will nicht, dass Jungs auf die Weide fahren. Das weißt du genau, Flo. Ich würde es ihm ungern mitteilen müssen.«

»Bitte? Es gibt nichts mitzuteilen.«

Jetzt mischt sich auch Gloria ein. Herausfordernd lehnt sie sich an Flemmings Schulter und funkelt die Jungs an.

»Was wollt ihr überhaupt? Fremde dürfen nicht allein im Stall bleiben, wenn wir ausreiten und niemand da ist.«

Ich tippe gegen die Stirn. »Fremde! Geht's noch?«

Mit halbem Auge sehe ich, dass Ferdi eine Kurve dreht und Emily anspricht, die gerade den Hof verlässt. Sofort glüht Emi auf wie ein Rücklicht und rennt am Stall entlang zur Wiesenfeldstraße.

Nie im Leben wird Emi einen Jungen aufreißen. Das muss ich wahrscheinlich auch noch für sie erledigen.

»Was wollte Ferdi von Emi?«, frage ich Vince streng.

»Ihr Fahrrad fit machen für den Anhänger«, grinst Vince. »Aber deine Freundin hat da wohl was falsch verstanden. Biete ich dir übrigens auch an.«

»Was?«

»Doppelständer und so. Braucht man bei schwer beladenem Anhänger. Mit normalem Ständer kannst du das Rad nicht abstellen, kippt gleich um.«

Fahrradständer! Sieht Vince einen Kumpel in mir, dem man gelegentlich einen handwerklichen Gefallen tut? Verlangt er als Gegenleistung eine Hausfrauenaktion? Muss ich ihm Marmelade kochen? Romantisch hört sich das nicht gerade an: einen Doppelständer ans Rad schrauben. Jedenfalls klingt es nicht wie die Sehnsucht nach einem Kuss . . .

Egal. Heute hat es sowieso keinen Sinn. Todsicher werden sich meine Eltern keine Sekunde aus dem Haus bewegen, weil sie ihre Steuern machen wollen. Erziehungsberechtigte mit Adleraugen brauche ich bei meinem ersten echten Treff mit Vince so wenig wie ein Loch im Reitstiefel.

Alle Blicke der Mädchen sind auf mich gerichtet.

Melly platzt fast vor Wut und ignoriert Collins Aufforderung, ihm die Backen zu kraulen. Tessy und Kriss kratzen ihren Fjordpferden die Hufe aus und behalten mich und Vince dabei genau im Blick. Selbst Avatar beäugt mich unter den Pferdebäuchen hindurch.

Wenn ich jetzt mit Vince verschwinde, herrscht offener Krieg im Stall. Es reicht, dass ich Pepper abgestaubt habe.

»Ich probier's erst mal so aus«, sage ich zu Vince. »Wenn es nicht klappt, schreie ich um Hilfe.«

11.

Obwohl es schon sechs Uhr abends ist, steht die Sonne noch hell über Ammersdorf, als Emi und ich zum zweiten Mal an diesem Umzugs-Sonntag zur Koppel fahren.

Janne hat gerade ein Handyfoto vom Ausritt geschickt. Ich öffne es während der Fahrt und Emi beugt sich vom Fahrrad zu mir herüber, um einen Blick zu erhaschen. Auf dem Bild rappelt sich Gloria vom Sandweg auf und Flemming verschwindet mit wehenden Steigbügeln in der Ferne.

Könnt froh sein, dass ihr nicht mitgeritten seid. Wildschweine. Alle Pferde extrem nervös. Flemming hat Gloria abgeworfen. Ihr Bluetooth-Brummer ist weg. Habi konnte Flemming einfangen.

»Die *konnten* wenigstens ausreiten«, seufzt Emi. »Tapir meint ja, wir sollten den Ausritt heute streichen, weil die Pferde zu erledigt sind nach dem Umzug.«

Wir fahren den Weg zur Weide hoch und recken uns für einen besseren Überblick über die Lenker. Der Duft von tausend Blüten steigt mir in die Nase.

»Alpi und Pepper stehen immer noch bei den anderen Pferden«, stellt Emi fest. »Und Herr Jürgensen hat die Weide abgeteilt.«

Für den Elektrozaun habe ich keinen Sinn. Ein anderer Anblick elektrisiert mich: Über den breiten Zaun hinweg beknabbert Pepper sich mit der braunen Freiberger Stute. Dabei hat er mich garantiert längst gesehen. Warum steht er noch nicht wiehernd am Gatter und scharrt vor Freude mit den Hufen?

»Rufen wir sie?«, fragt Emi zögernd und steigt ab.

»Bist du verrückt? Wenn sie wieder nicht kommen? Das ertrage ich nicht.«

»Ich auch nicht.«

Wir lehnen unsere Räder an die Holzpfosten. Auf dem Vorplatz liegt auf einer Palette ein Heuballen, halb zugedeckt mit grünen Planen. Eine mit Heu gefüllte Kunststofftasche steht daneben. Mit Edding hat Gurke auf ein Stück Pappe geschrieben: »Gebt den Pferden täglich diese Menge Heu, solange die Weide geteilt ist. Heute kein Kraftfutter geben, wenn ihr nicht reitet. Gruß Jürgensen.«

»Der Bauer ist echt stark«, sagt Emi.

Wir stiefeln über die Weide zum unteren Zaun hinab. Mein Herz brennt vor Eifersucht, während ich Pepper beobachte. Liebevoll bearbeitet er den Hals der Braunen mit den Zähnen und sie beknabbert ihn genauso. Geduldig wartet die schöne Fuchsstute direkt daneben, bis sie mit der Fellpflege an der Reihe ist.

Als wir stehen bleiben, schielt Pepper nach hinten. Nach einiger Zeit hört er auf zu knabbern und wendet sich ganz zu mir um. Grummelnd macht er einen Schritt auf mich zu und reibt seine Nase über meinen Arm.

Rosa Wärme rieselt durch meinen Körper.

Ach Pepper, ich wusste doch, dass du mich mehr magst als fremde Pferde.

Leider wandert sein Blick im nächsten Moment erneut zu den Stuten.

Oh nein.

Meine blöde Eifersucht meldet sich wieder.

Doch dann schaut Pepper mich an. Dann schaut er die Stuten an, danach wieder mich. Sein Blick ist anders als sonst. Wie er mich ansieht . . . wie aus einer anderen Welt. Ich kann seinen Blick spüren, in meiner Seele.

Auf einmal erkenne ich, was mein Pferd mir sagen will: *»Guck doch, Flo, meine neuen Freundinnen. Sind sie nicht süß?«*

Pepper will, dass ich mich mit ihm freue! Einen Wimpernschlag lang darf ich hineinsehen in seine Welt, in die Welt der Pferde.

Für einen Moment bekomme ich eine Vorstellung davon, wie es im Paradies sein könnte.

Schon wendet Pepper sich wieder den ungeduldig scharrenden Stuten zu. Der Moment ist vorbei. Das ändert nichts. Ich spüre eine Nähe zu ihm wie nie zuvor. Diesen magischen Augenblick kann mir keiner mehr nehmen.

Urplötzlich ist mir nach Heulen zumute und ich schäme mich in Grund und Boden für meine Eifersucht.

Pepper hat auch zwei Herzen. Genau wie ich. Ein Herz für Pferde und eins für Menschen.

Es kann gar keine Konkurrenz geben.

Mit gesenkten Köpfen stehen Pepper und Alpino vor dem Unterstand und dösen, als ich am nächsten Nachmittag zum Gattertor komme. Sogar die Ohren hängen zur Seite.

Genau wie Tapir angekündigt hat!

»In den ersten Weidetagen haben Boxenpferde oft regelrecht Muskelkater vom vielen Kauen und Fressen.«

Müde hebt Pepper seinen Kopf eine Winzigkeit und dreht ihn in meine Richtung.

»Schlaf weiter«, rufe ich halb laut hinüber. »Wir reiten später. Ich hole erst mal frisches Wasser.«

Durch Reifenspuren eiere ich mit dem Rad Richtung Bauernhof. Gurke hat die Kanister gestern mitgenommen. Hoffentlich steht der Fahrrad-Anhänger bereit, sonst kann ich sechzig Liter Wasser in Sprudelflaschen transportieren.

Am Ende des Weges leuchten mir drei rote Gebäude entgegen. Die beiden ausladenden Flügeltore in der Einfahrt sind zur Seite geklappt. Frische Landluft weht mir entgegen. Misthaufen-Duft, gemischt mit Flieder. Schräg und schön zugleich. In der tief stehenden Sonne werfen die Häuser zackige Schatten über den Hof. Es ist still. Nur ein paar Hühner gackern hinterm Haus.

Ich springe vom Rad und sehe mich auf dem Hof um. Vor dem lang gestreckten Kuhstall steht ein kleiner Anhänger mit Deichsel, beladen mit unseren weißen Kanistern. Gurke ist zuverlässig.

Ich schraube sämtliche Verschlussdeckel ab und fülle die Kanister gleich auf dem Hänger.

Sehr klug, Flora, keine unnötige Schlepperei, lobe ich mich in Gedanken.

Angebunden an die Deichsel hängt ein kleines schwarzes Metallteil. Ich drehe das Teil ratlos in der Hand. Gehört es ans Fahrrad? Als Verbindungsstück? Na super. Mit meinen zwei linken Händen kriege ich das nie an die richtige Stelle.

Kurz entschlossen drücke ich Tapirs Nummer.

»Nansen.«

»Zum Glück bist du da!«

»Flo! Schon Probleme?«

»Na ja. Ich stehe hier auf dem Bauernhof mit den vollen Wasserkanistern im Fahrradanhänger. Wie kriege ich den Anhänger hinter mein Rad?«

Tapir stöhnt auf. »Verdammte Falle. Das haben wir vergessen. Du brauchst eine Kupplung.«

»Der Bauer hat mir so ein Teil hingelegt. Aber ich kann das nicht.«

»Bring die Kupplung mit, das mache ich dir morgen. Oder . . .«, er hüstelt. ». . . dein Vince.«

»Lass die Scherze, Tapir. Das hilft mir *jetzt* nicht. Soll Pepper verdursten?«

Aufgeschreckt wirbele ich herum, als jemand mich von hinten antippt.

»Hier verdurstet keiner.«

Eine hoch aufgeschossene Frau um die zwanzig steht hinter mir. Blauer Hosenanzug von der Art, die Mama in ihrer Sparkasse trägt. Braune Haare am Hinterkopf zusammengesteckt. Blass und schlank. Eindeutig mit Gurke verwandt.

»Moment, Tapir.« Ich lasse das Handy sinken.

Die Fremde im Hosenanzug zeigt auf mein Rad. »Vergiss es. Du kannst Annalenas altes Rad haben, da ist alles angebaut. Ist einfacher. Ich bin Lisa Jürgensen.«

»Cool. Danke.«

Das Mädchen nickt, verschwindet in einem Unterstand und schiebt ein schwarzes Tourenrad heraus.

An meiner Kniescheibe brüllt jemand meinen Namen. Tapir.

»Sorry, Tapir. Hat sich schon erledigt.«

»Na super. Grüß die Pferde und Bauer Jürgensen.«

Mit langen Armen macht Lisa sich an der Deichsel zu schaffen, um ihre Jacke nicht zu beschmutzen.

Etwas Besseres kann mir nicht passieren – ich bekomme ein Original-Wasserkanister-Beförderungsrad, damit ich die S-Klasse schaffe.

S wie Schwein gehabt.

»Mir gehört Castella«, sagt Lisa von unten.

»Wer?«

Mit einem Papiertaschentuch wischt sie sich die Hände sauber. »Die braune Freiberger Stute.«

Sie drückt mir den Lenker in die Hand.

»Castella? In die hat sich mein Pferd verliebt. Pepper, der braune Holsteiner.«

Lisa lacht. »Schon bemerkt, als ich heute früh auf der Weide war.«

Lisa wirft einen Blick auf die Uhr. »Meine Schwester kommt gleich. Sollen wir zusammen ausreiten? Ist ein Supersonderangebot. Vor acht sind wir sonst selten zu Hause.«

Mit rasantem Schwung saust ein roter Kleinwagen durch die Toreinfahrt und schwenkt in einer Staubwolke neben uns ein.

Die Tür fliegt auf und ein weiteres großes blasses, dünnes Mädchen mit hochgesteckten Haaren steigt aus.

»Gehörst du zu den neuen Pferden?«, fragt sie sofort und mustert mich neugierig.

»Ja, meiner ist Pepper, der braune Holsteiner.«

Sie streckt mir die Hand hin. »Annalena. Mir gehört Cara. Die Freiberger Fuchsstute.«

Ich schlage ein. »Flora. Deine Schwester meint, ihr nehmt uns mit ins Gelände?«

»Kein Problem«, sagt Annalena. »Wir müssen nur unsere Pferde holen.« Sie zeigt auf ihren Blazer. »Und uns umziehen. Reitet einfach durch die Traktorspur hierher.«

Vorsichtig drehe ich Lisas Fahrrad um und schiebe die schwere Fracht vom Hof. Leider kann ich nicht aufsteigen und fahren, dazu ist die Reifenstrecke zu holprig.

12.

Emi stellt die Schubkarre ab und läuft zum Tor, als ich mit dem Wasser ankomme.

»Die halbe Weide ist schon frei von Pferdeäpfeln«, sagt sie stolz und zeigt auf den blauen Container. »Habe vorhin unseren Privatmisthaufen eingeweiht.« Sie schiebt meinen Anhänger bis zum Unterstand an, weil die Koppel hinter dem Tor leicht ansteigt.

Ich wische mir den Schweiß von der Stirn. »Überraschung: Die Töchter von Bauer Jürgensen wollen gleich mit uns ausreiten!«

Emi strahlt. »Cool.«

Wir leeren die Kanister in die weiße Wanne und verharren einen Moment davor. Beim Anblick des schwappenden Wassers ergreift mich eine tiefe Zufriedenheit. Vor einer Woche habe ich an Tapirs Verstand gezweifelt, als er prophezeite: »Sauberes Trinkwasser für dein eigenes Pferd zu besorgen, ist so schön wie eine Zwei in Mathe.«

Schnell tippe ich eine SMS an Tapir.

> Hallo Hellseher! Wasser für Pepper ranschaffen, ist das HÖCHSTE! ☺

Langsam trotten unsere Pferde vom Ende der Weide nach oben. Nicht mit freudigem Wiehern und im Galopp, wie ich es gern hätte, aber immerhin kommen sie. Ich dachte schon, Pepper hätte nur noch Augen für seine Stuten.

Pepper grummelt leise und lässt sich ohne Widerstand am Anbindering festbinden und putzen. Wir trensen und satteln und reiten durch das offene Tor zum Hof hinüber.

Vor dem Hof marschieren Castella und Cara bereits mit Lisa und Annalena im Sattel auf und ab.

Pepper stößt ein erstauntes Wiehern aus, das sofort von den Stuten beantwortet wird. Ich muss lachen.

»Hier hast du deine Angebeteten nicht erwartet, was?«

Ich kraule ihm den Widerrist, das mag er gern.

»Emily mit Alpino«, rufe ich den Mädchen zu. Automatisch gehe ich davon aus, dass Emi stumm bleiben wird.

»Super«, sagt Lisa. »Sollen wir paarweise hintereinander?«

Wir reiten am Hof entlang über altes Kopfsteinpflaster. Rechts schließt sich eine lichte Baumgruppe aus Ahornbäumen an, danach führt der Weg ein Stück bergan, bevor wir in eine breite Lindenallee einbiegen. Am Ende schwenken wir nach rechts. Durch jungen Ahorn blinkt die Wasserfläche des Ammerteichs. Dauernd versucht Pepper, ganz nahe an die Stuten heranzukommen. Immer wieder muss ich ihn bremsen.

»Waren wir hier nicht früher mit der Schule, Flo?«, fragt Emi.

Stimmt, das hatte ich fast vergessen. Zwischen Grundschule und S-Klasse liegen hundert Ewigkeiten.

Ein schmaler Schilfgürtel zieht sich um die Uferzone. In den hohen Gräsern schnattern Enten. Die Strecke geht in einen Hohlweg über.

»Antraben«, kommt jetzt von Annalena. Nach hundert Metern ruft sie über die Schulter: »Wie ist es mit einem kurzen Galopp?«

»Und ob!«

Gemächlich galoppieren die Freiberger Stuten an. Pepper gibt sofort Gas und will an Cara und Castella vorbeischießen. Im letzten Moment kann ich ihn hinter Castellas Schweif halten.

Trotz der Schrecksekunde muss ich lachen. »Hör auf, Pepper! Du willst es den Stuten zeigen, was?«

Rechts erstreckt sich die gleichmäßig grüne Fläche des Ammersdorfer Golfplatzes. Hohe Zäune und Netze begleiten uns das letzte Stück, bevor unsere Vorreiter in einen hellen Weg mit lockerem Sand einbiegen.

»Hier könnt ihr nur Schritt gehen«, gibt Lisa nach hinten durch. »Tiefer Sand, schlecht für die Sehnen.«

Danke für die überflüssige Belehrung, das weiß doch jedes Kind.

Aus einem Nebenpfad laufen uns zwei junge Jogger über den Weg.

»Gleich kommt eine Strecke mit festem Grasboden. Da galoppieren wir noch einmal«, schlägt Lisa vor.

Der linke Junge sieht fast so aus wie Vince. Halblanges Haar, schlank, schlaksig, irgendwie fröhlich. Mit einem Auge sehe ich ihm nach.

»Galopp!«

Pepper schnaubt. Er liebt Galopp. Ich gehe in den leichten Sitz und genieße den Wind im Gesicht. Cool, galoppieren auf einer neuen Strecke. Meine Fantasie geht mit mir durch . . . Auf einmal reitet nicht mehr Emily neben mir, sondern Vince Weise. Seine braunen Haare wehen im Wind. Vinces linke Hand bündelt die Zügel. Lächelnd streckt er den freien Arm aus und umfasst meine Taille. Einen Moment schwebe ich zwischen Himmel und Erde. Was für ein Gefühl! Vince hat mich hinüber auf den Rücken von Alpino gezogen. Alpino? Nein, passt nicht. Alpi ist viel zu klein für Vince. Ich korrigiere den Traum. Alpi ersetze ich durch Sandro, den prachtvollen Hannoveraner Schimmel vom Habichthof. Prinz mit Pferd, meine Lieblingsszene aus dem Märchenfilm, den ich mit acht gesehen haben. Dornröschen. Oder Schneewittchen? Oder Robin Hood? Egal. Romantisch rieselt rosa Abendsonne über weiße Kastanienkerzen.

Abrupt rammt Pepper alle vier Hufe in den Boden und steht mitten aus dem Galopp wie in Stein gemeißelt. Überrumpelt falle ich vornüber auf seinen Hals. Während ich mit Vince dem siebten Himmel entgegengaloppierte, habe ich Pepper doch tatsächlich für einen Moment vergessen.

Mein Pferd tänzelt auf der Stelle. Jetzt bin ich wieder hellwach. »Komm weiter, Pepper.«

Obwohl ich treibe, geht er rückwärts. Natürlich hat Pepper als hochsensibles Tier gemerkt, dass ich nicht hundertprozentig bei ihm war. Mir schlägt das Gewissen. Weil ich einen kurzen Traum lang nicht als Leitfigur taugte, musste Pepper die Führung übernehmen.

Lisa und Annalena sind schon um die Ecke gebogen, Alpino klemmt sich hinter Caras Schweif, weil Pepper als Respektsperson ausgefallen ist. Besser gesagt: Ich bin ausgefallen.

Inzwischen hab ich den Grund für Peppers Auflehnung bemerkt: An der Ecke duckt sich ein grauer Feldstein. Auf Pepper muss der wolfsgroße Stein wirken wie ein lauerndes Raubtier.

»Warum bist du nicht dicht hinter uns geblieben?«, ruft Annalena. »Große Abstände sind Gift!«

Soll ich vielleicht antworten: Ich bin gerade mit meinem Traumprinz ins Abendrot galoppiert?

»Weiß ich«, murmele ich mit glühendem Kopf.

Peinlich! Beim ersten Ausritt mache ich den Clown.

Unter mir stemmen sich 550 Kilo Verweigerung in den Grasboden. Pepper steht auf der Stelle und beäugt das steinerne Ungeheuer, wie hypnotisiert.

Die Reiter vor mir wenden ihre Pferde und kehren um.

»Wir nehmen Pepper in die Mitte«, schlägt Lisa vor. »Damit er sich sicher fühlt. Unsere Pferde wollten am Anfang auch nicht an dem Steinbrocken vorbei.«

Rechts und links bauen sich Cara und Castella neben meinem aufgeregten Pepper auf. Ein paar Meter kommt unsere Dreiergruppe vorwärts, doch je näher der graue Wolfsstein kommt, desto stärker bremst Pepper ab. Er reißt den Kopf hoch, geht schräg, tänzelt, schnaubt in einer Mischung aus Angst und Ärger. So kannte ich meinen zuverlässigen Pepper bisher nicht.

Die Schuld gebe ich mir selber und dazu fünf Punkte auf der »Fiese-Flora-Skala«. Weil ich unersättlich bin, habe ich meinen treuen Freund Pepper verunsichert. Ich wollte beide gleichzeitig: Pepper *und* Vince.

Bis in meine Waden spüre ich Peppers angespannte Muskeln. Jede Sekunde kann er umdrehen, davonstürmen und mich abbuckeln. Bloß das nicht beim ersten Ausritt! Wenn das meine Eltern sehen würden. Mama und Papa bekämen Schweißausbrüche. Und ich Reitverbot.

Annalena hat eine Idee. »Steig ab und führ ihn vorbei. Wir warten. Du musst direkt am Stein gehen und Pepper neben dir.«

Ich rutsche aus dem Sattel und nehme die Zügel vom Hals. Pepper tippelt immer noch schräg, aber er folgt mir. Ein paar kleine Schritte, dann sind wir vorbei. Schnaubend drängt er sich zwischen die Stuten und Alpino.

Als ich mich wieder in den Sattel schwinge, singt mein Herz. Ich sage nichts, aber ich könnte die ganze Welt umarmen.

In diesem bedrohlichen Moment hat Pepper mir mehr vertraut als den unbekannten Stuten!

Bei der nächsten Galoppstrecke ist Pepper wie ausgewechselt. Immerzu schnaubt er, als hätte er die Hürde seines Lebens genommen. Dabei war es nur ein dummer Stein.

Nach fast zwei Stunden trennen wir uns vor Jürgensens Gehöft.

»Die Strecke könnt ihr euch leicht merken«, sagt Lisa, als sie Castella auf ihren Hof lenkt. »Es geht immer nur um den riesigen Golfplatz herum.«

In der Reifenspur reiten wir zurück auf unsere Koppel.

Wir satteln ab, kontrollieren die Hufe und lassen die Pferde bis zur Fütterung auf die Weide. Alpino steht gleich wieder bei den Haflingern am Zaun, während Pepper wiehernd Ausschau nach seinen Freiberger Stuten hält.

Gemeinsam sammeln wir die Pferdeäpfel von der oberen Weide ab. Ich stopfe den Kunststoffsack halb voll mit Heu und schleife ihn über den Boden zum Unterstand, wo ich das Heu in einer langen Reihe ausbreite.

Ich klopfe mir den Staub von der Hose und erfreue mich an der Strecke duftenden Heus. Es muss Spaß machen, Halm für Halm zu kauen. Wenn ich nicht aufpasse, laufe ich bald auf allen vieren und beginne zu wiehern.

Meine Uhr sagt mir, dass wir jetzt auch das Kraftfutter geben können. Sechzig Minuten nach dem Reiten, hat Habi gesagt. Gerade habe ich die Futtertonne geöffnet und die erste Schaufel mit Pellets gefüllt, da steht Emi hinter mir.

»Soll ich füttern?«, schlägt sie vor. »Die Wasserkanister müssen ja noch zum Hof zurück und ich kann den Anhänger nicht an mein Fahrrad hängen. Bringst du sie weg?«

Spontan will ich sagen: Keine Lust. Füttern ist schöner. Aber dann sehe ich Emis flehenden Blick. Seufzend willige ich ein.

»Gut, drei knappe Schaufeln für Pepper. Wo hast du dein Futter?«

»Im Rucksack«, sagt Emi.

Damit es keinen Futterneid gibt, binden wir unsere Pferde zehn Meter entfernt voneinander an. Alpino an den Anbindering, Pepper an einen Pfosten.

Ich belade den Fahrradhänger mit den Kanistern und schiebe Lisas Rad den Feldweg entlang zum Hof. Als ich zurückkomme, ist Pepper mit seinem Kraftfutter schon fertig. Alpino leckt gerade noch die Reste aus der Schüssel.

»Schnell gefressen«, wundere ich mich.

»Ja«, sagt Emi und errötet.

Manchmal verstehe ich nicht, warum sie rote Ohren kriegt. Wie kann man bei der Bemerkung »schnell gefressen« anlaufen wie ein Feuermelder?

Pepper kriegt noch einen dicken Kuss auf die Backe, bevor ich mich für den Heimweg umziehe. Sorgfältig schließe ich den Vorratsraum ab und pendele mit dem kleinen Schlüssel vor Emis Gesicht.

»Keine Chance für Klaubrüder.«

Schon wieder wird sie rot. Ich gebe es auf, nach den Gründen zu suchen.

Bevor wir das Gattertor schließen, zählen wir noch einmal auf, ob wir nichts vergessen haben.

Ein Super-Gefühl, dass wir ganz allein für unsere Pferde verantwortlich sind. Ich fühle mich sehr erwachsen.

13.

Mit rasendem Puls schieße ich im Bett hoch.

Eine Donnersalve kracht direkt auf unser Haus herunter. Ich zerre die Bettdecke bis unter die Nase und ziehe den Kopf ein. Wie ich Gewitter hasse! Ein neuer Blitz zuckt grell durch mein Zimmer. Hinter den Rollos schießt die Zickzackspur durch die Nacht. Ein ohrenbetäubender Donnerschlag folgt.

Mit beiden Händen halte ich mir die Ohren zu.

Schlag auf Schlag geht es jetzt. Taghell steht das Blitzlicht über meinem roten Sofa.

»Pepper«, murmele ich. »Was machst du bloß?«

Draußen bricht ein Wolkenbruch los. Peitschend und pfeifend fegt ein Gewittersturm ums Haus.

Wenn *ich* schon vor Angst halb wahnsinnig werde, wie geht es erst Pepper und Alpino? Ich versuche, mich mit Tapirs Worten zu beruhigen: »Gewitter sind Naturereignisse. Nichts Besonderes für Pferde. Sie stellen sich in den Unterstand und fertig.«

Das kann ich nicht glauben. So ein heftiges Unwetter meinte Tapir bestimmt nicht.

Eine halbe Woche steht Pepper jetzt auf der Koppel und bisher ist alles ziemlich glattgegangen. Obwohl Emi und ich abends fix und fertig sind von all der Arbeit, macht die Selbstversorgung uns Riesenspaß. Allerdings war Tapir auch bei allen Problemen nur eine SMS weit entfernt. Um mich von dem furchtbaren Gewitter abzulenken, denke ich an die Fragen, mit denen wir Tapir gelöchert haben.

Pepper ist gestochen worden. Drei dicke Quaddeln. Was hilft?
Flo

Antwort von Tapir:

Kühlendes Insektengel auftragen. Gehört in die Weide-Apotheke, außerdem Kühlgel für Schlagverletzungen, Fieberthermometer, sterile Wundauflagen. Hab noch einige Auflagen im Stall. Abholen! Tapir.

Zweite Frage.

Der Wasserkanister versifft, wenn man ihn nicht reinigt, behauptet meine Mutter. Wie kriege ich den blöden Behälter von innen sauber? Flo.

Antwort von Tapir:

Mit langen Flaschenbürsten ausrubbeln. Bauer Jürgensen leiht sie euch. Auch die Wanne täglich säubern. Sonst siedeln sich Algen an. Tapir.

Dritte Frage.

Alpinos linkes Auge schwillt plötzlich zu. Was kann Emi tun? Flo.

Antwort von Tapir:

Wahrscheinlich Bindehautentzündung. Oder Splitter hineingeraten? Kann nur der Tierarzt sagen. Soll ich Müller-Maring zur Weide schicken? Tapir.

Die Salbe, die der Tierarzt für uns an der Schutzhütte hinterlegt hat, hilft sensationell. Nur gut, dass die Tube geschützt im Vorratsraum liegt.

Die Rollos halten die Blitze nicht ab. Taghell erleuchtet das Licht mein Zimmer. »Pepper«, murmele ich. »Wie fühlst du dich in deinem Unterstand? Hast du Angst?«

Jetzt brauchte ich Tapir. Aber ich kann ihn schlecht mitten in der Nacht anrufen.

Schwül steht die Luft im Raum. Mit zitternden Knien stehe ich auf, ziehe ein Rollo hoch und starre aus dem Fenster. Wie brennende Äste schießen Blitze über den Himmel. Der Sturm treibt Regenschleier durch den Garten, drückt unsere weißen Fliederbüsche zur Seite. Abgerissene Zweige wirbeln durch die Luft.

Vorsichtig öffne ich die Balkontür und umklammere die Klinke. Gleich wird der Wind sie mir aus der Hand reißen. Wenn ich an stürmischen Tagen die Tür nur einen Spalt öffne, fegt der Westwind mir um die Ohren.

Heute nicht. Dabei tobt doch draußen die Hölle. Starkregen gurgelt auf dem Balkonboden, dreht kleine Strudel und schießt durch das Geländer in die Regenrinne, die nicht alles fassen kann. In großen Sturzbächen schwappt das Wasser auf die Terrasse unter mir.

»Die offene Seite von Weidehütten liegt bei uns bewusst nach Südosten«, höre ich Gurke sagen. »Damit Westwind und Regen nicht eindringen können.«

In Mathe und Physik bin ich zugegeben ein Loser. Nur selten ziehe ich richtige Schlüsse. Aber heute Nacht denke ich plötzlich logisch – und mit einem Schlag wird mir klar: Wenn der Wind nicht von Westen kommt, muss er zwangsläufig von Osten kommen. Jedenfalls ungefähr.

Und das bedeutet: Das Unwetter knallt MITTEN IN PEPPERS UNTERSTAND!

Die Pferde finden keinen Schutz in ihrer Weidehütte. Ein Albtraum!

Schon sehe ich die Koppel vor mir. Blitze zucken vom schwarzen Nachthimmel. Verwirrt und verzweifelt irrt mein armer Pepper an den Zäunen entlang. Aus dem Unterstand sind die Pferde längst geflohen, weil es drinnen noch schlimmer ist und der Regen auf Pepper und Alpino einpeitscht. In Panik galoppieren sie über die Weide, schutzlos dem Unwetter ausgeliefert. Jederzeit kann der Blitz sie treffen. Ziellos läuft Pepper kreuz und quer über die Koppel.

Bestimmt wiehert er nach mir und fühlt sich im Stich gelassen. Ich muss zu ihm.

Meine Decke fliegt aufs Bett. Hastig schlüpfe ich in meine Jeans, die noch von gestern auf dem Sofa liegen.

Mein Handy piepst Emis Nummer. Nur die Mailbox. Hoffentlich schaltet sie sich ein.

»Emi, eine Katastrophe! Wenn du abhörst, melde dich. Sofort! Das Gewitter kommt von Osten. Haut direkt in den Unterstand. Die Pferde können nicht rein. Am liebsten würde ich sofort zur Weide fahren, aber allein traue ich mich nicht. Melde dich! Melde dich! Melde dich!«

Unruhig tigere ich durchs Zimmer. Fünf Minuten, zehn Minuten. Emi ruft nicht an. Sicher liegt sie mit Ohrstöpseln im Bett, weil sie sich bei Gewitter zu Tode fürchtet. Ich horche nach draußen. Der Donner grollt weniger bedrohlich. Zieht das Gewitter ab? Da geht ein gewaltiger Schlag auf unser Dach nieder. Vor Schreck falle ich rückwärts aufs Sofa und schicke ein Stoßgebet zum Himmel. »Lass den Pferden nichts passieren.«

Das Gewitter kehrt zurück. Wer weiß, wie lange es anhält. Manchmal dauert ein Unwetter die halbe Nacht.

Daniel muss mit. Wozu hat er neuerdings den Führerschein? Mit bebenden Händen streife ich Sweatshirt und Regenjacke über.

Leise schleiche ich die Treppe zu seinem Dachzimmer hoch. Mit jeder Stufe nimmt die Schwüle zu. Dani wird nicht begeistert sein, seine Schwester mitten in der Nacht zur Weide zu fahren. Auch wenn es nur fünf Kilometer sind.

Mit dem Ärmel wische ich mir die Stirn ab.

Dani darf Mamas Smart fahren. Also kann er gar nicht Nein sagen.

Auf Zehenspitzen betrete ich sein Zimmer. Dani liegt auf

dem Bauch und hat sich das Kopfkissen über den Kopf gezogen. Vorsichtig ziehe ich die Zipfel hoch.

Dani knurrt etwas und erobert das Kissen zurück.

»Dani, wach werden. Pepper ist in Gefahr. Fahr mich zur Weide. Bitte!«

»Grrr.«

»BITTE!«

Schlaftrunken dreht Dani sich um und blinzelt durch halb geschlossene Lider in den dunklen Raum. Sein Gesicht wird grün vom Display des Weckers beleuchtet. »Bist du verrückt? *Wohin* willst du?«

»Zur Weide.«

»Weißt du, wie spät es ist?«

»Vier Uhr. Stockdunkel.«

»Stockdunkel. Seit wann bist du nachtaktiv wie ein Hamster?«

»Mann, Dani. Ich muss nach Pepper sehen.«

Draußen grollt der Donner.

»Spinnst du jetzt total? Bei dem Gewitter?«

»Darum ja. Der Unterstand ist zur falschen Seite offen.«

»Falsche – was?«

Ungeduldig zerre ich an seinem Schlafshirt. Keine Zeit, Daniel Nachhilfe in Pferdehaltung zu geben.

»Vergiss es. Komm einfach.«

Stöhnend richtet Dani sich auf. Er lehnt sich zurück und reibt seine Augen. Ein halber Sieg!

»Flo! Ich darf nicht allein fahren, bis ich achtzehn bin.«

Stimmt, hatte ich total vergessen. Aber daran kann doch wohl keine lebenswichtige Rettungsaktion scheitern.

»Nachts kontrolliert keiner.«

»Und wenn doch? Dann bin ich den Lappen gleich wieder los und fange mir jede Menge Punkte ein.«

»Dann sagen wir: ein Kriseneinsatz. Stimmt ja auch. Außerdem, welcher Polizist steigt denn bei Gewitter freiwillig aus dem trockenen Polizeiwagen, um einen unschuldigen Smart zu kontrollieren?«

»Gib dir keine Mühe, Quälgeist. Mich überzeugst du nicht.«

Aber da steht Dani schon vor dem Bett und tastet nach dem Lichtschalter. Leise fluchend steigt er in seine Sachen und streicht sein zerzaustes Haar hinter die Ohren.

»Dafür bist du mir was schuldig.«

»Alles.«

Pepper, wir kommen!

Mein Bruder steckt Mamas Zweitschlüssel und seine Taschenlampe ein. Leise steigen wir durchs Treppenhaus nach unten.

Fast wären wir noch im Flur aufgeflogen, denn der Wind reißt Dani die Haustür aus der Hand. In letzter Sekunde hechtet er hinterher, bevor sie gegen die Mauer schlägt und den ganzen Fichtenkamp aufweckt.

»Das glaubt mir morgen keiner in der Schule«, stöhnt er.

Obwohl ich Dani hetze, fährt er strikt 50. Er will nichts riskieren.

Den Weg nach Ammersdorf kenne ich inzwischen im Schlaf. Hinter Haverstedt zieht sich die unbeleuchtete Straße finster in die Länge. Im Scheinwerferkegel tauchen riesige Pfützen auf. Alle paar Hundert Meter schlägt das aufspritzende Wasser über dem weißen Smart zusammen. Das Gewitter zieht hin und her. Zwei Minuten herrscht Ruhe, dann schlägt es erneut mit voller Wucht zu.

Im Auto sind wir vor Blitzen sicher, die Erkenntnis habe ich aus Winkels Physikstunde behalten.

»Am liebsten würde ich Pepper und Alpino in den Smart

stecken und mit nach Hause nehmen«, sage ich, als wir Jürgensens Gehöft passieren. »Aber an Holsteiner und Haflinger hat natürlich kein Konstrukteur gedacht.«

Dani sieht mich von der Seite an. »Geht's noch, Schwester?«

Er biegt in den Sandweg zum Gattertor ein. Wo heute Nachmittag noch ein fester Pfad zur Koppel führte, besteht der Boden jetzt aus Sturzbächen und ausgewaschenen Rinnen.

»Wenn wir stecken bleiben, bin ich dran«, sagt Dani, aber er bugsiert Mamas Auto geschickt bis vor das Weidentor und blendet beim Anhalten auf. Abgerissene Fetzen von Einschweißfolie flattern durch die Luft. Nass und dunkel krümmt sich der angebrochene Heuballen. Ein schwerer Regensee drückt die heruntergefegte Schutzplane auf den Boden.

Keine Spur von Pepper und Alpino.

Mein Herz pocht unruhig. Feucht klebt meine Regenjacke im Nacken. Dani lässt den Motor erneut an und kurvt ein paar Mal am Zaun hin und her. Seine Scheinwerfer suchen die Koppel ab, doch mehr als die vordere Hälfte hellen sie nicht auf.

Die Pferde sind nicht zu sehen.

»Vielleicht stehen sie doch in der Hütte!« Ich ziehe die Kapuze über den Kopf und binde sie so eng zu, dass ich kaum Luft bekomme.

»Willst du etwa auf die Weide? Guck dir bloß den Himmel an!«

Durch dichte Regenschleier auf der Windschutzscheibe zeigt Dani nach draußen, wo ein heftiger Blitz die Nacht erhellt.

»Logisch. Warum bin ich wohl hier?« Ich greife nach der

Taschenlampe, springe aus dem Auto und renne los. Die Autotür lässt sich nicht zuschlagen, der Wind stemmt sich dagegen. Aber darum kann ich mich jetzt nicht kümmern.

»Flo«, schreit Dani mir nach. »Mama dreht durch, wenn die Sitze nass regnen.«

Aber da bin ich schon fast am Gatter.

Der Schlüssel für das Kettenschloss liegt natürlich zu Hause. Kurzerhand steige ich über das Tor. Die nassen Stangen glitschen mir fast aus der Hand. Ich springe auf der anderen Seite in eine tiefe Plütze und bin nass bis zu den Knien. Mit der Taschenlampe leuchte ich die Koppel ab. Hinter mir keucht Dani heran.

»Warte doch. Ich will hier nicht plötzlich deinem durchgedrehten Pferd begegnen.«

»Wenn Pepper mich sieht, beruhigt er sich.«

Wir laufen zum Unterstand. Bevor ich nach innen linse, weiß ich schon, dass Pepper nicht drinnen steht. Über den Sandboden der Hütte fegen Regenschauer, die prasselnd gegen die Rückwand schlagen. Dani drückt meinen Arm, als er mit mir in die leere Zufluchtsstätte späht.

»Wir finden ihn schon, Flo.«

Vor unseren Füßen verteilen sich die Reste der Lecksteine, aufgeweicht vom Regen, zerlaufen und von Hufen zertreten. Obwohl der Gedanke gerade überhaupt nicht in meinen verwirrten Kopf passt, fällt mir Tapirs oberschlaue Bemerkung ein: *learning by doing.* Bei der Arbeit lernen. Hab's kapiert, Tapir. Lecksteine binde ich nie wieder außen an, die gehören nach innen.

Regenböen schlagen uns ins Gesicht, als wir gegen den Wind kämpfend die Zäune abschreiten. Was, wenn die Pferde sich beim Galoppieren auf der Weide verletzt haben? Sie könnten in ein Kaninchenloch getreten sein. Muss ich damit rechnen, Pepper hilflos am Boden zu finden? Oder ist er etwa in Panik über den Zaun gesprungen und irrt jetzt über die Straßen? Jede Minute, die wir erfolglos über die Koppel hasten, sickert mehr Angst durch meine Adern. Mir wird schlecht bei der Vorstellung, meinem Pepper könnte etwas passiert sein.

Auf der angrenzenden Weide zeichnet sich die Silhouette einer Pferdegruppe ab. Deutlich ragen die Stehmähnen der beiden Freiberger Stuten hervor. Neue Hoffnung keimt auf. Hier werde ich Pepper finden, bei seinen neuen Freundinnen. Hier *muss* ich ihn finden. Dicht drängen sich acht Pferde hinter dem Zaun vor der Buschgruppe. An ihrer Stelle würde ich mich lieber in die Unterstände verkriechen.

Ich leuchte über den Zaun, aber so weit der Lichtstrahl reicht, ist kein Pepper zu sehen und kein Alpino. Resigniert lasse ich die Lampe sinken.

»Ich dachte, unsere Pferde wären hier. Mit der Herde hatten sie sich angefreundet. Aber auf unserer Seite der Weide gibt es ja keine Schutzhecke gegen Wind.«

Dani zieht sich die Kapuze weiter ins Gesicht und dreht sich gegen die heftigen Sturmböen.

»Ach, um Windschutz geht es. Hättest du mal gleich sagen können.«

Er nimmt mir die Taschenlampe aus der Hand, schwenkt sie über die dunkle Weide und kreist unseren entfernten Unterstand mit schwachem Licht ein.

»Eure Hütte ist ja nach Osten oder Südosten offen, wenn ich das richtig sehe. Als Pferd würde ich mich bei Ostwind *hinter* den Unterstand stellen. Wo die Holzwände den Sturm abhalten.«

Mein Bruder mit dem einmalig logischen Verstand. Was für eine brillante Idee.

»Los.«

Ohne anzuhalten, rennen wir die Weide hoch, immer dem tanzenden Lichtkegel nach. Zum Glück zucken die Blitze jetzt nur noch alle paar Minuten auf. Aber zuletzt habe ich sie sowieso nicht mehr wahrgenommen, weil meine Angst um Pepper alles überdeckt.

Atemlos erreichen wir den Unterstand.

»Langsam gehen, nicht mehr laufen«, weise ich Dani an. Auch wenn ich vor Angst zittere, bleibt noch so viel Grips übrig, Fluchttiere nicht zu erschrecken.

In banger Erwartung umkreise ich die Weidehütte. Wenn Pepper nicht hier oben steht, muss ich das Schlimmste befürchten. Wir haben die gesamte Weide abgesucht. Mit rasendem Herzklopfen spähe ich um die Ecke.

Da stehen sie!

Pepper und Alpino. Eng drängen sie sich an die hölzerne Rückwand.

Ein dicker Brocken fällt mir vom Herzen. Mit einem Schlag bin ich erleichtert. Mehr als bei der letzten Drei in Mathe.

Dani senkt die Taschenlampe zu Boden. Mit gespitzten Ohren sehen die Pferde uns entgegen. Sie haben uns längst gewittert. Ich könnte heulen vor Freude.

»Pepper«, flüstere ich.

Klitschnass klebt seine Mähne am Hals. Vom Schopf tropft es auf den Nasenrücken, auf die Nüstern, auf die Lippen.

Ich strecke ihm die Hände entgegen. Pepper stutzt kurz, dann tritt er zögernd näher, fährt mir mit seinen nassen Nüstern übers Gesicht und sucht unter der zugezogenen Kapuze nach dem bekannten Flora-Geruch. Weich gleitet seine Nase über mein Kinn, über die Augenbrauen. Meine Kehle schnürt sich zu. Da ist sie wieder, die rosa Wärme, von der Papa und Mama nichts verstehen.

Alpino streckt nun auch den Hals und beschnuppert mich. Beide Pferde sehen gar nicht nervös aus, sondern wie mit Engelsgeduld gesegnet. Mit erstaunten Augen mustert Pepper mich: *Noch nie ein Sommergewitter erlebt?*

Als müsste er mich aufbauen, reibt er seine Nase an meiner Schulter.

»Danke, Dani«, sage ich glücklich und schlinge meinen Arm um Peppers Nase. »Du hast mich soeben vor einem Herzinfarkt gerettet.«

Im nächsten Moment dröhnt ein Geschrei über die Weide, dass ich doch noch einen Herzkasper bekomme.

»DIR WERD ICH HELFEN, PFERDE ZU KLAUEN.«

Eine lange Schattengestalt mit einem Stock in der Hand kommt um die Ecke und stürzt auf meinen Bruder zu. Erschreckt springen Pepper und Alpi rückwärts.

»Hilfe«, schreit Daniel, dreht auf dem Absatz um und rennt davon. Drohend schwenkt der Unbekannte den langen Stock und jagt meinen Bruder über die Weide zum Tor, das hell angestrahlt vor unseren Autoscheinwerfern liegt.

Einen Moment lang stehe ich geschockt auf der Weide und starre auf die Silhouette, die sich im Gegenlicht bedrohlich abzeichnet. Plötzlich erkenne ich in einem Lichtstreifen, wer Daniel auf den Fersen ist: Gurke mit Mistforke.

»Halt, halt, Herr Jürgensen!« Ich fetze hinterher und brülle gegen den Wind: »Das ist mein Bruder!«

Abrupt bleibt Gurke stehen und lässt die Forke sinken.

Ungläubig starrt er mich aus schmalen Augen an, als ich herbeigerannt komme. Er leuchtet mich voll mit der Stablampe an, um unter meiner Kapuze das Gesicht zu erkennen.

Schützend verschränke ich meine Arme vor den Augen. Regen läuft in die Ärmel.

»Flora, du? Seid ihr von allen guten Geistern verlassen, nachts auf der Weide herumzustromern?«

»Ich hatte solche Angst um unsere Pferde. Die stehen doch sonst bei Gewitter im Stall . . .«

Gurke schüttelt den Kopf und schultert seine Forke, von der das Regenwasser herunterläuft.

»Bei so einem Extremwetter gucke ich natürlich nach dem Rechten. Gewitter auf der Weide sind nicht ohne. Falls ein Blitz einschlägt, fließt meterweit Strom durch den Boden. War gerade bei meinen Kühen, da habe ich das Licht bei euch gesehen. Wird viel geklaut auf den Weiden. Pferde. Und alles mögliche Zubehör.«

Wie Irrlichter huschen weit entfernt die letzten Blitze über den Himmel.

Der Bauer nimmt die grüne Baseballkappe ab und schüttelt den Regen herunter.

Am Horizont zeichnet sich ein heller Streifen ab. In einer halben Stunde geht die Sonne auf. Das Gewitter sitzt mir noch in den Knochen, den Pferden nicht. Pepper und Alpino stecken ihre Nase schon wieder ins Gras.

»Ist ja alles gut gegangen«, knurrt Gurke und wendet sich ab. »Ab nach Hause, ihr Verrückten.«

Nach der Schule, die ich im Schlafgang überstanden habe, radele ich auf dem Weg zu Pepper zuerst zum Habichthof, um neue Lecksteine mitzunehmen. Das war vielleicht eine Nacht! Ich brauche dringend Ruhe.

Damit wird es allerdings nichts, das schwant mir auf der Wiesenfeldstraße, wo mir schreiender Baulärm entgegenschlägt, der noch anschwillt, als ich vor dem Stall ankomme und mein Rad in den Ständer schiebe.

Den Haupteingang verrammeln zwei Balken und ich muss

zu Fuß zurück zur Straße und den Seitenweg an Habichts Wohnscheune vorbei auf den Hof nehmen. Habis schwarzen Geländewagen erkenne ich nur an der Form, er verschwindet unter einer grauen Staubschicht. Ohrenbetäubend rattert ein Presslufthammer.

Ich luge in die Stallgasse. Ein grauer Mann mit Mundschutz und gepolsterten Schallschutzmuscheln auf den Ohren rammt das hämmernde Gerät in den Stallboden. Triefend nasse Decken hängen über den Gitterstäben der Boxen, damit weniger Betonstaub eindringt.

Vor mir schwenkt ein kleiner gelber Bagger Sand vor die Tür zur Stallgasse. Was ist aus meinem gemütlichen Habichthof geworden?

An der weit entfernten Anbindestange, die wir ungern benutzen, weil man den Hofbetrieb von dort schlecht verfolgen kann, werden unsere Schulpferde für den Nachmittags-Ausritt geputzt.

Ich peile zu der schwatzenden und lachenden Schar von Reiterinnen. Kurz checken, welche Pferde heute mitgehen. Die Schimmel Sandro und Galvano stehen dabei, die Fjordies Oskar und Halvor, Fuchsstute Siri, die braune Stute Vicky mit ihrer langen Keilsternblesse, der Rappe Flemming und der Oldenburger Fuchs Chico.

Als ich zu meiner alten Abteilung hinübergehe, ertappe ich mich dabei, dass ich jetzt gern mit Pepper mitten in der vertrauten Gruppe stände. Was haben wir für fröhliche Nachmittage verbracht. Was mir allerdings definitiv nicht fehlt, ist das heutige Gesprächsthema, denn jedes zweite Wort handelt vom Casting.

»Ob wohl jemand von uns die Chance bekommt?«

Katharina träumt laut. Ich wette, sie sieht sich schon vom Flachbildschirm ins Wohnzimmer flimmern.

»Dieser elende Staub«, jammert Melly. Statt Galvano zu putzen, zieht sie ihre eigene Bürste aus dem Putzkasten und bürstet sich mit vorgebeugtem Kopf das lange rotblonde Haar. »Mein Kopf sieht aus, als hätte ich im Zementsack übernachtet. Wenn das Casting-Team kommt, blamiere ich mich in Grund und Boden.«

»Vielleicht suchen sie noch eine Nebelkrähe«, sage ich im Vorübergehen. »Oder Aschenputtel. Das wären absolute Traumrollen für dich. Bürsten kannst du dir übrigens sparen. Emi übertrifft dich haarmäßig sowieso. Ihr Haar glänzt wie Platin, das sagt jeder.«

Melly stößt einen Laut aus wie ein trotziges Kind, das die erhoffte Hauptrolle im Weihnachtsmärchen nicht bekommt. Dabei muss sie doch wissen, dass die kleine, schüchterne Emily das Wort Casting nicht einmal denken mag.

Kichernd verknoten die Zwillinge Tessy und Kriss rote Kopftücher im Nacken, die sie gegen den Staub mitgebracht haben.

»Kriss«, sagt Kriss, die sich jedes Mal vorstellt, weil man sie sonst nicht von Tessy unterscheiden kann. »Spart euch die Gedanken, Leute. Die nehmen sowieso Zwillinge, dann können sie nämlich länger drehen. Tessy und ich können uns immer abwechseln.«

»Das hilft euch nur nichts«, sagt Melly von oben herab. »Soviel ich weiß, suchen sie schöne blonde Haare und keine Dackelfarbe.«

Hustend schießt Herr Habicht aus dem Stall und Melly hält endlich den Mund.

»Macht nicht so lange, Mädchen. Nur husch, husch über die Sattellage und Hufe ausräumen«, ruft er herüber, mit einem Bein um die Ecke zum Außenstall. »So wenig Staub wie möglich einatmen. Reitet schon mal los und wartet am Bach.

Ich komme gleich nach. Janne, du übernimmst mit Chico die Tête.«

Janne hebt zustimmend die Hand.

»Gloria, machst du Bono für mich fertig?«

»Klar, Chef.«

Wieso fragt er ausgerechnet diese blöde Kuh mit dem Stroh auf dem Kopf?

Unglücklich starre ich Gloria nach. Früher durfte *ich* Habis Reitpferd für Ausritte fertig machen. Es hat auch Nachteile, wenn man sein eigenes Pferd hat, man gehört nicht mehr richtig dazu. Peinlich, wie Gloria sich in die Brust wirft und zur Weide stolziert, um den Dunkelfuchs zu holen, der nur bei Habi vorn geht. Ein sturer Westfale, aber extrem zuverlässig. Gloria meint wohl, weil sie das Chefpferd holen darf, fällt auch Glanz auf sie selber. Ehrlich gesagt, habe ich früher genauso gedacht. Aber das muss ich ja nicht an die große Glocke hängen.

»Dein Schwarm«, sagt Janne plötzlich und stößt mich mit Chicos Sattel an, bevor sie ihn auf seinen Rücken legt.

Vince, unter seinem breiten Mundschutz kaum zu erkennen, drückt sich an der Außenwand entlang und verschwindet in der Stallgasse. Logisch, der Auftritt ist ihm peinlich, er duckt sich weg.

»Spinnst wohl, Schwarm«, sage ich und drehe mich zu Herrn Habicht um, der vom Außenstall auf mich zusteuert. Mein Glühgesicht muss ja nicht jeder sehen.

Habi reicht mir die Hand.

»Gestern bin ich kurz auf eurer Weide gewesen. Vor dem Gewitter. Pepper und Alpino sehen prima aus.« Er zwinkert mir zu. »Ihr seid dabei, in die S-Klasse aufzusteigen. Bauer Jürgensen bringt euch einen neuen Heuballen. Das nasse Zeug muss weg, schimmelt bei dieser Wärme. Noch was:

Lecksteine hängt ihr besser drinnen auf. Nach dem Wolkenbruch ist bestimmt nicht viel übrig.«

»Schon gemerkt. Darum bin ich hier. Können Sie uns zwei leihen, Herr Habicht?«

Habi hebt die Schultern.

»Nix mehr da. Leider. Bin nicht zum Futterhandel gekommen, wegen der Bauarbeiten. Eure Pferde sterben nicht gleich ohne Lecksteine, aber besser ist es natürlich, du besorgst neue.«

Er stülpt seinen Reithelm über und nestelt an dem Klickverschluss.

»Ich muss los. Tapir will auch mal zur Weide fahren und eure Pferde besuchen.«

»Tapir? Cool.«

14.

Blöd, nun haben wir Tapir doch verpasst.

Ich werfe mein Fahrrad an den Wegesrand und stapfe das letzte Stück zum Gatter mit dem Handy in der Hand hinauf. Tapir hat eine Nachricht mit Foto geschickt.

Hi Flo, habe eure Pferde besucht. Gut in Schuss. Alpis Bindehautentzündung ist fast weg. Habt ihr nach dem Gewitterregen eigenhändig Sand in die Schutzhütte geschaufelt? Komme wieder vorbei. Tapir.

Gespannt öffne ich das Foto.

»Süüüß.« Fast lande ich im nächsten Ginsterbusch, so hingerissen bin ich von dem Bild. Lang ausgestreckt liegt Pepper auf dem Sandhaufen neben dem Baumaterial und schläft mit offenen Augen.

Bauer Jürgensen hatte uns eine Schaufel hingestellt, damit wir frischen Sand in den nassen Unterstand schaufeln können. Er selbst hat sogar ein paar Ablaufrinnen gezogen.

Mit einer Hand schreibe ich Tapir zurück.

Genau, der Sand stammt von uns. Wenn ich an die Schaufelei denke! Reines Schuften. Hab jetzt noch Muskelkater. Sand ist schwer! Wir haben ihn in der Schubkarre zur Hütte gefahren.

Was heißt wir. *Ich*. Emi bekam die Schubkarre erst gar nicht hoch mit ihren dünnen Armen. Dafür hat sie aber den gesamten Sand auf dem Boden verteilt.

Das Bild ist wirklich sensationell. Ich kann meinen Blick gar nicht von meiner süßen Schlafmütze im Sand nehmen.

»Aua. Mist.«

Scharfer Schmerz durchzuckt mich. Ich bin direkt in zwei abgestellte Fahrräder gerannt, die vor dem Gattertor stehen.

Sofort ist meine Laune verdorben. Wegen des blauen Flecks, aber noch mehr, weil die Räder meinen Lieblingsfeindinnen gehören. Melly und Gloria.

Während ich mir das Schienbein reibe, rast mein Blick über die Weide. Die beiden Zimtziegen lungern also irgendwo herum. Aber wo? Die Sicherheitskette am Tor ist verschlossen. Sind die etwa einfach über den Zaun geklettert? Frechheit. Wehe, wenn Melly sich an Pepper heranmacht.

Ich schließe auf und laufe los. Hinter der kleinen Anhöhe entdecke ich sie. Mit dem Rücken zu mir lehnen Melly und Gloria ganz hinten am Doppelzaun zur Nachbarweide. Mellys Glück, dass sie ihre Finger nicht an Pepper hat. Dann wäre ich zur Furie geworden. Auch so bin ich kurz davor zu explodieren. Hat man denn nie Ruhe vor den Durchgeknallten? Wieso verfolgen die mich bis auf die abgelegene Weide von Bauer Jürgensen?

Gloria dreht sich plötzlich um. Sie muss mich gehört haben. Mit der selbstverständlichsten Körperhaltung der Welt setzt sie sich auf den Zaun. Frech grinst Miss Obercool mir entgegen.

Ich koche vor Wut, als ich die Koppel hinunterlaufe. Nicht einmal Pepper begrüße ich richtig. Er schaut hoch, als ich ein Stück von ihm entfernt atemlos vor den ungebetenen Besuchern stehen bleibe. Gloria sieht bescheuert aus. Pinker Lippenstift zu orangen Haaren.

»Was wollt ihr hier?«, frage ich finster und stemme die Arme in die Seiten.

»Ich muss doch sehen, ob mein Pepper es gut hat«, sagt Melly provozierend. Mit beiden Händen streicht sie ihr Engelshaar zurück.

Für das *Mein* möchte ich ihr sofort eine kleben. Oder sie zumindest mit unanständigen Schimpfwörtern anbrüllen, doch ich beherrsche mich mühsam. Das ist unter meinem Niveau. Mamas neuester Teebeutel-Spruch wirkt: »Wer schreit, hat unrecht!«

»Okay, du siehst ja: Pepper hat es gut. Abgehakt. Die Weiden gehören Fachleuten. Also . . . ihr könnt wieder abhauen.«

Gloria verzieht das Gesicht. »Fachleute? Na ja. Die würden wohl kaum ein Pferd mit Maulkorb auf die Weide schicken. Ist ja Tierquälerei. Beißt der oder was?«

Und Melly fügt von oben herab hinzu: »Wir haben dem Isländer den dämlichen Maulkorb abgenommen, damit er mal anständig fressen kann.« Sie schwenkt ein Halfter mit rotem Gitterkorb und zeigt auf die Koppel nebenan. Die Herde hat sich vom Zaun entfernt, von Weitem sieht man sie konzentriert fressen.

»Der Isi hat geschnaubt ohne Ende und sofort richtig reingehauen.«

Entgeistert reiße ich die Augen auf.

»Askur?«

»Keine Ahnung. Stand nicht dran.«

»Der Schecke?«

»Exakt«, gibt Melly arrogant zurück. »Was glaubst du, wie dankbar der mir war.«

»Spinnst du jetzt total?« Ich fasse es nicht. »Der hat Hufrehe gehabt. Wenn Askur zu viel Gras frisst, kann das wieder ausbrechen.«

Bei dem Wort Hufrehe zuckt Melly zusammen. Aber sie versucht zu vertuschen, wie sehr sie das Wort erschreckt, das wir bei der ersten Kinderreitprüfung als Horrorwort schlechthin gelernt haben.

Melly wechselt einen unruhigen Blick mit Gloria.

»Meinst du, ich kenne keine Hufrehe? Ich will ihn ja nur zehn Minuten fressen lassen, dann ziehen wir ihm den Maulkorb wieder an. Stimmt doch, Gloria.« Melly kann lügen, ohne mit der Wimper zu zucken. Garantiert hat sie keine Sekunde an Hufrehe gedacht.

»Echt Folter, das arme Tier steht mitten im Gras und kann nicht richtig ran«, setzt Gloria nach. Ihre Stimme klingt unsicher.

»Klar ist das blöd«, sage ich ziemlich verärgert. »Aber bei Menschen ist das schließlich ähnlich. Wenn jemand allergisch gegen Haselnüsse ist, muss er eben auf die Nüsse verzichten. Falls er keinen Wert darauf legt, auf der Intensivstation zu landen.«

Hinter uns kommt Emi angelaufen. Zuerst geht sie zu Alpino und praktiziert ihm äußerst geschickt Salbe ins linke Auge. Als Pferde-Krankenschwester ist Emi ein Naturtalent. Salbe ins Auge, das schafft man normalerweise nur zu zweit.

Wie ein Heiligenschein umweht Emis hellblondes Haar ihr Gesicht. Melly muss wahnsinnig werden, wenn sie an ihr Casting denkt. Grimmig mustert sie Emi, die mit ablehnendem Gesichtsausdruck näher kommt.

»Unsere Pferdeexperten haben Askur den Maulkorb abgenommen«, erkläre ich meiner Freundin süffisant.

»Seid ihr verrückt?«, sagt Emi. Oh Wunder, sie spricht. Zum ersten Mal fühlt sie sich offenbar den Durchgeknallten überlegen, weil die auf *unsere* Weide eingedrungen sind. »Wenn der Isländer einen neuen Reheschub kriegt, seid ihr schuld.«

Verächtlich wie immer betrachtet Melly ihr Lieblingsopfer Emi. »Phhh, ist ja nur für zehn Minuten!«

»Glaubst du etwa, Askur lässt sich den Maulkorb einfach so wieder anlegen?«, fragt Emi ungewohnt hartnäckig.

»Meine Güte, das werden wir wohl schaffen.« Melly verdreht die Augen. »Der ist ja noch kleiner als dein Haflinger.«

Abrupt dreht sie sich um und steigt mit dem Maulkorb in

der Hand über den Zaun auf die Nachbarweide. Gloria klettert hinterher.

Emi schlingt ein Gummiband um ihre Haare und wirft den Schwanz in den Nacken. »Ich dachte, in Ammersdorf hätten wir Ruhe. Wenn die jetzt öfter hier auftauchen, drehe ich durch.«

»Ich auch. Die Tussis tun einfach alles, um sich wichtig zu machen. Hoffentlich passiert Askur nichts.«

»Guck dir das an, Flo.«

Auf der Nachbarweide spielt sich genau das ab, was Emily befürchtet hat. Der kleine Askur denkt nicht dran, sich die Fressbremse wieder vors Maul setzen zu lassen.

Sobald Melly sich mit dem Maulkorb nähert, dreht er sich auf dem Huf um und stürmt mit wehender Mähne ans andere Ende der Weide. Dort schlägt er sich den Bauch voll, bis Melly oder Gloria erneut in seiner Nähe auftauchen. Sofort flüchtet der Schecke in die entgegengesetzte Richtung. Die anderen Pferde heben die Köpfe und werden unruhig.

»Die schaffen das nicht allein, komm mit, Flo.«

Schon ist Emi auf dem Zaun und springt hinüber. Sosehr es mir widerstrebt, unsere Lieblingsfeindinnen zu unterstützen – ich klettere Emi nach. Schließlich geht es um ein Pferd.

Obwohl wir uns schräg von vorn nähern, wie Habi uns das beigebracht hat, ist nichts zu machen. Der schlaue Isländer schlägt Haken und jagt über die Koppel wie ein Rennpferd. Nach zehn Minuten läuft mir der Schweiß den Rücken herunter. Immer sind wir drei Pferdelängen zu weit von der blonden Mähne entfernt.

Inzwischen sind auch Pepper und Alpino unruhig geworden. Wiehernd galoppieren sie am Zaun entlang.

Zwischen den Haselnusssträuchern am unteren Gatter

taucht ein hoch aufgeschossenes Mädchen auf und schwenkt die Arme.

»Hey, ihr da! Was soll der Mist?«

»Lisa oder Annalena«, stößt Emily atemlos hervor. Schon hastet das Mädchen über die Weide auf uns zu. Lisa ist es. »Was ist hier los, Flo?«, ruft sie mir entgegen.

Melly und Gloria hören mit der Jagd auf Askur auf. In Mellys Hand baumelt das Halfter. Schuldbewusst schielen die Durchgeknallten mich aus den Augenwinkeln an.

Meine Antwort entscheidet, ob Melly und Gloria schweren Ärger bekommen. Plötzlich bin ich der Richter. Die Tussis haben einen Denkzettel verdient. Andererseits sind Melly und Gloria nicht wirklich schlecht. Nur gierig nach Aufmerksamkeit. Klar wollten sie nicht, dass Askur Hufrehe kriegt. Aber ich sehe auch nicht ein, dass wir uns ihretwegen Ärger einhandeln. Oder dass der Isländer krank wird. Die einzig wahre Antwort wäre: »Die bescheuerten Mädels haben Askur den Maulkorb abgenommen, um sich wichtig zu machen.«

»Askur hat sich den Maulkorb selber abgestreift«, sage ich und komme mir wie eine Heilige vor. Das gibt klare zehn Punkte auf der Feine-Flora-Skala. »Wir haben versucht, ihn wieder anzulegen, weil Askur doch Hufrehe hatte.«

Emi stöhnt und Lisa guckt skeptisch wie jemand, der schon viel erlebt hat und einfachen Antworten nicht traut.

»Hm. Bei Emily und dir ist es okay, dass ihr auf unsere Weide geht«, sagt sie und betrachtet Melly und Goria misstrauisch. »Aber was habt ihr hier zu suchen? Könnt ihr nicht lesen? Vorne hängt ein Schild ›Betreten verboten‹. Woher kommt ihr überhaupt?«

»Wir besuchen Flo und Emi.«

»Das gibt euch kein Recht, fremde Weiden zu betreten. Das

ist Hausfriedensbruch. Gehört ihr etwa auch zum Habichthof?«

Melly wird hochrot im Gesicht und nickt.

»Entschuldigung«, sagt sie mit ihrer niedlichsten Stimme und schlägt die Augen auf wie ein unschuldiges Baby. »Wir wollten nur helfen.«

Gloria zieht es vor, die aufgebrachte Bauerntochter nicht anzusehen. Sie scharrt mit dem Fuß zwischen zwei Löwenzahnblüten. Glücklicherweise ist Lisa resistent gegen Wimpernklimpern und andere Verlegenheitsgesten. Sie bleibt kurz angebunden.

»Auf dem Schild steht unsere Adresse. Ihr hättet um die Ecke laufen können, um uns zu holen. Hier habt ihr nur die Pferde wild gemacht. Bei Lennart Habicht habt ihr so ein strunzdummes Verhalten bestimmt nicht gelernt. Und jetzt verzieht euch.«

Die Frau ist mal direkt! Cool. Insgeheim reibe ich mir die Hände. Bestimmt ahnt sie, dass unsere nervigen Mädels keine Engel sind. Ihre Zickigkeit sieht man Melly auf hundert Pferdelängen an.

Lisa nimmt den Maulkorb an sich und stiefelt damit zu Castella. Begleitet von ihrer Stute nähert Lisa sich Askur und siehe da: Der Isländer lässt sich den Maulkorb anlegen, leistet nicht mehr als mittelgroßen Widerstand. Wahrscheinlich hat Castella ihn überzeugt.

Unschlüssig wendet Melly sich mir zu und beißt sich auf die Lippen. Sie hat noch etwas auf dem Herzen, sonst würde sie mich nicht so dackelhaft angucken.

»Ihr müsst ja nicht petzen bei Herrn Habicht«, sagt sie kläglich. »Habi regt sich doch so schnell auf. Besonders jetzt im Baustress.«

»Hättest du mal vorher dran denken sollen«, sage ich. Natürlich verrate ich Melly nicht ohne Not, aber sicherheitshalber lasse ich sie ein bisschen schmoren.

Melly und Gloria verziehen sich schweigend, als Lisa zu uns zurückkehrt.

»Wir können zusammen ausreiten«, schlägt Lisa vor. »Mein freier Nachmittag. Wenn ihr wollt, gebe ich euch zwei Lecksteine, dann müsst ihr nicht extra zum Horseshop. Hab gerade neue gekauft.«

»Super. Kosten?«

»Zwölf Euro zusammen.«

»Was ist denn nun mit Askur?«, fragt Emily.

Ich krame meine letzten Euro aus der Hosentasche.

Lisa zuckt die Schultern und steckt das Geld ein.

»Askurs Besitzerin ist im Moment verreist. Wir können nichts anderes tun, als den Isländer genau im Auge zu behalten. Wenn er wirklich nur zehn oder zwanzig Minuten gefressen hat, passiert wohl nichts. Sicher ist man aber nie bei Hufrehe-Kandidaten. Bis gleich. In einer Stunde vorm Hof?«

»Schaffen wir«, sagt Emi.

Ich weiß nicht, wie man Hufrehe erkennt. Emi auch nicht genau.

»An der Körperhaltung«, meint sie.

Ein klarer Fall für Tapir. Während wir nach oben gehen, um uns ans Mistsammeln zu machen, tippe ich eine SMS an Tapir.

Hi Tapir, wie erkennt man Hufrehe?

Tapir antwortet.

Habt ihr etwa Probleme??? Dann muss sofort der Tierarzt kommen. Notfall!

Was er wieder denkt. Unsere Pferde bekommen *natürlich* keine Hufrehe, weil wir uns genau an Habis Fress-Vorschriften halten. Ungeduldig simse ich zurück.

> Quatsch, alles super. Auf der Nachbarweide steht ein Isländer, der sich den Maulkorb abgestreift hat. Rehepatient. Wie sieht man, ob er Schmerzen hat? Stellen Rehepferde sich nicht so merkwürdig hin? Flo

Von Tapir kommt ein Lob zurück.

> Super, dass ihr aufpasst. Rehepferde strecken ihre Vorderbeine zur Entlastung weit vor, weil sie extreme Schmerzen in den Hufen haben. Die Hinterbeine werden unter den Körper gezogen. Ich schicke euch nachher ein Foto aus meinem Buch über Pferdekrankheiten. Tapir

»Wenn Askur echt Hufrehe kriegt«, sagt Emi, »müssen wir der Besitzerin dann die Wahrheit sagen? Dass Melly und Gloria den Maulkorb abgenommen haben?«

»Na ja, sie haben ja nichts von Askurs Hufrehe gewusst«, gebe ich zu bedenken. So großzügig gefalle ich mir nicht schlecht. Gibt sieben Punkte auf der Feine-Flora-Skala.

»Unwissenheit schützt vor Strafe nicht«, sagt Emi streng. Treffender hätte es Tapir nicht ausdrücken können.

Und der Sprücheklopfer in Mamas Teebeutel-Firma auch nicht.

15.

So heiß ist es sonst nicht mal in den Sommerferien. Dabei haben wir erst Mitte Mai.

Stöhnend zupfe ich mein feuchtes T-Shirt vom Bauch und fächere mir Luft zu. Meine Reitweste fliegt auf die Weide und ich lasse mich darauf nieder.

Einen Moment Pause muss ich mir gönnen. Ich krempele meine Shorts hoch.

In der brütenden Mittagshitze habe ich schon sechs Kanister Wasser von Jürgensens Hof geholt. Diesmal *vor* dem Reiten. Keine gute Idee bei der Wärme. Aber Emi kommt heute später und ich muss unbedingt rechtzeitig fertig werden. Der Grund dafür steckt in meinem Rucksack.

Ich ziehe den Reißverschluss auf und taste nach einem Umschlag, den ich zerknittert ans Tageslicht befördere. Den Brief muss ich einfach noch mal lesen, obwohl ich Wort für Wort auswendig über die Weide brüllen könnte. Pepper würde mich für durchgeknallt halten.

Mit spitzen Fingern ziehe ich den gefalteten Zettel heraus.

»EINLADUNG von Vince. Wie sieht es morgen mit einem Eis im Italia aus? Oder lieber Döner bei Tarek? Kommst du? 19.30 okay?«

Der Text zaubert mir ein Lächeln ins Gesicht. Natürlich habe ich zugesagt.

Nur noch reiten und danach Heu verteilen, dann kommt die große Stunde. Vince und ich vor einem Rieseneisbecher im Italia.

Mit einem gigantischen Vorfreudekribbeln im Bauch sitze ich im Gras und gucke Pepper beim Grasen zu. Ich bin ein Glückskind. Ich habe Pepper und Vince. Na ja, Vince fast.

Und eine Traumweide. Wenn ich an Janne, Katharina, Leonie, Tessy, Kriss und die anderen denke, tun sie mir leid. Seit Wochen müssen sie den Zementstaub auf dem Habichthof ertragen. Meine alte Clique müsste mich sehen, wie gut ich es habe.

Spontan zücke ich mein Handy und schieße von Pepper ein Foto, das ich Janne schicke.

Hi Janne. Grüße von den Koppelferien! An alle. Bis auf . . . du weißt schon. Pepper und Flo.

Garantiert hängen sie gleich alle über dem Foto und jede möchte mit mir tauschen.

Im hohen Gras zirpen Grillen. Träumend reiße ich einen Halm aus und kaue darauf herum. Einerseits bin ich total glücklich mit Pepper hier draußen. Andererseits vermisse ich meine alte Gruppe. Unsere Frotzeleien. Sogar Mellys dumme Anmache. Oft ganz schön einsam hier draußen.

Ich kneife die Augen zusammen und blicke über die Nachbarweiden. Kein Mensch weit und breit.

»Manche Pferdebesitzer können nur zwei oder drei Mal in der Woche kommen«, sagt Annalena. »Das genügt auch. Die Pferde haben genug Bewegung, für Wasser gibt es den Tränkewagen. Mit der Aufsicht wechseln wir uns ab. Wer Weidedienst hat, kontrolliert auch die Pferde der anderen.«

So etwas nenne ich entspannte Weidezeit. Keine der Pferdebesitzerinnen trainiert für ein Ziel, so wie Emi und ich. Die müssen also nicht jeden Tag reiten.

Geht's noch, Flora Rohde?, ranze ich mich selber an. Was heißt, sie müssen nicht reiten? Das ist doch das Schönste: mit dem eigenen Pferd zu reiten. Aber es kostet eben auch viel Zeit. Und die hab ich nicht immer.

Allmählich dämmert mir, was Herr Habicht mit S-Klasse

meint. Der Tag rankt sich nur noch um die Versorgung von Pepper. Es darf nichts Überraschendes dazwischenkommen, dann passt der Zeitplan nicht mehr. Der Knackpunkt ist, dass Emi und ich allein für alles sorgen müssen. Die größte Schwachstelle ist die Wasserschlepperei.

Fast zwei Wochen stehen unsere Pferde nun auf der Weide in Ammersdorf. Letzten Sonntag hat Habi den zweiten Sack Kraftfutter in meine Futtertonne gefüllt – und heute am Freitag geht der Vorrat bereits wieder zur Neige.

»Ihr habt offenbar kräftig trainiert«, sagte er verwundert, als er Pepper inspizierte. »Jedenfalls hat er trotz guter Fütterung nicht zugenommen.«

Mit lang gezogenem Ruf kreist ein brauner Vogel über mir. Ich schirme meine Augen mit den Händen ab und blinzele nach oben. Mäusebusssard oder Habicht, schätze ich. Die Rufe gehen in abgehackte Schreie über.

Auf der Nachbarkoppel döst Askur mit zur Seite geneigten Ohren. Er hat Mellys und Glorias schwachsinnige Aktion ohne Schaden überstanden. Reines Glück!

Zumindest scheint Melly kein gefühlloses Monster zu sein, denn jeden Tag trudelt eine SMS von ihr ein.

»Wie geht es dem Isländer?«

Gemächlich trotten Pepper und Alpi zur Tränke. Ich richte mich auf, um ihr genüssliches Schlürfen zu beobachten. Zum ersten Mal seit zwei Wochen *sitze* ich auf Jürgensens Koppel, statt umherzulaufen.

Normalerweise bin ich nur in Aktion.

Und dann musste ich mir gestern auch noch Papas Frage anhören: »Was machst du eigentlich die ganze Zeit in Ammersdorf?«

Da habe ich dem Mann aber eine Aufzählung heruntergerasselt!

»Wasser holen, Wanne schrubben, Weide abäpfeln, Mist in den Container fahren, Liegefläche im Unterstand abharken, Zäune auf Schwachstellen untersuchen, Fahrradhänger zurückbringen, Pferde auf Verletzungen kontrollieren, Lecksteine anfeuchten, Heu verteilen, Futterschüsseln waschen. Dazu kommt die lange Anfahrt mit dem Rad. Hin und zurück brauche ich fast eine Stunde.«

»Oha«, sagte Papa beeindruckt. »Da ist wirklich keine Minute zum Faulenzen drin.«

Genau. Und wenn ich ehrlich bin, habe ich neben all der Arbeit eigentlich gar keine Zeit mehr zum Reiten.

Hinter der Hütte kommt Alpinos blonde Mähne zum Vorschein. Nachdenklich sieht er zu mir hinüber.

»Wie wär's mit ›Danke, liebe Flo, dass du uns das Wasser vom Hof anschleppst‹«, rufe ich ihm zu. Aber auf dem Ohr scheint Emis Haflinger taub zu sein.

Ich rappele mich auf und sehe auf die Uhr. Wenn ich jetzt beide Pferde putze, können wir sofort los, sobald Emi erscheint. Dann kann ich vor Vince noch unter die Dusche springen. Der superkurze Rock liegt schon bereit. Mein bestes Kleidungsstück für Vince. Wenn ich an ihn denke, bekomme ich Herzklopfen.

Ich hole unsere Putzboxen und platziere sie unter den Dachüberstand. Pepper steht neben der Badewanne und scharrt mit den Hufen.

»Pepper! Ich habe mich so angestrengt, die Wanne sauber zu scheuern. Und du guckst mich nur missmutig an.«

Ich lege das Putzzeug aus der Hand, um nach dem Rechten zu schauen. Pepper stupst mich mit der Nase an, als ich mich über die Wanne beuge.

»Igitt! Igitt!«

Angewidert reiße ich den Kopf hoch und stoße heftig mit

Peppers Kinn zusammen. Erschreckt fahren wir beide auseinander.

Im Wasser schwimmt eine tote Maus. Sie ist nicht nur tot, sondern regelrecht aufgerissen. Wir konnte die Maus ins Wasser geraten? So plötzlich? Scheußlich. Jedenfalls muss sie schleunigst raus.

»Warte Pepper, gleich ist dein Wasser wieder sauber.«

Mit einem Eimer schöpfe ich die Mäuseleiche heraus. Die Bussarde fallen mir ein. Haben die Vögel sich vorhin um die Maus gestritten und die Beute fallen lassen?

Ich trage den Eimer zum Unterstand und suche im Rucksack nach einer Tüte. Der Umschlag von Vince fällt mir in die Hände. Ist es geschmacklos, seinen Brief als Maussarg zu benutzen? Natürlich. Aber es hilft nichts.

Ich ziehe Vinces Einladungszettel heraus, fische die tote Maus mit einer Kehrschaufel aus dem Eimer und lasse sie in den Umschlag gleiten. Behutsam lege ich zwei Gänseblümchen auf die Leiche, falte den Briefumschlag zu und schaufele draußen vor dem Zaun ein Mäuschengrab.

Als ich zurückkomme, steht Pepper immer noch unschlüssig vor dem Wasser. Wieso trinkt er nicht?

Plötzlich fällt mir siedend heiß der letzte Fernsehkrimi ein. Es ging um Leichengift. Hilfe! Die tote Maus wird doch meinen Pepper nicht vergiften?

Sofort geht eine SMS an Tapir.

Im Trinkwasser lag eine tote Maus. Ist Leichengift gefährlich für Pferde? Bitte sofort antworten, Tapir!!! Schnell! Flo.

Blitzartig kommt eine SMS zurück

Und ob. Ruf an.

Der Ruf geht raus. Tapir meldet sich sofort.

»Flo?«

»Die Maus sah so schrecklich aus, Tapir. Richtig zerfetzt. Was ist denn mit dem Leichengift?«

»Leichengift gibt es zwar nicht direkt, aber alle toten Tiere im Trinkwasser sind gefährlich, sobald sie verwesen. Mäuse und Ratten sind der Super-GAU. Ich sage nur: Botulismus.«

»Ih! Das ist doch das Nervengift, das auch in verdorbener Silage steckt. Oder?«

»Allerdings. Lebensgefährlich. Zum Glück trinken Pferde selten Wasser, in dem tote Tiere schwimmen.«

»Die Maus habe ich rausgefischt. Reicht das?«

»Leider nicht. Alles Wasser aus der Wanne schöpfen und neues einfüllen.«

Ich stoße ein kreischendes Indianergeheul aus.

»Nein, Tapir! Nicht heute! Ich hab gerade sechzig Liter Wasser geholt und die Wanne geschrubbt.«

»Arme Socke. Bei der Hitze.«

»Ich geh am Stock, Tapir. Echt.«

»Hilft nichts, alles noch mal von vorne. Wasser auskippen, Wanne scheuern, frisches Wasser rein.«

»Ich kriege einen Hitzschlag.«

»Die S-Klasse verdient man sich eben nicht ohne Schweiß, Flo.«

Nicht ohne Schweiß – das hatten wir heute doch gerade auf Mamas Teebeutel-Etikett.

»Vor den Erfolg aber setzten den Schweiß die unsterblichen Götter. Lang und steil jedoch erhebt sich zu diesem der Anstieg.«

Ich habe noch zu Mama gesagt: »Jetzt drehen sie durch, die Dichter. Was soll der Quatsch bedeuten?«

Darauf Mama: »Ohne Schweiß kein Preis. Das wussten die Griechen schon vor dreitausend Jahren.«

Ich schnappe mir den Eimer und schöpfe Liter für Liter aus der Wanne. Die ganze Zeit, als ich Eimer für Eimer auf die Weide kippe, geht mir der verdammte Spruch durch den Kopf. Wahrscheinlich schwammen vor dreitausend Jahren ständig tote Mäuse in den Pferdetränken, sonst wäre den Griechen kaum so ein Text eingefallen.

Warum muss der elende Bussard gerade heute seine tote Maus fallen lassen? Und weshalb muss ich eigentlich die Schweinearbeit mit Wanneputzen und Wasserholen allein erledigen? Emi erlebt ständig nur Schönes. Allein die Freude beim Füttern abends, die entgeht mir total. Frust baut sich auf. Dabei war ich gerade noch so zufrieden.

Die Wanne ist leer, dafür quietscht der Boden unter mir vor Nässe. Das Auskippen an Ort und Stelle war ein Fehler. Die Wanne muss weg. Ich ziehe und stoße das schwere Teil zwei Meter weiter auf eine trockene Stelle. Ständig stockt die Wanne im Erdboden und jedes Mal knalle ich mit den Beinen gegen den harten Rand.

Mit schmerzverzerrtem Gesicht reibe ich mir die Knie. Blutige Kratzer ziehen sich über meine braun gebrannten Beine. Bei meinem ersten echten Treff mit Vince werde ich aussehen, als hätte ich Bundesliga gespielt. Den kurzen Rock kann ich vergessen.

Verärgert packe ich die leeren Kanister in den Anhänger und schiebe das Fahrrad zum zweiten Mal zu Jürgensens Hof. Glühend brennt mir die Sonne auf den Kopf. Mit dem Wasser hatte ich mir das nicht so kompliziert vorgestellt.

Müde schiebe ich den Anhänger zwanzig Minuten später zurück auf die Weide. Pepper und Alpino sind oben beim Unterstand geblieben und warten auf mich. Pepper leckt sich die Lippen, als ich den ersten Kanister vom Hänger hebe und die ersten Liter ausgieße.

Erledigt lasse ich mich neben den Pferden ins warme Gras fallen und strecke alle viere von mir. Mein Rücken tut weh. Die Schultern schmerzen. Die zerkratzten Beine brennen. Und im Nacken habe ich mir einen Sonnenbrand gefangen. Gleich noch zwei Stunden reiten. Danach bin ich definitiv ein Fall fürs Sanatorium und nicht für die Eisdiele.

Ich blinzle in den Himmel. Ein verführerischer Gedanke schleicht sich in meinen Kopf: Warum sollen wir nicht in der zweiten Monatshälfte in den Vollpensions-Stall umziehen? Dann könnten wir uns nur aufs Reiten konzentrieren. Und aufs Schmusen. Ich könnte mich mit Vince treffen, ohne in Stress zu geraten. Herr Habicht wusste schon, warum er uns warnte: »Komplette Weideversorgung ist eine große Herausforderung für Vierzehnjährige. Besonders, wenn sie neben der Arbeit noch zwei Stunden reiten wollen.«

Jeden Tag verstehe ich unseren Stallchef besser.

Das schaffst du mit links, habe ich vor drei Wochen gedacht. Jetzt nicht mehr. Ich stecke in einem Formtief.

Was ist eigentlich so schlecht an dem Boxenstall an der Haltestelle?

Ich stütze mich auf die Unterarme und beobachte Pepper, der zufrieden und mit triefendem Maul Richtung Nachbarweide zieht. Wie in einem Film laufen die letzten Wochen vor mir ab: Pepper ruft seine Stuten. Pepper beknabbert sich mit Cara und Castella. Pepper tobt seinen Bewegungsdrang aus, galoppiert über die Weide, bis die Flanken zittern.

Natürlich muss ich Pepper auf der Weide lassen.

Aber irgendwie beschleicht mich das dumpfe Gefühl, ich komme dabei zu kurz. Ständig bin ich in Hektik. Ich fühle mich wie ein Hund, der hechelnd hinter der Zeit herrennt. Die Stunden zum Reiten muss ich mir stehlen. Abends hocke ich bis Mitternacht mit der Stirnlampe über meinen Hausaufgaben. Und ich vermisse meine Clique.

Mir ist schlecht. Ich glaube, ich habe einen Hitzschlag. Mein Kopf pocht. Die viele Arbeit. Die drückende Wärme.

Die S-Klasse überfordert mich.

S wie Selbsterkenntnis?

Ist es egoistisch, wenn ich an mich denke? Tapir muss mir die Wahrheit sagen. Ich schicke ihm eine SMS.

Bin ich egoistisch? Ehrliche Antwort!!! Flo

SMS von Tapir:

Bitte Frage präzisieren.

Ich tippe zurück:

Bin dauernd im Stress wegen der Weide. Zu viel Arbeit. Macht zwar tierisch Spaß, tut Pepper gut, aber ich habe kaum noch Zeit zum Reiten und für Freunde.

Tapirs Antwort kommt rasch:

Was ihr leistet, muten sich nicht mal Erwachsene zu. Egoistisch bist DU wirklich nicht. Beide müssen zufrieden sein: Pferd und Reiter. Sonst bekommst du irgendwann Wut auf Pepper.

Ich an Tapir:

Niemals

Niemals – das schreibt sich leicht. Dabei bin ich kurz davor aufzugeben. Das war einfach zu viel heute. Zwölf Kanister Wasser schleppen. Wanne schrubben und über die Weide schleifen. Die Maus. Das hält niemand aus.

Mit angezogenen Beinen und Kopf auf den Knien hocke ich auf der Erde. Ich könnte heulen vor Erschöpfung. Nicht mal die Grillen muntern mich auf. Ameisen kriechen in meine aufgekrempelten Shorts. Ich sehe sie krabbeln und ziehe die Knie höher, bin aber zu fertig, um die kleinen Biester zu verscheuchen.

Im Italia wartet mein Schwarm. Schaffe ich das überhaupt? Oder muss ich Vince absagen?

Ich denke an meine Liste: »Bin ich bereit, Zeit für mein Pferd zu opfern?«, die ich für Papa anlegen musste, bevor er Pepper kaufte. Ein Punkt lautete:

»Würdest du ein Treffen mit deinen Freunden absagen, weil du dein Pferd versorgen musst?«

»Ja, ich will«, hieß meine Antwort vor sechs Wochen. War meine Antwort voreilig? Heute gerät alles in Wanken.

Ich trete mir selber gegen das zerkratzte Schienbein.

NEIN! Aufgeben gibt's nicht. Nicht in der S-Klasse.

Was ich Pepper versprochen habe, halte ich auch. Pepper ist mein Freund fürs Leben. Ich bin für ihn verantwortlich. Selbst wenn noch Millionen Mäuse in der Wanne liegen – ich fische Maus für Maus heraus.

Mit schmerzenden Gliedern stehe ich auf und hole mein Handy aus dem Rucksack. Bis Emi kommt und wir mit allem fertig sind, ist es zu spät für Vince.

Während sich die Telefonverbindung aufbaut, betrachte ich Pepper auf seiner Premium-Weide beim Grasen. Mein Traumpferd ist alle Probleme der Welt wert.

Nur die Mailbox.

»Sorry, Vince, auf der Weide ist etwas Bödes dazwischengekommen. Leichengift. Tote Maus. Näheres im Stall. Tut mir echt leid. Verschieben wir das Treffen? Flo – Ende.«

Eine Maus hat mich um mein erstes Date gebracht. Oder war das letzten Endes sogar – Pepper?

Daran will ich nicht denken.

16.

Heute Abend treffe ich Vince. Vielleicht. Hoffentlich. Wir wollen telefonieren. »Du hast ja nie Zeit«, simste er gestern vorwurfsvoll.

Zum Glück war heute schon vormittags Schluss mit der Schule, Abitur-Nachprüfung. In Emis Schule auch. Endlich konnten wir mal früh ausreiten.

Gut, dass mir heute mehr Zeit für Pepper bleibt. Er macht mir etwas Sorgen. Zweimal hat er heute von sich aus den Galopp abgebrochen. Schon gestern kam Pepper mir beim Ausritt lustlos vor. Als ich gestern am späten Abend noch mit Mama an der Weide war, hat er mir den ganzen Beutel Leckerli aus der Hand gerissen und aufgefuttert. Ich muss Herrn Habicht fragen, ob Pepper mehr Kraftfutter braucht.

Jetzt nur noch die Wasserkanister zur Weide bringen, dann bin ich fertig. Ich stehe auf dem Jürgensen-Hof in praller Sonne und fülle den letzten Kanister. Ein Platz im Schatten wäre mir lieber. Mein Nacken brennt. So heilt mein Sonnenbrand nie.

Gerade als ich das Rad vom Hof schieben will, wiehert mein Handy.

Tessy von den Zwillingen ist dran.

Am anderen Ende höre ich ein empörtes Schnaufen, in das sich das helle Bellen von Avatar mischt.

»Stell dir vor, Melly will sich für das Casting Alpino leihen. Das Team verlangt, dass die Pferdemähne zum Mädchen passt. Also blond.«

»Was? Echt dreist. Sonst hackt sie doch nur auf Alpi herum.«

»Emi ist doch selber blond«, fährt Tessy aufgeregt fort. »Das ist *ihre* Rolle, wenn wir schon nicht dürfen. Unsere Eltern stellen sich mal wieder an.«

Kriss schreit ins Telefon.

»Außerdem passt Emi viel besser zu Alpi. Sieht man doch, dass die sich lieben. Aber Alpino und Melly – unterirdisch.«

»Hier ist wieder Tessy. Warum bewirbt Emi sich nicht? Wir haben Angst, dass Melly sie unter Druck setzt und dann mit Alpino herumprotzt.«

Ich stoße einen empörten Pfiff aus.

»Melly und Alpino? Nur über meine Leiche.«

Avatar bellt wie wild in den Hörer. Er ist auch dagegen.

»Habi hat doch genug blonde Mähnen«, sage ich. »Was ist mit Chico? Oder Dacapo . . .«

Ungeduldig unterbricht Tessy mich.

»Die normalen Warmblüter sind viel zu hoch. Alpinos Größe wäre ideal. Also: Pass auf den Haflinger auf.«

»Darauf kannst du Gift nehmen. Sorry, muss los. Tschau, Tessy.«

Kaum habe ich mein Handy weggesteckt, wiehert es erneut.

»Hi, Flo. Annalena hier. Tut mir leid, ich brauche mein Fahrrad ab morgen.«

»Was? Das geniale Transport-Rad?«

»Ja, blöd. Ich weiß. Mein Wagen muss vier oder fünf Tage in die Werkstatt. Ohne Rad komme ich schlecht in die Firma.«

Ich seufze ins Handy. »Wie sollen wir dann das Trinkwasser holen?«

»Ganz einfach. Wir schrauben die Anhängerkupplung an dein Rad. Du hast doch einen Doppelständer?«

»Nein. Nur an einer Seite.«

»Hm, schlecht. Mit solchen einfachen Ständern kippt das

Rad um, wenn der schwere Anhänger dahinterhängt. Im Baumarkt von Haverstedt gibt es Fahrradzubehör.«

»Ja, gut. Wir sehen uns.«

Der Anruf zieht mich runter. Wütend trete ich gegen den Anhänger.

Was wird mit Vinces Einladung? Schon lauert der nächste Zeitfresser. Fahrradständer kaufen.

Der einzige Lichtblick ist, dass ich demnächst Zeit spare, weil wir nach dem Reiten nicht mehr eine Stunde warten müssen, bis wir Kraftfutter füttern können. Emi kam vorhin mit einem grandiosen Vorschlag: »Mein Vater will mich jeden Abend um acht zur Weide bringen. Extra zum Füttern. Da musst du ja nicht dabei sein. Gut, was?«

Das erste Mal seit der Grundschule tut Herr Ehlert etwas für seine Tochter. Bei Emis Eltern hatte ich bisher das Gefühl, wir sind ihnen lästig. Herr Ehlert sagt immer, wenn ich Emi besuche: »Könnt ihr nicht zu Flora gehen?«

Garantiert wollen die Ehlerts etwas vor uns verbergen. Beispielsweise ist ihre Tiefgarage verbotene Zone. Natürlich haben wir uns längst da unten umgesehen. An den Wänden stapeln sich Kartons mit Computern, Fernsehern, Smartphones, teuren Kameras. Da denkt man sich seinen Teil.

Mama verteidigte den Mann auch noch, als ich ihr brühwarm von dem Lager erzählte. »Manche Leute leben eben vom Verkauf übers Internet. Es wird viel geredet. Man darf Herrn Ehlert nicht schief angucken, weil er technische Geräte im Keller stapelt.«

»Und wenn die geklaut sind?«

»Das herauszufinden, ist Sache der Polizei.«

Um die Polizei in die Tiefgarage zu locken, meinte Mama, müsse erst einmal jemand Herrn Ehlert anzeigen. Und das würde definitiv nicht sie sein.

Eine Stunde später komme ich mit Emi in Haverstedt an. Am Ortsschild trennen wir uns.

»Tschau, Emi, ich muss noch Geld holen für den dämlichen Ständer. Bin total abgebrannt. Oder kommst du mit?«

Emi schüttelt den Kopf. »Hab's ziemlich eilig. Muss noch für meine Mutter zur Apotheke.«

Ich biege Richtung Sparkasse ab.

»Mit dem Füttern heute Abend geht klar«, ruft Emi mir hinterher.

»Cool«, gebe ich zurück.

Aber irgendwie habe ich ein komisches Gefühl im Magen. Wieso hängt Herr Ehlert plötzlich den hilfsbereiten Papa heraus?

Diese Woche hat meine Mutter Nachmittagsdienst in der Sparkasse. Urlaubsvertretung. Mein Sparbuch liegt in ihrer Schreibtischschublade, weil ich es zu Hause schon zweimal verschludert habe.

Vor dem zweistöckigen Sparkassengebäude werfe ich mein Fahrrad an die Hecke und stürme die Treppe hoch. Mamas Kollege Neugebauer hält mir die Tür auf, weil er an der Scheibe gerade ein Plakat ankleben will.

»Zu deiner Mutter?«

Sein Blick aus dem dunklen Anzug signalisiert mir in Sekundenbruchteilen, dass ich beim Dresscode einiges falsch gemacht habe.

Ich sehe an mir herunter. Reithose bis zum Knie hochgekrempelt. Zerkratzte, nackte Beine. Grau verstaubte Reitschuhe. Mein weißes T-Shirt ist übersät von grünen Streifen, die für normale Leute nach Schlampigkeit aussehen und nur für Kenner von Pferdeliebe zeugen. Eingeweihte wissen, dass Pferde ihr grünes Grasmaul gern an ihrem Lieblingsmenschen abwischen.

»Entschuldigung, Herr Neugebauer. Ist ein Notfall.«

Bestimmt verströme ich zu allem Überfluss den Duft von Pferdeäpfeln. Besser, ich sehe nicht unter meiner Profilsohle nach.

»Schon gut.«

Mama hat mich bereits entdeckt, obwohl sie abgeschirmt hinter einer roten Sichtblende sitzt. Ich winde mich zwischen zwei grauen Metalltafeln hindurch und drücke ihr einen Kuss auf die Wange.

Meine Mutter sieht wie immer supergenial aus. Ihre honigbraunen Haare hat sie im Nacken zum perfekten Knoten gesteckt. Auf ihrem blauen Kostüm stört kein Fusselchen.

»Flo«, flüstert sie. »In diesem Aufzug.«

Ihren Vorwurf überhöre ich.

»Mama, ich brauche schnell Geld. Hast du mein Sparbuch? Ich muss einen Ständer fürs Fahrrad kaufen.«

Meine Mutter zögert einen Moment, dann greift sie in ihre Handtasche.

Vor meiner Nase baumelt das Teebeutel-Etikett mit dem Zitat des Tages. »Humor ist der Regenschirm der Weisen.« Ein Spruch, den ich nie brauchen werde.

Mama drückt mir einen Zwanzigeuroschein in die Hand. Wahrscheinlich will sie verhindern, dass ich als wandelnder Pferdeapfel-Duft vor der Kasse stehe.

»Danke, Mama. Du bist die Beste.«

Ist sie wirklich. Durch die belebte Schalterhalle laufe ich zurück zum Ausgang.

Hoffentlich hat der Baumarkt lange offen. Und hoffentlich baut mir ein Verkäufer den Ständer an. Mein Bruder fällt als Monteur aus. Dani schläft heute bei seinem Freund. Morgen brauche ich das Fahrrad. Sechs Kanister kann ich schlecht einzeln auf dem Gepäckträger transportieren.

Abrupt bleibe ich vor der Sparkassentür stehen. Am Fuß der Treppe wartet eine Überraschung.

Mit frechem Grinsen lehnen Vince und Ferdi an meinem Fahrrad.

Vinces Augen funkeln, als er zu mir hochblickt. »Ich denke, du bist bis abends bei deinem Pepper?«

Mir schießt das Blut in den Kopf. Mein Traumjunge steht vor mir und ich sehe aus, als hätte ich den Tag auf der Müllkippe verbracht. Verflecktes Shirt. Schlappes Haar. Schmutzstarrende Schuhe. Ich möchte mich in Luft auflösen.

Hastig schiebe ich meine Reithose zu den Knöcheln herunter und streiche mir übers Haar, als ich die Stufe herunterspringe. Als ob damit noch etwas zu retten wäre.

»Alles gut«, grinst Ferdi. »Wo ist denn dein Schatten?«

Ich gerate ins Stottern.

»Em-emily?«

»Genau. Eben streunte sie noch auf dem Habichthof herum. War dann plötzlich verschwunden.«

»Echt?«

Wieso ist Emi zum Habichthof gefahren? Angeblich hatte sie es doch so eilig, zur Apotheke zu kommen. Ferdis Neuigkeit irritiert mich. Sie stört meine Gedanken, die nur darum kreisen, wie ich aussehe. Und wie ich mich eigentlich für Vince ausstatten wollte. Schwarzes Top. Kurzer Rock. Mein glänzendes Lipgloss steht im Bad bereit. Und eine superteure Haarkur. Alles für die Katz.

»Wahrscheinlich hat Emi gleich die Fliege gemacht, als sie das Geblubber von Melly und Gloria hörte«, sagt Ferdi. »Das Wort Casting geht mir auch inzwischen mächtig auf die Nerven.«

In gespieltem Entsetzen fährt Vince sich mit den Händen durchs Haar. »Und mir erst. Dieses Getue mit den Haaren. Alle laufen plötzlich blond und gestylt herum. Nicht auszuhalten.«

Allmählich gewinne ich meine Fassung zurück. Mamas Teebeutel fällt mir ein. Humor ist der Regenschirm der Weisen. Ein witziger Spruch könnte die Lage entkrampfen.

»Dann müsst ihr ja von meinem vermüllten Outfit begeistert sein«, sage ich und verziehe das Gesicht.

Die Jungs lachen. Danke, Teebeutel.

»Kann einer von euch einen Fahrradständer montieren?«, erkundige ich mich. »Doppelständer? Muss das Teil aber noch im Baumarkt besorgen.«

»Brauchst nicht in den Baumarkt«, sagt Vince. »Ich habe einen Doppelständer zu Hause. Den hatte ich dir übrigens schon mal angeboten, aber du wolltest ja nicht.«

»Ich baue dir das Ding an«, bietet sich Ferdi an.

Und dann sehe ich etwas, was mein Herz schneller schlagen lässt: Vince stößt Ferdi mit dem Ellenbogen warnend in die Rippen.

»Mir fällt gerade ein«, erklärt Ferdi hastig, »ich hab heute noch was vor. Vince kann das auch.«

»Ja, Vince kann das«, sagt Vince grinsend. »Im Ernst.«

Ferdi hat es auf einmal eilig und schwingt sich auf sein Rad.

»Grüße an Emi.«

Weg ist er. Vince zieht mein Fahrrad aus der Hecke und drückt mir den Lenker in die Hand.

»Wir fahren sofort, okay?«

Ich zögere einen Moment. Kann ich einfach mit Vince Weise nach Hause fahren? Fremd ist er natürlich nicht. Geht auf mein Gymnasium und arbeitet seit vier Wochen seine Schulden bei Herrn Habicht ab. Außerdem ist sein Vater Staatsanwalt Weise. Den Namen kennt jeder in Haverstedt.

Natürlich habe ich Vinces Adresse längst gegoogelt, Hornweg 40, aber sein Haus ist bei Street View verpixelt. Genau wie unseres.

»Keine Sorge, meine Eltern sind zu Hause.«

Ich bin erleichtert. Obwohl es natürlich prickelnder wäre, seine Eltern wären *nicht* da.

»Wie fahren wir?«

»Richtung Schule.«

Durch das kleine Zentrum von Haverstedt fahren wir zum Gymnasium und vorbei an Tareks Laden.

Unterwegs reden wir belangloses Zeug. Über Fahrradzubehör und Rad-Durchmesser. Vince fragt allen Ernstes: »Wie viel Zoll haben deine Räder?«

Trotz des schrägen Themas kribbelt mein Magen. Vince hat vor der Sparkasse auf mich gewartet. Nur das zählt. Auch wenn ich mir unser erstes Treffen viel romantischer vorgestellt habe. Natürlich liegt das an mir. So wie ich aussehe, wollte ich Vince auf keinen Fall unter die Augen treten.

Ich senke den Blick auf die Fahrradpedale. An meinen Reitschuhen klebt Pferdemist. Super-Styling für ein Date. Verstohlen rubbele ich meine Absätze an den Pedalen halbwegs sauber.

Durch eine Heckengasse gelangen wir zum Hornweg, einer ruhigen Straße mit großen Gärten und Einzelhäusern hinter hohen Hecken.

Nummer 40 ist ein weißer Flachdach-Bungalow, der aussieht wie ein eckiges Hufeisen. Alle Fenster, die ich durch die dichte Eibenhecke sehen kann, sind mit Eisengittern abgeriegelt. Ich kann mir eine entsprechende Bemerkung nicht verkneifen.

»Wow. Ein Hochsicherheitstrakt.«

»Absolut.« Vince zuckt die Schultern. »Als Staatsanwalt

bekommt mein Vater manchmal Drohbriefe, deswegen ist er supervorsichtig. Und meine Mutter ist extrem furchtsam.«

»Ganz schön viel Angst in einem einzigen Haus. Fürchtest du dich etwa auch?«

»Nicht, solange jemand in der Nähe ist, der es mit vierbeinigen 500-Kilo-Brocken aufnimmt«, grinst er.

»550.«

Wir lachen. Allmählich benehme ich mich normaler. Meine Magennerven beruhigen sich, sobald mein Pferd erwähnt wird. Selbst wenn Pepper als Brocken bezeichnet wird. Mein süßer »Brocken« flirtet wahrscheinlich gerade mit seiner Stute.

Ich muss an Tapirs Erklärungen über Freundschaft unter Artgenossen denken, als wir unsere Räder die Auffahrt hinaufschieben. Peppers Augen leuchten, wenn seine Artgenossin Castella am Zaun steht. Mein Herz rast, wenn ich mit meinem Artgenossen Vince zusammen bin. Das ist eine ganz andere Art von Herzklopfen als jenes, das ich bei Peppers Anblick kriege. Anscheinend habe ich ja zwei Herzkammern: eine für Vierbeiner, eine für Zweibeiner. Das geht in Ordnung.

In Terracotta-Töpfen steht kugelig geschnittener Buchsbaum. Die dunkelgrüne Nadelhecke ist fast undurchsichtig, Natürlich habe ich sofort erkannt, dass es Eibe ist. E-I-B-E, die größte Hasspflanze für Pferde, weil es kaum etwas Gefährlicheres für sie gibt.

»Besuch mich mal mit deinem Pferd. Die Tannenhecke kann Pepper komplett abfressen, dann muss ich sie nicht schneiden.«

»Toller Pferdekenner«, sage ich. »Dann wäre Pepper aber in fünf Minuten tot.«

»Echt? Wieso?«

»Das ist Eibe. Zugegeben, sieht fast aus wie Tanne. Eibe ist das Allergiftigste für Pferde. Einen Zweig fressen, und das war's.«

»Du machst Scherze.«

»Nee. Und der Buchsbaum in den Kübeln ist auch giftig. Euer Hochsicherheitstrakt ist nur für Menschen sicher. Aber absolut kein Pferdehaus.«

Ha, ich bin ihm überlegen! Das macht mich sicherer, wenn ich mich schon in einem fremden Haus bewegen muss.

Vince kratzt sich am Kopf und stellt sein Rad in den Ständer.

»Als Reiter muss man ziemlich viel wissen, was?«

»Darauf kannst du wetten.«

»Wir gehen durch den Innenhof und dann gleich in den Hobbyraum. Gib mal her.«

Er nimmt mir das Rad ab, schließt ein Eisentor mit Eisenstacheln auf, geht voran zu einem kleinen Hof, der von weißen Mauern eingerahmt wird, und öffnet die Tür zu einem hellen Raum mit Werkzeugbank.

»Nach Feierabend läuft mein Vater gern im Bademantel durch die Wohnung«, sagt Vince entschuldigend. »Ihm ist es peinlich, wenn Fremde ihn im Wellness-Dress sehen. Deswegen nehm ich dich heute nicht mit ins Haus. Hoffe, das ist o. k. . . .«

»Klar«, antworte ich und grinse.

Schade, ich hätte gern Vinces Zimmer gesehen.

In der Werkstatt hängen Regale und Aufbewahrungsboxen an den Wänden. Sorgfältig einsortiertes Werkzeug, Schrauben, Nägel, Farben und Klebebänder. An der Stirnwand steht ein hohes Regal, von oben bis unten vollgepackt mit verbotenen Glühbirnen, 60 Watt, 75 Watt, 100 Watt – genau wie bei uns.

Ich muss kichern.

»Die Werkstatt könnte meinem Vater gehören.«

Vince kniet sich neben mein Rad und schraubt den alten Ständer ab. Im Handumdrehen ist der neue Doppelständer montiert. Er wischt sich die Hände ab und betrachtet sein Werk.

»Wie ist es mit einem Döner bei Tarek?«, fragt Vince, ohne hochzusehen. »Einladung steht noch. Lust?«

»Schon. Aber nicht in meinen Reitklamotten.«

Natürlich würde ich sonst was dafür geben, mit Vince auszugehen. Aber wenn uns jemand aus dem Stall sieht, kann ich mich monatelang auf blöde Bemerkungen einrichten. Mir kommt eine bessere Idee.

»Willst du sehen, wo Pepper steht?«

Überrascht guckt Vince mich an.

»In Ammersdorf, oder?«

»Hast du Lust hinzufahren? Bleibt doch lange hell. Bis neun darf ich wegbleiben.«

»Klingt gut. Musst du füttern?«, fragt Vince fachmännisch. Seit er auf dem Habichthof hilft, weiß er mit Fütterungszeiten Bescheid.

»Füttern übernimmt ab heute Emily. Pepper und Alpino bekommen abends noch Kraftfutter.«

Ich verziehe das Gesicht. »Emis Vater will sie jeden Abend zur Weide fahren. Komischer Typ. Ich möchte wahnsinnig gern wissen, warum der sich plötzlich für unsere Pferde interesssiert.«

17.

Auf der Fahrt zur Weide können wir uns kaum unterhalten. Die meiste Zeit fahren Vince und ich hintereinander, weil ständig Autos Richtung Golfplatz an uns vorbeibrettern.

Ein bisschen mulmig ist mir zumute, als ich mit Vince durch die Traktorspur zur Koppel marschiere.

Pepper hebt den Kopf und mustert uns mit gespitzten Ohren, als wir näher kommen. Alpino trottet sicherheitshalber hinter Peppers Schweif.

»Hallo, Großer«, sage ich und reibe Peppers Backen.

Zufrieden schnurrt mein Pferd wie eine Riesenkatze, und als ich genug gerubbelt habe, legt er mir sein Kinn auf die Schulter. Interessiert linst Pepper zu Vince hinüber, der eine Pferdelänge Sicherheitsabstand einhält. Mit einer Handbewegung winke ich Vince heran.

»Willst du nicht rüberkommen?«

»Ganz schön groß aus der Nähe.«

»Du kennst Pferde doch mittlerweile.«

Er zögert. »Schon. Aber auf dem Habichthof laufen sie nicht so . . . lose . . . herum.«

»Halt Pepper einfach die Hand hin.«

»Hm.«

»Komm schon. Pferde sind reine Pflanzenfresser. An Menschenfleisch hat Pepper kein Interesse.«

Vorsichtig streckt Vince seinen Arm aus und zuckt zurück, als Pepper das Kinn von meiner Schulter nimmt und seinen Kopf in Vinces Richtung reckt.

»Sei nicht blöd, Vince Weise.«

»Er will mich beißen, glaube ich.«

»Quatsch. Er will dich kennenlernen. Lippen sind für Pferde das, was für uns Hände sind.«

»Hältst du ihn in Schach?«

»Logisch, wenn es sein muss.«

Langsam macht Vince einen Schritt vorwärts und hält Pepper die ausgestreckte Hand hin. Vertrauensvoll senkt Pepper die Nase und fährt mit seinen weichen Lippen über die Handfläche, schnuppert sich an den Armen hoch, über die Ohren, die Haare und auf der anderen Seiten wieder herunter.

Regungslos steht Vince auf der Weide. Mit aufgerissenen Augen und zusammengepressten Lippen blickt er mich an. Sieht aus, als hätte er mit dem Leben abgeschlossen. Ich platze fast vor unterdrücktem Lachen, aber wenn ich jetzt losbrülle, kommt Vince garantiert nie wieder mit.

Alpino trottet herbei und will auch Bekanntschaft schließen. Nach Peppers Unbedenklichkeitserklärung genügt ihm das Beschnuppern der Handfläche, dann registriert er Vince als ungefährlich und dreht sich zum Fressen um.

Verstohlen stecke ich Vince mein letztes Leckerli zu.

»Gib ihm eins, dann bleibst du in guter Erinnerung.«

Vince hält tapfer durch. Den Leckerwürfel lässt er sich, ohne zu zucken, von der Hand nehmen.

»Gut gemacht, Pepper«, sage ich. »Wir verschwinden mal kurz. Emi bringt dir gleich dein Futter.«

Vince sieht mich von der Seite an. »Dass ihr immer mit euren Pferden redet! Na ja, allmählich gewöhne ich mich daran.«

»Wie fandest du das Beschnuppern?«, frage ich, als wir uns Richtung Weidehütte aufmachen.

»War schon ziemlich cool. Irgendwie ein Gefühl wie ... Urzeit.« Vince sieht sich nach unseren Pferden um. »Dass diese starken Kerle uns nicht einfach angreifen und vertreiben. Wahnsinn.«

An der Weidehütte überlege ich, wo Emi und ihr Vater uns nicht sehen können.

»Da kommt nur der Pferdeäpfel-Container infrage«, sage ich und verziehe das Gesicht. »Tut mir leid, aber dahinter haben wir den besten Sichtschutz.«

Vince lacht und legt für zwei Sekunden seinen Arm um meine Schultern. Mir bleibt die Luft weg.

»Schon klar. Bei Pferdemädchen gilt das Gesetz der Wildnis.«

»Stimmt ja gar nicht«, murmele ich mit glühendem Gesicht.

Hinter dem Container lassen wir uns nebeneinander ins warme Gras fallen und sehen uns verstohlen von der Seite an. Vince berührt meine Fußspitzen mit seinen Schuhen. Er lacht nervös und fährt sich durchs Haar. Die Luft knistert. Vince legt seinen Kopf zur Seite, bis seine Haare an meinem Ohr kitzeln. Die Berührung versetzt mir einen Stromschlag. Jede Wette, gleich falle ich tot um. Meine Kuschelhormone explodieren. Mein Herz wummert. Rast in einem neuen Takt. Im Vincetakt. Fühlt sich anders an als der Peppertakt. Extrem anders als der Normaltakt.

Seine blitzenden Augen kommen näher. Hilfe, küsst er mich gleich?

»Guck mal«, flüstert Vince stattdessen. »Emi kommt.«

Ernüchtert öffne ich die Augen. Muss Emi gerade jetzt durchs Gattertor marschieren und meine Romanze verderben? Verlegen blinzele ich Vince an. Immerhin war das der beste Nicht-Kuss, den ich je bekommen habe.

Ich knie mich hin und linse um die Stahlkante. Emi schlendert das Stück zum Unterstand hoch. Allein. Wo ist ihr Vater? Den silbernen Mercedes kann ich nirgends sehen. Mein

Herz schlägt fast im Normaltakt. Die Realität hat mich wieder.

»Typisch, ihr Vater hat sie im Stich gelassen. Hätte mich aber auch gewundert, wenn Emi sich auf den verlassen könnte.«

Ich beuge mich gerade so weit vor, dass Emi mich nicht entdeckt. »Wo hat sie denn ihr Futter?«, denke ich laut. »Das müsste sie doch im Rucksack mitbringen!«

»Weshalb? Habt ihr hier keinen Lagerraum?«

»Doch. Aber Alpino braucht Spezialfutter, das lagert Emi zu Hause im Kühlschrank.«

Pepper und Alpi marschieren zügig Richtung Weidehütte und stellen sich schon richtig vor die Anbinderinge, sodass Emi nur noch die Stricke einklicken muss. Pepper steht dem Container gegenüber, Alpi am Pfosten vor der Hütte.

Emi verschwindet im Vorratssraum und kommt kurz darauf mit unseren blauen Futterschüsseln zurück. In einer Schüssel liegt nur eine Handvoll Pellets.

»Emi hat ihren Vorrat wohl vergessen und will Alpino nicht ganz ohne Kraftfutter stehen lassen«, flüstere ich Vince zu. »Damit er nicht futterneidisch wird. Vernünftig.«

»Eigentlich könnten wir doch Emi jetzt überraschen«, gibt Vince zurück. »Oder fühlt sie sich dann kontrolliert?«

Ich nicke. »Glaube schon. Wirkt, als würde ich ihr nicht trauen. Außerdem denkt sie sonst was von . . . uns.«

»Schon klar.«

Wieder spüre ich seinen warmen Arm auf meinen Schultern. Vince lächelt mich an. Die kandisbraunen Sprenkel tanzen in seinen grünen Augen. Wohlige Schauer rinnen mir über den Rücken.

Einen Augenblick später ist die schöne Stimmung zerstört. Was ich gerade beobachte, verschlägt mir beinahe den Atem:

Mit der vollen Futterschüssel geht Emi zu Alpino. Die winzige Portion setzt sie vor Pepper ab.

»Wieso kriegt dein Pferd so wenig?«, fragt Vince leise. »Der ist doch viel größer als Emis Haflinger.«

Das wüsste ich auch gern. Natürlich gebe ich das nicht zu, sondern antworte mechanisch:

»Hat schon seine Ordnung. Alles ist gut.«

Aber nichts ist gut.

Und Vince merkt es an der Art, wie ich antworte. Stirnrunzelnd sieht er mich an. Obwohl er keine Ahnung von Pferden hat, spürt Vince wohl instinktiv, dass hier etwas faul ist. »Klärt sich sicher alles auf. Geh doch hin und frag Emi, warum sie Pepper so wenig gibt.«

Emi lehnt sich an Alpis Flanken und seufzt tief. Richtig sorgenvoll. Sicher hat sie wieder Stress mit ihrem Vater. Ich kann jetzt nicht mit ihr reden.

Schweigend warten wir ab, bis Alpino aufgefressen hat. Pepper ist längst fertig und scharrt ungeduldig.

Emi legt das Abendheu für die Pferde hin, bindet sie los und hängt die Stricke weg.

»Bis morgen, Jungs«, ruft Emi, bevor sie das Tor abschließt. Wir sehen ihr nach, bis ihr Rad an der Abbiegung zu Jürgensens Hof verschwindet.

Sobald Emi außer Sichtweite ist, springe ich auf und laufe zu den Pferden. Mein Herz pocht voll im Peppertakt. Ich möchte mein hungriges Pferd umarmen und abknuddeln, doch vor Vince ist mir das peinlich.

Pepper stupst mich auffordernd an.

»Ich hole Futter für ihn«, sage ich zu Vince. Er nickt und sieht ratlos aus.

Im Vorratsraum kontrolliere ich die Futtertonne. Sie ist fast leer. Das ist okay, denn Herr Habicht will mir Sonntag den nächsten Sack Kraftfutter bringen. Ein Sack reicht exakt eine Woche für Pepper. Hätte Emi sich schon öfter bedient, müsste die Tonne längst leer sein.

Emis Griff in mein Futter war nur eine Ausnahme. Geschenkt.

Erleichtert greife ich zur Futterschaufel und schütte eine Portion in die Schüssel.

Da meldet sich plötzlich eine leise Stimme in meinem Kopf. Eine fiese Stimme, die Unfrieden stiftet.

Hast du jemals Emis Aufbaufutter gesehen, das sie angeblich im Rucksack mitbringt? Gib es zu – noch nie!

Was will die Stimme mir einflüstern? Dass Emi schon länger *mein* Futter für ihr eigenes Pferd nimmt?

Obwohl ich den bösen Verdacht mit aller Kraft abwehre, lässt er sich nicht abschütteln. Leise und gemein flüstert die fiese Stimme weiter.

Vielleicht besitzt Emi gar kein Spezialfutter vom Tierarzt? Sondern sie füttert Alpino ständig mit Peppers Kraftfutter? Und gibt Pepper weniger, damit die Futtertonne nicht auffällig schnell leer wird?

Emis Erschrecken fällt mir ein, als Herr Habicht das Futtergeld einführte: »Das kann ich meinem Vater nicht sagen.«

Bekommt mein Pferd schon die gesamten drei Wochen in Ammersdorf zu wenig Kraftfutter? Das würde erklären, warum Pepper beim Reiten so lustlos ist.

Ich lehne mich gegen die Holzwand und wische mir über die Stirn. Unsinn, Emi ist doch keine Klaubacke.

Eine SMS oder Mail hätte alles erklärt. Möglicherweise wartet so eine Mitteilung längst in meinem Handy, während ich mir den Kopf zermartere. Ich checke meine SMS. Nichts.

Ratlos verschließe ich den Vorratsraum und gehe mit der

Futterschüssel zu Vince und Pepper. Pepper lässt sein Heu liegen und stürzt sich mit Heißhunger auf seine Pellets.

Ich kann nicht glauben, dass Emi mich betrügt. Emi, die ich wie meine eigene Schwester kenne. Obwohl ich Vince eigentlich nichts erzählen wollte, sprudelt alles aus mir heraus. Vince fühlt sich sichtlich unbehaglich und tritt von einem Fuß auf den anderen. »Keine Ahnung, was hier los ist«, sagt er schließlich. »Aber man muss immer beide Seiten hören.«

Solche Staatsanwalts-Weisheiten brauche ich jetzt wirklich nicht. Der Fast-Kuss ist Lichtjahre entfernt und meine Stimmung auf dem Nullpunkt. Ich bin total neben der Spur.

»Kein Wort zu keinem«, beschwöre ich ihn. »Emi und ich klären das schon.«

18.

Eins. Zwei. Drei. Vier. Ich zähle die nächtlichen Glockenschläge mit. Die Kirchturmuhr von Haverstedt erspart mir, auf dem Handy nach der Uhrzeit zu sehen.

Seit Stunden wälze ich mich im Bett. Mir ist warm. Ich trete meine Bettdecke ans Fußende. Meine Gedanken kreisen nur um Emi und Pepper und das Futter.

Nachdem Vince mich nach Hause gebracht hat, bin ich gestern Abend sofort in mein Zimmer gerannt, um nach E-Mails zu gucken. Niete.

Schon drei Mal bin ich heute Nacht aufgestanden, um meine SMS und Mails zu checken. Kein Wort von Emi.

Wut brodelt in meinem Bauch. Wäre die blöde Sache mit Emi nicht gewesen, hätte Vince mich hundertprozentig geküsst. Sie ist schuld, dass die besten Jahre meines Lebens ungenutzt verfliegen. Außerdem finde ich ihretwegen vor lauter Sorgen um Pepper keinen Schlaf.

Endlich klingelt der Wecker. Selten war ich so froh, aufstehen zu können. Bevor ich zur Schule aufbreche, werfe ich den Laptop an. Nur eine dämliche Mail von Melly.

Betreff: Blonde Mähne
Nächste Woche ist auf dem Habichthof die endgültige Casting-Sache. Frag mal Emi, ob wir ihren Haflinger wegen der blonden Mähne haben können. Melly
Wie geht es dem Isländer?

»Blöde Kuh«, murmele ich. Soll sie doch Emily selbst fragen. Auf dem Schulhof gehe ich Melly aus dem Weg. Ich will keinen sehen, der mit Stall zu tun hat. Nicht mal Vince. Erst muss alles geklärt sein. Mein Kopf ist wie gelähmt.

Aber Vince spürt mich in der großen Pause auf und winkt mir verstohlen zu. Gestern noch wäre ich für so eine Geste bis zu Peppers Großem Wagen hochgesprungen, aber heute kann ich mich nicht darüber freuen.

Bevor ich nachmittags zur Weide fahre, mache ich einen Stopp auf dem Habichthof und suche nach Tapir.

Die neue Stallgasse ist fertig. Rund um die Reithalle ist ein Gerüst aufgebaut, auf dem zwei Handwerker arbeiten.

Einige Mädchen satteln für den Unterricht.

»Ist Tapir irgendwo?«, rufe ich durch die Stallgasse.

»Hier«, tönt es aus Sandros Box. »Helfe gerade.«

Ich gehe zu unserem Hannoveraner Schimmel und streiche ihm über die weiße Nase. Seit Sandro in meinem Tagtraum das Pferd meines Prinzen Vince war, sehe ich den Wallach mit anderen Augen.

»In einer Woche könnt ihr zurück«, sagt Tapir und hebt den Sattel auf Sandros Rücken. »Habt euch super geschlagen da draußen. Der Aufstieg in die S-Klasse ist euch sicher.«

»Hm«, murmele ich. »Kann ich ein paar Kilo Kraftfutter mitnehmen? Hab gestern die Tonne umgekippt und alles in den Dreck geworfen. Ich bringe die Pellets Sonntag zurück, wenn ich einen neuen Futtersack habe.«

»In Ordnung. Nimm dir den Schlüssel für die Futterkammer aus meiner Weste.«

Ich fische den Schlüssel aus Tapirs Westentasche und schließe den Vorratsraum auf. Aus der Futterkiste fülle ich ein paar Kilo Pellets in meinen Jutebeutel und mache mich rasch auf den Weg nach Ammersdorf, wo ich als Erstes Wasser hole.

Ohne Vinces Doppelständer hätte ich dabei wirklich alt ausgesehen.

Spontan schicke ich ihm eine SMS, weil ich mein Rad mit

Anhänger problemlos vom Jürgensen-Hof zur Wanne geschafft habe.

Sofort kommt eine Nachricht zurück.

Super. Wollen wir heute Abend wieder zur Weide? Vince

Unschlüssig betrachte ich das Display. Ob ich zur Koppel fahre, hängt davon ab, was mir Emi gleich im Verhör erzählen wird. Bevor ich mich entscheiden kann, sehe ich sie mit dem Rad den Weg zur Weide hochfahren.

Mal sehen. Melde mich. Flo

Ich schicke die Nachricht ab und kippe die Wasserkanister aus. Mein Herz klopft, als Emi mit wehenden Haaren angerannt kommt.

»Ich hole die Pferde, dann können wir gleich los«, schlägt sie vor und fummelt ihr Haar im Nacken mit einem Gummiband zusammen. Kein Wort über Futter.

»In Ordnung.«

Ich muss sie fragen. Aber ich habe Angst vor der Antwort und zögere.

Wenn sie lügt, habe ich keinen Plan, wie es mit uns weitergehen soll. Sie ist meine beste Freundin. Unsere Pferde sollten immer zusammenbleiben, weil sie sich so gut verstehen. Vielleicht später in einem echten Offenstall. Davon haben wir oft geredet in Ammersdorf.

Als wir satteln, überwinde ich mich und frage betont beiläufig: »Ist gestern alles klargegangen mit dem Füttern?«

Überrascht blickt Emi zu mir herüber und zieht Alpinos Sattelgurt fester an. »Kein Problem.«

Hartnäckig hake ich nach.

»Hat dein Vater dich gebracht?«

Emi zögert einen Moment und blinzelt nervös.

»Ja, klar. Warum?«

»Nur so.«

Ihre Antwort trifft mich wie ein Faustschlag. Jetzt ist es amtlich. Sie lügt. Kein Wort, dass ihr Vater sie nicht gefahren hat. Kein Wort vom Futter.

Ich bin so verwirrt, dass ich den Nasenriemen am Reithalfter nicht verschnallt kriege.

Was habe ich alles für Emi getan! Und sie hintergeht mich. Vor Enttäuschung möchte ich die Weidehütte zertrümmern. Acht Jahre kennen wir uns. Und sie klaut mein Futter. Läuft es schon die ganze Zeit so in Ammersdorf?

Pepper dreht den Kopf und mustert mich aus seinen klugen Augen. In Bruchteilen von Sekunden kann er mich einschätzen. Er spürt sofort, dass ich nicht gut drauf bin. Grummelnd schubst er mich mit der Schulter an.

Komm schon, lass dir nicht den Tag verderben.

Mir ist zum Heulen. Stumm lege ich ihm die Arme um den Hals und drücke ihn ganz fest.

Beim Ausritt bringe ich kein Wort über die Lippen. Mein Mund ist wie mit Pattex verklebt.

»Bauchschmerzen«, behaupte ich. Stimmt sogar.

Als wir nach zwei Stunden absatteln, habe ich das Thema Füttern immer noch nicht angeschnitten. Ich will nicht mit Emi nach Hause fahren und erfinde eine Ausrede.

»Fahr ruhig schon, ich fette noch meinen Sattel.«

Zögernd nimmt Emi ihr Rad und verabschiedet sich. Es bleibt mir nicht anderes übrig, als heute Abend erneut die Fütterung zu überprüfen. Ich schicke Vince eine Nachricht.

Treffen um 19.30 Uhr an der Kreuzung hinter Haverstedt? Flo

Antwort-SMS:

Cool!!! Freue mich. ☺ ☺ ☺ Vince.

Vince ist pünktlich auf die Minute. Schweigend radeln wir über die Teerstraße nach Ammersdorf. Wie gestern verfolgen uns ein paar Raser. Im Rucksack habe ich anderthalb Kilo Kraftfutter dabei, das ich Pepper geben will, falls Emi ihn wieder nicht anständig füttert. Zu Vince sage ich kein Wort über das Futter.

Wir beziehen unseren Wachposten hinter dem Pferdeäpfel-Container.

Auch diesmal bekommt Pepper von Emi nur eine Handvoll Pellets. Vince kommentiert die Miniportion nicht, sieht mich nur prüfend an.

Zehn Minuten nach Emis Verschwinden brechen wir auch auf. Ohne Kuss. Um Vince abzulenken, frage ich: »Pumpst du mein Fahrrad auf? Ich will den Pferden noch schnell Mineralfutter geben.«

»Kein Problem«, sagt er und fügt dann hinzu: »Ich soll sicher nicht mitkommen? Und schon mal zum Tor vorgehen?«

Dabei wirft er mir einen komischen Blick zu. Irgendwie traurig, als wüsste Vince genau, dass ich ihm etwas verheimliche.

Ich fühle mich mies. Gleichzeitig ärgere ich mich grün und blau über Emi. Sie betrügt nicht nur mein Pferd, sondern vermasselt mir den zweiten Frühlingsabend mit meinem Schwarm.

Entschuldigend hebe ich die Schultern. Ich glaube, ich sehe gerade ziemlich hilflos aus.

»Schon okay«, murmelt er.

Als Vince verschwunden ist, verstecke ich mich in der Weidehütte und schütte mein Rucksackfutter in die Futterschüssel. Ich muss nur ein wenig mit den Pellets klappern, schon erscheint Peppers braune Nase im Unterstand. Erfreut grummelnd macht er sich über die Pellets her.

»Morgen kläre ich alles auf, Pepper«, schwöre ich.

19.

Voll wütender Erwartung fahre ich am dritten Abend zur Koppel. Allein. Auf keinen Fall möchte ich Vince dabeihaben, wenn ich Emi zur Rede stelle.

Mein Kopf glüht vor Ärger, als ich mein Fahrrad unter einen dicht belaubten Haselnussbusch schiebe, damit Emi keinen Verdacht schöpft. Ich peile über die Feldwege. Emi ist noch nicht in Sicht.

Lauwarmer Abendwind streicht mir durchs Haar, als ich mein Versteck hinter dem Container beziehe. Wenn man den Mistgeruch wegdenkt, duftet es nach Flieder und Frühling. Vince hat mich heute zum Eisessen eingeladen!

Ohnmächtig stöhne ich auf. Statt mit Vince Schokolade-Nuss zu löffeln, hocke ich hinter unserem Mistcontainer, weil meine Ex-beste-Freundin durchdreht.

Wenn Emi heute wieder falsch füttert, ist der Teufel los. Ich bin kurz vorm Überkochen. Ungeduldig äuge ich alle paar Sekunden hinter der Stahlwand hervor.

Lange muss ich nicht warten.

Emi stellt ihr Rad ab, holt Futter aus dem Abstellraum, bindet die Pferde an und klappert mit den Schüsseln. Aus meinem Versteck kann ich das Füttern gut verfolgen. Pepper bekommt nur einen Anstandshappen. Genau wie gestern. Und wie vorgestern.

Wütend schlage ich mit der Faust gegen die Stahlwand. Sie macht es also immer! Und ich dumme Kuh dachte, wir sind ein Dreamteam.

Ich kann mich nicht mehr bremsen. Wie eine Furie springe ich auf und stürze auf Emi zu. Einen Augenblick fürchte ich, sie rennt weg. Aber sie bleibt. Aus leichenblassem Gesicht starrt Emi mich an, als ich wutschnaubend vor ihr stehen bleibe.

»Hast du sie noch alle?«

Mit steifen Beinen weicht sie zurück.

»Warum klaust du mein Futter für Alpino?«, schreie ich sie an. »Und lässt Pepper hungern?«

»Wie kommst du darauf?«, wispert Emi.

»Denk dir gar nicht erst Ausreden aus. Ich habe dich drei Tage lang beobachtet.«

Pepper wirft mir einen ungläubigen Blick zu und kratzt mit den Hufen. Mein Pferd ist irritiert. Pepper kennt mich nicht schreiend. Ich fühle mich widerlich. Irgendwie kann ich es selbst nicht glauben, dass ich das bin, Flo Rohde, die auf der Weide tobt wie eine Hexe.

Ein ersticktes Schluchzen dringt aus Emis Kehle.

»Es sollte nur für ein oder zwei Tage sein.« Wie ein Häufchen Elend lehnt Emi an der Weidehütte. »Ich wollte mir Pellets aus Habis Futterkiste leihen und im nächsten Monat zurückbringen. Aber das klappte nicht.«

Sie senkt ihren Kopf und starrt auf den Boden.

»Jeden Tag war ich im Stall. Aber er hatte die Futterkammer immer abgeschlossen. Wegen des Umbaus. Und ich habe einfach kein Geld für Pellets. Dabei braucht Alpi doch unbedingt Futter, nachdem er so abgenommen hat.«

Ihr Geständnis trifft mich mit voller Wucht.

»Du hast also gar kein Diätfutter zu Hause?«

Stumm schüttelt Emi den Kopf.

»Das darf ja wohl nicht wahr sein. Warum fragst du deine Eltern nicht nach Geld?«

»Weil es nicht geht«, schluchzt Emily. »Das verstehst du nicht.«

Ich weiß nicht mehr, was ich denken soll. Meine Gefühle

sind das reinste Chaos. Obwohl Emi mir leidtut, wie sie mit bebenden Schultern an der Hütte lehnt, kocht auch die Wut über Peppers Zwangsdiät in mir hoch.

»Du kannst doch meinem Pferd nicht einfach weniger Futter geben! Eine Unverschämtheit ist das.«

»Dr. Müller-Maring hat doch gesagt, Pepper kann ruhig ein paar Kilo abnehmen.«

»Aber nicht, wenn wir richtig trainieren. Außerdem ist das meine Sache. Wehe, du machst das noch einmal.«

Damit lasse ich sie einfach stehen und renne zu meinem Fahrrad. Sie soll bloß nicht glauben, dass wir gemeinsam nach Hause fahren.

Auf dem Heimweg heule ich die ganze Zeit.

Das ist das Ende unserer Freundschaft. Vor lauter Tränen verschwimmt die Straße vor mir. Immer wieder muss ich mir über die Augen wischen. Ich fühle mich dumpf und benommen. Autofahrer werfen mir neugierige Blicke zu. Idioten. Was wissen die schon?

In meinem Kopf sieht es aus wie nach einem Erdbeben. Alles liegt in Trümmern. Wie soll es weitergehen mit uns? Kann ich Emi den Betrug je verzeihen? *Muss* ich etwa? Hat sie ein Recht auf lebenslange Treue, nur, weil wir in der ersten Klasse den Apfelsaft geteilt haben? Nein. Emi hat das Dreamteam zerstört.

Als ich das Rad vor unserem Haus abstelle, sehe ich durchs Fenster meine Eltern in der Diele sitzen. Auch das noch! Sie werden mich nicht ungeschoren auf mein Zimmer gehen lassen.

Ich muss blitzschnell nach oben laufen.

»Hallo zusammen.«

Ich grüße kurz und stürme sofort die Treppen hoch. Immer

zwei Stufen auf einmal, um Abstand zu meinen Eltern zu schaffen.

»Wie siehst du denn aus?«, fragt Mama besorgt. »Ist etwas nicht in Ordnung, Flo?«

»Bisschen Ärger!«, gebe ich mit zugeschnürter Kehle zurück.

»Fräuleinchen«, ruft Papa hinter mir her. »Geht das auch etwas genauer?«

»Ist privat, Papa.«

»Privat, privat«, höre ich Papa noch poltern, bevor ich die Tür zu meinem Zimmer hinter mir zuwerfe.

In voller Montur werfe ich mich auf mein Bett und heule ins Kopfkissen.

Was haben wir uns mit dieser verdammten S-Klasse eingebrockt! Es ist alles aus. Emi hat mein Leben ruiniert. Wie geht es jetzt mit unseren Pferden weiter?

Die Freiberger Stuten sind nur ein Ferien-Flirt. Wenn wir zurück auf dem Habichthof sind, wird Pepper sich wieder mit seinem alten Freund Alpi zusammentun. Ein Albtraum, wenn ich Emi dann ständig sehen muss. Mit wem soll ich überhaupt ausreiten? Allein darf ich nicht ins Gelände. Muss ich etwa mit den Erwachsenen raus? Und wie halte ich mir die Durchgeknallten vom Hals? Und Frau Doktor Lanz? Allein ist alles viel schwerer. Emi wird sich noch wundern, wenn ich sie nicht mehr vor Melly und Gloria beschütze.

Das Wort S-Klasse erscheint mir wie ein Hohn.

S wie Super-Betrug, Herr Habicht.

Es pocht an der Tür. Hastig wische ich mir mit dem Kissenbezug übers Gesicht.

»Draußen bleiben«, schluchze ich.

Die Tür wird trotzdem geöffnet.

»Probleme?«

Durch die Armbeuge äuge ich zur Tür. Zum Glück nicht meine Eltern, sondern Daniel. Ich setze mich auf die Matratze und putze mir umständlich die Nase.

»Und ob.«

Dani wirft sich auf mein rotes Sofa und legt die Beine auf den Tisch.

»Doch wohl kein Liebeskummer? Soll ich irgendwen verprügeln? Hat jemand dein Pferd beleidigt?«

Mein Bruder schafft es wieder, mich aufzumuntern. Eigentlich wollte ich das Futtergeheimnis mit ins Grab nehmen. Aber bei meinem Bruder gelten andere Gesetze. Außerdem muss ich jemandem mein Herz ausschütten, wenn es nicht explodieren soll.

Unter dem Siegel der Verschwiegenheit erzähle ich ihm, was passiert ist.

»Emi klaut Futter?« Ungläubig schüttelt Daniel den Kopf. »Diese schüchterne Maus? Kann ich mir nicht vorstellen. Warum? Ihr Vater hat Kohle ohne Ende.«

Abrupt stehe ich auf und stoße die Balkontür auf. Ich brauche Luft. Sobald ich an Peppers Miniportion denke, schnürt mir der Ärger die Kehle zu.

»Aber als Herr Habicht das Futtergeld extra abrechnen wollte, mochte Emi ihren Vater nicht nach Zusatzknete fragen. Ist doch komisch.«

»Du musst sie offen ansprechen. Frag Emi, welchen Ärger sie mit ihren Eltern hat. Ob sich das wieder einrenkt.«

Daniel grübelt weiter.

»Bei Emi kann ich mir so etwas nur als Verzweiflungstat vorstellen.«

»Aus Verzweiflung klauen? Geht's noch?«

»Denk mal an eure Pferde. Du sagst selbst, sie sind von Natur aus freundlich und tun keinem Menschen etwas. Erst wenn man Pferde extrem in die Enge treibt, laufen sie aus dem Ruder.«

»Seit wann ist Emi ein Pferd?«

»Flo. Tu nicht so. Seit ich Emi kenne, ist sie nett und ohne jede böse Absicht. Eben anständig wie ein Pferd. Kann doch sein, dass Emi in einer Notlage steckt. Irgendwer hat sie in die Enge getrieben und sie weiß keinen Ausweg mehr.«

Seit wann interessiert mein Bruder sich für die Seelenlage von Emi?

»Du meinst, Emi muss zu Mellys Mutter auf die Couch?«

»Bloß nicht! Aber du könntest ja selbst mal überlegen, aus welchem Grund Emi auf die Schwachsinnsidee gekommen ist, so einen Mist zu bauen.«

Ich bleibe trotzig. »Seine beste Freundin zu bestehlen, das kann man nicht entschuldigen.«

Daniel greift eins meiner Sofakissen und wirft es mir an den Kopf. »Stur wie ein Esel.«

Ich pfeffere das Kissen zurück in Danis Richtung. »Auf welcher Seite stehst du eigentlich?«

Dani feuert den ganzen Kissenvorrat auf mich ab, und als er an die Balkontür tritt, um sie aufzusammeln, stutzt er plötzlich. Er beugt sich über das Geländer und winkt nach unten.

»Komm rauf.«

»Wer ist da? Dein Freund?«

Ich drücke mich neben meinen Bruder ans Geländer und spähe durch unsere Riesenlinde auf die Straße. Auf dem Gehweg vor unserem Haus steht eine kleine, schmale Gestalt, die unruhig hin und her tritt. Emi.

Von oben sieht sie noch zerbrechlicher aus als sonst. Wie ein ausgesetzter Hund, der nach einer neuen Familie sucht.

Wie lange wartet sie schon da und traut sich nicht herein?

»Ich verschwinde mal besser«, sagt Dani, als es an der

Haustür klingelt und kurz darauf zaghafte Schritte auf der Treppe zu hören sind.

Mit zusammengepressten Lippen warte ich auf das Klopfen. Ich bleibe knallhart. So viel steht fest.

Dann steht Emi gespenstisch bleich in der Tür. Ihre Augen sehen genauso verschwollen und rot aus wie meine. Nervös knetet sie ihre Hände.

Ich zeige auf das rote Sofa. Emi setzt sich auf die vorderste Kante und starrt auf ihre Schuhe. Ich lasse mich gegenüber auf den Drehstuhl fallen.

Eine Zeit lang schweigen wir beide, dann halte ich die Stille nicht mehr aus und sage energisch: »Okay, du hast genau zwei Minuten.«

Verstört reißt Emi die Augen auf.

»Mein Vater muss vielleicht Alpino verkaufen!«, flüstert sie.

Wie elektrisiert fahre ich von meinem Drehstuhl auf.

»Was?«

Das ist ein Hammer! Alpino soll verkauft werden? Eine völlig neue Situation.

»Aber wieso denn?«

Zusammengesunken sitzt Emi auf ihrer Sofakante und duckt sich zwischen die Kissen.

»Weil er zu teuer wird. Wir sind doch pleite.«

»Mach keine Witze. Soll dein Vater doch erst mal seine dicke Kiste verkaufen. Seit wann habt ihr kein Geld mehr?«

Am liebsten möchte Emi nichts mehr sagen, das merke ich ihr an.

Draußen zirpen Grillen. In den Bäumen zwitschern ein paar Meisen, so vergnügt, als könnte es nichts Schlimmes auf der Welt geben.

Auf einmal gibt Emi sich einen Ruck und haspelt hervor:

»Die Polizei war bei uns. Und die Steuerfahndung. Schwör, dass du es keinem sagst! Schwör!«

Hastig wischt sie sich über die Augen. Ohne auf meine Antwort zu warten, redet sie weiter.

»Papa hat doch Geräte übers Internet verkauft. Fernseher, Handys, Kameras. Das Finanzamt sagt, er hat nichts versteuert. Muss er alles nachzahlen. Außerdem waren die Kameras wahrscheinlich geklaut.«

Genau das habe ich immer von Emis Vater gedacht.

Emi presst ein Kissen vor die Brust. »Wenn du das jemand erzählst, bringe ich mich um.«

Sie sieht sehr einsam aus, wie sie da vor mir kauert und mit den Schuhen scharrt. Meine Eltern würden mich niemals so hängen lassen. Schlimmstenfalls habe ich immer noch meinen großen Bruder. Oder Vince. Aber Emi hat *keinen*. Plötzlich empfinde ich nur noch Mitgefühl für sie. »Klar schweige ich.«

»Was mein Vater noch an Fotoapparaten hat, muss er bei der Polizei abliefern. Jedenfalls wird es eng mit dem Geld. Er hat gesagt, dass Alpino vielleicht wegmuss, weil die Box so teuer ist.«

Emi weint leise in mein Kissen. »Da konnte ich ihn doch nicht nach Futtergeld fragen. Dann hätte er Alpi sofort verkauft. Aber ohne Alpi kann ich nicht leben.«

Was sagt deine Mutter dazu?, will ich fragen, lasse es aber sein. Ich weiß nur zu gut, dass Emis Mutter in der Familie Ehlert wenig zu melden hat. Eine unsichtbare kleine blonde Frau, die zu schwach ist, ihrer einzigen Tocher beizustehen. Außer Alpino hat Emily definitiv keinen Vertrauten.

Plötzlich schlägt Emi die Hände vors Gesicht. »Es ist furchtbar. Mein Sparbuch habe ich schon leer geplündert. Ich schäme mich so. Wegen Papa. Und wegen Peppers Futter.

Ich habe nur Mist gebaut. Aber was hätte ich denn tun sollen, Flo?«

»Mich fragen?«

Da bricht Emi schon wieder in Tränen aus. »Du hast auf der Weide sowieso viel mehr geschuftet als ich und dann will ich auch noch Futter von dir? Das ging doch nicht.«

»Besser als klauen.«

»Mann, Flo. Mein Kopf war wie verdreht, ich konnte gar nicht mehr denken.«

Vor dem Balkon beginnt unsere Nachtigall ihren Abendgesang. Die Melodie übertönt alles, das helle Grillenkonzert und die zwitschernden Meisen.

Irgendwie fühle ich mich erleichtert, seit ich den Grund für Emis Futteraktion kenne. Natürlich ist ihr Vater schuld. Trotzdem kann ich alles nicht so schnell verdauen. Das sieht man meinem Gesicht an, sonst würde Emi wohl kaum ängstlich fragen: »Sind wir jetzt auseinander? Darf Pepper nicht mehr mit Alpi auf die Weide?«

Im Geiste sehe ich unsere Pferde vor mir, wie sie auf verschiedenen Weiden stehen und sich aus der Entfernung suchend zuwiehern. Wie sollen Pepper und Alpino verstehen, dass sie wegen blöder Menschenprobleme getrennt sind? Die ganze schiefgelaufene Futtersache ist doch im Grunde eine tragische Verwicklung.

Die Nachtigall vor dem Fenster gibt alles. Ich sträube mich dagegen, trotzdem stimmt ihr Gesang mich milde. Verdammt, ich bin ein Power-Mädchen, sagt Vince. Power-Mädchen lassen sich nicht durch Nachtigallen-Geträller weichpfeifen. Da spukt zu allem Überfluss Mamas letzter Teebeutelspruch in meinem Kopf herum:

»Ein wahrer Freund trägt mehr zu unserem Glück bei als tausend Feinde zu unserem Unglück.«

Definitiv ist dies kein Abend, um sich für alle Zeiten zu zerstreiten.

Heißt S-Klasse vielleicht auch, dass man souverän ist?

S wie souverän?

Emi verkrümelt sich im äußersten Sofawinkel. Sie kommt mir vor wie ein Pferd, das sich in der Herde danebenbenommen hat und nun von allen in eine Ecke getrieben wird. Ohne das Okay der Leitstute kommt sie nicht raus aus ihrer misslichen Lage.

Bin ich für Emi die Leitstute?

Jedenfalls trampele ich nicht auf Leuten herum, die schon am Boden liegen. Pferde treten auch nicht nach, wenn eine Sache geklärt ist.

S wie supersouverän.

Pepper fände mich gut. Vince auch.

Ich halte Emi die Hand hin. Eine zweite Chance für unsere Freundschaft!

Sie schlägt ein und versucht ein schiefes Lächeln.

»Ich kann dir Futtergeld pumpen«, sage ich, »aber nur unter einer Bedingung.«

»Welche?«

»Melde dich beim Casting.«

Emi fährt auf. »Nie. Das kann ich nicht.«

»Verdammt Emi! Das verlange ich aber als Gegenleistung. Die rücken zweitausend Mäuse raus für den Spot. Dreitausend mit Pferd. Versuchen musst du es wenigstens.«

»Ich kann nicht auf Kommando fröhlich sein.«

»Auch nicht, wenn du dir jeden einzelnen Hunderter bildlich vorstellst? Und daran denkst, dass die Knete fast ein Jahr für Alpis Stallmiete reicht?«

Emi lächelt vorsichtig. Sofort bohre ich weiter und mache ihr den Werbeauftritt noch schmackhafter.

»Mellys Mutter würde einen Wutanfall kriegen, weil ihre tolle Tochter verloren hat.«

»Hm . . . Wutanfall klingt gut. Aber ob das Team mich überhaupt anguckt?«

»Logisch. Du erfüllst alles. Dünn. Schüchtern. Hellblond. Und Alpino hat die optimale Mähne dazu. Exakt deine Farbe.«

Ich schubse Emi ein Stück zur Seite und plumpse neben sie auf mein rotes Sofa.

»Melly und Gloria würden sich nicht mehr einkriegen . . .«

Emi hebt meinen neuen Bilderrahmen vom Laptoptisch.

»Super-Vorstellung.«

Gemeinsam betrachten wir das aktuelle Weidefoto, das Tapir uns geschenkt hat. Ein sensationeller Schuss. Im Hintergrund grasen die Freiberger Stuten zwischen Isländern, Fjordies und Haflingern. Vorne heben Pepper und Alpino aufmerksam ihre Köpfe.

Ich nehme Emi den Rahmen aus der Hand. Pepper leuchtet aus dem Bild. Rosa Wärme rieselt durch meine Adern. Mein Pferd sieht absolut genial aus. Dynamisch, wach, gleichzeitig sensibel. Und so präsent, als würde es beim nächsten Schritt in meinem Zimmer stehen.

»Wir vier sind ein Dreamteam«, sage ich feierlich zu Emi. »Pepper, Alpino, du und ich. Dabei bleibt es.«

Pepper guckt, als sei er ziemlich zufrieden mit mir. Ich schwöre, ich kann ihm von der Stirn ablesen, was er mir sagen will.

Gute Sache, Flo. Bist verdammt nah dran, ein Pferd zu werden.

Quick Check Weidezeit

1. Hallo, ich bin jetzt da
Neu ankommen ohne Stress

Eine neu zusammengewürfelte Herde wird immer um die Rangordnung kämpfen. Das gehört zum Pferdeverhalten. Sieben Tipps, damit Bisse und Tritte sich in Grenzen halten.

- Fremde Pferde gliedert man am besten im späten Frühjahr ein, wenn die Herde durch saftiges Gras abgelenkt ist. Dann ist der Neue nicht der »Fall des Tages«, der so interessant ist, dass man ihn stundenlang bedrängt und jagt.
- Abgegraste Weiden sind ungünstig zum Eingliedern, weil das fremde Pferd als Fresskonkurrent eingestuft wird. Der Neue riskiert Schläge.

- Über einen stabilen Zaun hinweg beschnuppern sich die Neuen und die übrige Herde ohne Stress.
- Kommen viele fremde Pferde auf einer Urlaubsweide zusammen, gliedert man sie nach und nach ein. Zunächst stellt man nur zwei zusammen, dann bildet man Minigruppen.
- Das neue Pferd wird in den ersten Tagen getrennt gefüttert und getränkt, damit die alte Truppe nicht futterneidisch wird.
- Je größer die Weide, desto weniger Probleme gibt es. Der Grund: rangniedrige Pferde können den Herdenchefs weit genug aus dem Weg gehen.
- Hinten sollten die Pferde keine Hufeisen tragen. Ob die vorderen Eisen dranbleiben können, müssen alle Pferdebesitzer unter sich vereinbaren.

2. Freunde finden

Kleine Gruppen stellt man aus zwei, vier, sechs, acht oder zehn Pferden zusammen. So kann jedes Pferd einen Freund finden, zum Beispiel zum gegenseitigen Fellkraulen oder zum Verscheuchen lästiger Insekten. Nur wenn sich die Herde schon lange kennt und respektiert, kann man Ausnahmen machen.

Pferde sollten auf der Weide wenigstens einen Artgenossen treffen, der etwa gleich alt ist und ein ähnliches Temperament hat. Araber, Vollblüter und junge Warmblüter brauchen temperamentvolle Partner zum Toben, ruhige Ponys freuen sich über gelassene Kollegen.

3. Wo schlafen Pferde draußen?

Im Freien liegen Pferde gern auf Anhöhen und Hügeln, wo der Wind ihnen Gerüche und Geräusche zuträgt und nasses Gras trocken pustet. Mulden und enge Täler meiden sie zum Schlafen, weil sich dort kalte, feuchte Luft sammelt. Pferde möchten trocken liegen.

Pferde schlafen anders als wir. Sie ruhen etwa sieben Stunden am Tag, legen sich aber nicht abends aufs Ohr, sondern verteilen viele kurze Nickerchen auf Tag und Nacht. Pferde ruhen sich auf drei verschiedene Arten aus.

- Beim Dösen im Stehen wird ein Hinterbein entlastet, die Augen sind geschlossen, die Ohren stehen entspannt zur Seite. Beim Dösen nimmt das Pferd seine Umwelt meistens noch wahr und kann bei Gefahr aus dem Stand flüchten.
- In Kauerstellung auf dem Bauch (mit untergeschlagenen Beinen) ist der Schlaf schon tiefer, aber immer noch leicht.
- Nur beim Schlafen in der Seitenlage, alle viere von sich gestreckt, erholen Pferde sich richtig gut. Diesen Tiefschlaf, bei dem sie träumen, brauchen erwachsene Pferde

bis zu zwei Stunden am Tag. Die Super-Ruhezeit kann ein Fluchttier sich aber nur leisten, wenn es sich total sicher fühlt und mindestens ein anderes Pferd Wache hält.

Zweite Voraussetzung: Der Boden muss zum Schlafen angenehm sein. Logischerweise liegen Pferde extrem schlecht auf hartem, unnachgiebigem Boden wie Beton, Pflastersteinen, Holz oder knallhart gefrorener Weide. Beim Liegen und Aufstehen werden bei solchem Untergrund Knochen verletzt, Nerven abgedrückt, Haut wird abgeschürft. Darum legen Pferde sich nur bei völliger Erschöpfung auf solche Marter-Böden. Das Zauberwort heißt: verformbarer Untergrund. Das bedeutet: Die Liegefläche (trocken) muss sich dem Pferdekörper anpassen. Dazu eignen sich beispielsweise Sand, weiche Erde, Sägespäne, Stroh, Grasflächen.

4. Tricks gegen Fressen ohne Pause

Im Frühjahr vertragen Stallpferde nicht urplötzlich Unmengen saftigen Grases. Ihre Verdauung ist noch vom Winter an trockenes Heu gewöhnt. Im April und Mai sollten Pferde zwei bis drei Wochen langsam »angeweidet« werden. Mit höchstens einer halben Stunde Grasfressen fängt man an und steigert die Fresszeit allmählich.

Tag und Nacht fressen, macht Spaß, doch besonders Ponys werden von großen Grasmengen zu dick und können Hufrehe bekommen (siehe »7. Weide und Auslauf: Krankheiten erkennen«). Ausweg: Die Weide wird durch einen Elektrozaun der Länge nach geteilt. Die Steckpfosten versetzt man täglich um ein Stück und gibt eine neue Strecke mit Gras frei.

Andere Möglichkeit: Man stellt die Herde über Nacht auf

den grasfreien Paddock. Dort müssen Raufen mit Heu bereitstehen. Pferde brauchen immer etwas zu kauen, sonst bekommen sie Magen-Darm-Probleme.

5. Stecken im Gras alle Nährstoffe?

Früher wuchsen auf Pferdeweiden viele gesunde Kräuter. Leider fehlt diese Vielfalt heute, deshalb muss man Weidepferde zusätzlich mit Salz und Mineralien versorgen. Für kurze Zeit geht das gut mit Lecksteinen. Stehen Pferde aber dauernd draußen, füttert man besser Mineralfutter zu oder stellt eine Mineral-Leckschüssel hin – um sicher zu sein, dass die Gesundkost wirklich gefressen wird.

6. Warum müssen Pferdeäpfel abgesammelt werden?

Wo Kothaufen liegen, fressen Pferde nicht. Unkräuter breiten sich dort aus und verdrängen alle guten Futtergräser.

Außerdem stecken Pferdeäpfel voller Wurmeier. Beim Fressen nehmen Pferde die winzigen Eier auf. Im Körper entwickeln sich daraus Würmer. Werden die nicht mit drei bis vier Wurmkuren im Jahr bekämpft, magern Pferde ab, bekommen Durchfall und Koliken. Sie können sogar sterben, wenn zusammengeballte Larven Blutgerinnsel auslösen.

Je mehr Pferde auf einer Weide stehen, umso größer ist die Wurmgefahr. Wer sein Pferd liebt, zieht mindestens zweimal in der Woche mit Schubkarre und Schaufel über die Weide, um Pferdeäpfel zu sammeln. Natürlich müssen auch Paddock, Unterstand und Liegeplätze im Offenstall ständig gesäubert werden.

7. Weide und Auslauf: Krankheiten erkennen

- Hufrehe

Die gefährliche Entzündung der Huflederhaut trifft Weidepferde besonders im Frühjahr und Herbst. Risikoreich sind sonnige Tage nach kühlen Nächten. Dann steigt nämlich der Zuckergehalt in den Gräsern schlagartig an – das vertragen Pferde nicht.

Erste Anzeichen für Hufrehe: Das Pferd verlagert ständig sein Gewicht von einem Bein auf das andere, will nicht traben. Pferde mit akuter Rehe sträuben sich zu gehen, können aus dem Liegen kaum aufstehen. Im Stehen strecken sie die Vorderbeine weit vor, um ihre Hufe zu entlasten. Bei akuter

Rehe pulsiert das Blut am Fesselkopf fühlbar. Die Hufe sind warm und empfindlich, wenn man sie beklopft. Rehe ist ein Notfall! Spezial-Hufbeschlag lindert zum Glück häufig die Schmerzen. Maulkörbe, ins Halfter geschnallt, sollen Rehepferde auf der Weide am Fressen hindern.

- Sommerekzem

Erste Stufe: Pferde stürmen beim Geräusch sirrender Mücken in Panik über die Koppel, während ihre Artgenossen ruhig weitergrasen. Zweite Stufe: Mähnenkamm, Kruppe und Schweifrübe werden an Ästen und Zäunen blutig gescheuert.

Diese Pferde sind allergisch gegen die Stiche bestimmter Mücken. Vorbeugung: Weiden mit beständigem Wind wählen. Fernab von Teichen, Flüssen, Mooren. Für kranke Pferde bleibt nur die Ganzkörper-Vermummung, das sind Ekzemerdecken, die von der Stirn bis zum Schweif reichen.

- Weidekolik

Pferde mit Kolik scharren unruhig, sehen sich nach dem Bauch um, flehmen, gähnen häufig, schwitzen, werfen sich mehrmals hin, stehen gleich wieder auf. Schuld an Weidekoliken ist zu viel junges, saftiges Gras, das die Verdauung durcheinanderbringt.

- Sonnenbrand

Alles, was am Pferd weiß oder rosa ist, kann Sonnenbrand

bekommen. Extrem anfällig ist die rosa Haut der Nüstern, aber auch Blessen sowie weiße Beine. Vorbeugung: Sonnencreme mit hohem Lichtschutzfaktor für Pferde oder Kleinkinder auftragen.

- Nesselfieber

Aus heiterem Himmel ist das Pferd von Quaddeln übersät. Auslöser sind Insektenstiche oder gefressene Pflanzen. Meistens harmlos. Schwellen allerdings die Nüstern an, muss sofort der Tierarzt kommen – das Pferd bekommt keine Luft.

- Bindehautentzündung

Durch Fliegen, Sand, Pollen oder Sonne holen Pferde sich eine Bindehautentzündung. Die Augen werden rot und tränen, die Lider schwellen an. Erkrankte Pferde kneifen die Augen zusammen. Mit Salben gut zu behandeln. Je schneller, umso wirksamer. Vorbeugung: Fliegenschutzmasken.

- Mauke

Die Entzündung in der Fesselbeuge entsteht, wenn Pferde gezwungen sind, wochenlang auf verdreckten, nassen Matschpaddocks oder Schlammweiden zu stehen, wo sich in Pfützen Pferdeäpfel und Urin sammeln (ein Großpferd hinterlässt täglich mindestens fünf Liter Urin!). Die Haut in der Fesselbeuge weicht auf, bekommt Risse. »Dank« der Jauchebrühe dringen Bakterien ein. Dadurch entstehen böse Vereiterungen. Mauke wird oft chronisch. Immer wieder brechen die Krusten auf.

8. Frieren Pferde im Freien?

Trockene Kälte vertragen alle Pferde. Nicht nur robuste Isländer, Fjordies oder Shetlandponys, sondern auch Warmblüter, Araber, Vollblüter, Traber, Andalusier oder Westernpferde, die meistens aus warmem Klima stammen. Knackig kalte Wintertage lieben Pferde regelrecht. Trockener Pulverschnee bleibt einfach auf dem Winterfell liegen.

Die Hasswörter auf der Weide heißen: Dauerregen oder ständige nasse Schneeschauer mit kaltem Wind.

Ponys aus dem Norden sind dabei noch fein heraus. Langes Fell, dichte Unterwolle, dicke Haut, Fettschichten, Schweife mit »Regendach« aus Haaren und dicke Doppelmähnen schützen sie.

Für Warmblüter und Pferde aus dem Süden ist dagegen im Herbst und Winter bei andauerndem kaltem, windigem Regenwetter schnell die Schmerzgrenze erreicht. Ihr feines Haarkleid klatscht zusammen, lässt den Regen auf die empfindliche Haut durch. Trifft dann noch kalter Wind auf die nasse, dünne Pferdehaut, kühlen Araber, Warmblüter und ähnliche Artgenossen stark aus. Auf Dauer macht das krank.

Pferde müssen die Möglichkeit haben, nasses Fell zwischendurch zu trocknen (z. B. in einem Stall) oder sich gegen andauerndes Extremwetter auf der Weide zu schützen, z. B. in einem Unterstand (siehe »9. Welche Unterstände?«).

Angebliche »kernige Robusthaltung« auf der Winterweide ohne irgendeinen Witterungsschutz verstößt in den meisten Fällen gegen das Tierschutzgesetz. Zum Glück haben einige Gerichte Pferdebesitzer bereits dazu verurteilt, Schutzhütten für ihre Vierbeiner zu bauen.

9. Welche Unterstände?

Dichtes Buschwerk oder Bäume mit großen Laubkronen können im Sommer als Schutz gegen Sonne und Insekten ausreichen. Im Winter dagegen genügen diese natürlich gewachsenen Unterstände selten. Bei kaltem Dauerregen und scharfem Wind brauchen Pferde einen richtig trockenen, windgeschützten Platz. Außer fest aufgebaute Unterstände oder Weidehütten eignen sich stabile Weidezelte. Sie können schnell abgebaut und woanders neu aufgestellt werden.

Auch die robusten Nordpferde mit ihrem dicken Fell brauchen bei andauerndem kaltem Winterregen einen Windschutz. Für die »Dickfelligen« genügen mitunter dichte Hecken, überstehende Felsen oder schützende Wälle aus eng stehenden Bäumen mit überhängenden dichten Zweigen, z. B. Fichtengruppen. Wenn die Zweige sich überlappen, können sie ein Regendach bilden.

Egal, welcher Wetterschutz: Die Grundfläche muss trocken

Foto: LAG

bleiben und so groß sein, dass alle Pferde dort gleichzeitig Schutz finden können. Sonst stehen nur die Leitpferde im Trockenen und die rangniedrigen werden verscheucht.

10. Wie sieht ein guter Offenstall aus?

Offenstall? »Super-Sache, man muss nix tun, nur im Winter Heu hinbringen.« So denken leider manche Pferdebesitzer und entsprechend heruntergekommen sehen diese Anlagen dann aus. Dabei sollte der Offenstall für Pferde eine Oase des Glücks sein, wo sie sich nach Lust und Laune in Licht, Luft und Sonne bewegen, Kontakt zueinander haben und an geschützten Liegeplätzen ausruhen können. So ein Pferdeparadies zu schaffen und zu erhalten, das klappt allerdings nur durch kreative und genaue Planung und unermüdlichen Arbeitseinsatz.

In einem Offenstall wohnen Pferde das ganze Jahr über,

nicht nur im Sommer. Die Herde muss sich gut kennen und möglichst lange unverändert zusammenbleiben, denn jedes neue Pferd kann Auslöser für Streitereien sein.

Liege- und Fressplätze sind getrennt, damit ruhende Pferde nicht ständig gestört werden. Wichtig sind überdachte, trockene Liegeflächen zum Schlafen. Der Ruhebereich muss entweder eine komplett offene Seite haben oder zwei Ein- und Ausgänge, damit die Pferde sich aus dem Weg gehen können. Die unteren in der Rangordnung brauchen unbedingt Rückzugsmöglichkeiten. Sonst haben sie Dauerstress, weil sie von den starken vertrieben werden. Der Boden der Ruhezone besteht aus einem pferdefreundlichen Untergrund, z. B. Spänen oder Stroh. Die offene Seite liegt abgewandt von der Hauptwindrichtung. In windigen, regenreichen Gegenden gehört ein Windschutzvorhang aus Klarsicht-Folienstreifen vor den Liegebereich, durch den die Pferde ein- und ausschlüpfen können.

Für Heu und Stroh sind Raufen nötig. Entweder eine große, überdachte Raufe mit abgeteilten Fressplätzen oder mehrere

kleine Raufen oder Kübel, damit jedes Pferd ohne Angst vor Rangeleien ans Raufutter gelangen kann. Zum Füttern von Kraftfutter (Hafer, Pellets, Müsli) braucht man entweder Fressstände oder andere Möglichkeiten zum Einzelnfüttern. Sonst entsteht Futterneid.

Tränken sollte es an mehreren Stellen geben.

Natürlich gehört ein großer, wetterfester Paddock dazu, auf den alle Pferde freien Zugang haben. Der Auslauf sollte direkt vor dem Stall gepflastert sein, damit er sich bei Regen

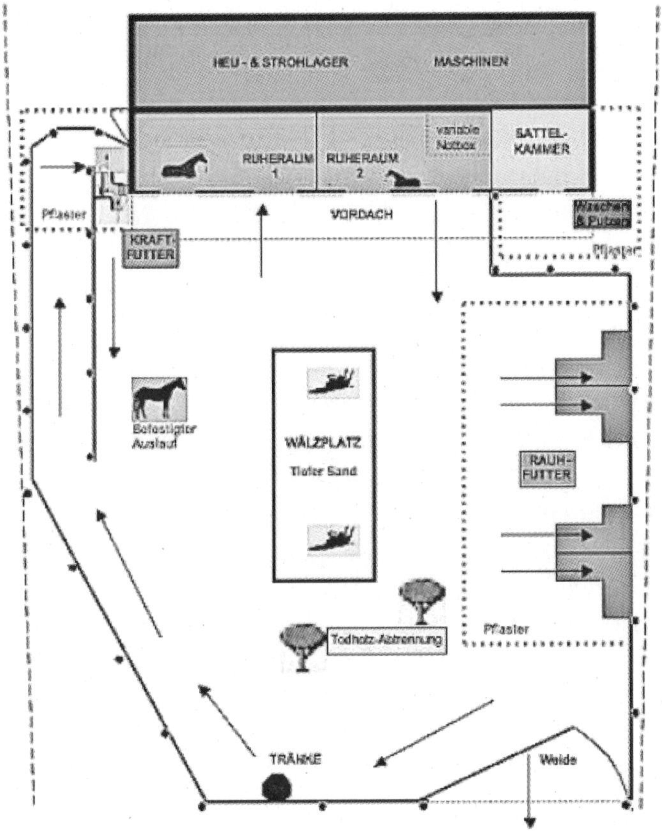

Stallplan: Aktivstall Eiblhof, München

nicht in eine Matschwüste verwandelt. Der allergrößte Teil des Paddocks besteht aus einer ebenen, befestigten Fläche zum Laufen – das ist sozusagen die »Ersatz-Steppe«. Zum Wälzen legt man ein Stück mit tiefem Sand an.

Besonders tolle Offenställe heißen Laufställe, Bewegungsställe oder Aktivställe. Bei diesen Anlagen liegen Tränken, Heuraufen, Ruheplätze und der Laufbereich weit auseinander, damit alle Pferde sich genügend bewegen.

Wie in jedem anderen Stall muss man im Offenstall regelmäßig Pferdeäpfel absammeln, nasse Einstreu entfernen, Späne und Stroh nachstreuen und alle paar Tage richtig ausmisten.

Ideal ist es, wenn man einen Platz im Offenstall beim Eigentümer mit »Rundum-Service« mieten kann. Allerdings ist das natürlich teuer. Um billiger wegzukommen, schließen sich Pferdebesitzer zusammen und versorgen den Offenstall selber.

Das macht Spaß, aber auch viel Arbeit und kostet eine Menge Zeit.

Wer Stalldienst hat, muss z. B. bei jedem einzelnen Pferd einen kurzen Gesundheitscheck machen. Fachwissen ist nötig, um Krankheiten, Verletzungen und Probleme in der Herde erkennen. Auch von Weidepflege, stabilen Zäunen und Reparaturen muss man Ahnung haben. Riesen-Pluspunkt im Offenstall: Fehlt mal die Zeit zum Reiten, bewegt sich das Pferd trotzdem genug.

Ein gepflegter Offenstall macht meistens mehr Arbeit als ein Stall mit Boxen, dafür ist er absolut pferdegerecht ... immer vorausgesetzt, dass auch die letzten in der Rangordnung zu ihrem Recht kommen.

Seit über zwanzig Jahren setzt sich die Laufstall-Arbeits-

Gemeinschaft e. V. LAG für diese artgerechte Pferdehaltung ein. Mehr darüber erfahrt ihr unter www.lag-online.de.

Außerdem könnt ihr Unterlagen über tierschutzgerechte Pferdehaltung anfordern beim:

Bundesministerium für Ernährung, Landwirtschaft und Verbraucherschutz, Postfach, Referat Tierschutz, 53107 Bonn. Die Broschüre heißt: »Leitlinien zur Beurteilung von Pferdehaltungen unter Tierschutzgesichtspunkten«.

11. Wasser marsch!

Ein Großpferd trinkt bei normalem Wetter und leichter Arbeit etwa dreißig bis fünfzig Liter Wasser am Tag. Ponys je nach Gewicht weniger. An heißen Tagen und nach Anstrengungen brauchen Pferde erheblich mehr Flüssigkeit als bei Kälte.

Eine Wasserleitung auf der Weide ist super, aber auf abgelegenen Koppeln oft nicht da. Dann muss man das Trinkwasser eigenhändig herbeischaffen. Dafür braucht man viel Zeit, das unterschätzt so mancher Reiter. Eine sinnvolle Lösung sind Tränkewagen, die von einem Bauern in der Nähe – gegen Bezahlung – nachgefüllt werden. Praktisch sind auch

Weidefässer oder sogenannte Mono-Blocks, eckige Kunststoff-Container ab 140 Liter Inhalt. Am aufwendigsten ist es, Trinkwasser mit Kanistern heranzuschaffen. Ohne Auto ist das kaum zu bewältigen.

Als Tränke eignen sich alte Emaille-Badewannen oder Lebensmittel-Kübel. Täglich säubern, da sich Algen ansiedeln oder tote Vögel oder Mäuse im Wasser schwimmen können. Neue Pferde tränkt man extra, weil sie oft vom Wasserplatz vertrieben werden.

12. Gefährliche Giftpflanzen

In Feld und Wald, an Weiderändern, auf Lichtungen, öden Plätzen, an Gartenzäunen und in Parks lauert Gift. Lasst eure Pferde beim Ausritt nie an Pflanzen knabbern, die ihr nicht hundertprozentig sicher als unbedenklich kennt. Haltet Abstand zu allen Hecken in Wohngebieten! Immergrüne Hecken sind für Pferde fast immer hochgefährlich. ALARMSTUFE ROT gilt bei Eibe. Heimtückischerweise ähnelt Eibe sehr stark der Tanne. Bereits wenige kleine Eibenzweige töten ein Pferd. Auch bei Buchsbaum, Liguster, Thuja und Zypressen gilt: Zähne weg!

Adlerfarn

Diese giftigen Pferdepflanzen findet ihr häufig in Parks und im Gelände.

- **Adlerfarn** (grün). Vergiftungszeichen: Krämpfe, Durchfall mit Blut, Übererregbarkeit, Muskelzuckungen.
- **Buchsbaum** (immergrün). Vergiftungszeichen: Kolik, starker Durchfall, Nervenlähmungen.
- **Efeu** (immergrün). Vergiftungszeichen: Speichelfluss, gereizte Maulschleimhaut. Achtung: Efeu klettert oft an Weidezäunen und Außenställen hoch.
- **Eibe** (immergrün). Vergiftungszeichen: Torkeln, Muskelzittern, Kreislaufversagen, Krämpfe bis zum Tod.
- **Fingerhut** (meistens rot). Vergiftungszeichen: Schweißausbrüche, schwere Herzstörungen.
- **Goldregen** (gelb). Vergiftungszeichen: Schweißausbrüche, Muskelzuckungen, Gähnen, Erregbarkeit, Atemlähmung.

Eibe

Goldregen

- **Herbstzeitlose** (lila, ähnelt Krokus). Vergiftungszeichen: Kolik mit schweren, blutigen Durchfällen, Schwitzen, Kreislaufkollaps, Atemlähmung.

Jakobskreuz-kraut

- **Jakobskreuzkraut** (gelb). Vergiftungszeichen: Taumeln, ständiges Gähnen, zielloses Umherwandern, Krämpfe, Verstopfung oder blutiger Durchfall, Teilnahmslosigkeit, schwere Leberentzündung. Achtung: Kreuzkraut wuchert oft an Koppeln und Wegen. Sehr giftig. Das Gift bleibt auch im Heu wirksam!
- **Johanniskraut** (gelb). Vergiftungszeichen: Heftiger Sonnenbrand an weißen Fesseln und Beinen. Johanniskraut macht helle Haut extrem lichtempfindlich. Achtung: wuchert oft an Weidenrändern.

Johanniskraut

- **Liguster** (immergrün). Vergiftungszeichen: Kolik, Darmentzündung.
- **Thuja/Lebensbaum** (immergrün). Vergiftungszeichen: Kolik, Durchfall, Hautreizung am Maul.

13. Erlaubter Knabberspaß

Liebend gern beknabbern Pferde Birkenzweige und -äste. Auch Zweige von Apfel-, Birn- und Kirschbaum dürfen sie benagen. Ebenso Fichten, wegen des Harzgehaltes allerdings nur ab und zu.

Margot Berger
Pepper und Flo

Meine größten Pferdeabenteuer
Zwei Bände in einem

Ob beim Wanderritt mit Übernachtung oder beim Ausbruch der gesamten Herde aus der Weide: Pepper und Flo sind ein unschlagbares Team!

Dieser Sammelband enthält die Einzeltitel „Ritt ins Abenteuer“ (Band 3) und „Pepper in Gefahr“ (Band 4).

Arena
328 Seiten
Arena-Taschenbuch
ISBN 978-3-401-50549-7
www.arena-verlag.de

Margot Berger

Wahre Pferdegeschichten

Auch als E-Book erhältlich

978-3-401-50912-9

978-3-401-50913-6

978-3-401-50914-3

978-3-401-50915-0

Arena

Jeder Band:
Arena Taschenbuch
www.wahre-pferdegeschichten.de
www.arena-verlag.de